MASCHA VASSENA

Die Tote im Luganer See

Weitere Titel der Autorin:
Mord in Montagnola. Moira Rusconi ermittelt.

Titel auch als Hörbuch erhältlich

MASCHA VASSENA

Die TOTE *im* LUGANER SEE

Moira Rusconi ermittelt

eichborn

Dieser Titel ist auch als Hörbuch und E-Book erschienen

Die Bastei Lübbe AG verfolgt eine nachhaltige Buchproduktion.
Wir verwenden Papiere aus nachhaltiger Forstwirtschaft und verzichten darauf,
Bücher einzeln in Folie zu verpacken. Wir stellen unsere Bücher
in Deutschland und Europa (EU) her und arbeiten mit den Druckereien
kontinuierlich an einer positiven Ökobilanz.

MIX
Papier | Fördert gute Waldnutzung
FSC® C014496

Eichborn Verlag

Originalausgabe

Lektorat: Michelle Stöger, München
Umschlaggestaltung: Massimo Peter-Bille
Umschlagmotiv: © trabantos/shutterstock
Karte Innenklappen: © Christl Glatz | Guter Punkt, München
Satz: Dörlemann Satz, Lemförde
Gesetzt aus der Minion
Druck und Einband: GGP Media GmbH, Pößneck

Printed in Germany
ISBN 978-3-8479-0134-1

2 4 5 3 1

Sie finden uns im Internet unter eichborn.de

PROLOG

Mit mildem Erstaunen nahm sie zur Kenntnis, dass sie fiel. Kopf voran schlitterte sie auf dem Rücken an der mit Gestrüpp bewachsenen Steilwand hinab wie auf einer Rutsche. Für einen Augenblick erfüllte sie die Euphorie einer Dreijährigen im Rausch des Dahingleitens. Kurz darauf blieb sie an einem Felshöcker hängen und wurde dann mit Schwung in die Luft hinausgetragen, drehte sich und prallte mit dem Bauch wieder auf die Schräge. Ihr Nachthemd rutschte nach oben, sodass Zweige, Felskanten und Dornenranken über ihre bloße Haut scharrten, doch es tat überhaupt nicht weh. Vielleicht war gar nicht sie es, die fiel, sondern sie sah jemand anderem dabei zu. Nach einem Moment der Verwirrung darüber, wo sie sich befand, war sie wieder bei sich.

Sie sah nach oben und erblickte hoch über sich die Villa. Die pausbäckigen Engelsköpfe, die das Gesims unter der Dachtraufe säumten, glotzten höhnisch auf sie herab, und auf einmal stieg eine ungeheure Wut in ihr auf. So durfte es nicht enden. Jetzt kam sie auf den Gedanken, die rasende Fahrt aufzuhalten, indem sie ihre Hände in den Untergrund krallte. Ihre Fingernägel splitterten und sie riss zwei kleine Büschel Gras aus der dünnen Erdschicht, doch sie war zu schnell und ihre schwachen arthritischen Hände, die blass und schwammig wirkten wie zwei kleine, weißliche Kraken, konnten ihren Sturz nicht aufhalten. Wie zart und schlank waren diese Hände einmal gewesen, doch das war lange her. Ihre Haut fühlte sich auf einmal kühler an, und ihr wurde bewusst, dass ein gieriges Gebüsch mit langen Krallenzweigen ihr das Nachthemd vom Leib gerissen hatte. Wenn einer der Nachbarn sie so sah!

Ihre Gedanken brachen ab, als sie unerwartet die Oberfläche des Sees erreichte und ins Wasser eintauchte. Es schloss sich um sie wie kaltes grünliches Aspik. Ein zerfleddertes Taschentuch trieb vorbei. Unter ihr glitt ein Schwarm kleiner Fische im Zickzack dahin. Sie sah ihnen einen Augenblick lang fasziniert zu, bevor ein Brennen in der Lunge sie daran erinnerte, dass sie Luft holen musste. Sie reckte die Arme nach oben und versuchte, mit Schwimmbewegungen an die Oberfläche zu gelangen, doch ihr fehlte die Kraft. In ihrer Lunge baute sich ein Druck auf, dem sie nicht mehr lange standhalten würde. Sie wandte den Blick nach oben, wo wie durch grünes Glas getrübt der blaue Himmel stand, und atmete ein.

1

Die Kuhglocke, die in der Casa Rusconi Besucher ankündigte, bimmelte.

»Luna, komm runter, Nelly ist da!«

Moira öffnete die Haustür, doch vor ihr stand nicht etwa ihre Mutter, sondern ein Hüne mit Rauschebart und buschigen Augenbrauen, bekleidet mit einer erbsengrünen Uniform aus kurzen Hosen, einem Poloshirt und einer Baseballkappe. Moira empfand spontanes Mitleid für den armen Menschen, der laut seines Namensschilds »D. Conti« hieß, und von seiner Firma gezwungen wurde, in diesem Aufzug fremden Leuten gegenüberzutreten.

»Paket für Luna Rusconi.« Der Riese hielt Moira einen Karton entgegen, der fast genauso groß war wie sie. Moira umfasste das Paket automatisch. Es wog beinahe nichts.

»Was ist denn da drin?«

Der Paketbote grinste. »Sie haben es doch bestellt.«

»Ist für mich!« Luna drängelte sich von hinten an Moira vorbei und schnappte sich das Paket.

»Halt, ich brauche noch eine Unterschrift!«

»Das übernehme ich.« Moira quittierte den Empfang.

»Kann ich Ihnen bei der Hitze eine *gazzosa* anbieten?«

Sein Gesicht hellte sich auf. »Das wäre sehr freundlich, ich habe mein Wasser schon aufgebraucht und keine Zeit, mir neues zu kaufen.«

Moira beeilte sich, ihm eine Flasche Holunderlimonade mit

einem Strohhalm darin zu bringen. »Hier, die können Sie beim Fahren trinken.«

»Wenn mal alle Kundinnen so nett wären wie Sie!« Der Lieferant nahm die Flasche entgegen und tippte mit dem elektronischen Stift an seine Kappe. »Schönen Tag noch!«

Moira schloss die Tür und ging in die Küche, wo ihre Tochter auf dem Boden hockte und dabei war, den Karton aufzureißen. Ambrogios Katzen Luise, Herta und Ingeborg saßen im Halbkreis um sie herum und beobachteten mit zuckenden Ohren, was vor sich ging.

»Ist das ein Board zum Stand-Up-Paddling?«, fragte Moira.

»Viel besser.« Ihre Tochter warf einen Pappfetzen beiseite, und die drei Katzen stürzten sich darauf wie auf einen Streifen Speck.

Luna holte eine flache, unregelmäßige Form aus dem Karton. Moira hatte immer noch keinen Schimmer, worum es sich handeln mochte.

»Ta-daa!« Luna drehte das Ding um. »Sag *Hallo* zu Lady Gaga!« Sie präsentierte Moira ein lebensgroßes Bild der Sängerin, das auf eine Hartschaumplatte aufgezogen war. Die Ränder waren so geschnitten, dass sie dem Umriss der Figur folgten.

Moira lachte. »Fühlst du dich so einsam hier im Dorf? Du findest schon noch Leute, mit denen du etwas unternehmen kannst. Aber bis dahin ist Lady Gaga nicht die schlechteste Gesellschaft.«

Luna legte den Kopf schief. »Haha, sehr lustig. Das ist Nellys und mein neues Instagramprojekt. Unsere Follower brauchen was Neues, sonst gehen unsere Klickzahlen zurück. Wir fotografieren uns mit Gaga überall, wo wir hingehen.«

»Zum Lido nimmst du sie aber besser nicht mit«, antwortete Moira. »Die Gute sieht nicht besonders wasserfest aus. Hast du deine Badesachen gepackt?«

»Yes!« Luna deutete auf einen pinkfarbenen Rucksack, der zu ihren Haaren passte.

»Na, dann los. Wir holen deine Großmutter im Hotel ab. So, wie ich sie kenne, ist sie noch nicht mal losgelaufen.«

Luna lehnte Lady Gaga ans Küchenbuffet, schnappte ihren Rucksack und folgte Moira. Sie nahmen den alten Jeep von Moiras Vater.

»Schade, dass Opa nicht mitwill.«

»Ich verrate dir ein Geheimnis: Er kann nicht schwimmen. Als kleiner Junge ist er mal in den See gefallen und fast ertrunken. Seitdem hält er sich von Wasser lieber fern.«

Moira manövrierte den Wagen durch den Dorfkern, wo die Straße so eng war, dass entgegenkommende Autos warten mussten. Nur zwei Minuten später hielten sie vor dem *Stella della Collina*, das sich äußerst großspurig »Hotel« nannte, aber in Wirklichkeit eine bescheidene Pension war. Im *Bellavista*, dem wesentlich besseren Hotel im Dorf, war so kurzfristig kein Zimmer mehr frei gewesen.

Nelly trat gerade aus dem Haus, in ein buntes Batikgewand gehüllt und von einem wagenradgroßen Strohhut gekrönt. Luna stieg aus, gab ihrer Großmutter einen Kuss und wechselte auf den Rücksitz.

Während die beiden Pläne für ihren gemeinsamen Instagram-Account schmiedeten, konzentrierte Moira sich auf den Verkehr. Sie fuhren hinunter nach Lugano und dann am See entlang, vorbei am städtischen Strandbad in Richtung des kleinen Ortes Castagnola, der beinahe mit Lugano zusammengewachsen war. Auf der Strecke hatte man einen herrlichen Blick über den See, bevor stuckverzierte Villen und moderne Wohnanlagen die Aussicht blockierten.

Moira hatte Glück und konnte den Jeep auf einem der wenigen Parkplätze abstellen. Von dort aus mussten sie noch zehn

Minuten zu Fuß am See entlanglaufen und erreichten dann das kleine Strandbad, das noch immer ein Geheimtipp der Einheimischen war.

Moira, Luna und Nelly zahlten an der Holzhütte, die auch als Bar diente, und suchten sich einen Liegeplatz auf der Wiese direkt am Seeufer. Luna warf sich sofort begeistert in eine Hängematte, die zwischen zwei Bäumen baumelte.

»Willst du nicht ins Wasser?«, fragte Moira.

»Den Platz gebe ich nicht wieder auf.« Luna steckte sich Kopfhörer in die Ohren und tippte auf ihrem Smartphone herum.

Auch Moiras Mutter war nicht dazu zu bewegen, ins Wasser zu gehen.

»Ich schwimme nur in Pools, mein Schatz«, sagte sie liebenswürdig. »Wenn ich nicht sehe, was unter mir herumkreucht, grause ich mich. Wer weiß, was da alles herumschwimmt! Ich arbeite lieber an meiner Sonnenbräune.« Sie zog sich das Batikkleid über den Kopf, stopfte es in ihre Tragetasche und breitete ein Strandhandtuch aus.

»Aber creme dich gut ein«, sagte Moira, bevor ihr einfiel, dass ihre Mutter erwachsen war. Was sie nicht davon abhielt, den Rat ihrer Tochter zu ignorieren. »Früher haben wir auch keine Sonnencreme benutzt.«

Moira betrat den Steg, der am Ufer entlangführte, und von dem aus man direkten Zugang ins Wasser hatte. Eine junge Frau stieß sich gerade vom Sprungbrett ab und hechtete mit einem eleganten Köpfer ins Wasser. Moira kam sich ein wenig bieder vor, weil sie die sichere Leiter wählte und sich Stück für Stück ins Wasser hinabließ, das sogar jetzt im Juni noch so kalt war, dass es im ersten Moment beinahe wehtat.

Doch war man erst einmal drin und hatte sich an die Temperatur gewöhnt, fühlte es sich herrlich an. Moira schwamm vom Ufer weg, wo sich weniger Badegäste tummelten. Die weite Wasserfläche, die sich vor ihr ausdehnte bis zum gegenüberliegenden Ufer, wo grüne Hügel steil anstiegen, berauschte sie geradezu. Sie drehte sich auf den Rücken, spreizte Arme und Beine ab und ließ sich treiben. Mit den Ohren unter Wasser wurde es ganz ruhig und still in ihr. Es war ein wunderbares Gefühl, so ganz bei sich zu sein. Die Wellen, die Berge, der Himmel – so konnte man sich eins mit der Welt fühlen und alle Probleme vergessen. Wobei Moira nichts einfiel, was sie hätte vergessen wollen. Es sei denn, man betrachtete die Sache mit Luca als Problem. Musste ihre Jugendliebe ausgerechnet der leitende Rechtsmediziner des Kantons sein? Auch wenn es spannend gewesen war, ihm als Dolmetscherin bei der Aufklärung des Eiskeller-Mordes zu helfen. Sie seufzte und überlegte, ob sie auf seine Liebeserklärung vor einigen Wochen hätte eingehen sollen. Andere Frauen hatten auch keine Skrupel, Affären mit verheirateten Männern zu unterhalten. Und Luca war seit Javiers Tod der erste Mann, bei dem sie sich so fühlte, wie sie sich bei einem Mann fühlen wollte. Martin, mit dem sie die letzten Jahre zusammengelebt hatte … der war im Nachhinein betrachtet eine Vernunftentscheidung gewesen, auch wenn ihr das erst nach der Trennung bewusst geworden war.

Sie drehte sich wieder um und schwamm mit kräftigen Zügen eine Runde an der weiß-roten Begrenzungskette entlang, die den Badebereich vom Rest des Sees trennte. In einiger Entfernung fuhr ein mit jungen Leuten besetztes Motorboot vorbei, einem auffälligen Modell aus glänzend lackiertem Wurzelholz, das sicher ein Vermögen wert war. Moira wunderte sich immer wieder, wie viele reiche Leute es anscheinend in Lugano gab. Doch fühlte sie keinen Neid, sondern war vollkommen zufrieden damit, sich mit Muskelkraft fortzubewegen und das Wasser um sich herum zu spüren.

Als sie genug hatte, schwamm sie zurück zum Steg und kletterte an Land. Sie wollte gerade zum Liegeplatz zurückkehren, als sich das Tuckern eines Bootes näherte und sie lautes Rufen hörte. Moira wandte sich um. Das elegante Boot von vorhin steuerte gerade die Anlegestelle des Strandbads an. Ein Junge, der kaum älter als siebzehn sein konnte, warf hektisch ein Tau um den Poller und zurrte es fest. Auch die anderen Passagiere waren sehr jung und in heller Aufregung. Seltsamerweise lachten sie nicht, wie man erwartet hätte, wenn eine Clique einen Ausflug unternahm. Eine Jugendliche kauerte im Heck, hatte die Hände vor das Gesicht geschlagen und weinte laut, eine weitere stand neben dem Bootslenker und schwenkte die Arme. »Wir brauchen Hilfe!« Der zweite Junge sah blass und verstört aus. »Da treibt jemand im See!«, rief er den Leuten auf dem Steg mit Panik in der Stimme zu. »Ich weiß nicht, ob sie noch lebt!«

Sein Freund stieg eilig die Treppe an der Anlegestelle zur Terrasse hinauf. Sofort versammelte sich eine Traube Badegäste um ihn. Stimmen wurden laut, man rief und redete durcheinander.

Moira wandte sich dem Jugendlichen zu, der auf dem Boot geblieben war. »Was ist passiert?«

Er hob verwirrt die Schultern. »Keine Ahnung, aber da hinten treibt jemand mit dem Gesicht nach unten im Wasser. Wir wären beinahe darübergefahren.«

»Ist die Person tot?«

»Ich glaube schon. Bin nicht sicher.« Er legte sich die Hand auf die Stirn, als wollte er nachprüfen, ob er Fieber hatte.

Moira nickte ihm zu. »Fahrt nicht weg.« Sie rannte, nass wie sie war, über den Rasen zum Kassenhäuschen, wo etliche Leute auf ihre Getränke warteten, die noch nichts von dem Aufruhr am Steg mitbekommen hatten. »*Permesso*, es gibt einen Notfall!«, rief Moira und drängte sich zur Theke durch. Die Frau, die sich um die Bestellungen kümmerte, sah sie erstaunt an. »Sie müssen sich hinten anstellen.«

»Ein Notfall!«, wiederholte Moira. »Ein paar Jugendliche sagen, sie haben im See eine reglose Person gesichtet. Aber vielleicht lebt sie ja noch! Rufen Sie die Ambulanz, und die Polizei gleich dazu.«

»*Madonna*!« Die Bewegungen der Frau wurden hölzern, als wollte sie mehrere Dinge gleichzeitig tun. Sie stellte die Espressotasse, die sie in der Hand hielt, so heftig ab, dass Kaffee über den Rand schwappte, drehte sich um und riss den Hörer von einem Wandapparat, der neben dem Kühlschrank hing.

Moira sah sich jetzt ebenfalls von Leuten in Badekleidung umzingelt, die von ihr wissen wollten, was passiert war. »Ich weiß es nicht«, sagte sie mehrmals, worauf die Leute sich zurückzogen wie eine Welle und in Richtung des Stegs schwappten. Die vordersten lehnten sich über das Geländer, die dahinter stellten sich auf die Zehenspitzen, um besser sehen zu können. Eine Frau mit einem großen gelben Strohhut stieß melodramatische, spitze Schreie aus.

»Wir müssen sie bergen!«, rief jemand.

Ein stämmiger Mann, aus dessen rotem Trägershirt beeindruckend viel Brusthaar quoll, arbeitete sich mit Schwimmbewegungen durch die Menschenansammlung. »Lasst mich durch, Leute! Ich bin der Bademeister! Ich muss zum Rettungsboot!«

Man machte ihm beinahe widerwillig Platz, hinter ihm schloss sich die Menge wieder.

»Ambulanz und Polizei sind unterwegs«, sagte die Bedienung. Moira wandte sich zu ihr um. »Danke. Hoffen wir, dass die Jugendlichen sich geirrt haben und die Frau noch lebt.«

Obwohl sie selbst neugierig war, gesellte Moira sich nicht zu den Gaffenden, sondern kehrte zum Liegeplatz zurück. Der

Bademeister schien die Situation im Griff zu haben und sie wollte nicht im Weg stehen. Luna schlief noch immer in der Hängematte, doch Nelly war aufgestanden und beschattete ihre Augen mit einer Hand, um besser erkennen zu können, was an der Anlegestelle vor sich ging.

»Was ist denn das für ein Aufruhr?«

Moira erklärte ihr knapp, was passiert war. Erst jetzt merkte sie, dass sie weiche Knie hatte und ihre Hände zitterten.

»Gott, wie schrecklich!«

Zusammen beobachteten sie, wie der Bademeister mit einem Ruderboot hinausfuhr. Moira glaubte, weiter draußen einige Male etwas Helles im unruhigen Wasser aufschimmern zu sehen. Trotz des Sonnenscheins fröstelte sie auf einmal.

»Hoffentlich ist es kein Kind«, sagte Nelly.

Es schien ewig zu dauern, bis der Mann im Boot die Ruder einzog und sich seitlich über den dem Ufer abgewandten Rand des Bootes beugte. Er schien tatsächlich etwas aus dem Wasser zu hieven. Moira sah es ins Boot gleiten wie einen großen, weißen Fisch, und hinter der Bordwand verschwinden. Der Bademeister nahm die Ruder wieder auf und machte sich auf den Rückweg.

Noch bevor er die Anlegestelle erreichte, trafen mehrere uniformierte Beamte der *polizia communale* ein, und fast gleichzeitig ein Ambulanzschiff. Zwei Sanitäter in orangefarbenen Westen brachten eine Bahre und ihre Notfallkoffer an Land. Als das Ruderboot in Reichweite kam, halfen sie dem Bademeister, es festzumachen und trugen dann den Körper ans Ufer. Von der Größe her schien es sich um ein Kind zu handeln. Die Polizei scheuchte die Schaulustigen beiseite. Moira konnte nun doch ihre Neugier nicht mehr zähmen und ging, ein schwummeriges Gefühl im Magen, über die Liegewiese näher an das Geschehen heran, wobei sie jedoch darauf achtete, weder der Polizei noch den Sanitätern im Weg zu stehen.

2

Die Tote war kein Kind, sondern eine kleine alte Frau mit dünnem, rot gefärbtem Haar. Allzu lange konnte sie nicht im Wasser gelegen haben, denn bis auf einige Abschürfungen sah sie aus, als schliefe sie. Obwohl sie so zierlich war, verlieh der Tod ihr eine Ehrfurcht gebietende Aura, ähnlich der einer Marmorstatue.

Die Sanitäter legten sie auf eine Bahre, breiteten ein grünes Tuch über sie und schoben sie in den Schatten eines Baumes. Es war sehr schnell klar geworden, dass Wiederbelebungsmaßnahmen hier keinen Sinn mehr hatten.

»Können Sie die Frau nicht wegbringen?«, fragte die Kassiererin. Aber einer der Sanitäter schüttelte den Kopf. »Wir warten jetzt auf die Kantonspolizei und die Rechtsmedizin.«

Erstere traf wenig später ein, und Moira war erleichtert, dass *Ispettrice* Chiara Moretti dabei war. »Was machst du denn hier?« Chiara sah sie erstaunt an.

»Reiner Zufall. Ich bin mit meiner Mutter und meiner Tochter zum Baden hier.«

Chiara verzog mitleidig das Gesicht. »Da habt ihr euch den falschen Tag ausgesucht.«

»Ja, leider«, sagte Moira. »Zum Glück hat Luna nichts von alldem mitgekriegt.«

Sie versuchte, ihr Strandhandtuch, in das sie sich eingewickelt hatte, so zu verknoten, dass sie es nicht ständig festhalten musste. Dann erzählte sie Chiara, was passiert war.

»Danke für die Information. Dann spreche ich jetzt noch mit dem Bademeister und den Jugendlichen, die sie entdeckt haben.«

»Alles klar. Vielleicht sehen wir uns mal auf einen Cappuccino?«, sagte Moira.

»Total gerne. Ich hab nur zurzeit ein bisschen viel am Hals. Meiner *nonna* geht es nicht gut, sie braucht jetzt ständig Betreuung. Und Ravi will ich ja auch ab und zu sehen.« Chiara senkte den Blick und ihre Wangen röteten sich leicht.

»Seid ihr endlich zusammen? Ich freue mich für dich – und für Ravi natürlich erst recht. Melde dich einfach, wenn du Zeit hast. Ich bin noch eine Weile hier, bevor wir nach Deutschland zurückfahren. Ansonsten eben bei meinem nächsten Besuch.«

Sie verabschiedeten sich, und Moira machte sich auf den Rückweg zu Luna und Nelly. Dabei musste sie die Bahre mit der alten Frau darauf passieren. Außer den Sanitätern beugte sich ein dunkelhaariger Mann in einem weißen Overall über die Tote. Moiras Herz klopfte auf einmal sehr heftig und in ihrem Magen bitzelte eine Brausetablette mit Himbeergeschmack. Sie musste sein Gesicht nicht sehen, sondern erkannte Luca allein an seiner Haltung. Außerdem war es wenig überraschend, dass er als Rechtsmediziner ebenfalls hier war.

Aber sie sprach ihn nicht an und entschuldigte das vor sich selbst mit der Ausrede, dass sie ihn schlecht bei der Untersuchung einer Leiche stören konnte. Stattdessen schlich sie sich hinter seinem Rücken vorbei, als hätte sie etwas verbrochen.

Nelly und Luna hatten den Platz gewechselt und saßen auf zwei Liegestühlen ganz hinten auf der Wiese. Anscheinend war Nelly so schlau gewesen, Luna von dem Trubel fernzuhalten. Moira verspürte ihrer Mutter gegenüber ein ungewohntes Gefühl der Dankbarkeit.

Die beiden blickten ihr fragend entgegen. Moira setzte sich zu ihrer Tochter auf die Liege und erklärte, was passiert war.

»Wirklich furchtbar!« Nelly zog die Schultern hoch. »Wenn ich mir vorstelle, ich wäre beim Schwimmen mit der Leiche zusammengestoßen!«

Moiras Gefühl der Dankbarkeit verflüchtigte sich.

»Das malen wir uns lieber nicht im Detail aus«, sagte sie und nickte möglichst unauffällig in Lunas Richtung.

Nelly wedelte ihre Worte mit der Hand beiseite. »Du bist doch einiges gewohnt, seit du für die Polizei gearbeitet hast.«

Moira erwiderte nichts, sondern wandte sich Luna zu, die ihre angezogenen Beine umschlungen hielt und sich ihr Badetuch mit dem Seepferdchenmotiv über die Schultern gelegt hatte, als fröre sie.

»Alles in Ordnung, Strubbelchen?« Moira legte ihr den Arm um die Schultern.

»Ja, klar.« Luna fuhr sich mit einer Hand durch ihren pinkfarbenen Schopf. »Das war ja nur eine fremde Frau.«

Lunas Lächeln kam Moira etwas gezwungen vor, aber sie sagte nichts, sondern drückte ihre Tochter kurz an sich.

»Ich würde sagen, wir fahren nach Hause.«

Sie packten ihre Sachen zusammen und liefen in Richtung Ausgang. Chiara, die gerade bei einem jungen Paar stand, bemerkte sie und unterbrach das Gespräch.

»Moira, kannst du mir kurz helfen? Die beiden hier sprechen kein Italienisch. Und der Dolmetscher, den ich angefordert habe, taucht einfach nicht auf.«

Moira sah ihre Mutter an. »Fährst du Luna nach Hause? Ich komme nach, wenn ich fertig bin.«

Nelly nickte und Moira gab ihr den Wagenschlüssel.

Das junge Paar stammte aus Portugal und hatte, wie sich herausstellte, nichts Relevantes mitbekommen. Danach half sie

Chiara bei der Befragung weiterer Touristen aus Deutschland, den USA, Spanien und Finnland. Die Finnen sprachen erfreulicherweise perfekt Englisch, denn Moira kannte nur ein einziges finnisches Wort, *Kalsarikännit*, was bedeutete, sich alleine zu Hause in Unterwäsche zu betrinken. In dieser Situation wäre es wenig hilfreich gewesen.

Das Ergebnis der Befragungen war kläglich. Niemand hatte eine alte Frau ins Wasser gehen sehen, niemand außer den Jugendlichen hatte den Leichnam im Wasser bemerkt. Nach und nach leerte sich das Gelände – kaum jemand hatte noch Lust, weiter zu baden.

Moira ließ sich zur Stärkung an der Bar einen doppelten Espresso aufbrühen. Die Barfrau trank mit, allerdings einen doppelten Grappa. Sie stammte aus der Deutschschweiz und war ziemlich blass für jemanden, der in einer Badeanstalt arbeitete.

»Heute Nacht kriege ich sicher kein Auge zu.« Sie zog die Schultern nach vorne und schüttelte sich, genau wie Moiras Mutter. Als wollte man den Tod abschütteln, bevor er einen ebenfalls erwischte. Auch Moira selbst hatte dieses unwillkürliche Entsetzen vor dem Tod gespürt, als sie die Leiche betrachtet hatte.

»Ist doch merkwürdig, dass wir uns vor einem Körper grausen, nur weil er nicht mehr lebt«, sagte Moira nachdenklich. »Es ist ja genau derselbe Körper wie vorher.«

»Nur, dass er tot ist«, sagte die Barfrau. »Und steif. Und am Verwesen.«

»Aber das ist genauso natürlich wie geboren zu werden.«

»Das finde ich genauso grausig.«

»Gutes Argument«, sagte Moira.

Chiara trat neben sie. »Ich bin hier durch. Danke, dass du mir geholfen hast. Keine Ahnung, wo dieser Dolmetscher abgeblieben ist.«

»Gut, dann fahre ich nach Hause. Nimmst du mich mit in die Stadt?«

»Ich kann dich ein Stück mitnehmen. Aber ich fahre direkt ins rechtsmedizinische Institut. Dottore Cavadini will die Sektion sofort durchführen, und ich muss als Vertreterin der Polizei dabei sein.« Chiara seufzte. »Ehrlich gesagt, ist das mein erstes Mal. Sonst hat das immer jemand übernommen, der im Rang höher als ich steht. Ich habe richtig Angst, umzukippen.« Sie sah Moira mit einem Hundeblick an. »Würdest du mir einen Riesengefallen tun und mitkommen?«

Moira verschluckte sich an ihrem Kaffee. »Die lassen mich da doch gar nicht rein.«

»Wenn ich dich mitbringe, schon. Und Luca wirft dich bestimmt nicht raus. Bitte!«

Moira musste ein Grinsen zurückhalten. Die Inspektorin tat ihr Bestes, um taff zu wirken, aber im Grunde war sie weich wie Buttertoffee. Sie selbst war allerdings auch weit weniger abgebrüht, als sie sich manchmal wünschte.

»Bei einer Obduktion dabei zu sein, würde mich schon interessieren – aber ich bin auch nicht sicher, ob ich das verkrafte.« Moira leerte ihre Espressotasse, um Zeit zu gewinnen. Die Gelegenheit war einmalig, die Neugier siegte. »Okay, ich komme mit.«

Während sie zum Parkplatz gingen, wurde es ihr dann doch etwas mulmig. Worauf hatte sie sich nur eingelassen?

3

Das Institut für Rechtsmedizin befand sich in einem zweistöckigen Backsteinbau auf dem Gelände des kommunalen Krankenhauses. Chiara wusste, wo sie hinmussten, und führte Moira in einen Vorraum, wo sie hellblaue Papierkittel, medizinische Hauben und Latexhandschuhe anzogen.

»Damit unsere Haare und Kleidungsfasern nichts verfälschen«, erklärte ihnen die Frau, die ihnen die Sachen aushändigte.

Chiara atmete tief durch und lächelte Moira unsicher an. »Na gut, bringen wir es hinter uns.«

»Das schaffst du«, sagte Moira. »Und beim zweiten Mal ist es dann schon Routine.«

Moira zuckte zusammen, als die Tür zum Flur geöffnet wurde. Sie war angespannter, als sie sich eingestehen wollte.

»*Buongiorno!*« Arianna Manzoni, die Staatsanwältin, trat in den Vorraum. »Moira, Sie hätte ich hier nicht erwartet. Dolmetschen Sie wieder für uns?«

»Inoffiziell. Ich war zufällig vor Ort.«

»Wie unschön für Sie. Würden Sie denn gerne wieder für die Kantonspolizei tätig werden?«

Moira warf Chiara einen schnellen Blick zu. Die nickte eifrig.

»Schon. Aber ich glaube, *Commissario* Ferrone wäre davon wenig begeistert. Außerdem fahre ich bald wieder zurück nach Deutschland.«

»Verstehe. Nun, wir werden sehen, was sich ergibt.«

Die Staatsanwältin hing ihr violettes Jackett auf einen Bügel, zwängte sich in einen der Overalls und krempelte die für sie viel zu langen Ärmel und Hosenbeine hoch.

Sie betraten den Sektionssaal. Es roch nach Desinfektionsmittel und darunter lag, kaum wahrnehmbar, ein süßlich-strenger Geruch wie von verdorbenem Hackfleisch. Boden und Wände waren weiß gefliest wie ein Zoogehege und wurden von mehreren Deckenlampen gleichmäßig ausgeleuchtet. Luca stand an einem der drei Tische, an deren Kopfenden sich Waschbecken befanden. Vermutlich, um das Blut direkt wegzuspülen.

Auf dem Tisch vor Luca lag die Tote aus dem See, jetzt ganz nackt. Moira versuchte, an ihr vorbeizusehen.

»*Dottore*, sehen Sie mal, wen ich mitgebracht habe«, sagte Chiara.

Luca drehte sich um. Erst wirkte er überrascht, dann lächelte er. Moira lächelte automatisch zurück. Sie fühlte sich plötzlich noch flatteriger, und das lag nicht an der bevorstehenden Obduktion.

»Hey, das ist aber eine nette Überraschung.« Luca begrüßte zuerst die Staatsanwältin, dann Chiara und Moira.

»Ich brauchte jemanden als Unterstützung«, sagte Chiara. »Ich hoffe, das ist in Ordnung.«

»Kein Problem. Wenn du dir den Anblick zutraust.« Er sah Moira fragend an.

»Wenn mir schlecht wird, kann ich ja rausgehen.« Die Tür öffnete sich und eine weitere Frau betrat den Saal. Luca stellte sie als seine Sektionsassistentin Raffaella Sartorius vor.

»Wir praktizieren das Vier-Augen-Prinzip«, sagte er. »Alle Beobachtungen müssen durch eine zweite Fachperson abgesichert werden.«

Chiara, die Staatsanwältin und Moira stellten sich so, dass sie nicht im Weg waren, und die Obduktion begann. Moira war erleichtert, dass die Leiche zunächst nur äußerlich begutachtet wurde. Dadurch erhielt sie etwas Zeit, sich an die Situation zu gewöhnen. Der Körper der alten Frau wirkte zerbrechlich und schutzlos auf dem kalten Metalltisch. Jetzt fielen Moira auch die zahlreichen oberflächlichen Verletzungen auf, die die Haut der Toten überzogen. Luca umrundete die Leiche Schritt für Schritt und sprach seine Beobachtungen in ein Diktiergerät. Raffaella, ein Klemmbrett und einen Stift in der Hand, blieb immer dicht neben ihm.

»Wasserleiche, weiblich, 70 bis 80 Jahre alt. Etwa einen Meter fünfundfünfzig groß. Kleidung: hellblaues Nachthemd aus Satin mit Spitzeneinsatz am Ausschnitt, das mehrere Löcher und Risse aufweist. Hautfarbe weiß. Allgemeinzustand gut, leichtes Untergewicht. Keine Tätowierungen. Impfnarbe am linken Oberarm. Operationsnarbe am linken Knie. Pigmentflecken auf Händen und Unterarmen. Keine auffälligen Geburtsmale. Keine Schmuckstücke vorhanden. Zahnstatus: Nicht bestimmbar. Die dritten Zähne fehlen. Waschhaut an Handinnenflächen und Fußsohlen mittel ausgeprägt.« Luca nahm einen Finger der Leiche in die Hand und drückte ihn prüfend, dann zog er an einem dünnen Strang der rot gefärbten Haare. »Fingernägel und Haare fest. Abschürfungen an Knien, Bauch und Händen, vor allem an den Fingerknöcheln. Möglicherweise handelt es sich um Treibspuren.«

Luca neigte sich nun tief über den Oberkörper der Toten. »Jeweils ein kleines Hämatom an beiden Oberarmen, Durchmesser etwa fünfzehn Millimeter. Sonst keine Verletzungen erkennbar, Atemwege frei.« Er legte das Diktiergerät weg und drehte gemeinsam mit Raffaella die Leiche auf den Bauch. »Abschürfungen auch am gesamten Rücken, der Form nach

Schleifspuren. Treibspuren unwahrscheinlich. Breites, schmales Hämatom quer über den unteren Rücken. Jeweils vier kleine Hämatome an der Rückseite der Oberarme, Durchmesser etwa fünfzehn Millimeter.« Luca richtete sich auf und wandte sich an seine Assistentin. »Ist dir noch etwas aufgefallen?«

Raffaella schüttelte den Kopf. »Du hast alles erwähnt, glaube ich. Da ist nur eine Sache … Die Frau kommt mir irgendwie bekannt vor. Das Gesicht habe ich schon mal gesehen, ich kann es nur nicht einordnen.«

»Das fällt dir hoffentlich noch ein. Den Zahnstatus können wir nicht bestimmen und ihre Narben sind nicht ungewöhnlich. Misst du bitte noch die Temperatur und die Körpergröße?«

Die Assistentin legte Klemmbrett und Stift beiseite, nahm etwas Längliches von einem Stahltablett und beugte sich über den Leichnam. Moira konnte nicht sehen, was sie genau tat, und war darüber auch ganz froh.

Luca blickte zu ihr und Chiara herüber.

»Wir beginnen jetzt mit der inneren Leichenschau. Das heißt, wir öffnen den Körper.«

Chiara räusperte sich. »In Ordnung.« Ihre Stimme klang belegt. Moira nickte nur.

Die sachliche Prozedur veränderte Moiras Blick auf den Leichnam. Er war kein Mensch mehr, sondern ein Beweisstück, eine Black Box, die möglicherweise das Geheimnis um den Tod der alten Frau preisgeben würde.

Chiara ging es wohl anders: Sie war blass und versuchte, an der Leiche vorbeizulinsen, ohne ganz wegzusehen. Aber sie hielt sich tapfer.

Luca untersuchte jedes Organ genau, dann entnahm die Sektionsassistentin Gewebeproben.

»Sie hat Wasser in der Lunge, aber es ist so gut wie keine Schaumpilzentwicklung in den Atemwegen erkennbar«, sagte sie. »Wydler- und Fritz-Zeichen ebenfalls kaum vorhanden. Das bedeutet, sie ist ertrunken und war dabei entweder schon bewusstlos oder wurde es, kurz nachdem sie im Wasser gelandet ist.«

»Danke dir«, sagte Luca freundlich. »Wir sind durch.«

Er zog sich die Handschuhe aus, warf sie in einen Mülleimer und desinfizierte sich die Hände. Dann kam er herüber.

»Der Todeszeitpunkt ist schwer einzugrenzen, aber wenn ich die Wassertemperatur berücksichtige, die in tieferen Schichten auch um diese Jahreszeit sehr kühl sein kann, hat sie zwischen zwei und vier Tagen im Wasser gelegen.«

Manzoni rieb sich das Kinn. »Sie ist also ertrunken. Wäre denkbar, dass sie absichtlich ins Wasser gegangen ist? Oder wurde sie gestoßen?«

»Ich kann mit ziemlicher Sicherheit sagen, dass hier ein atypisches Ertrinken vorliegt. Wie gesagt, war sie wahrscheinlich schon bewusstlos, als sie unterging. Oder jemand hat sie unter Wasser gedrückt. Sie hat Hämatome am Kopf, die sowohl von Schlägen als auch von einem Sturz herrühren können. Dann muss sie allerdings mehrfach aufgeprallt sein, bevor sie ins Wasser gefallen ist. Die kleinen Hämatome an ihren Oberarmen deuten darauf hin, dass jemand sie festgehalten hat – aber ob es sich dabei um einen Streit handelte oder einen Rettungsversuch, kann ich nicht sagen. Rätsel gibt mir das Hämatom auf, das sich quer über ihren Rücken zieht. Es könnte kurz nach dem Tod entstanden sein. Oder davor. Aber woher es stammt, ist unklar. Die Abschürfungen an den Händen könnten dadurch verursacht worden sein, dass der Körper durch Strömungen am Grund des Sees entlanggeschleift wurde, die am restlichen Körper von Felsen, an denen sie entlanggetrieben ist.«

Moira schauderte. Der Luganer See war bis zu dreihundert Meter tief.

Luca fuhr sich durch die Haare. »Ich nehme an, die Staatsanwaltschaft wird ein Todesermittlungsverfahren einleiten?«

»Wird sie.« Manzoni nickte energisch.

»Gehen wir in mein Büro.«

Sie folgten ihm in einen Nebenraum. Lucas Büro hatte zwei große Fenster. An der gegenüberliegenden Wand stand ein langer Schreibtisch, der mit Büchern und Aktenmappen überhäuft war. Irgendwo dazwischen stand ein Laptop. In einer Ecke gab es ein Waschbecken und auf einem Beistelltisch stand eine kleine Espressomaschine – natürlich nicht für Kapseln, sondern mit Siebträger. Moira musste lächeln, als sie das Plüschskelett bemerkte, das auf dem Besucherstuhl thronte.

»Geburtstagsgeschenk von der Belegschaft«, sagte Luca. »Ich wollte es eigentlich Alessio mitbringen, aber Valentina war der Ansicht, es sei zu gruselig für ihn.«

Moira fand überflüssig, dass er seine Frau und seinen kleinen Sohn erwähnte. Oder wollte er ihr damit etwas mitteilen?

Auch er schien sich unbehaglich zu fühlen, denn er sah auf den Boden, räusperte sich und fuhr in sachlichem Ton fort: »Ich stelle jetzt den Totenschein aus, mache das Sektionsprotokoll mit allen relevanten Informationen fertig und schicke es an die Staatsanwaltschaft.«

Manzoni und Chiara unterschrieben die schematische Zeichnung, auf der die Verletzungen eingetragen waren.

»*Santo cielo*, ich weiß, wer das ist!«, rief in diesem Moment Raffaella aus dem Sektionssaal. Sie wartete, bis alle um sie versammelt waren und sagte: »Das ist Livia, die Sängerin.« Sie blickte eindringlich in die Runde. »*Il passerotto nella neve? La Vagabonda? Non ti lascierò mai?*«

Moira sagten die Titel nichts, und auch Chiara machte ein ratloses Gesicht, aber Manzoni bekam sofort große Augen. »DIE Livia?«

Raffaella nickte eifrig. »Meine *nonna* liebt ihre Lieder und hat sie mir immer vorgespielt, als ich noch klein war.«

»Genau wie meine Mutter«, sagte Luca. »Die Nachricht, dass ihr Idol tot ist, muss ich ihr schonend beibringen. Offen gestanden wusste ich gar nicht, dass Livia noch am Leben war.«

»Sie hat sehr zurückgezogen gelebt, in einer Riesenvilla in Morcote. Angeblich hat sie seit fast zwanzig Jahren niemand mehr gesehen«, mischte sich Manzoni ins Gespräch.

Alle sahen sie an und sie wurde rot. »Bei meinem Zahnarzt im Wartezimmer liegen immer solche Klatschblätter aus.«

Moira verkniff sich ein Grinsen. In der Nähe einer Leiche lachte man nicht.

4

Wie sehr die Ereignisse sie mitgenommen hatten, merkte Moira erst, als sie die Tür der Casa Rusconi hinter sich zuzog. Einige Augenblicke lehnte sie sich mit dem Rücken dagegen und schloss die Augen. Auf einmal erschien es ihr ganz und gar unwirklich, dass sie bei einem Leichenfund dabei gewesen war und an deren Obduktion teilgenommen hatte. Luca zu sehen, fiel in eine andere Kategorie, hatte sie aber ebenfalls angestrengt.

Sie schlüpfte nicht aus ihren Sandalen, weil sich unter dem Garderobenschrank eine rote Schwanzspitze bewegte. Luise lag wieder einmal auf der Lauer, um ihr Revier zu verteidigen. Schicksalsergeben tappte Moira in Richtung Küche, zuckte aber dennoch zusammen, als die Katze sich auf ihre Füße stürzte und ihre Krallen hineinschlug. Glücklicherweise hielt der breite Fußriemen den größten Schaden fern.

Mit der Katze am Fuß humpelte Moira in die Küche und fuhr schreiend zurück, weil direkt hinter der Tür eine Gestalt auf sie wartete. Dann erkannte sie, dass sie sich vor Lady Gaga erschreckt hatte, die jemand gemeinerweise vor dem Wandschrank platziert hatte. Moira schnappte nach Luft und schluckte. Sie sah sich nach Luise um, die sich auf dem Tisch in Sicherheit gebracht hatte und sich seelenruhig die Pfote leckte.

»Ihr fieses Volk«, rief Moira. Zur Antwort erhielt sie ein boshaftes Kichern, dann hüpfte Luna durch die Terrassentür herein.

»Na endlich! Ich hab Ewigkeiten da draußen gewartet, dass du nach Hause kommst!« Luna umarmte sie mit dem ihr eigenen Ungestüm, der ebenso unerwartet zutage trat wie ihre abweisende Seite. Sie war vor Kurzem fünfzehn geworden, und man wusste nie, welcher Gemütszustand in ihrem Inneren gerade vorherrschte.

Moira legte die Arme um ihre Tochter und sog deren Geruch nach Kokosshampoo und Puder ein. Das tat gut nach den Gerüchen in der Gerichtsmedizin, die ihr noch immer in der Nase klebten.

Aber schon löste sich Luna wieder von ihr und nahm ihre Hand. »Komm mit, ich muss dir was zeigen.«

Sie zog Moira hinüber ins Wohnzimmer. Bereits im Flur hörte man lautes Schnauben und Grunzen.

»Hat sich ein Wildschwein in den *salotto* verirrt?«, fragte Moira alarmiert.

Luna prustete. »So ähnlich!«

Moira stieß die halb geöffnete Tür ganz auf und wurde Zeugin eines denkwürdigen Anblicks: Auf dem Dielenboden lag eine Art Futon, darauf bäuchlings ihr Vater Ambrogio. Nelly hockte, gewandet in ihr buntes Batikkleid, auf seinem Rücken und bearbeitete mit ihren bloßen Füßen seinen Schulterbereich.

Sie hob den Kopf und strich sich die verschwitzten Haare aus dem Gesicht. »Schön, dass du wieder da bist! Du kommst als Nächstes dran!«

Seit Nelly im Vorjahr im Thailand-Urlaub einen Massagekurs belegt hatte, war niemand in ihrer Umgebung davor gefeit, als Übungsobjekt herhalten zu müssen.

Moira sah auf die beiden hinunter. »Nein, danke. Und *papà* hatte erst vor Kurzem einen Schlaganfall. Ich weiß nicht, ob das das Richtige für ihn ist.«

»Doch, das ist großartig«, keuchte Ambrogio. »Endlich fühlt sich mein Rücken nicht mehr an wie ein Brett.«

»Dann ist es ja gut.«

»Wie war es denn noch?«, erkundigte sich Nelly, während sie weiter mit ihren Fersen Ambrogios Rücken durchwalkte. »Das hat ja Stunden gedauert.«

»Ich war noch bei der Obduktion dabei«, sagte Moira.

»Aber du bist doch gar nicht mehr bei der Polizei.«

»Ich war nie bei der Polizei«, korrigierte Moira sie. »Ich habe nur auf Honorarbasis als Aushilfsdolmetscherin gearbeitet.«

Ihre Mutter wischte das mit einer Handbewegung beiseite. »Immerhin haben sie dir zu verdanken, dass der Fall gelöst wurde. Haben sie denn schon herausgefunden, wer die arme Frau im See war?«

»Ja, allerdings eher zufällig. Eine Sängerin namens Livia. Sie war wohl in den Sechzigern und Siebzigern ganz erfolgreich.«

Ambrogio hob den Kopf. »Livia? DIE Livia?«

»Ich weiß nicht, ob es noch andere gibt. Sie hat hier im Tessin gelebt.«

Nelly hatte aufgehört, Ambrogios Nacken zu massieren, stieg jetzt von ihm herunter und stand auf.

»Mein Gott, dass sie so ein Ende nehmen musste.«

Moira sah zwischen ihren Eltern hin und her. »Was ist denn los?«

Ambrogio rappelte sich ächzend auf. »Wir haben sie gekannt. Und du hast sogar schon auf ihrem Schoß gesessen.«

Kurz darauf saß Moira mit ihren Eltern am Küchentisch und schenkte ihnen einen Grappa ein. Beide waren blass und schienen es nötig zu haben.

Ambrogio kippte sein Glas unzeremoniell hinunter und seufzte kummervoll. »Ich kann das immer noch nicht glauben.« Nelly tätschelte seinen Arm. »Ich auch nicht, mein Lieber. Einfach furchtbar, trotz allem.«

»Woher kanntet ihr Livia denn so gut?«

Ihr Vater räusperte sich. »Sie hat Deutschstunden bei mir genommen, um ihren Akzent loszuwerden. Die Plattenfirma wollte sie damals über das Tessin und Italien hinaus bekannter machen und hatte deutschsprachige Lieder für sie schreiben lassen. Zwei oder drei Mal hat sie uns hier besucht. Du warst zu klein, um dich daran zu erinnern, aber irgendwo gibt es noch ein Foto von dir, wie du auf Livias Schoß sitzt.«

»Das ist ja verrückt.« Jetzt war auch Moira nach einem Grappa.

»Angefangen hatte es, weil ich mich mit ihrer Cousine Augusta anfreundete«, sagte Nelly. Ihre Finger drehten das leere Glas. »Die war damals eine Art Assistentin und hat Livia überall hinbegleitet. Wir haben uns ganz banal auf dem Wochenmarkt kennengelernt, waren ungefähr gleichalt, und ich kannte kaum jemanden, nachdem ich hierhergezogen war.

Livia war damals schon richtig berühmt und meistens auf Tournee. In diesen Phasen blieb Augusta bei Livias Mutter, der es gesundheitlich nicht gut ging. Sie lebten in einem schönen Haus in Viganello. Das hatte natürlich Livia ihr gekauft. Dort habe ich sie ein paar Mal getroffen, wenn sie ihre Mutter besuchte.« Nellys Gesicht nahm einen verklärten Ausdruck an. »Wenn Livia kam, brachte sie immer so einen Hauch der großen Welt mit. Sie war so mondän und selbstsicher – man wäre nie darauf gekommen, dass sie in bitterster Armut aufgewachsen ist. Augusta und ich waren ja deutlich jünger als sie und haben sie maßlos bewundert. Wir waren leicht zu beeindrucken.« Nelly lachte leise. Moira wurde bewusst, wie wenig sie vom Leben ihrer Mutter wusste.

»Hast du irgendwelche Infos zu Livias Familie?«

Nelly zuckte die Achseln. »Dein Vater kannte sie weit besser als ich.« Sie öffnete die Tür zum Garten und trat auf die Terrasse.

Ambrogio zog die buschigen Augenbrauen hoch und legte die Stirn in Falten. »Ich habe ihr nur Deutschunterricht gegeben. Über Persönliches haben wir nie gesprochen. Aber es trifft einen immer, wenn jemand stirbt, den man früher einmal kannte. Dann wird einem bewusst, dass man selbst bald an der Reihe ist.«

»Hattet ihr denn die ganze Zeit über noch Kontakt?«

Ambrogio blickte auf die Tischkante. »Nein, der ist im Sande verlaufen, nachdem die Deutschstunden beendet waren. Livia war ja meistens unterwegs, und deine Mutter und ich waren mit uns selbst beschäftigt. Ich hatte die Stelle in Zürich angenommen und ihr seid wenig später nach Deutschland zurückgegangen.«

Er sah Moira von unten herauf an und hob die Schultern. »Dass ich euch habe gehen lassen, ist das, was ich in meinem Leben am meisten bereue.«

Moira lächelte ihren Vater an und strich über seine Hand. »Aber jetzt sind wir alle hier zusammen, und das zählt doch auch.«

»Da hast du recht, *tesoro*.« Ambrogio stand auf. »So, ich muss mal meinen Abendrundgang zu den Bienenstöcken machen. Ich habe in den letzten Tagen einen Fuchs im Garten herumschleichen sehen.«

Er ging hinaus und Moira hörte ihn auf der Terrasse kurz mit Nelly sprechen. Dann kam ihre Mutter wieder herein.

»Ich musste diesen Schreck erst einmal verdauen«, sagte sie betont munter und lächelte ein wenig schief. »Dumm, ich weiß. Schließlich kannte ich Livia nicht einmal besonders gut.«

Sie holte ein Glas aus dem Buffetschrank, ließ sich am Spülbecken Wasser ein und trank in großen Schlucken.

»Was wurde eigentlich aus Augusta?«, fragte Moira.

»Zu der habe ich den Kontakt verloren, als du auf die Welt

kamst. Danach hatte ich keine Zeit mehr, am Lido Cocktails zu schlürfen oder abends Essen zu gehen.«

»Du hast während der Schwangerschaft Cocktails getrunken?«

Nelly zuckte mit den Schultern. »Haben damals alle getan. Offensichtlich hat es dir nicht geschadet.«

»Pures Glück! Hast du wirklich nie wieder von ihr gehört?«

»Damals war es nicht so einfach, in Kontakt zu bleiben wie heute. Und ich war hier ganz schön eingespannt zwischen meinen Mutterpflichten, dem Haushalt und dem ganzen Rest.« Sie seufzte in Erinnerung daran.

Luna steckte den Kopf durch die Tür. »Alles in Ordnung bei euch?«

»Aber natürlich, mein Schatz!«, sagte Nelly in ihrem gewohnt munteren Tonfall und stand auf. »Weißt du was? Wir klettern jetzt auf den Dachboden. Da müssen noch die alten Platten von Livia sein. Und ein Plattenspieler. Hast du sowas überhaupt schon mal gesehen?«

»Nur im Internet. Wer ist Livia? Gibt es auf dem Dachboden noch mehr altes Zeug?«

»Wenn dein *nonno* nicht ausgemistet hat, was ich stark annehme, lagern da oben die Schätze von Generationen.«

»Super!« Luna hüpfte auf der Stelle und schoss dann die Treppe hinauf.

Nelly lachte. »So ein Irrwisch!«

»Gebt Bescheid, wenn ihr Hilfe braucht.«

Moira fütterte die Katzen, dann schenkte sie sich ein Glas Wein ein und setzte sich ins Wohnzimmer. Kurz danach war auch Ambrogio zurück.

»Dieser Fuchs hat meine Gartenschuhe zerbissen«, klagte er. »Jetzt wagt er sich schon bis ans Haus heran.«

»Müssen wir uns Sorgen um die Katzen machen?«

»Die wissen sich schon zu wehren.« Ambrogio ließ sich auf seinem bevorzugten Platz auf dem Sofa nieder, der schon ganz durchgesessen war.

Auf der Treppe polterte es, dann kamen Luna und Nelly herein, zwischen sich eine verstaubte Umzugskiste. Sie stellten sie auf dem Couchtisch ab. Nelly wischte mit dem Handrücken den Staub weg und öffnete den Deckel.

»Ich will!« Luna holte vorsichtig einen alten Reiseplattenspieler mit Deckel aus der Kiste, dann mehrere Langspielplatten.

»Wahnsinn, das Ding ist antik«, sagte sie ehrfürchtig.

»Ich wusste gar nicht, dass das bei mir herumsteht«, sagte Ambrogio.

Luna ließ sich von ihm erklären, wie das Gerät funktionierte und legte dann eine der Platten auf. Eine rauchige Frauenstimme, die gelegentlich ins Heisere kippte, erklang. Sie sang auf Italienisch etwas von einem Ausflug ans Meer. Moira nahm die Hülle und betrachtete sie. Auf der Vorderseite war eine sehr junge Frau abgebildet, die ein hellgrünes Minikleid trug und deren rotes Haar zu einer Außenrolle frisiert war. Ihre Augen hatte sie dick mit schwarzem Kajal umrandet.

Das Album trug den schlichten Titel »Livia«. Moira versuchte, die strahlende junge Frau mit dem gebrechlichen Körper auf dem Sektionstisch in Einklang zu bringen, aber es gelang ihr nicht. Konnte man überhaupt sagen, dass man nach fünfzig oder mehr Jahren noch derselbe Mensch war? Sie selbst hatte das Gefühl, sich allein in den letzten fünfzehn Jahren so stark verändert zu haben, dass sie mit ihrem früheren Ich fremdelte. Wenn sie zurückblickte, fand sie sich naiv, sorglos und sogar ein wenig oberflächlich. Wahrscheinlich lag es daran, dass man nicht wusste, was einem noch bevorstand. Die junge Frau auf dem Plattencover war sicher voller Pläne gewesen, ohne zu ahnen, dass sie eines Tages ihr Ende am Grund eines Sees finden würde.

5

»Kann ich reinkommen?« Moira steckte ihren Kopf durch die halb geöffnete Tür von Gabriellas Krankenzimmer im städtischen Krankenhaus von Lugano.

»Ich bin wach.« Gabriella Motta saß aufrecht im Bett, von mehreren Kissen gestützt. Moira erschrak über die Blässe und die dunklen Ringe unter den Augen der Gastwirtin. Doch sie ließ sich nichts anmerken und lächelte unbekümmert.

»Ich bin so froh, dass man dich endlich besuchen kann. Wie fühlst du dich?« »Wie man sich so fühlt, wenn man dem Tod knapp von der Schippe gesprungen ist«, sagte Gabriella trocken. »Tut mir wirklich leid, was dir passiert ist.«

Gabriella winkte ab. »Du kannst ja nichts dafür. Schreckliche Sache mit dem Toten im Eiskeller.« Moira zog den Besucherstuhl neben das Krankenbett und setzte sich. »Ja, furchtbar. Reden wir nicht mehr darüber, ich will das alles so schnell wie möglich vergessen. Wie läuft es in der Osteria?« »Momentan ist sie noch geschlossen.«

»Ihr müsst unbedingt bald wieder öffnen! Wenn die Gäste erst einmal weg sind, kommen sie so schnell nicht wieder.«

»Alle im Dorf wissen, was passiert ist. Die werden wiederkommen, spätestens wenn du zurück bist. Und mein Vater und Vittorio planen schon eine Weinprobe für nächstes Wochenende.«

Gabriella ließ sich in die Kissen sinken. »Immerhin etwas. Ich schaue, dass ich so schnell wie möglich wieder auf die Beine komme. Momentan bin ich schon völlig erledigt, wenn ich nur die paar Schritte bis zur Toilette laufe.«

»Das wird wieder.« Moira versuchte, zuversichtlich zu klingen. »Bald stehst du wieder im *Il Mulino* hinter dem Tresen. Und bis dahin kümmern wir uns um den Laden, versprochen.«

Gabriella nickte. Sie wirkte erschöpft, daher stand Moira auf und verabschiedete sich.

Auf dem Weg zur Bushaltestelle genoss Moira den weiten Blick auf das Dächermeer von Lugano, den See und die umliegenden Hügel, der wie immer jede Schwere von ihr nahm. Während sie auf den Bus ins Zentrum wartete, klingelte ihr Telefon. Chiara. Sie klang atemlos.

»Bist du beim Joggen?«, fragte Moira.

»Nein, wieso? Aber ich habe gute Nachrichten: Mein Vater will dich wieder als Dolmetscherin für die Mordkommission.«

Moira brauchte einige Augenblicke, um ihre Antwort zu formulieren. »Das ist schmeichelhaft, und prinzipiell habe ich auch Lust, aber ich kann nicht. Meine Tochter ist ja für die Ferien hier, und wir wollen alles Mögliche unternehmen.«

»Oh.« Man hörte Chiara die Enttäuschung an. »Das ist schade. Wir haben so gut zusammengearbeitet – das musste auch mein Vater einsehen. Und wir bräuchten unbedingt wieder jemanden im Team, der dolmetschen kann.«

»Dafür habt ihr doch genug andere Leute.«

»So viele auch nicht. Und die machen einfach nur ihren Job. Mit uns beiden war das anders. Wir haben uns prima ergänzt. Du siehst die Dinge aus einem ganz anderen Blickwinkel als ich.«

Moira knabberte an ihrem Daumennagel. »Reizen würde es mich schon. Meine Mutter war übrigens mit Livias Schwester befreundet.«

»Siehst du! Das meine ich. Bitte, ich hab keine Lust, mit jemand anderem zusammenzuarbeiten!«

»Gib mir einen Moment. Ich ruf dich zurück.«

Moira legte auf und wanderte vor dem Wartehäuschen hin und her, während sie überlegte, wie sie sich entscheiden sollte. Wenn sie sich selbst gegenüber ehrlich war, wäre ihr nichts lieber gewesen als wieder zusammen mit Chiara zu ermitteln. Sie hatte in menschliche Abgründe geblickt und war sogar ernsthaft in Gefahr geraten – aber sie hatte seit Jahren nicht mehr so viel Abwechslung in ihrem Leben gehabt.

Moira verschob die Entscheidung und fuhr nach Hause – das genau genommen das Zuhause ihres Vaters war, aber sie fühlte sich schon so heimisch im Dorf und der Casa Rusconi, als lebte sie seit Langem dort.

Luna war wohl auf ihrem Zimmer, sodass Moira in Ruhe mit ihren Eltern reden konnte. Die beiden saßen mit einer Flasche Weißwein auf einer alten Armeedecke im Garten. Nelly war barfuß, trug ein weißes Kleid und einen breitkrempigen Strohhut. Ihr Lachen, so klar wie das einer jungen Frau, mischte sich mit der Bassstimme von Ambrogio. Die beiden wirkten so vertraut miteinander, dass Moira unwillkürlich in einiger Entfernung stehenblieb und sie betrachtete. Ambrogio beugte sich vor und zupfte Nelly einen Grashalm vom Kleid, sie legte kurz die Hand auf seinen Arm. Dann stießen sie mit ihren Gläsern an und prosteten sich zu.

Moira fragte sich, wie wohl ihrer aller Leben verlaufen wäre, hätten ihre Eltern sich nicht getrennt. Wahrscheinlich hätte sie den Job in Lima nicht angenommen, Javier nicht kennengelernt, Luna nicht gekriegt. Auch Javiers Verlust wäre ihr erspart geblieben. Möglicherweise hätte sie einen ganz anderen Beruf ergriffen, ihren Jugendschwarm Luca geheiratet und ihr Leben hier im Tessin verbracht. Sie überlegte, ob dieses Leben besser gewesen wäre, wurde jedoch unterbrochen, denn ihre Eltern hatten sie entdeckt und winkten ihr zu. Moira setzte sich zu ihnen auf die Picknickdecke.

»Du hättest dir ein Glas mitbringen sollen. Hier.« Nelly hielt Moira ihr eigenes hin. Der Wein schmeckte kühl und frisch. Dem Pegel der Flasche nach zu urteilen, hatten ihre Eltern schon reichlich davon genossen.

Moira erzählte den beiden von Chiaras Angebot.

»Ich habe mich auf die Ferien mit Luna gefreut, aber ich würde auch total gerne mithelfen, Livias Tod aufzuklären. Ich mag meinen Übersetzungsjob, aber die Einblicke, die man bei der Polizei in das Leben anderer Menschen bekommt, sind einfach faszinierend. Und wenn ich ganz ehrlich bin, hat das beim letzten Mal auch meinen Jagdinstinkt geweckt. Dahinterzukommen, wer die Tat begangen hat und warum, fühlte sich richtig gut an.«

»Ja, wenn man direkt in einen Pistolenlauf blickt und beinahe verbrennt, fühlt man sich erst so richtig lebendig«, kommentierte Ambrogio, dessen Bart bei ihrem letzten Abenteuer so sehr angesengt worden war, dass er ihn extrem hatte kürzen müssen.

»Dir hat es auch Spaß gemacht, nach den verschwundenen Hermann-Hesse-Briefen zu forschen, gib es ruhig zu.«

Nelly sagte: »Luna kann auch was mit uns unternehmen. So schnell kriegt sie uns beide nicht mehr auf einmal. Und du wirst kaum rund um die Uhr ermitteln. Da bleibt dir noch genug Freizeit.«

»Ja, mach es«, sagte auch Ambrogio. »Aber bring dich nicht wieder in Lebensgefahr.«

»Ich versuche es. Danke euch!« Moira gab erst Ambrogio, dann Nelly einen Kuss und stand auf. »Dann spreche ich mal mit Luna.«

Trotz des schönen Wetters hatte Luna sich in ihr Bett zurückgezogen und trug einen knallblauen Kopfhörer. Zu Moiras Überraschung leistete ihr Elfriede, die scheuste der fünf Katzen, Gesellschaft. Sie hatte sich auf den Rücken geworfen und streckte alle vier Pfoten von sich, damit Luna ihr den Bauch kraulen konnte.

»Wie ich sehe hast du schon Freundschaft geschlossen.« Moira setzte sich neben Luna aufs Bett. Die nahm die Kopfhörer ab. »Was?«

»Dass Elfriede sich bei dir wohlfühlt, ist eine besondere Ehre. Normalerweise hält sie sich von Menschen lieber fern.«

»Ich mag sie am liebsten, das merkt sie«, erklärte Luna.

»Ganz bestimmt sogar. Katzen sind sehr sensibel. Kann ich dich kurz stören?«

»Tust du ja schon.« Luna grinste.

Wieder erzählte Moira von Chiaras Angebot. »Ich werde nicht so viel Zeit für Unternehmungen haben, wie geplant, aber ich versuche, bei so vielen Sachen wie möglich dabei zu sein.«

»Okay, kein Problem«, sagte Luna und setzte sich die Kopfhörer wieder auf. Damit war das Thema für sie erledigt.

Moira rief Chiara an und sagte ihr zu.

6

Die Villa der toten Diva lag in Morcote, allerdings nicht am See, sondern an einem Steilhang hoch über dem See, leicht vorgelagert auf einem Felsvorsprung. Chiara parkte vor dem Haupteingang und sie stiegen aus.

»Wahnsinn!« Moira blickte an der Fassade hinauf. Der Prachtbau war mit Simsen und Verzierungen überzogen, prunkte mit Erkern und Säulen. Am rechten Gebäudeflügel erhob sich ein Turm mit einem kupferbeschlagenen Kuppeldach. Zwei steinerne Löwen flankierten die Treppe, die zum Eingang führte. Doch die Wächter trugen Scharten im Fell, Moos nistete in ihren Mähnen und Unkraut überwucherte ihre Pranken. Von der Fassade bröckelte der Putz und mehrere Fensterläden, die einen neuen Anstrich nötig hatten, hingen schief. Der Zaun, dessen Stangen mit scharfen Spitzen versehen waren, war verrostet.

»Ein richtiges Spukhaus.« Chiara trat neben Moira und öffnete das verschnörkelte Tor. Jetzt fiel ihr auf, dass darüber geschmiedete Buchstaben die Worte *Villa Rondine* formten. *Villa Schwalbe.* Die Haustüre stand offen und in der schwarz-weiß gefliesten Eingangshalle erwartete sie eine uniformierte Polizistin.

»Die Kriminaltechnik ist schon weg. Den *Capo Area* und seine Begleitung finden Sie auf der Terrasse.« Sie deutete vage hinter sich.

»Danke, *Caporale.*« Chiara nickte der Polizistin zu. »Moira, kommst du?«

Moira riss sich vom Anblick der Marmortreppe mit ihrer mächtigen Balustrade los und holte zu Chiara auf. »Das ist ja der reinste Palast!«

»Die Frau war zu ihrer Zeit ein Superstar, da spielte Geld wohl keine Rolle.«

»Zumindest früher«, erwiderte Moira. »Ist dir aufgefallen, wie vernachlässigt das Haus wirkt?«

Chiara nickte. »Ravi recherchiert schon Livias finanzielle Situation und kann uns nachher sicher einiges erzählen.«

Moira berichtete Chiara genauer, was sie über Livia wusste. »Ist es nicht seltsam, dass ich sogar schon auf ihrem Schoß gesessen habe?«

»Im Tessin kennt wirklich jeder jeden. Schade, dass dein Vater keinen Kontakt mehr zu ihr hatte. Sonst könnte er uns sicher bei der Aufklärung des Falls helfen.«

Sie durchquerten einen Raum von den Ausmaßen eines Ballsaals, der anscheinend als Salon gedient hatte. Die wenigen Möbel wirkten willkürlich platziert, als hätte jemand umgeräumt und mittendrin sein Vorhaben aufgegeben. Eine Bodenvase war umgestürzt oder umgeworfen worden und lag zerbrochen auf dem Parkett. An der Wand hing ein einziges Bild: Eine Leinwand in Rot- und Gelbtönen, gut drei Meter breit und zwei Meter hoch. Moira musste es aus einiger Entfernung betrachten, um das Motiv zu erkennen: Ein Sonnenuntergang oder -aufgang. Die Pinselstriche waren lebhaft und der Maler hatte die Farbe dick aufgetragen. Das moderne Bild passte erstaunlich gut in die Architektur des neunzehnten Jahrhunderts.

»Interessanter Stilmix«, sagte Moira. »Das da ist ein Vitra-Sessel.« Sie deutete auf einen kugelförmigen Sessel mit roter Polsterung. »Und das Ledersofa ist von Corbusier.«

Chiara sah sie erstaunt an.

»Ich habe mal einen Katalog für eine Möbelausstellung

übersetzt«, erklärte Moira. Dann rümpfte sie die Nase. »Riechst du das auch?«

»Ja, leider. Irgendwie streng.«

Die Türen zur rückwärtigen Terrasse standen offen. Sie traten hinaus. Rechts von ihnen entdeckten sie zwei Männer an der Brüstung. Die gedrungene Gestalt von Maurizio Ferrone war unverkennbar, den zweiten Mann hatte Moira noch nie gesehen. Er war groß, hatte eine Glatze und trug trotz der warmen Temperaturen einen dunklen Anzug.

Moira versuchte, selbstsicher zu wirken, reckte das Kinn und ging zielstrebig auf die beiden zu. *Commissario* Ferrone war nicht ihr größter Fan und konnte ziemlich harsch auftreten. Doch er reichte ihr die Hand und begrüßte sie höflich. Dass er sich derart zivilisiert benahm, musste an dem Fremden liegen – demnach war dieser wohl wichtig.

»Darf ich vorstellen: Vincent Kastenstein.« Ferrone mühte sich mit dem sperrigen deutschen Namen ab. »Er wird unser Team im Rahmen eines Pilotprojekts als Fallanalytiker verstärken. Signor Kastenstein wurde beim FBI ausgebildet und kann sicher wertvolle Erkenntnisse zu den Ermittlungen beitragen.«

»FBI – das klingt wirklich spannend!« Moira stellte sich vor und schüttelte Kastenstein die Hand. Er sah sie freundlich durch seine modische, schwarze Brille an.

»Ich werde Ihre Hilfe sicher brauchen«, sagte er auf Deutsch. »Mein Italienisch lässt noch zu wünschen übrig, auch wenn ich mich bemühe, stetig dazuzulernen.«

»Jederzeit gerne.«

Chiaras Begrüßung fiel höflich, aber kühl aus. Moira kannte sie inzwischen gut genug, um das zu merken.

»Dann wollen wir uns mal umschauen«, sagte Kastenstein. »*Commissario* Ferrone hat mich bereits mit den Details vertraut gemacht, und ich konnte mir den Obduktionsbericht ansehen.«

Moira übertrug seine Worte ins Italienische. Sie hoffte, der Fallanalytiker würde nicht die ganze Zeit dabei sein, sonst würden die nächsten Tage sehr anstrengend für sie werden.

»Es sind mehrere Leute unterwegs, um die Nachbarn zu befragen«, sagte Ferrone. »Die Resultate erfahren wir dann morgen beim Treffen der Sonderkommission. Genauso wie die Auswertungen der Kriminaltechnik, soweit sie schon vorliegen.«

»Verstanden. Fangen wir hier auf der Terrasse an.« Chiara trat an die steinerne Brüstung, die man nachträglich mit einer Eisenstange erhöht hatte. »Gut möglich, dass Livia von hier oben in den See gestürzt ist.«

Moira wagte einen Blick nach unten. Ihr wurde leicht schwindelig und ihre Knie gaben etwas nach, aber sie zwang sich dazu, sich den Steilhang unterhalb der Terrasse genau anzusehen. Der Untergrund bestand aus Felsen, bedeckt von einer dünnen Erdschicht, auf der Gräser und einige dürre Büsche wuchsen. Der Hang mündete direkt in den See. Die Straße musste hier durch einen Tunnel im Inneren der Felsnase führen, was von hier oben jedoch nicht erkennbar war.

»Da drüben gibt es Anzeichen für einen Abrutsch.« Chiara zeigte auf eine Stelle mehrere Meter rechts von ihnen. Alle gingen hinüber und blickten senkrecht von oben auf die Spuren.

»Das da vorne könnte der Aufschlagpunkt sein. Ja, das würde passen«, bestätigte Kastenstein, zu Moiras Erleichterung diesmal auf Italienisch. Sie musste ihm nur mit der Vokabel *punto d'impatto* aushelfen.

»Eindeutig. Sie ist erst ein Stück gefallen und dort aufgekommen, wo am Fuß der Mauer das Gebüsch abgeknickt ist. Das sieht man ja sofort.«

Moira wunderte sich über Chiaras gereizten Tonfall. Die Inspektorin war normalerweise offen und freundlich.

»Fragt sich, ob sie gestürzt ist oder gestoßen wurde.« Kastenstein beugte sich gefährlich weit über die Brüstung.

»Könnte der Bluterguss am Rücken daher stammen, dass sie gegen das Geländer gedrückt wurde?«, fragte Moira. Alle Gesichter wandten sich ihr zu.

»Das wäre möglich.« Ferrone rieb sich das Kinn. Moira fiel auf, dass es nicht ganz so glatt rasiert war wie sonst.

»Das würde auch zu den Griffspuren auf ihren Oberarmen passen«, sagte Chiara. »Jemand hat sie festgehalten, gegen das Geländer gedrückt, und dann ist sie entweder übergekippt oder wurde geschoben.« Die Polizistin betrachtete nachdenklich den breiten Handlauf. »Ich glaube nicht, dass Livia bei ihrer Körpergröße von selbst über die Brüstung hätte fallen können – sie ist zu hoch. Und um darauf zu klettern, hätte sie einen Tritt gebraucht – wahrscheinlich wäre sie aber sogar dann zu gebrechlich gewesen.«

»Und hätte keinen Bluterguss am Rücken«, ergänzte Ferrone, als hätte Moira das nicht gerade erwähnt. »Ich denke, wir können davon ausgehen, dass es sich weder um Suizid noch um einen selbstverschuldeten Unfall handelt.«

»Das wäre doch schon eine prima Arbeitshypothese. Gute Arbeit«, sagte Kastenstein anerkennend. Doch Chiara freute sich nicht, sondern entgegnete kühl: »Für eine Arbeitshypothese halte ich es noch zu früh. Erst einmal sollten wir uns das Innere des Hauses ansehen.«

Der Fallanalytiker hob die Hände. »Einverstanden.«

»Wurde der Hang schon mit einer Drohne untersucht?«, fragte Ferrone.

»Ich veranlasse das«, sagte Chiara eilig, bevor der *Capo Area*, der zudem ihr leiblicher Vater war, einen seiner berüchtigten Wutanfälle bekam.

Auf dem Weg ins Haus hielt Chiara an der Terrassentür inne. »Die wurde ja aufgebrochen!«

Moira sah ihr über die Schulter. Der Türrahmen neben dem Schloss war zersplittert und eingedellt.

»Sieht aus, als hätte dort jemand ein Brecheisen angesetzt.«

»Die Kriminaltechnik hat schon alle möglichen Spuren um das Schloss herum gesichert«, sagte Ferrone.

»Wie weit stand die Tür offen?« Chiara musterte das kaputte Schloss mit zusammengezogenen Augenbrauen.

»Etwa zur Hälfte.«

Chiara nickte nur und sagte nichts.

Sie gingen ins Haus und trafen dort auf Staatsanwältin Arianna Manzoni, die durch die Vorhalle eilte.

»Ich wurde aufgehalten«, keuchte sie. Ihre Brust wogte wie das Meer bei Sturm und sie legte eine Hand darauf, als wollte sie die Wellen zähmen.

»Keine Sorge, geschätzte *Signora procuratrice*, wir haben gerade erst begonnen«, säuselte Ferrone.

»Sehr gut, dann schließe ich mich einfach an.«

Manzoni schien Kastenstein bereits zu kennen, denn sie nickte ihm nur kurz zu.

»Können wir schon sagen, ob es sich um einen Unfall oder ein Tötungsdelikt handelt?«, fragte Manzoni.

»Bis jetzt noch nicht, aber es wurde eingebrochen.« Chiara berichtete von den Erkenntnissen, die sie auf der Terrasse gewonnen hatten.

Sie nahmen sich zuerst das Erdgeschoss vor. Im Salon fand sich außer der kaputten Vase nichts Ungewöhnliches.

»Es ist sehr sauber, finde ich«, sagte Chiara.

»Also hat sie wahrscheinlich eine Putzkraft.« Moira strich mit dem Zeigefinger über die Rundung des Kugelsessels. Tatsächlich blieb kaum Staub daran hängen.

Chiara nickte. »Hoffentlich hat sie deren Telefonnummer irgendwo aufgeschrieben, sonst müssen wir hier jemanden postieren, der sie abfängt.«

»Diese Putzkraft war aber nicht überall so gründlich«, bemerkte Manzoni und verzog das Gesicht. »Wo kommt nur dieser Geruch her?«

Sie folgten dem strengen Aroma einen kurzen Korridor entlang, der sie in eine kleine Küche führte. Auch hier wirkte alles ordentlich, allerdings gab es Anzeichen dafür, dass die Küche in Gebrauch war. Auf der Arbeitsplatte hatte eine Tasse einen Kaffeerand hinterlassen.

»Die Spurensicherung hat ein benutztes Weinglas mitgenommen, das in der Spüle stand«, sagte Ferrone. »Und ein Küchenhandtuch, das zusammengeknüllt auf dem Boden lag.«

Moira fühlte sich durch die Anwesenheit Ferrones und Kastensteins gehemmt, sagte aber dennoch, was ihr in den Sinn kam.

»Hatte die Leiche eigentlich Alkohol im Blut?«

»Ja, 0,8 Promille«, antwortete Chiara. »Das könnte schon ausreichen, um das Gleichgewicht zu verlieren. In ihrem Alter war sie vielleicht sowieso nicht mehr sicher auf den Beinen.«

»Vielleicht hat die Person, deren Abdrücke auf ihren Armen zurückgeblieben sind, versucht, sie festzuhalten«, sagte Moira.

»Stimmt, das hat auch *dottore* Cavadini angemerkt.« Chiara nickte anerkennend.

»Mir scheint das doch eher auf einen Streit hinzuweisen«, widersprach Kastenstein, der sich die ganze Zeit schweigend umgesehen und gelegentlich genickt hatte.

»Oder die Fingerabdrücke auf ihren Armen sind unabhängig von dem Sturz entstanden«, warf die Staatsanwältin ein.

»Wir sollten nichts ausschließen. Das verengt bekanntlich den Blick«, bemerkte Chiara etwas spitz.

»Vollkommen Ihrer Ansicht, Kollegin.« Kastenstein hob wieder die Hände, als wollte er sich ergeben.

»Diese Küche ist zu klein für so viele Leute. Ich rauche draußen eine Zigarette.« Arianna Manzoni verließ den Raum.

Chiara und Ferrone untersuchten die Küchenschränke, entdeckten aber nichts Interessantes. Dennoch gewann Livia für Moira immer mehr Konturen. Das Geschirr war aus feinem Porzellan, die Gläser aus Bleikristall, doch etliche Stücke waren angeschlagen. Entweder hatte die Sängerin im Alter keinen Wert mehr auf Äußerlichkeiten gelegt oder unter Geldmangel gelitten.

Chiara öffnete einen Unterschrank und mehrere leere Flaschen fielen klirrend heraus. »*Porca miseria*!«

Sie ging in die Hocke und begann, die Flaschen einzusammeln. »Pfefferminzlikör, igitt!«

Moira rüttelte an einer schmalen Tür, die wohl in eine Besenkammer führte. »Hier ist abgeschlossen.«

Sie bückte sich und spähte durch das altmodische Schlüsselloch. »Alles dunkel, aber ich glaube, der Schlüssel steckt nicht von innen.«

»Wie auch?«, sagte Ferrone sarkastisch. »Besenkammern sind selten von innen abgeschlossen. Am besten konzentrieren Sie sich darauf, wofür Sie da sind, nämlich zu dolmetschen.« Er schüttelte den Kopf, als bedauerte er, Moira erneut engagiert zu haben.

Moiras erster Impuls war, ihm eine gepfefferte Antwort entgegenzuschleudern, aber erstens fiel ihr keine ein, und zweitens würde er sie dann möglicherweise tatsächlich erneut feuern. Sie lehnte sich an die Spüle und verschränkte demonstrativ die Arme. Chiara warf ihr einen kurzen Blick zu und zuckte leicht die Schultern, als wolle sie sagen, so sei ihr Vater eben.

»Der Schlüssel ist bestimmt hier irgendwo.« Chiara sah in

die Oberschränke und zog Schubladen auf. »Aha! Es gibt in wirklich jedem Haushalt eine Schublade für *cianfrusaglie.*«

Kastenstein sah sie verständnislos an und Moira sagte »Krimskrams, Schnickschnack.« Sie war ein bisschen stolz, dass sie das Wort kannte.

»Aha, *Karsumpel*!«, sagte Kastenstein und grinste. »So sagen wir in der Deutschschweiz.«

Moira lächelte zurück. Sie war noch nicht sicher, ob der Deutschschweizer ihr sympathisch war. Auf jeden Fall wirkte er kompetent: Er sah sich genau um, wobei ein Blick jedes Detail genau zu erfassen schien, und Moira fragte sich, ob er möglicherweise eine Art fotografisches Gedächtnis besaß.

»Der könnte passen.« Chiara hielt einen großen Eisenschlüssel hoch. Sie wandte sich der Besenkammer zu, schloss auf und öffnete vorsichtig die Tür.

»Das hätte ich nicht erwartet.« Chiara trat beiseite und gab den Blick auf einen schmalen Gang frei. »Eine ziemlich lange Besenkammer. Wer geht voran?«

»Ich natürlich.« Ferrone trat vor und leuchtete mit seinem Mobiltelefon in den Gang hinein. Er war gerade so breit wie die Tür und mit dunklem Holz getäfelt.

Moira hielt sich dicht hinter Ferrone und Chiara. Es war beruhigend, Kastenstein in ihrem Rücken zu wissen. Im Gang verstärkte sich der strenge Geruch. Ferrone hustete mehrmals würgend, während sie sich Schritt für Schritt voranschoben. Es herrschte eine seltsame, betäubende Stille, durchbrochen nur vom Scharren ihrer Schuhe auf dem Steinboden und ihren Atemgeräuschen. Moira konnte nicht erkennen, was vor ihnen lag, da die beiden anderen ihr die Sicht versperrten. Nach wenigen Metern stoppte die kleine Karawane. Ferrone polterte gegen Holz, dann schwang eine weitere Tür auf und gedämpftes Tageslicht fiel in den Gang. Ferrone betrat den Raum hinter der Tür.

»Nicht zu fassen! Alle zurück! Hier müssen erst die Spuren gesichert werden.«

Moira brannte vor Neugier auf das geheime Zimmer, aber ihr blieb nichts anderes übrig, als sich umzudrehen und Kastenstein zurück in die Küche zu folgen.

Arianna Manzoni betrat gerade ebenfalls wieder die Küche und machte ein erstauntes Gesicht, als sie Kastenstein und Moira aus der scheinbaren Besenkammer kommen sah. Der Fallanalytiker richtete sich auf und streckte sich ächzend.

Auch Chiara und Ferrone erschienen wieder. Der *Capo Area* hatte bereits das Telefon am Ohr und forderte noch einmal die Kriminaltechnik an. Währenddessen erzählte Chiara der Staatsanwältin von dem versteckten Raum.

»Konntest du was sehen?«, fragte Moira, aber Chiara schüttelte den Kopf. »Mein Va… der Chef hat ziemlich breite Schultern.«

Manzoni blickte auf ihre Armbanduhr. »Ich muss los, ein wichtiger Termin. Aber ich denke, Sie kommen auch ohne mich zurecht.«

Sie verabschiedete sich. Moira und die anderen entschieden, sich das obere Stockwerk anzusehen, während sie warteten. Es wirkte, als würde es seit langer Zeit nicht mehr genutzt. In den Zimmerecken hingen Spinnweben und es gab keine persönlichen Objekte.

»Hier wurde eindeutig alles durchwühlt«, stellte Chiara fest: Schubladen und Schranktüren standen offen, Wäsche und Fotoalben waren davor verstreut. Elegante Abendkleider lagen zerknüllt vor einem Schrank im Schlafzimmer. In der kleinen Bibliothek hatte jemand alle Bücher aus den Regalen gefegt. »Das tut ja richtig weh«, sagte Moira.

»Feinfühlig sind die Eindringlinge nicht gerade vorgegangen. Fragt sich, was sie gesucht haben.«

Sie fanden eine Art begehbaren Kleiderschrank, den sie allerdings nicht betreten konnten, weil sich am Boden ein Durcheinander aus muffig riechenden Pelzmänteln, Hutschachteln, deren Inhalt, Schuhen und Schals häufte. Moira schrie auf, als sie in einem der Schrankfächer einen fingerlangen schwarzen Skorpion erblickte.

»Nichts, was uns weiterhelfen würde, denke ich«, stellte Chiara fest. Vom Erdgeschoss drangen Stimmen und Schritte herauf. »Das muss die Kriminaltechnik sein. Die werden sich einiges anhören müssen.« Chiara und Moira gingen wieder nach unten, wo mehrere Leute dabei waren, in weiße Overalls zu schlüpfen, während Ferrone ihnen einen Vortrag über ihre Nachlässigkeit hielt. Dann führte er die Truppe in die Küche. Chiara gesellte sich zu ihnen, während Moira und Kastenstein in der Eingangshalle blieben, um nicht im Weg zu stehen. Auf einmal erklangen aufgeregte Rufe: »Haltet es fest!«, »Achtung, es entwischt!«

Moira und Kastenstein blickten sich verwirrt an, da galoppierte ein kleines schwarzes Tier ins Foyer, offensichtlich in wilder Panik. Moira hielt es zuerst für einen Hund, doch als das Tier innehielt, um einen Fluchtweg zu suchen, stellte sie fest, dass es sich um ein Schweinchen handelte. Es trug ein hellblaues Halsband mit einem goldenen Anhänger.

Das Schwein quiekte und rannte zwischen Kastensteins Beinen hindurch in Richtung Salon. Moira sprintete hinterher und stieß beinahe mit Chiara zusammen, die aus dem Korridor kam. Sie stockten kurz und machten sich dann gemeinsam an die Verfolgung des Tieres, das im Slalom zwischen den Designermöbeln hindurch raste.

»Hoffentlich kriegt es keinen Herzinfarkt«, keuchte Moira.

Schließlich überwältigten sie das Tier, indem Chiara ihm den Weg abschnitt, beherzt beide Hände um seinen Leib legte und es hochhob. Die kleinen Beinchen strampelten in der Luft, als liefe ihr Besitzer noch immer.

»Meine Güte, ist das schwer. Ist ja gut!« Chiara drückte das Schwein an sich und wurde zum Dank angepinkelt. Moira ahnte jetzt, woher der strenge Geruch im Haus stammte.

»Das arme Schwein muss hier ganz alleine gewesen sein, seit Livia von der Terrasse gestürzt ist.«

»Meine Bluse ist ganz nass«, sagte Chiara unglücklich, hielt das Tier aber weiterhin fest.

Moira ging nicht darauf ein. »Wir müssen es füttern. Es muss ja halb verhungert sein.«

»Es wirkt aber nicht so«, sagte Chiara. »Und es ist wirklich ganz schön schwer.«

»Gib mal her. Dann kannst du deine Bluse auswaschen.« Moira übernahm das Schwein und Chiara verschwand in der Gästetoilette.

Das Schweinchen, dessen schwarzes Fell sich überraschend weich anfühlte, zappelte ein wenig, beruhigte sich dann aber, kuschelte sich in Moiras Armbeuge und blinzelte sie aus langbewimperten Augen an. Moira streichelte ihm mit der freien Hand den Kopf. Es wackelte mit der Schnauze und grunzte wohlig.

»Na, wie heißt du denn?« Moira blickte auf den Anhänger am Halsband des Schweins. »Napoleon. Na, das passt zu dir, du kleiner Eroberer.«

Chiara kam aus dem Bad. Ihre Bluse war immer noch nass und klebte an ihr, müffelte aber wenigstens nicht mehr.

»Bei dem Wetter trocknet sie hoffentlich schnell«, sagte sie.

»Meinst du, wir können in die Küche und etwas zu essen für Napoleon suchen? Oder stören wir da?«

»Was fressen Schweine denn?«

Moira sah Napoleon an, der sich bei ihr wohl zu fühlen schien. »Sind Schweine nicht Allesfresser?«

»Ich sehe mal nach.« Chiara ging in Richtung Küche und Moira setzte sich mit Napoleon auf das Corbusier-Sofa. Das Schwein ließ sich auf die Seite fallen und schloss die Augen. Moira betrachtete es mitleidig. Dann kam ihr der Gedanke, dass es möglicherweise den Mord an seiner Besitzerin mit angesehen hatte. Falls es Mord gewesen war.

»Wenn Schweine sprechen könnten.« Sie rieb Napoleons Bäuchlein und er grunzte zufrieden.

Chiara kam zurück und brachte eine Rosenthal-Suppenschüssel voller grünlich-grauer Pellets. »Die waren unter der Spüle. Extra für Minischweine.«

Napoleons Schnauze zuckte, und er richtete sich auf. Moira setzte ihn auf den Boden, wo er über die Pellets herfiel.

»Und das hier habe ich auch gefunden.« Chiara reichte Moira eine Hundeleine im selben Himmelblau wie das Halsband. Moira hakte den Karabiner ein, sodass Napoleon nicht mehr davonlaufen konnte. Er nahm keine Notiz davon, so sehr war er mit Fressen beschäftigt.

Chiara zückte ihr Mobiltelefon. »Ich rufe dann mal das Tierheim an.«

Moira hielt ihren Arm fest. »Nein!«

»Was sollen wir denn sonst mit ihm machen?«

»Ich nehme ihn fürs Erste mit«, sagte Moira. »Bei meinem Vater im Garten ist genug Platz, und er nimmt es sicher gerne auf, bis sich ein neuer Besitzer findet.«

»Wenn du willst.«

»Wo ist eigentlich der Profiler abgeblieben?« Moira sah sich nach Kastenstein um.

»Der ist mit meinem Vater in der Küche und schleimt sich ein.«

»Hast du was gegen ihn?«

Chiara zog die Mundwinkel herunter. »Wozu brauchen wir so einen *Zücchin*, der uns erklärt, wie wir unsere Arbeit machen sollen?«

»*Zücchin*?«

»Tessiner Dialekt für Zucchino, kleiner Kürbis. So nennt man hier die Deutschschweizer. Weil sie so geschwollene Köpfe haben, dass sie denken, sie seien überall die Wichtigsten.«

Moira lachte. »Wie nett! Ich bin auch ein *Zücchin.*«

»Nein, du bist ein *Crucco.*« Chiara grinste. »Das mit dem Kürbis ist nicht wirklich böse gemeint. Aber die Deutschschweizer benehmen sich im Tessin oft wie Kolonialherren. Da sind wir ein bisschen empfindlich.«

»Mir scheint, ihr habt eher einen Minderwertigkeitskomplex.«

»Wahrscheinlich. Aber dieser Katzen… äh, Kastenstein wird uns noch schrecklich auf die Nerven gehen, das garantiere ich dir.«

»Vielleicht liefert er aber auch neue Impulse«, sagte Moira. »Gib ihm eine Chance.«

Chiara machte ein skeptisches Gesicht. »Mal sehen. Trotzdem sollten wir nicht hier rumsitzen und Schweine streicheln.«

Moira stand auf, wickelte Napoleons Leine um das Metallgestänge des Sofas und begleitete Chiara in die Küche. Von dort traten gerade zwei Personen in weißen Overalls in den schmalen Gang.

»Alle Spuren gesichert«, sagte die Frau zu Ferrone.

»Gut, dann erwarte ich baldmöglichst die Ergebnisse.«

Die beiden schleppten ihre Ausrüstung nach draußen.

»Dann können wir uns das Hinterzimmer jetzt ansehen?«, fragte Kastenstein.

Ferrone bejahte. Chiara kam dem Fallanalytiker jedoch zuvor und betrat den schmalen Gang. Moira bildete die Nachhut und kam als Letzte in den Raum am anderen Ende. Der war wesentlich größer als sie erwartet hatte. Und er war voll. So voll, dass Moira sich erst nach und nach einen Überblick verschaffen konnte. An einer Wand stand ein ausladendes Biedermeiersofa, auf dem sich Daunendecken und Kissen häuften. Gegen das Sofa brandete ein Meer aus Zeitschriften, zusammengeknüllten Taschentüchern, Fotoalben, benutzten Gläsern, Kleidungsstücken und anderem Krempel. Daraus erhob sich wie eine Klippe ein Klappsekretär voller Papiere. Wenn hier jemand herumgewühlt hatte, war es nicht zu erkennen.

Glücklicherweise hatte jemand das Bogenfenster über dem Sofa geöffnet, sodass der Geruch von Napoleons Hinterlassenschaften und dem, was unter der Müllschicht am Boden verrotten mochte, erträglich war. Das Fenster bot einen atemberaubenden Ausblick über den See. Erst jetzt wurde Moira bewusst, dass das Zimmer einen sechseckigen Grundriss hatte und man den Eindruck gewann, sich in einem Turm aufzuhalten.

»Das wäre ein wunderschönes Zimmer, wenn man aufräumen und saubermachen würde«, stellte sie fest.

Chiara sah sich um. »Offensichtlich hat sie nur hier gehaust und die übrigen Räume gar nicht mehr genutzt. Ich frage mich, weshalb.«

»Möglicherweise war sie dement«, sagte Kastenstein auf Deutsch. Moira dolmetschte: »Das große Haus könnte ihr Angst eingejagt haben, weil sie sich nicht mehr auskannte. Von hier aus in die Küche zu finden, war für sie noch machbar.«

»Ist das nicht ein bisschen weit hergeholt?«, sagte Chiara skeptisch.

»Ich versuche nur, mich in die arme Frau hineinzuversetzen.« »Hier.« Moira hatte eine kaum sichtbare Tapetentür entdeckt und öffnete sie. Dahinter verbarg sich eine Toilette. Ein schmales Fenster ließ Licht ein. Das Gelass war blitzblank und duftete nach künstlichem Lavendel. Auf der Ablage über dem kleinen Waschbecken stand ein Becher mit einer Zahnbürste darin, daneben eine teuer aussehende Hautcreme, ein Lippenstift und ein Deospray.

»Ein Messie würde seine Toilette nicht dermaßen sauber halten«, sagte Chiara. »Wir müssen diese Putzkraft finden und mit ihr oder ihm sprechen.«

»Ich habe vier Leute losgeschickt, die die Nachbarn befragen«, sagte Ferrone. »Vielleicht weiß einer von ihnen, wie die Putzfrau heißt. Ich rufe mal durch, ob sich da schon etwas ergeben hat.« Er zückte sein Mobiltelefon und ging hinaus.

»Na gut, legen wir los.« Chiara verteilte Einweghandschuhe an alle. »Moira, nimmst du dir den Schreibtisch vor? Da scheint vieles auf Deutsch zu sein.«

»Das könnte ich auch übernehmen, wo ich schon mal da bin«, wandte Kastenstein ein. »Nichts für ungut, aber die Kollegin hat keine kriminalistische Ausbildung, wenn ich das richtig verstanden habe.«

Es fühlte sich merkwürdig an, das zu übersetzen. Moira tat es dennoch.

Chiara blies die Backen auf. »Aber du hast mehr gesunden Menschenverstand als viele Polizisten. Übersetz das nicht.«

»Aber irgendwie hat er recht. Er weiß besser als ich, wonach man Ausschau halten muss.«

»Sag ihm, wir können froh sein, dich dabeizuhaben.« Chiara wirkte kampfbereit wie eine verärgerte Amsel.

»Ich spreche vielleicht schlecht Italienisch, aber ich verstehe es recht gut«, sagte Kastenstein sanft. »Ich möchte auch gar nicht Ihren Wert für das Ermittlungsteam bestreiten, liebe Kollegin. Aber ich halte es für sinnvoll, wenn jeder in seinem eigenen Kompetenzbereich bleibt.«

»Völlig richtig«, log Moira, die nichts lieber tat, als sich außerhalb ihres Kompetenzbereichs zu bewegen. Sie schob die Daunendecken auf dem Sofa zusammen mit dem schmuddeligen Laken beiseite und setzte sich.

»So leicht habe ich noch nie Geld verdient«, sagte sie. Chiara funkelte sie an. »Macht sicher Spaß, mir dabei zuzusehen, wie ich im Müll wühle.«

»Ich würde ja mitmachen, wenn ich dürfte.« Moira zuckte mit den Schultern.

»Du könntest ein paar Müllsäcke besorgen, damit ich hier etwas Überblick bekomme.«

»Klar, sofort.« Moira begab sich in die Küche und fand unter der Spüle neben dem Schweinefutter eine Rolle mit Plastiktüten. Dann kontrollierte sie, ob es Napoleon gutging. Er lag unter dem Sofa auf dem Parkett und schnarchte. Durch die Fenstertüren sah sie Ferrone auf der Terrasse rauchen. Moira hatte kein Bedürfnis, mit ihm zu sprechen und war froh, dass er mit dem Rücken zu ihr stand. Beruhigt kehrte sie in das chaotische Zimmer zurück und händigte Chiara die Müllsäcke aus. Dann ließ sie sich erneut auf dem Sofa nieder und nahm eines der bestickten Samtkissen von der Rückenlehne, um es sich etwas bequemer zu machen. Hinter dem Kissen kam ein Türchen zum Vorschein, etwa so groß wie das eines Postfachs.

»Schau mal, ich glaube, das ist ein Tresor.«

Chiara, die auf dem Fußboden kniete und in dem Durcheinander wühlte, kam auf die Beine. Auch Kastenstein trat näher.

»Ich fürchte, ich muss mal ein Wörtchen mit der Kriminaltechnik reden.«

Chiara setzte sich neben Moira auf das Sofa. »Nichts anfassen.« Sie zog sich frische Einmalhandschuhe an und öffnete die Tür vorsichtig mit einer Fingerspitze. Das Fach dahinter war leer.

Chiara blickte die anderen beiden an.

»Jetzt habe ich eine Arbeitshypothese: Einbruch mit Raubmord.«

7

»Das glaube ich nicht.« Vincent Kastenstein lehnte sich gegen den Schreibtisch und verschränkte die Arme. »Vielleicht sollte es so aussehen, aber ich habe den Obduktionsbericht gelesen: Die Hämatome deuten auf einen Streit hin, auf intensive Emotionen. Wenn man jemanden so fest an den Oberarmen packt und gegen ein Geländer drückt, ist man aufgewühlt. Wahrscheinlich wütend.«

»Und wieso ist dann der Tresor leer?«

Der Fallanalytiker lächelte nachsichtig. »Vielleicht war gar nichts darin. Der Schlüssel steckt nicht – ein Einbrecher, der auf Wertsachen aus ist, würde ihn stecken lassen, weil er so schnell wie möglich den Ort des Verbrechens verlassen will.«

Moira fand sein Argument schlüssig, doch Chiara wollte sich nicht so leicht geschlagen geben.

»Der Schlüssel könnte auch heruntergefallen sein«, sagte sie.

»Dann hätte die Kriminaltechnik ihn gesichert. Auf deren Liste steht nichts von einem Schlüssel. Aber bitte: Sehen wir nach.«

Sie schoben mit den Füßen den Müll beiseite und zogen das schwere Sofa von der Wand weg. Verfilzte Ballen aus Haaren, Staub, Papierfetzen und Brotkrumen kamen zum Vorschein. »Das hätte die Spurensicherung ruhig wegwerfen können«, meckerte Chiara, nahm sie mit spitzen Fingern auf und warf sie in den Müllsack.

»Kein Schlüssel«, stellte Kastenstein fest. »Das untermauert meine Theorie. Der Safe war nicht in Benutzung.«

»Es sei denn, der Einbrecher hat ihn eingesteckt«, sagte Moira.

Kastenstein legte den Kopf schräg, als dächte er über den Einwand nach. »Warum sollte er das tun?«

»Ich weiß nicht. War nur so eine Idee.«

»Nein, nein, das ist gar nicht dumm«, sagte der Fallanalytiker. »Auch wenn der Safe leer war, könnte der Täter ihn als eine Art Trophäe mitgenommen haben. Als Zeichen seiner Überlegenheit.«

Chiara, deren Gesicht er nicht sehen konnte, da sie weiter hinten stand, verdrehte die Augen zur Decke. Moira versuchte, nicht zu grinsen.

In diesem Moment klingelte Chiaras Telefon. »Ja?«

Sie lauschte und sagte: »Wir können hier auch später weitermachen.« Sie steckte das Telefon ein.

»Einer der Nachbarn hat etwas beobachtet. Wir gehen rüber und reden mit ihm. Ein Portugiese.«

»Dann kriege ich ja doch noch was zu tun«, sagte Moira.

Obwohl Chiara Kastenstein nicht einmal angesehen hatte, hob der die Hände und sagte: »Das überlasse ich Ihnen. Ich sehe mich hier lieber noch etwas um – die Atmosphäre des Tatorts aufsaugen.«

»So ein Blödsinn«, sagte Chiara auf dem Weg in die Eingangshalle. »Die Atmosphäre des Tatorts!«

»Sei nicht so hart. Beim FBI wenden sie vielleicht andere Methoden an als bei der Tessiner Kantonspolizei.«

»Wir sind bisher auch ganz gut ohne das FBI zurechtgekommen. Und ich habe keine Lust, diesen Kerl während der gesamten Ermittlung an mir kleben zu haben. Ich nutze das normalerweise nicht aus, aber ich muss mit meinem Vater sprechen. Hat es dich gar nicht gestört, dass er dich so ausgebremst hat?«

»Doch, das fand ich blöd. Aber er kennt mich ja nicht, und formal hat er recht.«

»Du bist einfach zu nett«, schnaubte Chiara. »Aber ich regle das schon.«

In der Eingangshalle wartete Ferrone zusammen mit einem uniformierten Polizisten, der ihnen den Weg wies und sie über die Straße begleitete, als handelte es sich um eine höchst wichtige Mission. Er verzog keine Miene und öffnete ihnen das Tor zum Garten gegenüber. Eine Treppe führte hinauf zum Haus, einer modernen Villa aus Beton und Glas. Der Besitzer, ein älterer Herr mit weißem Haar, erwartete sie bereits. Er hätte in einem Werbefilm mitspielen können, für den der Typ »aktiver und gesunder Rentner« gesucht wurde. Sein Gesicht hatte die natürliche Tönung, die bei regelmäßiger Betätigung im Freien entsteht. Er trug Leinenhosen und ein locker fallendes Hawaiihemd. Als er zur Begrüßung lächelte, zeigte er blendend weiße Zähne.

»*Buongiorno*. Enrique Machado. Es freut mich, dass ich Ihnen weiterhelfen kann. Der Tod meiner Nachbarin natürlich nicht.«

Obwohl er italienisch sprach, betonte er die Worte wie im Portugiesischen, was eine ziemlich unverständliche Mischung ergab. Sicherheitshalber dolmetschte Moira, was er sagte.

Er führte sie über eine Außentreppe auf eine Terrasse mit Infinity-Pool. Große Schiebetüren aus Glas trennten ein Wohnzimmer von der Terrasse, und unter einem Sonnensegel stand ein Tisch mit Korbstühlen. Moira konnte einen Anflug von Neid nicht unterdrücken, als sie sich setzten.

»*Piriqitinha*, bringst du uns etwas zu trinken?«

Eine Frau im Bikini, höchstens halb so alt wie Machado, kam aus dem Haus, strich ihre langen Haare zurück und fragte mit schleppender Stimme: »Wasser? Oder Cocktails?«

»Nur Wasser, mit Eis und Limone, *amore*.« Machado lächelte

breit und wandte sich dann Chiara und Moira zu, während *Piriquitinha,* der kleine Wellensittich, im Haus verschwand.

»Kannten Sie Livia gut?«, fragte Chiara.

»Nein, man hat sie so gut wie nie gesehen. Und wenn, hat sie nicht einmal gegrüßt. Ich hatte das Gefühl, sie wollte mit anderen Menschen nichts zu tun haben.«

»Ging sie denn nie einkaufen oder spazieren?«

Machado schüttelte den Kopf. »Ab und zu war eine Frau bei ihr, die hat sich wohl um sie gekümmert und auch die Einkäufe erledigt. Aber wie die heißt, weiß ich nicht.«

»Können Sie diese Frau beschreiben?«

»Nein, an der war überhaupt nichts Bemerkenswertes. Und ich habe sie immer nur aus der Entfernung gesehen.«

»Das ist durchaus ein wichtiger Hinweis.« Chiara lächelte ihn an und legte ihr Mobiltelefon auf den Tisch. »Dann erzählen Sie uns bitte genau, was Sie beobachtet haben. Stört es Sie, wenn ich Ihre Aussage aufnehme?«

Machado wechselte ins Portugiesische. »Nicht im Geringsten. Kann ich meine Muttersprache benutzen? Dann kann ich alles nuancierter beschreiben.«

Moira nickte. »Lassen Sie mir nur ab und zu Pausen, damit ich ins Italienische übertragen kann.«

Chiara sagte: »Bitte nennen Sie zuerst Ihren vollen Namen, Ihr Alter und Ihren Beruf.«

Machado neigte sich vor und sprach überdeutlich in Richtung des Telefons: »Enrique Machado, 67 Jahre, Pensionär. Ehemals Inhaber einer Firma für Sanitärinstallationen. Ich habe aus Scheiße Geld gemacht.« Er grinste und zeigte dabei seine zweifellos teuren Zähne. Den Witz riss er wahrscheinlich jedes Mal, wenn er über seinen Beruf sprach.

»Es war der 31. Mai. Das weiß ich so genau, weil Evgenia und ich uns an dem Tag verlobt haben. Ich ging hinunter zum Gartentor, um die Post zu holen. Es war gegen elf. Wir stehen gerne spät auf.« Er grinste etwas anzüglich. »Jedenfalls fiel mir vor der *Villa Rondine* ein Auto auf. Man sieht hier eher Lamborghinis, Porsches oder SUVs. Dieses war aber anders. Alt, also aus einem anderen Jahrzehnt, aber sehr gepflegt. Gut in Schuss.«

Chiara unterbrach ihn. »Woran haben Sie erkannt, dass es ein altes Auto war?«

»Die Form wirkte altmodisch, Siebzigerjahre, würde ich sagen. Orangefarbener Lack, auf der Motorhaube zwei breite, schwarze Streifen. Als junger Mann hätte ich meinen rechten Arm für so einen Wagen geopfert.«

Evgenia kehrte auf die Terrasse zurück, jetzt in einen seidenen Kimono mit Paisleymuster gehüllt, und stellte ein Tablett mit einer Karaffe und Gläsern auf den Tisch,

»*Obrigado, Piriquitinha.*« Machado tätschelte seiner Verlobten den Hintern und sah ihr lächelnd nach, als sie zum Haus zurücklief. Offensichtlich bemerkte er trotzdem den Blick, den Chiara und Moira gewechselt hatten. »Täuschen Sie sich nicht. Evgenia hat einen Abschluss in Wirtschaftswissenschaften und ist weit intelligenter als ich. Ich bete sie an, und meistens bin ich derjenige, der sie bedient.« Er füllte drei Gläser mit Wasser.

Chiaras Wangen färbten sich rötlich. »Das ist schön für Ihre Verlobte. Zurück zum Thema: Haben Sie noch etwas außer dem Auto beobachtet?«

»Sicher. Das Beste kommt erst noch: Ich nehme also den *Corriere* und die Post aus dem Briefkasten, und als ich mich wieder aufrichte, steht ein Mann neben dem Wagen, flucht laut und tritt mehrere Male gegen das Vorderrad. Dann steigt er ein und fährt mit quietschenden Reifen davon.« Machado verschränkte die Arme und lehnte sich zurück. »Er schien wirklich sehr sauer zu sein. Wer tritt schon gegen seinen wertvollsten Besitz?«

»Können Sie den Fahrer beschreiben?«, fragte Chiara, die ihre professionelle Haltung wiedergefunden hatte.

Machado schnalzte mit der Zunge. »Ein Kerl so wie tausende. Anfang dreißig, würde ich schätzen, etwa einsachtzig groß, recht durchtrainiert, dunkle Haare, an den Seiten ganz kurz, oben länger. Wie sagt man dazu noch? Undercut, genau. Diese jungen Männer sehen alle aus, als würden sie in derselben Fabrik hergestellt.«

»Hatte er besondere Merkmale?«

»Ich glaube nicht. Aber ich war ja auch acht bis zehn Meter entfernt.«

»Haben Sie denn die Automarke erkannt?«

»Ich habe es nicht so mit Autos. Und mit Oldtimern schon gar nicht. Das war so ein flacher windschnittiger Flitzer. Aber kein Sportwagen, zumindest nicht für meine Begriffe. Tut mir leid, mehr kann ich Ihnen nicht sagen.«

»Kein Problem. Wir sind dankbar, dass Sie uns überhaupt einige Informationen liefern konnten.« Chiara griff über den Tisch nach ihrem Telefon.

Moira drehte sich zu ihr. »Wie wäre es, wenn wir Bilder von verschiedenen Automodellen aus den Siebzigern aus dem Internet zusammensuchen und Signor Machado zeigen?«

»Dann würde ich das Modell bestimmt erkennen«, sagte der Portugiese. »Ich helfe gerne, wenn es dazu dient, einen Mörder zu finden.«

»Eine gute Idee«, sagte Chiara. »Kann ein Kollege Sie anrufen, wenn wir die Bilder haben?«

»Selbstverständlich!« Er breitete die Arme aus, und plötzlich wusste Moira, an wen er sie erinnerte: Robert de Niro. Sie nahm schnell einen Schluck Wasser, um ihr Lächeln zu verbergen.

»Übrigens müssen wir erst noch herausfinden, ob ein Fremdverschulden vorliegt. Ich möchte nicht, dass Gerüchte in der Nachbarschaft entstehen.« Chiara nahm das Telefon und steckte es ein.

»Darf ich noch eine Sache fragen?«, erkundigte sich Moira. »Sie haben vorhin erzählt, der Mann stand neben dem Auto, als Sie wieder hingesehen haben, nachdem Sie die Post genommen hatten, richtig? Sind Sie sicher, dass er aus Livias Villa gekommen ist?«

Machado wirkte leicht verärgert. »Woher hätte er sonst kommen sollen? Vorher war weit und breit niemand zu sehen.«

»Vielleicht saß er im Auto.«

»*Não*! Ich hätte gehört, wie er die Autotür zuschlug. Die war geschlossen, da bin ich sicher.«

»Aber Sie haben ihn nicht aus dem Haus kommen sehen?« Chiara blickte ihn stirnrunzelnd an.

»Nein«, sagte Machado widerstrebend. Er wirkte jetzt des Gesprächs überdrüssig. Chiara steckte ihr Telefon ein und stand auf.

»Gut, das war es. Ich rufe Sie dann wegen der Bilder an.«

»Ja, ja, tun Sie das.« Er stand nicht einmal auf, um sie zum Gartentor zu begleiten.

Moira und Chiara kehrten in die *Villa Rondine* zurück. Davor standen jetzt zwei Streifenwagen und im Haus waren mehrere Uniformierte damit beschäftigt, Kisten voller Papiere und Aktenordner nach draußen zu schleppen.

Chiara seufzte. »Das werde ich mir alles ansehen müssen.«

In der Küche trafen sie auf Ravi Chaudhary, der die Polizisten anwies, was sie einpacken sollten. Moira war jedes Mal, wenn sie ihm begegnete, fasziniert: Er sah bei allem, was er tat, aus, als wäre er der extrem attraktive Hauptdarsteller eines Films. Und er war sich dessen nicht im Geringsten bewusst.

»Dein neuer Freund hat bei seiner Geburt wirklich eine

riesige Überdosis Charisma abbekommen«, flüsterte sie Chiara zu, die prompt rot wurde. Ansonsten blieb sie aber äußerst professionell und ließ sich nicht anmerken, dass sie mit Ravi mehr verband als das übliche Verhältnis unter Kollegen.

»Der *Capo Area* musste los«, informierte Ravi sie. »Er hat angeordnet, wir sollen alles mitnehmen, was möglicherweise interessant sein könnte.«

»Vielleicht auch das hier?« Chiara hatte, halb von einem Küchenhandtuch verborgen, einen Zettel an der Wand neben der Spüle entdeckt. Darauf standen der Name Patrizia sowie eine Mobilnummer.

Chiara zog sich Einmalhandschuhe an und tütete den Zettel ein, bevor sie ihn genauer betrachtete. »Vielleicht ist das die Putzfrau oder Haushälterin.« Sie holte ihr Mobiltelefon hervor und wählte. »*Buongiorno*, hier *Ispettrice* Chiara Moretti von der Tessiner Kantonspolizei. Spreche ich mit Patrizia? Und wie lautet Ihr Nachname? Calderoni. Danke. Signora Calderoni, darf ich fragen, in welchem Verhältnis Sie zu Livia Martinelli stehen? Aha, Sie sind die Putzhilfe. Tut mir leid, zum jetzigen Zeitpunkt kann ich Ihnen nichts weiter sagen. Wann waren Sie zum letzten Mal zum Arbeiten bei ihr? Letzte Woche? Und wie häufig kommen Sie zum Putzen? Alle zwei Wochen? Haben Sie da Ihre Arbeitgeberin gesehen? Nur kurz, gut. Wir würden gerne persönlich mit Ihnen sprechen. Morgen Vormittag? Um elf passt. Nein, wir kommen bei Ihnen vorbei. Geben Sie mir Ihre Adresse? Ja, ich weiß, wo das ist. Danke, *arrivederci*.«

Ravi sagte: »Soll ich zwei Leute zur Beobachtung schicken?«

»Ja, bitte. Sie wohnt in Massagno.« Chiara gab Ravi die genaue Adresse der Putzfrau.

Sie bemerkte Moiras fragenden Blick. »Wir können niemanden als Täter oder Täterin ausschließen, deshalb stellen sich jetzt zwei Leute mit einem Zivilfahrzeug vor das Haus und beobachten, ob Signora Calderoni sich irgendwie ungewöhnlich verhält. Ich habe ihr nicht gesagt, dass ihre Arbeitgeberin tot ist. Wenn sie es trotzdem weiß, weil sie etwas damit zu tun hat, wird sie wahrscheinlich in Panik geraten. Sie könnte versuchen, zu fliehen, oder rausgehen, um mögliche Komplizen oder Komplizinnen zu warnen. Oder, um Beweismaterial loszuwerden.«

»Man kann wirklich niemandem mehr trauen«, sagte Moira kopfschüttelnd.

Chiara grinste. »Dieser Job raubt einem sehr schnell jegliche Illusionen, die man sich über die Menschheit gemacht hat.«

8

»O mein Gott, wie süß ist das denn?« Luna kniete sich im Vorraum auf den Boden und kraulte Napoleon hinter dem linken Ohr. »Bist du ein niedliches Kerlchen!« Das kleine Schwein ließ sich auf die Seite fallen, schloss die Augen und grunzte behaglich.

Luna blickte zu Moira auf. »Wo hast du das denn her?«

»Das ist wahrscheinlich ein Augenzeuge. Nur dumm, dass er nicht sprechen kann. Er bleibt vorerst bei uns, sonst müsste er ins Tierheim.«

Luna stand auf. »Bitte, darf ich mich um ihn kümmern?«

»Genau das wollte ich dich fragen.«

Luna fiel Moira um den Hals. »Danke! Wir werden so tolle Fotos für Instagram machen!«

»Aber vergiss nicht, dass er keine Fotorequisite ist, sondern Futter und Wasser braucht und artgerecht gehalten werden muss. Wir schauen nachher im Internet nach, was er braucht. Er heißt Napoleon.«

Moira drückte ihrer Tochter die Leinen und Halsbänder in die Hand, die sie noch im Haus der Diva gefunden hatte.

»Ich denke, er kann vorerst im alten Hühnergehege wohnen. Bringst du ihn in den Garten und versorgst ihn?«

»Mach ich! Komm, Napo!« Luna schnalzte mit der Zunge, und das Schwein trippelte folgsam an der Leine hinter ihr her. Moira ging in die Küche und begann, sich einen Kaffee zu kochen, da polterte es im Vorraum. Sie stellte die Kaffeedose ab und sah nach, was das Geräusch verursacht hatte.

»Moira, Schatz, hilf mir mal. Deinem Vater kann man das ja nicht mehr zumuten!«

Nelly zeigte auf einen riesigen Rollkoffer, der mitten im Vorraum stand.

Moira rührte sich nicht. »Was macht der hier?«

»Ich wohne vorübergehend bei euch. Diese Pension ist unzumutbar. In meinem Badezimmer saß eine Kakerlake im Waschbecken. Eine große! Man kann kaum von mir erwarten, dass ich auch nur eine weitere Stunde in dieser ungezieferverseuchten Baracke verbringe.«

»In Lugano gibt es jede Menge Hotels, Mama.«

Nelly hob die linke Augenbraue. Eine Fähigkeit, um die Moira sie seit ihrer Kindheit beneidete und die sie trotz stundenlangen Übens nie erlangt hatte.

»Die sind alle ausgebucht. Dein Vater war so freundlich, mir Unterschlupf anzubieten.«

Jetzt betrat auch Ambrogio das Haus. »Hat etwas gedauert, einen Parkplatz zu finden«, schnaufte er. »Ich sollte die Motorräder verkaufen, dann wäre wieder Platz in der Garage.«

»Nelly zieht hier ein?«, fragte Moira. Sie hörte selbst, wie mürrisch sie klang. Warum es sie störte, mit ihrer Mutter unter demselben Dach zu wohnen, wusste sie ganz genau. Sie liebte ihre Mutter, aber Nelly hatte eine Art, wie ein Tornado alles in ihrer Nähe einzusaugen und herumzuwirbeln. Das war gelegentlich erfrischend, über längere Zeit hinweg aber reichlich anstrengend.

»Für die paar Tage lohnt sich doch kein Hotel«, antwortete Ambrogio. »Und wir sind mal wieder alle zusammen. Luna wird das genießen.«

Luna bestimmt, dachte Moira. Andererseits hatte ihre Mutter sich seit ihrer Ankunft im Tessin ohnehin die meiste Zeit über in der Casa Rusconi aufgehalten.

»Soll ich den Koffer ins Gartenschlafzimmer bringen?«

»Oh ja, bitte, mein Schatz!«, sagte Nelly liebenswürdig. »Das war immer mein Lieblingsraum. Und früher unser eheliches Gemach.« Sie warf Ambrogio einen feurigen Blick zu, den dieser zum Glück nicht bemerkte. Moira dagegen wurde heiß. Hegte ihre Mutter Ambrogio betreffend irgendwelche Absichten?

Dennoch brachte sie Nellys Koffer nach oben und legte ihn auf einen Hocker neben dem weiß lackierten Schrank. Das Gartenschlafzimmer war mit ländlichen Möbeln eingerichtet und hieß so, weil es einen kleinen Balkon besaß, der auf den Garten blickte. Moira öffnete die Glastüren und trat hinaus. Am hinteren Ende der Wiese standen die bunt gestrichenen Bienenkästen, rechts das Gästehäuschen, in dem sie schlief, und näher am Haus der alte Hühnerstall, in dessen Freigehege jetzt Napoleon herumwühlte. Luna leistete ihm Gesellschaft, ihr pinkfarbener Haarschopf schimmerte durch den Hühnerdraht.

»Danke, Liebes!«

Moira fuhr herum. Ihre Mutter hatte ihre Handtasche auf dem Frisiertisch abgestellt und klappte ihren Koffer auf. Moira ging zurück ins Zimmer.

»Darf ich dich mal was fragen? Läuft da irgendwas zwischen dir und *papà*?«

Ihre Mutter hielt inne, ein gelbes Sommerkleid in der Hand. »Wo denkst du hin? Natürlich nicht.« Aber ihr Lachen klang gekünstelt.

Moira überlegte einen Moment, ob sie sich in die privaten Angelegenheiten ihrer Eltern einmischen sollte und entschied sich dafür. »Ich weiß nicht, ob er dir das erzählt hat, aber er hat eine Freundin. Die sehr nett ist und gut zu ihm passt.«

»Ja, ja, diese Staatsanwältin. Ich bin auf dem Laufenden.«

»Dann ist ja gut.«

Ihre Mutter legte ihr einen Arm um die Schultern und gab ihr einen Kuss auf die Wange. »Mach dir keine Sorgen. Ich packe aus und dann setzen wir uns gemütlich in den Garten. Ich will alles über deinen Fall hören.«

Moira ging hinunter ins Wohnzimmer, um nach ihrem Vater zu sehen. Der war auf dem Sofa eingeschlafen. Ingeborg, die große schwarze Katze, thronte auf seinem Bauch und schnurrte.

Moira beugte sich zu ihrem Vater hinunter und strich ihm über die Schulter. Er grunzte im Schlaf, brummte etwas Unverständliches.

»Papà, du wolltest doch ins *Il Mulino*.«

»Was? Oh, bin ich eingeschlafen?« Er atmete tief ein und katapultierte dadurch Ingeborg von seinem Bauch. Sie sah ihn beleidigt an, stolzierte zum Sessel und sprang darauf.

»Hilf mir mal hoch.« Ambrogio streckte die Hand aus und Moira half ihm, auf die Beine zu kommen. Er ächzte. »Ich bin nicht sicher, ob die Massagen deiner Mutter mich endgültig bewegungsunfähig machen.«

»Kaffee?« Das war das Allheilmittel in der Casa Rusconi. Ambrogio nickte.

»Bitte!«, sagte er und streckte sich vorsichtig. »Wie lange habe ich denn geschlafen?«

»Du warst nur ein paar Minuten weg.«

Sie gingen in die Küche, wo Moira einen Kaffee aufsetzte. Während das Wasser heiß wurde, bereitete sie das Abendessen für die fünf Katzen vor. Luise, Herta und Marleen saßen schon erwartungsvoll da und beobachteten sie dabei, wie sie die Näpfe füllte. Auch Ingeborg ließ sich herbei, nachdem Moira das Futter serviert hatte. Nur die scheue Elfriede ließ sich wie üblich nicht blicken. Moira ging barfuß durch den Garten zum Gästehäuschen und stellte das Futter für Elfriede auf die Bank neben der Tür.

Als sie zurück in die Küche kam, hatte Ambrogio sowohl sich als auch ihr einen doppelten Espresso eingegossen. Außerdem stand ein üppig gefüllter Teller mit *antipasti* auf dem Tisch. Ambrogio kostete den Kaffee. »Herrlich, das weckt meine Lebensgeister!«

»Es geht doch nichts über einen schön starken Espresso«, stimmte Moira scheinheilig zu. Bisher hatte er glücklicherweise nicht bemerkt, dass sie das normale Kaffeepulver durch koffeinfreies ersetzt hatte, um seinen Blutdruck zu schonen.

»Hat Cornelia alles, was sie braucht?«

»Sie fühlt sich schon ganz wie zu Hause«, sagte Moira. »Du und Mama versteht euch richtig gut, oder?«

Ihr Vater nickte. »Famose Frau, deine Mutter. Morgen Abend kocht sie uns Bratwurst mit Kartoffelklößen und Rotkraut. Ihre Klöße sind ungeschlagen – keine Ahnung, wie ich es dreißig Jahre lang ohne sie ausgehalten habe.«

»Ohne Mama?«, fragte Moira alarmiert.

»Ohne ihre Klöße.«

»Ach so.« Moira lehnte sich erleichtert zurück. »Was sagt denn Arianna dazu, dass deine Exfrau dich besucht?«

Ihr Vater sah sie verständnislos an.

Moira half nach. »Ist sie gar nicht eifersüchtig?«

»Dazu hat sie doch gar keinen Grund.«

»Ich weiß das. Aber weiß Arianna das auch?«

»Über solche Sachen reden wir nicht. Wir lassen uns gegenseitig unsere Privatsphäre. Das vermeidet unnötige Konflikte.«

»Entschuldige, es geht mich ja auch gar nichts an.« Moira wusste nach wie vor nicht so recht, was ihr Vater und Arianna Manzoni füreinander empfanden. Aber sie kannte ihre Mutter und wusste, dass Nelly ein Talent dafür hatte, verbrannte Erde zu hinterlassen – auch, wenn sie das gar nicht wollte.

»Wir haben übrigens einen Hausgast, er heißt Napoleon.«

Jetzt hob Ambrogio den Kopf. »Ist er klein, trägt einen Dreispitz und schiebt immer eine Hand in seine Weste?«

»Klein ist er, der Rest trifft weniger auf ihn zu.« Moira erzählte ihm, wie sie zu dem Tier gekommen war.

»Armes Schwein«, sagte Ambrogio. »Ich habe noch kiloweise Karotten in der *cantina*, davon könnt ihr ihm ruhig etwas geben.«

Moira konsultierte ihr Mobiltelefon. »Anscheinend fressen Schweine auch Gras. Und sie sollten mindestens einen Artgenossen zur Gesellschaft haben. Ich hoffe doch, wir finden bald ein gutes Zuhause für ihn, sodass er nicht alleine ist.« Sie las weiter: »O je, Minischweine werden bis zu hundert Kilo schwer. Demnach ist Napoleon noch ein Baby.«

Ambrogio stand auf.

»So, ich muss los und mache die Osteria auf. Die Leute im Dorf brauchen einen Ort, an dem sie sich treffen können.«

»Das finde ich auch.« Moira küsste ihn auf die Wange. »Ich schaue nachher mal vorbei.«

Ambrogio hatte kaum das Haus verlassen, als ein lautes Quieken aus dem Garten Moira aufschreckte. Gleich darauf stürmte Napoleon durch die Terrassentür in die Küche. Er zerrte Luna an der Leine hinter sich her. Im selben Moment trat Nelly durch die andere Tür ein.

»Was um Himmels Willen macht ein Schwein hier drin?«

»Ich wollte mit ihm spazieren gehen, aber ich glaube, er hat Hunger«, keuchte Luna. »Er wollte unbedingt hier rein.«

»Schweine haben immer Hunger«, sagte Nelly, als teilte sie eine philosophische Erkenntnis mit, nahm eine Scheibe Schinken vom Vorspeisenteller und hielt sie Napoleon hin.

»Oma, das ist Kannibalismus!« Luna schnappte sich ebenfalls Schinken und stopfte ihn sich selbst in den Mund.

»Ich glaube eher, er fühlt sich einsam.« Moira sah auf Napoleon hinunter, der sich an ihrem Bein scheuerte und dabei hoch zufrieden aussah. »Er hat bisher im Haus gelebt und ist daran gewöhnt, Menschen um sich zu haben.«

»Oh bitte, darf Napoleon hierbleiben? Ich will nicht, dass er sich einsam fühlt!« Luna kauerte sich nieder und kraulte Napoleon unter dem Kinn. Das Schwein ließ sich wieder auf die Seite fallen und sah Moira schelmisch von unten herauf an.

»Mich stört er nicht.« Nelly setzte sich und schenkte sich ein Glas Wein ein. »Wo ist denn dein Vater?«

Moira erklärte ihr, dass Ambrogio sich finanziell am *Il Mulino* beteiligt hatte, damit Gabriella die Osteria nicht schließen musste.

»Bis sie aus dem Krankenhaus kommt, kümmert er sich um alles, soweit er kann.«

»Hoffen wir mal, dass er das allein schafft.«

9

Zu dritt leerten sie die Vorspeisenplatte mit Fenchelsalami, rohem Schinken und verschiedenen Käsesorten, eingelegten Zwiebeln und süßsauren Gurken. Dazu aßen sie helles knuspriges Brot.

»Einfach, aber köstlich.« Nelly stibitzte den letzten Parmesanwürfel.

Luna sprang vom Tisch auf. »Fertig! Machen wir eine Fotosession mit Napo im Schlafzimmer? Auf dem Bett sieht er bestimmt super süß aus!«

Nelly lachte. »Mal was Neues für unsere Follower. Und Lady Gaga kann auch mit aufs Bild.« Sie klemmte sich die Pappfigur, die noch immer neben dem Küchenbuffet stand, unter den Arm.

»Ich hatte mich gerade an ihre Gesellschaft gewöhnt«, sagte Moira und stand ebenfalls auf. »Dann sehe ich mal, was in der Osteria los ist. Ihr könnt ja nachkommen.«

»Falls wir Zeit haben«, rief ihre Mutter ihr nach.

Moira genoss den kurzen Spaziergang. Sosehr sie ihre Mutter und Luna liebte, so anstrengend fand sie die beiden manchmal. Vor allem, wenn sie zusammen waren. Sie multiplizierten ihre Energie und waren dann oftmals kaum zu bremsen. Moira dröhnte jedes Mal der Kopf, wenn sie eine Weile inmitten des Wirbelsturms, den die beiden entfachten, verbracht hatte. Dennoch war es wunderbar, dass Oma und Enkelin auf derselben Wellenlänge lagen. Wahrscheinlich verstanden sie sich deshalb so gut, weil eine Generation zwischen ihnen lag wie ein Puffer. Sie hatten genügend Abstand zueinander.

Moira grüßte Daria, die gerade die Stühle und Tische vor dem Hermann-Hesse-Museum zusammenschob.

»Na, ist der geheimnisvolle Plakatkleber noch einmal aktiv gewesen?«, fragte sie – wohl wissend, dass ihr Vater der Urheber der Plakataktion gegen den seiner Ansicht nach touristischen Ausverkauf von Hesses Andenken gewesen war.

»Gott sei Dank nicht.« Daria hob den Blick zum Himmel.

Moira setzte ihren Weg fort und erreichte keine zwei Minuten später den kleinen Platz, an dem das *Il Mulino* lag. Trotz des sommerlichen Wetters war keiner der Tische im Freien belegt.

Sie betrat den Gastraum. Normalerweise drängten sich hier um diese Zeit die Dorfbewohner, um einen *aperitivo* einzunehmen, doch jetzt war er nahezu leer.

Am Tresen saßen drei alte Männer vor ihren Weingläsern und am einzigen besetzten Tisch hockten Ambrogio und sein Freund Vittorio Cavadini. Zwischen ihnen stand eine Weinflasche, und als Ambrogio Moira entdeckte, machte er ein schuldbewusstes Gesicht.

Sie setzte sich neben ihren Vater auf die Bank.

»Na, ihr lasst es euch ja gutgehen. Vittorio! Schön, dich zu sehen!«

»Ciao, *ragazza, come stai?* Wann kommst du wieder einmal zum Essen zu uns? Silvana hat schon nach dir gefragt.«

»Ich schaue auf jeden Fall bei euch rein, bevor wir wieder nach Deutschland fahren. Zumindest auf einen *caffè*.« Moira dachte an das letzte Abendessen im Hause Cavadini, zu dem Luca sie mitgenommen hatte. Es war ein wunderschöner Abend gewesen, und sie konnte nicht anders, als sich vorzustellen, wie es wäre, immer an Lucas Seite zu sein.

Ambrogio stieß Vittorio mit dem Ellbogen an. »Du hast doch gesagt, euch fehlt eine Servicekraft für eure Weinverkostung, da würde Moira sicher einspringen. Oder?« Er sah Moira an.

Vittorio wedelte abwehrend mit den Händen. »Nein, nein, das kann ich nicht von ihr verlangen.«

»Ich mache das gerne, wirklich. Wann findet das statt?«

»Morgen Abend ab sechs, in unserem *grotto*.«

»*Perfetto*, ich bin dabei.«

Vittorio wurde rot. »Das ist eine große Hilfe für uns, danke. Ich würde mich schämen, dir Geld anzubieten, aber wie wäre es mit einer Kiste von unserem besten Wein?«

»Die nehme ich gerne an.« Moira lächelte, dann blickte sie zur Tür.

»Sehr viel los ist hier ja nicht. Wo sind all die Leute?«

Ambrogio hob die Schultern. »Das *Il Mulino* ist nicht das einzige Restaurant im Dorf. Treuloses Volk!«

»Bei *Mauro* ist es rappelvoll«, sagte Vittorio. »Habe ich im Vorbeigehen mitgekriegt.«

»Du kannst den Leuten nicht vorwerfen, dass sie woanders hingegangen sind, weil hier geschlossen war. Aber sie müssen erfahren, dass jetzt wieder geöffnet ist. Ihr müsst Werbung machen.« Moira nahm einen Schluck aus Ambrogios Glas.

»Aber wie? Ich bin zwar Gabriellas Teilhaber, aber von Gastronomie habe ich keinen blassen Schimmer.« Er zog ein unglückliches Gesicht.

»Du musst wieder etwas zu essen anbieten«, sagte Moira. »Die Gäste kommen wegen Gabriellas guter Küche. Und wegen dem persönlichen Service. Sie hat mit jedem, der hier reinkam, ein paar nette Worte gewechselt.«

»Aber ich kann nicht gleichzeitig kochen, hinter der Theke stehen und Gäste bedienen. Mal abgesehen davon, dass meine Kochkünste denen Gabriellas weit unterlegen sind.«

»Du untertreibst. Dein Brasato mit Polenta ist köstlich, und deine Paella ebenfalls.«

»Aber für so viele Leute gleichzeitig zu kochen, ist eine ganz andere Sache. Ich würde alles durcheinanderbringen und am Ende wahrscheinlich die Küche in Brand setzen.«

Die Eingangstür öffnete sich und alle wandten sich ihr erwartungsvoll zu. Allerdings war es kein Gast, sondern Nelly schwebte herein. Sie begrüßte Vittorio und setzte sich. »Ich dachte, hier wäre ein bisschen mehr los!«

»Wir reden gerade darüber, wie wir wieder für mehr Leben in der Bude sorgen können«, sagte Moira.

»Na, veranstaltet doch eine Feier zur offiziellen Wiedereröffnung. Mit Musik, gutem Essen und einem Freigetränk für jeden.«

»Großartige Idee!« Ambrogio legte ihr den Arm um die Schultern. »Aber wer kocht?«

Vittorios Gesicht leuchtete auf. »Ich könnte mal meine Silvana fragen, ob sie das übernehmen würde.«

»*Perfetto*!« Ambrogio prostete ihm zu.

»Und ich kümmere mich um die Gäste«, bot Nelly an. »Kochen kann ich nicht, aber mit Leuten plaudern. Und ein paar Teller tragen kriege ich auch noch hin.«

Moira stand auf und holte zwei Gläser für sich und ihre Mutter.

»Bring auch noch eine Flasche Merlot mit«, rief Ambrogio. Moira tat, wie geheißen, ihr Vater entkorkte die Flasche und schenkte allen ein.

Nelly erhob ihr Glas. »Danke, mein Lieber. Vittorio, wir haben uns buchstäblich ein halbes Leben nicht mehr gesehen.« Sie prosteten sich zu. »Unglaublich, wie alt wir geworden sind. Darauf trinken wir!«

10

Moira wachte auf und blickte in Elfriedes unergründliche Augen: ein blaues und ein goldbraunes. Die Katze war wie immer nachts durch das kleine, runde Giebelfenster hereingekommen, als Moira schon schlief und hatte sich neben ihrer Schulter zusammengerollt. Elfriede starrte sie eine halbe Minute lang an, ohne zu blinzeln, dann gähnte sie und streckte alle Viere von sich. Moira tat es ihr nach.

»Na, auch hungrig? Komm, wir gehen in die Küche.«

Sie kletterte von der Schlafgalerie des Gästehäuschens nach unten, zog sich ein schlichtes hellgrünes Trägerkleid über und putzte sich in dem winzigen Bad die Zähne. Elfriede sah ihr bei alledem aufmerksam zu und maunzte ab und zu ungeduldig.

»Ich komme ja.« Moira schloss die Tür auf und trat hinaus. Sie freute sich jeden Morgen auf den Weg durch den Garten zum etwa fünfzehn Meter entfernten Haupthaus. Alles sah so frisch und sauber aus als wäre es über Nacht erneuert worden. Sie hob den Blick zum Himmel, einem blauen Banner, das einen wunderschönen Tag verhieß.

Das noch leicht feuchte Gras kitzelte Moiras Füße in den pinkfarbenen Zehensandalen. Elfriede trippelte ihr mit erhobenem Schwanz voran. Gelegentlich kreuzte eine von Ambrogios Bienen auf der Suche nach Blüten ihren Weg. Es fühlte sich an, als würde all das jeden Tag eigens für sie inszeniert.

Das Gefühl verebbte prompt, als sie sich der Gartentür zur Küche näherte und auf einmal Herta, Luise, Marlen und Ingeborg ins Freie schossen, als wäre ein Dobermann hinter ihnen her. Auch Elfriede machte kehrt und verschwand mit ihren Kolleginnen, die alle wie sie nach Ambrogios Lieblingsautorinnen benannt waren, in einer Hecke. Jetzt wurde Moira klar, weshalb die Katzen geflohen waren. Aufgebrachte Stimmen drangen aus der Küche. Sie verharrte auf der Schwelle und sah ihre Mutter in Ambrogios Bademantel an dem großen Holztisch sitzen, vor sich eine Schale Milchkaffee, ihre Morgenzigarette zwischen den Fingern. An der Türe zum Vorraum stand Arianna Manzoni, eine Papiertüte im Arm, die mit dem Logo einer Bäckerei bedruckt war. Zwischen den beiden befand sich Ambrogio, nur mit Boxershorts und T-Shirt bekleidet, und raufte sich den Bart, während Arianna ihn anschrie.

»Warum sie deinen Morgenmantel trägt, habe ich gefragt!« Derart erbost hatte Moira die sonst so gesetzte Staatsanwältin noch nie erlebt. Wangen und Hals waren tiefrot. Aus ihrem straffen Haarknoten hatten sich einige Strähnen gelöst und züngelten um ihren Kopf. Ihre Augen sprühten Funken, und ganz bestimmt konnte ihr Blick einen zu Stein erstarren lassen. Anscheinend war genau das mit Ambrogio geschehen, denn er rührte sich nicht und blieb stumm.

»Antworte!«, bellte sie.

Ambrogio hob die Hände. »Das weiß ich nicht.«

Arianna ging darauf gar nicht ein. »Und was tut sie überhaupt hier um diese Uhrzeit in deinem verdammten Haus?«

»*Amore*, jetzt beruhige dich doch. Es ist nicht so, wie es aussieht.«

Moira zuckte innerlich zusammen. Das war wahrscheinlich der dümmste Satz, den man in dieser Situation sagen konnte.

Nelly, völlig unbeeindruckt von Ariannas Wutausbruch, nahm seelenruhig einen Schluck von ihrem Kaffee. Sie wusste, wie man Haltung bewahrte, das musste Moira ihr zugestehen.

Nun schlug sie nonchalant die Beine übereinander, wodurch der Bademantel verrutschte und ein nicht unerheblicher Teil derselben sichtbar wurde.

»Worüber regen Sie sich eigentlich so auf?«, erkundigte Nelly sich. Sie sprach mit dem harten deutschen Akzent, über den die Tessiner sich gerne lustig machten, und der klang, als beschwerte man die italienischen Worte mit Betonklötzen.

Arianna schnaubte. Es fehlte nicht mehr viel, und sie würde auch noch Feuer spucken.

»Über eine fremde Frau, die den Bademantel meines *fidanzato* trägt und morgens in seiner Küche sitzt!«

Ambrogio machte eine verdutzte Miene. »Ich bin dein Verlobter?«

Arianna drehte kurz den Kopf in seine Richtung. »Was denn sonst?« Dann wandte sie sich wieder Nelly zu.

»Also, wer sind Sie?«

»Seine Exfrau«, entgegnete Nelly, als wäre das selbstverständlich. »Ambrogio hat offensichtlich vergessen, Ihnen zu erzählen, dass ich mit meiner Enkelin zu Besuch bin. Mein Pensionszimmer war leider unzumutbar, weshalb ich hier unterkriechen musste. Und nun kommen Sie mal wieder runter. Der Mantel hing im Bad, und ich ziehe mich nicht gerne sofort nach dem Duschen an.«

»Ambrogio, lässt du zu, dass diese Frau so mit mir spricht?«

Moiras Vater klappte mehrmals den Unterkiefer auf und wieder zu. »Äh, nun ja, was soll ich denn dagegen unternehmen?«

Arianna Manzoni gab ein frustriertes Grunzen von sich. »Wisst ihr was? *Buon appetito.*« Sie schleuderte Ambrogio die Papiertüte entgegen, wandte sich um und stürmte aus der Küche. Gleich darauf fiel die Haustür ins Schloss.

Ambrogio blickte auf die Tüte zu seinen Füßen. Moira hatte

den Eindruck, dass er vollkommen überfordert war. Sie trat ein und sagte: »Du solltest ihr vielleicht hinterherlaufen und mit ihr reden.«

Doch Ambrogio zog die Augenbrauen zusammen und schüttelte den Kopf.

»Ich weiß nicht. Vielleicht gebe ich ihr besser etwas Zeit, sich zu beruhigen.« Seltsamerweise schmunzelte Ambrogio vor sich hin.

»Die Frau hat jedenfalls Feuer im Hintern«, kommentierte Nelly.

Ambrogio räusperte sich. »Entschuldigung, ich brauche ein paar Minuten für mich.« Moira hörte ihn noch zufrieden »*fidanzato*« murmeln, dann ging er hinaus in den Garten und entfernte sich in Richtung der Bienenstöcke. Nach und nach schlossen sich ihm die Katzen an.

Moira sah ihre Mutter an. »Hättest du nicht deinen eigenen Bademantel mitbringen können?«

»Für den war kein Platz mehr im Koffer. Los, sieh mal nach, was in dem Beutel ist. Ich habe Lust auf ein Croissant.«

Moira fühlte sich ein wenig schuldig, als sie kurz darauf Nelly gegenübersaß und in ein Buttergipfel biss.

»Außen rösch, innen weich – herrlich.« Nelly tunkte ihr Hörnchen in den Kaffee.

Moira blickte ihre Mutter streng an. »Du kannst nicht herkommen und alles durcheinanderbringen, Mama. Wie du dich verhältst, hat Auswirkungen auf die Menschen um dich herum.«

Nelly verdrehte die Augen. »Was kann ich dafür, wenn die andren so empfindlich sind? Ich habe Ambrogios Bademantel angezogen, weil sonst keiner da war. Wenn diese Furie hier hereinstürmt und daraus falsche Schlüsse zieht, ist das doch nicht meine Schuld.«

Schritte kamen die Treppe herunter und Luna erschien, die Augen noch schläfrig und das Haar wie Zuckerwatte.

»Morgen! Streitet ihr?«

»Nein, wir haben nur eine Diskussion, Strubbelchen«, erklärte Moira.

»Aha, also Streit.« Luna gähnte. »Ich schaue gleich nach Napoleon. Kann ich ihm die Kartoffeln von gestern mitbringen?«

»Klar. Sind im Kühlschrank«, sagte Moira.

Luna kam zu ihr und umarmte sie. Sie roch nach Schlaf und hatte Mundgeruch, aber Moira freute sich dennoch über die Liebesbekundung.

»Wie wäre es mit einem *latte macchiato*, bevor du Napoleon besuchst?«

»Na gut.« Luna rutschte auf die Sitzbank. Moira stand auf und bereitete die Mischung aus wenig Kaffee und viel aufgeschäumter Milch zu.

»Mama, ich habe online gelesen, dass man hier bouldern gehen kann. Machen wir das heute?«

»Strubbelchen, tut mir leid, aber ich muss wieder für die Polizei dolmetschen.« Moira stellte das Glas mit *latte macchiato* vor Luna ab. »Ich muss auch los, Chiara wartet auf mich. Wir wollen eine Zeugin befragen.«

Luna schmollte. »Och Mann, ich dachte, wir unternehmen auch mal was zusammen.«

»Ich hab dich doch extra gefragt, ob es für dich okay ist, wenn ich den Auftrag annehme.«

»Ja, aber ich wusste nicht, dass du dann gar keine Zeit mehr hast.«

»Ich habe sicher Zeit, nur nicht heute Vormittag. Aber ich verspreche dir, dass wir bouldern gehen, bevor wir nach Hause fahren. Einverstanden?«

»Okay. Dann mache ich eben was mit Nelly.«

»Gern, mein Schatz.« Nelly tätschelte Lunas Hand. »Wie wäre es, wenn wir Lady Gaga mit ins Hesse-Museum nehmen? Dabei kämen bestimmt witzige Fotos zustande.«

»Super!« Lunas Stimmung schwang sofort um. Sie richtete sich auf und begann, mit ihrer Großmutter Pläne zu schmieden, während Moira leise das Haus verließ.

11

»Entschuldige, ich habe eine Weile gebraucht, um einen Parkplatz zu finden.« Moira gesellte sich zu Chiara, die vor einem vernachlässigten Wohnblock auf sie wartete.

»Seltsame Gegend, diese Mischung aus lieblos hochgezogenen Mietshäusern, Autowerkstätten und Brachflächen. So kenne ich Lugano gar nicht.«

»Wenn man hier nicht wohnt, hat man auch keinen Grund, herzukommen«, sagte Chiara. »Die Touristen kriegen die unschönen Ecken natürlich nicht zu sehen.«

»Wie heißt die Putzkraft von Livia noch gleich?«

»Patrizia Calderoni. Du musst zwar nicht dolmetschen, aber achte mal auf ihre Miene und auf die Körpersprache, okay?«

Am Klingelbrett fehlten etliche Namen, doch der von Calderoni war ausgezeichnet, und auf Chiaras Klingeln hin wurde sofort geöffnet.

»Wo ist eigentlich unser Fallanalytiker?«, fragte Moira, während sie die Treppe hinaufstiegen, weil der Lift außer Betrieb war.

Chiara zog eine Grimasse. »Sieht sich die Tatortfotos an. Und das ist mir auch ganz recht.«

»Hier ist es aber ungemütlich«, sagte Moira mit einem Blick auf die verschmutzten Wände und das abgegriffene Geländer im Treppenhaus. »Was genau passt dir an Kastenstein nicht?«

»Dass er sich benimmt, als wäre das sein Fall. Ich will nicht, dass sich jemand in meine Ermittlungen einmischt. Unsere.«

»Ich verstehe dich schon. Aber er kann vielleicht etwas Wertvolles beitragen. Ich finde ziemlich spannend, FBI-Methoden mitzukriegen.«

»Wie ich schon sagte: Die Tessin-Methoden haben bisher völlig ausgereicht.« Chiara rümpfte die Nase.

Moira geriet allmählich außer Atem und blieb auf dem Treppenabsatz stehen. »Wie weit oben wohnt diese Frau?«

Im sechsten Stock stand eine Wohnungstür offen. Signora Calderoni erwartete sie, eine große kräftige Frau mit tiefen Linien im Gesicht, die sie wahrscheinlich älter wirken ließen, als sie war.

»Sind Sie die Polizei?«

Chiara zeigte ihren Dienstausweis und sie wurden eingelassen. In dem engen, dunklen Flur roch es nach Tomatensoße mit Kräutern.

»Ich bereite das Mittagessen für mich und meinen Mann vor.« Signora Calderoni nahm die geblümte Küchenschürze ab und legte sie auf den Schuhschrank. »Bitte in den *salotto*.«

Das Wohnzimmer war ein fahler, ungemütlicher Raum, in dem eine zu große Polstergarnitur stand. Das einzige Bild an der Wand, ein Blumendruck, betonte die Trostlosigkeit der Einrichtung, die ausgeblichen wirkte wie auf einem alten Foto. Doch es war makellos sauber, auf der gläsernen Platte des Couchtischs lag kein Stäubchen. Moira kam der Gedanke, dass jemand, der so gründlich putzte, hervorragend Spuren entfernen konnte.

Chiara und Moira setzten sich auf das Sofa, Signora Calderoni ließ sich schwer in einen abgewetzten Sessel gegenüber sinken, als wäre sie unendlich müde. Sie strich sich das graumelierte Haar aus dem Gesicht. »Als Sie mich angerufen haben, dachte ich schon, es geht wieder mal um Franco.«

»Ist das ihr Sohn?« Chiara zog ihr Mobiltelefon aus der Tasche.

»Er ist kein schlechter Kerl, und er klaut jetzt auch nicht mehr.«

»Das ist doch schön«, sagte Chiara geistesabwesend. »Ich nehme unser Gespräch auf, in Ordnung?«

Die Frau nickte, einen verwirrten Ausdruck im Gesicht.

»Aber was ist denn passiert? Hat die Signora sich verletzt?«

Chiara ging nicht darauf ein. »Ich stelle Ihnen erst einmal ein paar allgemeine Fragen.«

Signora Calderoni rutschte unbehaglich hin und her. »Mein Mann muss gleich da sein.«

»Keine Sorge, wir brauchen nicht lange. Es riecht übrigens köstlich.«

Wenn sie lächelte, sah Signora Calderoni sofort zehn Jahre jünger aus. »Grazie mille!«

»Wann haben Sie Signora Martinelli zuletzt gesehen?«

»Letzte Woche«, kam sofort die Antwort. »Ich bin alle zwei Wochen am Donnerstag bei ihr.«

»Haben Sie an diesem Tag etwas Ungewöhnliches bemerkt? War Livia aufgeregt oder traurig? Aktiver oder inaktiver als sonst?«

»Nein, mir ist nichts aufgefallen. Sie hat sich auf der Terrasse aufgehalten, weil das Wetter schön war. Sonst war sie ja meistens in ihrem Zimmer. Aber ihre Freundin konnte sie immer ein bisschen aufmuntern.«

Chiara blickte auf. »Eine Freundin? Können Sie uns etwas über sie erzählen?«

Signora Calderoni schüttelte den Kopf. Ihre Finger spielten mit dem Saum ihrer Bluse. »Ich weiß nicht, wie sie heißt. Die Signora hat sie manchmal Kiki genannt.«

»Die Dame war also häufiger zu Besuch?«

»So genau weiß ich das nicht, ich komme ja nur alle zwei Wochen. Aber was ist denn nun mit der Signora?«

»Nun, tja, leider …« Chiara kam ins Schleudern. Moira wusste, dass sie kaum Erfahrung darin hatte, Todesnachrichten zu überbringen. Doch dann riss sich die Inspektorin zusammen. »Signora Martinelli ist leider verstorben. Wir ermitteln derzeit die genaue Todesursache.«

Sie machte eine Pause, wohl, damit Signora Calderoni die Nachricht verarbeiten konnte. Moira beobachtete die Putzfrau. Sie reagierte erst gar nicht und saß mehrere Sekunden lang wie erstarrt auf der Sesselkante. Ihr Blick wanderte zu dem Bild an der Wand. Dann blinzelte sie und schluckte. »Furchtbar. So ganz unerwartet kommt es nicht – sie war ja nicht mehr jung und hat ihre Gesundheit ziemlich vernachlässigt. Aber trotzdem, es ist schrecklich.«

Jetzt sah sie Chiara und Moira wieder direkt an. »Woran ist sie denn gestorben?«

»Das darf ich Ihnen leider nicht sagen. Wir versuchen herauszufinden, ob es sich um einen Unfall handelt oder eine oder mehrere andere Personen damit zu tun haben.«

»Heißt das, sie wurde umgebracht?« Signora Calderonis Augen wurden größer. Sie lehnte sich etwas zurück und umarmte sich selbst, wie, um sich Halt zu geben.

»Wir wissen es noch nicht. Aber Sie können uns dabei helfen, es herauszufinden.«

Signora Calderoni nickte. »Ja, ich will helfen. *Madonna*, wie furchtbar.«

»Wie war Livia?«

»Ich möchte nicht schlecht über sie reden. Aber sie war eine alte, verbitterte, einsame Frau. Sie hat sich oft beschwert, dass niemand sich um sie kümmert. Aber ich weiß nicht, ob das auch gestimmt hat. Kinder hatte sie ja keine.«

»Freunde oder Freundinnen von früher?«

»Das weiß ich nicht. Aber sie wollte nie über alte Zeiten

reden. Damit habe sie abgeschlossen, hat sie immer gesagt. Ich musste einmal alle ihre Fotoalben und ihre Platten in den Wandschrank im ersten Stock räumen.«

»Woher hatte sie denn Napoleon?«, fragte Moira.

Signora Calderoni schlug die Hände zusammen. »Dieses furchtbare Tier! Überall hat es hingeköttelt und sein Futter im ganzen Haus verteilt!«

Moira musste sich das Grinsen verkneifen.

Die Putzfrau fuhr fort: »Den hat sie vor Weihnachten bei einer Dorftombola gewonnen. Der Bürgermeister ist von Tür zu Tür gezogen und hat Lose verkauft, um eine neue Rutsche für den Kinderspielplatz zu finanzieren. Dann hat er das Schwein vorbeigebracht. Und aus irgendeinem Grund hat sie einen Narren an ihm gefressen.«

»Wie sah denn Livias Alltag aus?«

Signora Calderoni kaute auf ihrer Unterlippe, während sie nachdachte. »Ich weiß gar nicht genau, womit sie ihre Zeit verbracht hat. Ich musste ihr immer Rätselhefte mitbringen, sie hat gerne Kreuzworträtsel gelöst. Und sie hatte Freude an dem schrecklichen Tier, dem hat sie ständig versucht, Kunststücke beizubringen. Und montags ging sie immer zum Friseur, um sich die Haare legen zu lassen. Aber sonst … wir standen uns nicht nah. Sie hat immer sehr deutlich gemacht, dass sie die Chefin und ich die Untergebene war.«

»Dann kommen wir noch einmal auf die Freundin zurück, diese Kiki«, sagte Chiara. »Kannten sich die beiden schon lange?«

Ihr Gegenüber hob die Schultern. »Ich habe sie in den letzten zwei, drei Monaten ein paar Mal gesehen. Vorher nicht. Und ich putze seit fünf Jahren für die Signora. Aber sie könnten sich ja schon vorher gekannt haben, nicht?« Sie hob das Kinn und richtete sich auf, offensichtlich stolz auf ihre Kombinationsgabe.

Die Wohnungstür wurde aufgeschlossen und alle drei blickten in Richtung Flur.

»*Mamma?* Bin zu Hause.« In der Tür erschien ein etwa zwanzigjähriger Mann, der die gleichen dunklen Augen wie Signora Calderoni hatte. Das musste der berüchtigte Franco sein. Er verströmte einen deutlichen Cannabisgeruch. Als er die Besucherinnen sah, stutzte er.

»Solltest du nicht in der Umschulung sein?«, fragte seine Mutter.

»Fällt heute aus. Ich mach mir ein *panino*.«

Er verschwand wieder, ohne gegrüßt zu haben.

»Entschuldigung«, sagte Signora Calderoni verlegen.

Chiara ging nicht darauf ein. »Könnten Sie uns diese Kiki beschreiben?«

»Sie sah ganz normal aus. Ende dreißig vielleicht, die Haare rötlich-braun mit so blonden Strähnen darin, bis zu den Schultern. Mittelgroß, vielleicht einsfünfundsechzig, normale Figur. Also nicht besonders dünn, aber auch nicht dick.«

»Können Sie sich an Details erinnern? Augenfarbe? Die Nasenform?«

Signora Calderoni schüttelte den Kopf. »Darauf habe ich nicht geachtet. Ich habe sie nur zwei oder drei Mal gesehen. Sie wirkte sehr nett. Mit mir hat sie nie gesprochen, aber sie schien immer sehr freundlich zu Livia zu sein. Tut mir leid, mehr weiß ich nicht.«

»Alles in Ordnung, Sie sind uns eine große Hilfe.« Chiara lächelte aufmunternd. »Wissen Sie, woher die beiden sich kannten oder wo diese Kiki wohnt?«

Signora Calderoni schüttelte den Kopf. »Aber ich glaube, sie ist Deutschschweizerin. Auf jeden Fall deutschsprachig. Sie hatte so einen Akzent, und ihr Italienisch war nicht sehr gut. Das ist leider alles, was ich weiß.«

»Das hilft uns enorm weiter«, sagte Chiara.

»Noch eine letzte Sache: Wissen Sie, wie es um Livias finanzielle Situation bestellt war? Gab es Wertsachen im Haus?«

»Nicht, dass ich wüsste. Ein paar alte Pelze im Obergeschoss, und sie trug immer so eine Goldkette mit einem Perlenanhänger. Aber sie hatte keine Diamanten oder so etwas. Manchmal konnte sie mich nicht sofort bezahlen – wahrscheinlich hat sie das ganze Geld, das sie früher verdient hat, verjubelt.«

Moira fiel noch etwas ein: »Hatte Livia ein Alkoholproblem?«

»Es stand ab und zu eine Weinflasche in der Küche, und sie mochte diesen Pfefferminzlikör, der wie Hustensirup riecht.« Signora Calderoni schüttelte sich. »Aber ich habe sie nie betrunken erlebt.«

Moira und Chiara hatten keine weiteren Fragen und verabschiedeten sich.

»Und, könnt ihr damit was anfangen?«, fragte Moira auf dem Weg nach unten.

»Wahrscheinlich nicht sehr viel. Wir sollten diese Kiki unbedingt finden, aber ohne den richtigen Namen wird es schwierig. Signora Calderoni hat sie als genauso durchschnittlich beschrieben wie der Nachbar. Ich lasse die Kollegen mal in Morcote herumfragen.«

Sie schwiegen kurz, dann sagte Moira: »Glaubst du, sie könnte doch betrunken über das Geländer gefallen sein?«

Chiara schüttelte den Kopf. »Denk an die Hämatome. Und an die aufgebrochene Terrassentür. Ravi wollte kontrollieren, ob es in letzter Zeit gehäuft Einbrüche in der Gegend gegeben hat. Es kommen oft Banden aus Osteuropa hierher, grasen alles ab und verschwinden dann wieder über die Grenze. Die zu erwischen ist beinahe unmöglich.«

Sie traten auf die Straße.

»Denkst du, sie hat uns die Wahrheit gesagt?«

»Ich habe sie die ganze Zeit beobachtet. Sie hat weder Arme noch Beine überkreuzt und uns die ganze Zeit in die Augen gesehen. Und sie war wirklich überrascht davon, dass Livia mutmaßlich getötet wurde. Ich glaube nicht, dass sie was damit zu tun hat. Aber was ist mit dem Sohn? Der scheint ja nicht gerade ein Musterknabe zu sein. Vielleicht dachte er, bei der Arbeitgeberin seiner Mutter wäre was zu holen.«

»Ich überprüfe ihn auf jeden Fall.«

Moira wich einem alten Mann aus, der offensichtlich angetrunken dahin torkelte. Er grüßte freundlich, und sein Alkoholatem wehte sie an.

»Dann fährst du jetzt ins Kommissariat?«

Chiara nickte. »Und du bitte auch. Ich brauche dich nämlich.«

12

Die etwas abgestandene Luft und die düsteren Gänge der Polizeistation fühlten sich für Moira beinahe heimelig an. Sie begleitete Chiara zu Ravis Büro im obersten Stockwerk. Er saß an seinem Rechner und schwang seinen Stuhl zu ihnen herum, als sie eintraten. Bei Chiaras Anblick leuchteten seine Augen auf.

»Wenn ich jemanden finde, der mich so ansieht wie du, Chiara, heirate ich ihn vom Fleck weg«, sagte Moira scherzhaft.

Ravi rieb sich das Kinn. »Heiraten? Gar kein übler Gedanke.«

Chiara wurde rot und hob abwehrend die Hände. »Eines nach dem anderen. *Ispettore* Chaudvary, haben Sie Neuigkeiten für uns?«

»In der Tat, *Ispettrice* Moretti.« Ravi drehte sich wieder zum Rechner. Chiara und Moira traten hinter ihn.

»Ich habe eurem Zeugen, Enrique Machado, einen ganzen Schwung Bilder von 70er-Jahre-Wagen gemailt. Er hat sie sich gleich angesehen und ist sicher, der Wagen, den er gesehen hat, ist ein Dodge Challenger R/T.« Ravi öffnete eine Datei, und das Foto eines Autos erschien auf dem Monitor. Es sah tatsächlich so aus, wie Machado es beschrieben hatte.

»Allerdings ist kein solcher Wagen im Tessin gemeldet«, fuhr Ravi fort.

»Mist.« Chiara biss auf ihrem Daumennagel herum, während sie das Foto anstarrte.

»Wo kämen wir nur hin, wenn es mal einfach wäre!« Chiara schnaubte unzufrieden und beugte sich über Ravis Schulter. »Überprüfst du bitte mal einen Franco Calderoni?«

»Gerne, *amore*.« Ravi gab seiner Freundin einen schnellen Kuss und die klapste ihm spielerisch auf den Hinterkopf.

»Nicht während der Arbeit!« Allerdings bemerkte Moira, dass Chiara mühsam ein Lächeln unterdrückte.

Ravi rief eine Datenbank auf und gab Francos Namen in die Suchmaske ein. »Da ist er schon. Der Junge scheint nicht der Hellste zu sein: Hat sich schon mehrmals beim Kiffen ertappen lassen, hatte aber nie mehr dabei als für den Eigenbedarf erlaubt. Letztes Jahr hat er in einem Laden ein paar Flaschen Alkohol mitgehen lassen, und er war mal in eine Schlägerei verwickelt. Das war's.«

»Das klingt für sein Alter ziemlich normal, oder?«, fragte Moira.

Chiara sah sie irritiert an. »Du findest das normal?«

»Wenn ich daran denke, was ich als Übersetzerin in Lima erlebt habe, schon. Aber hier im Tessin gelten wohl andere Maßstäbe.«

Sie ließen Ravi alleine und gingen hinunter in Chiaras Büro. Zu ihrer Überraschung war der zweite Schreibtisch besetzt, und zwar von Vincent Kastenstein. Sein beigefarbenes Jackett hatte er abgelegt und auf einem Bügel an das Aktenregal gehängt. In der Luft hing der Geruch eines teuren Herrenparfüms. Moira schnupperte unauffällig, um möglichst viel davon einzufangen. Sie hatte ein Faible für edle Düfte.

Kastenstein blickte auf. »*Buon giorno*! Ihr Vorgesetzter meinte, es wäre gut, wenn wir uns ein Büro teilen. Ich hoffe, Sie haben nichts dagegen, dass ich mich schon einmal ausgebreitet habe.« Er deutete auf die Fotos, die er auf dem Tisch zu Stapeln sortiert hatte.

»Nicht im Geringsten«, betonte Chiara, machte aber dazu ein Gesicht, als hätte sie in eine Zitrone gebissen.

»Tut Ihnen etwas weh?«, erkundigte sich Kastenstein mit besorgter Miene.

»Nur ein Krampf in der Wade.« Chiara humpelte zu ihrem Stuhl und setzte sich.

»Gut. Dann tauschen wir am besten unsere Ermittlungsergebnisse aus. Teamarbeit, nicht wahr?«

»In Ordnung. Was haben Sie denn ermittelt?« Es gelang Chiara beinahe, die Ironie aus ihrer Stimme zu verbannen.

Moira nahm sich den Besucherstuhl und setzte sich seitlich an den Doppelschreibtisch, genau zwischen die beiden.

»Signora Rusconi, ich versuche es auf Italienisch, aber bitte unterstützen Sie mich, wenn ich hängenbleibe.« Der Fallanalytiker rückte seine Brille zurecht. »Ich habe anhand der Tatortfotos und des Obduktionsberichts ein Täterprofil erstellt.«

»Da bin ich gespannt«, sagte Chiara.

Er räusperte sich wichtigtuerisch. »Man muss sich in den Täter – oder die Täterin – hineinversetzen und Schritt für Schritt ihren Spuren folgen. Die Person, die wir suchen, ist über den See gekommen, daran hege ich keinen Zweifel. Wahrscheinlich hat sie, um keinen Lärm zu machen, ein Ruderboot benutzt. Am Fuß des Abhangs wurde ein Stück Seil gefunden, das an einem Zweig befestigt war. Dieses Seil war durchgeschnitten. Hier wurde das Boot angebunden und später gekappt, um schnell das Weite zu suchen. Um eine längere Strecke zu rudern, braucht man Kraft. Ebenso, um den Steilhang hinaufzuklettern. Abschürfungen des Bewuchses auf dem felsigen Untergrund legen nahe, dass die Person genau wusste, wohin sie treten muss. Es muss sich also um eine kräftige Person mit Kletterkenntnissen handeln. Ich würde daher auf einen Mann tippen. Können Sie meinen Ausführungen folgen?«

Chiara verschränkte die Arme. »Gerade noch so.«

»Nicht böse gemeint, ich wollte nur sichergehen, weil mein Italienisch so mangelhaft ist.«

Moira hatte ihm bei seinen Ausführungen einige Male mit der richtigen Vokabel ausgeholfen und Sätze, die er auf Deutsch gesagt hatte, für Chiara übersetzt. Aber insgesamt hatte er seine Sache gut gemacht.

Kastenstein fuhr fort, die Stirn in tiefe Falten gelegt: »Also, die Person bricht die Terrassentür auf. Das ist nicht besonders fachkundig geschehen, also handelt es sich wahrscheinlich nicht um einen Berufseinbrecher. Wir können annehmen, dass das Ganze sich nachts ereignet hat. Aber auch bei Tag hielt sich die Tote wohl hauptsächlich in ihrem Zimmer auf. Der Einbrecher muss das Haus von innen gekannt haben, sonst hätte er den Zugang kaum gefunden.«

Chiara hob die Augenbrauen. »Mir scheint, Sie waren persönlich dabei.« Doch Kastenstein war so in Fahrt, dass er den Sarkasmus nicht bemerkte, sondern einfach weitersprach. »Er schleicht sich also durch den Gang und überrascht die alte Dame in ihrem Nachtlager. Er packt sie und will von ihr wissen, wo die Wertsachen versteckt sind. Vielleicht wusste er sogar, wonach er suchte. Sie möchte das Versteck nicht verraten – alte Damen können manchmal sehr starrköpfig sein. Daher schleift der Einbrecher sie auf die Terrasse und droht, sie hinunterzuwerfen, wenn sie weiter schweigt. Sie bekommt Angst und verrät nun das Versteck, und wo er den Schlüssel dazu findet, woraufhin er sie dennoch über die Brüstung stößt. Ein kräftiger Mann gegen eine kleine, alte Frau – sie hat keine Chance. Jetzt kann er seelenruhig den Wandsafe ausräumen. Dann klettert er wieder hinunter zu seinem Boot und rudert davon.«

Er richtete sich auf und blickte Moira und Chiara triumphierend an. »Was halten Sie davon?«

»Erzählen Sie ruhig weiter«, sagte Chiara. »Ich mag gute Geschichten.«

Kastenstein ließ sich von dem Einwand natürlich nicht aus dem Konzept bringen. »Kommen wir zur Persönlichkeit des Täters: Ein Mann, körperlich stark. Beim Alter würde ich mich nicht festlegen. Er war zuvor schon im Haus, würde ich sagen, muss die Tote also gekannt haben. Wahrscheinlich sogar recht gut, wenn er wusste, dass bei ihr etwas zu holen war. Und doch hat er sie kalt und skrupellos in den Tod gestürzt. Ich vermute, dass er von außen betrachtet ein gutes Verhältnis zu seiner Mutter pflegt, sie in Wirklichkeit jedoch abgrundtief hasst. An Livia hat er ausgelebt, was er gerne auch mit seiner Mutter täte. Das war für ihn sozusagen eine Art Bonus. Sein Hauptmotiv war allerdings der Raub. Wir sollten daher nach jemandem suchen, der in finanziellen Schwierigkeiten steckt, ein teures Hobby pflegt oder nach dem Mord eine größere Anschaffung getätigt hat.«

Obwohl beeindruckend war, wie einleuchtend er den Tatablauf darlegte und sogar Rückschlüsse auf den Charakter des Täters ziehen konnte, fand Moira den Profiler etwas zu selbstsicher. Auch Chiara schien von seinen Ausführungen wenig überzeugt.

»Wir werden Ihre Gedanken bei den weiteren Ermittlungen berücksichtigen«, erklärte sie steif.

»Und welche Erkenntnisse konnten Sie zwischenzeitlich gewinnen?« Kastenstein lehnte sich über den Schreibtisch.

»Wir haben die Putzfrau der Toten befragt, aber sie konnte uns keine wertvollen Informationen liefern. Wir versuchen daher, neue Ansatzpunkte zu finden.«

Moira fiel auf, dass sie den Dodge Challenger nicht erwähnte.

»Na sowas, es ist ja schon beinahe Mittag. Moira, wir wollten doch in diese kleine Pizzeria.« Chiara stand auf. »Bis heute Nachmittag, Herr Kastenstein.«

Moira folgte Chiara auf den Flur. Sobald sich die Tür hinter ihnen geschlossen hatte, entließ Chiara einen unterdrückten Schrei.

Moira lachte. »Du gehst ja auf den armen Kerl ab wie der Stier auf ein rotes Tuch.«

Chiara schnaubte. »Dieses ständige Mansplaining geht mir so auf die Nerven. Es war sowieso hart genug, mir hier Respekt zu verschaffen, und jetzt wird mir dieser *Zücchin* vor die Nase gesetzt. Als bräuchte ich einen Aufpasser!« Sie stürmte so schnell den Korridor entlang, dass Moira kaum Schritt halten konnte.

»Ich fand seinen Gedankengang gar nicht so schlecht.«

»Du lässt dich von seinem Getue blenden.«

»Hey, das ist eine Unterstellung! Wohin gehen wir eigentlich? Zum Ausgang geht es doch da lang.«

»Pizza können wir nachher noch essen. Erst musst du jemanden für mich anrufen.«

Chiara führte Moira in den Keller und in das mit Computern vollgestopfte Büro der IT-Spezialistin Serena Taller. Deren Haare waren heute von einem elektrischen Blau. Zu ihren Füßen lag ein pelziges Bündel, das den Kopf hob, als sie eintraten, und ein leises »Wuff« von sich gab.

»Ruhig, Rookie, alles in Ordnung.« Serena gab ihrem Hund ein Leckerchen und wandte sich dann Moira und Chiara zu. »Soll ich wieder einen USB-Stick für euch knacken?«

»Heute nicht, aber dürften wir dein Telefon benutzen?«

»Klar, macht es euch bequem. Rookie muss sowieso mal raus.« Sie nahm eine Hundeleine vom Tisch und stand auf. Wie ein Schatten erhob sich auch der Hund.

»Danke, Serena. Wir brauchen nicht lange.« Chiara setzte sich und hob zum Abschied die Hand.

Moira ließ sich vorsichtig auf einem beinahe antiken Drehstuhl nieder. »Wen soll ich denn anrufen?«

»Livias alte Plattenfirma in Bern. Ich möchte wissen, wann sie zum letzten Mal von ihr gehört haben. Wer noch Kontakt zu ihr hatte. Wir müssen uns ein Bild von ihrem Umfeld machen. Möglich, dass dabei nichts herauskommt, aber wir dürfen nichts außer Acht lassen.«

Moira lächelte. »Und Kastenstein soll das auf keinen Fall mitkriegen.«

Chiara richtete sich den Pferdeschwanz. »Richtig. Auch wenn du das albern findest. Ich weiß genau, wie das läuft: Wir Frauen machen die Arbeit, und die Kerle sammeln hinterher die Lorbeeren ein. Ist mir schon oft passiert, und das lasse ich nicht mehr mit mir machen.«

Moira legte ihr eine Hand auf den Arm. »Entschuldige, ich habe das wohl nicht ernst genug genommen. Ich kann dich verstehen. Und ich bin auf deiner Seite.«

»Danke.« Chiara fand ihr Lächeln wieder. »Hier ist die Nummer des Plattenlabels.«

Moira wählte und landete in einer Warteschleife, die einen Schlager in Schweizerdeutsch abspielte. Es ging um schneebedeckte Berggipfel, um Liebe, Kühe und Rösti. Anscheinend hatte man alle Schweizer-Klischees in einen Sack geworfen und ihn einmal gut durchgeschüttelt. Moira schnitt gequälte Grimassen, bis endlich am anderen Ende der Leitung abgehoben wurde.

»Grüezi, Matte Records, d'Kimmy am Apparat. Was cho ich für euch tun?«

»Grüezi, Kantonspolizei Lugano, Moira Rusconi. Ich hätte ein paar Fragen eine ihrer Musikerinnen betreffend. Es geht um Olivia Martinelli, bekannt unter dem Künstlernamen Livia.«

Die Frau schaltete sofort auf Hochdeutsch um. »Livia? Den Namen habe ich noch nie gehört. Sind Sie sicher, dass sie bei uns unter Vertrag ist?«

»Es könnte schon ein paar Jahre her sein«, sagte Moira. »Gibt es jemanden bei Ihnen im Haus, der schon vor zwanzig, dreißig Jahren da war?«

»Moment, ich frage nach.«

Wieder erklang die Warteschleife. Moira litt stumm und entfernte den Hörer etwas von ihrem Ohr.

»Clemens Geissler«, sagte eine kratzige Männerstimme. »Ich bin der Inhaber. Was will denn die Polizei von uns?«

»Nur ein paar Informationen über Livia, die Sängerin. Wenn Sie eine Verifizierung möchten, können Sie die Polizeistation in Lugano anrufen und sich zu Serena Taller durchstellen lassen.«

»Nein, das passt schon«, antwortete Geissler. »Ich hoffe doch, Livia geht es gut. Ich habe sie lange nicht gesehen. Sehr lange.«

»Es tut mir leid, aber sie ist vor Kurzem gestorben.«

»Wie bedauerlich. Wir hatten viel Spaß in der guten alten Zeit. Andererseits wird das ihre Plattenverkäufe in die Höhe treiben. Die Erben haben also durchaus Grund zur Freude.« Geissler klang jetzt geradezu heiter. Seine Firma würde sicher auch von den Verkäufen profitieren.

»Das sollte nicht herzlos klingen«, fuhr er fort. »Ich bin wirklich betroffen, dass sie tot ist. Sie war eine der letzten großen Diven. Schade, dass sie sich völlig zurückgezogen hatte.«

»Wissen Sie, weshalb?«

»Das war Ende der Neunziger. Ihr Stern war am Sinken und sie wollte nicht, dass das Publikum ihr beim Verglühen zusah. Aber ihre Stimme war immer noch gut, sie hätte noch ein, zwei Platten aufnehmen können. Wir haben sie damals mit einem jungen Rapper zusammengespannt, um ihre Musik zeitgemäßer zu machen, aber damit kam sie nicht gut klar.« Er lachte. »Damals war ich ein junger Toningenieur. Ich erinnere mich noch, wie sie in mein Büro stürmte und erklärte, sie werde auf keinen Fall solche Obszönitäten singen. Da mussten wir sie leider gehen lassen. Also, die damaligen Besitzer. Ich hatte damit nichts zu tun und habe sie immer bewundert.«

Chiara schob Moira einen Zettel hin. *Hatte sie Feinde?*

Moira gab die Frage weiter.

»Nicht, dass ich wüsste. Ich erinnere mich, dass sie sich sogar mit einigen der Angestellten richtig gut verstanden hat. Besonders mit der Grafikerin, die früher die Cover gestaltete. Sie waren ungefähr im selben Alter. Ursula hieß sie. Ursula Sommerhalder. Leider ist sie auch vor ein paar Monaten gestorben, ein tragischer Autounfall.« Er seufzte. »Sie war natürlich schon lange in Pension. Nun ja, die Schwerkraft holt uns alle ein.«

Seine Stimme wurde leiser, anscheinend hatte er sich vom Hörer abgewandt. »Worum geht es, Kimmy? Nein, das habe ich mir noch nicht angesehen. Ich habe wirklich anderes zu tun.«

Kurz war Kimmys Stimme im Hintergrund zu hören, aber Moira konnte nicht verstehen, was sie sagte. Dann wieder Geissler: »Ach so, dann zeig mal her. Moment, Frau Kommissar, ich glaube, wir haben hier etwas.«

Moira unterdrückte ein Kichern, hielt den Hörer zu und gab Chiara eine Zusammenfassung.

»Ja, ich bin noch dran, Herr Geissler.«

»Wir haben vor ein paar Wochen eine Anfrage per Post bekommen, die Rechte an zwei Liedern von Livia betreffend. Ein gewisser Urs Camenzind wollte eine Lizenz für eine einmalige Nutzung abkaufen. Er schreibt hier, er habe ein Projekt mit Livia in Planung.«

»Und wer ist dieser Camenzind?«

»Gute Frage. Er scheint ein Studio in einem Ort namens Arzo zu besitzen. Das klingt, als wäre es bei Ihnen in der Nähe.«

»Ja, ich kenne Arzo. Könnten Sie uns einen Scan des Briefes schicken?« Moira gab ihm die Mailadresse, die Chiara ihr aufschrieb, bedankte sich und beendete das Gespräch.

»Urs Camenzind, Studio Mòmò«, las Chiara, die den Namen nebenbei offensichtlich im Internet gesucht hatte, von ihrem Mobiltelefon ab. »Er veröffentlicht vor allem Tessiner Volksmusik, Mandolinenorchester und solche Sachen.

»O Gott, das klingt schrecklich.«

»Wer es mag. Und auf seiner Website wird tatsächlich ein neues Album von Livia angekündigt. Ich schätze, mit einer Künstlerin wie ihr zu arbeiten, war eine große Sache für ihn. Ich frage mich, wie er sie dazu überredet hat, nach zwanzig Jahren wieder ein Album aufzunehmen.«

»Am besten fragen wir ihn einfach«, schlug Moira vor.

Chiara sah auf ihr Mobiltelefon. »Heute schaffen wir das nicht mehr. Nachher ist das Briefing der Sonderkommission, und heute Nachmittag sehe ich mir mit zwei Kollegen die ganzen Papiere an, die wir aus Livias Villa mitgenommen haben.«

»Bei dem Briefing wollte dein Vater mich offensichtlich nicht dabeihaben«, sagte Moira.

»Natürlich kommst du mit«, sagte Chiara. »Das hat er bestimmt nur vergessen.«

Moira war sich da nicht so sicher. »Du kannst mir dann ja alles erzählen.«

13

Luise schoss unter dem Garderobenschrank hervor, wie meistens, wenn jemand das Haus betrat. Moira machte einen Schritt zur Seite und musste lächeln, als Luise erst ins Leere sprang, sich verdutzt umsah und dann anfing, sich die Pfote zu lecken.

»So leicht kriegst du mich nicht mehr.« Moira kauerte sich hin und kraulte die Katze unter dem Kinn. Dann ging sie in die Küche. Auf dem Tisch standen zwei Teller mit Nudelresten, von denen sich gerade Herta und Marlen bedienten.

»Sahnesoße ist ungesund für euch.« Moira setzte die Katzen auf den Boden, warf die Reste weg und räumte die Teller in die Spülmaschine.

Ihre Eltern waren weder im Wohnzimmer noch im Garten, aber aus Lunas Zimmer drang deutscher Rap. Moira ging nach oben, klopfte und öffnete dann die Tür. Luna saß im Schneidersitz auf dem Bett, war jedoch nicht alleine.

»Ciao, Lunas Mama«, sagte Valerie Eger und warf sich mit einer Kopfbewegung die langen Haare über die Schulter. Moira versuchte, ihre Überraschung zu überspielen, doch ihr Lächeln fühlte sich steif an. Das Mädchen aus dem luxuriösen Anwesen, das an den Garten der Casa Rusconi grenzte, war nicht gerade der Umgang, den sie sich für Luna wünschte. Im Zusammenhang mit dem schrecklichen Eiskellermord hatte sie Valerie etwas zu gut kennengelernt.

»Val und ich haben uns im Bus getroffen. Ist doch okay, dass ich sie mitgebracht habe, oder?«, fragte Luna.

»Natürlich. Dann lasse ich euch mal in Ruhe.« Moira schloss die Zimmertür und setzte sich auf die alte Truhe im Flur, um nachzudenken. Valerie hatte so getan, als wären sie sich nie zuvor begegnet, und wahrscheinlich war es so am besten. Luna würde sonst zu viele Fragen stellen.

Moira seufzte und blickte auf Lunas geschlossene Zimmertür, aus dem zweistimmiges Kichern drang. Es war wohl so weit: Sie musste Luna freigeben und ihren eigenen Weg finden lassen, auch wenn sie sich dabei manchmal verlaufen würde. Dennoch war das Bedürfnis, sie vor allem Übel zu bewahren, überwältigend groß. Doch man konnte diejenigen, die man liebte, nicht beschützen. Das hatte sie selbst erfahren, als Javier, Lunas Vater, gestorben war. Man musste einfach damit leben und hoffen, dass alles gutging.

Aber noch etwas Beunruhigendes saß in ihrem Gedächtnis fest wie ein störender Kieselstein im Schuh. Sie musste eine Weile nachdenken, bevor sie darauf kam: In einer ihrer Hosen steckte noch etwas, das Valerie gehört hatte und das sie unbedingt loswerden musste. Moira ging nach unten, lief durch den Garten hinüber zum Gästehäuschen und kurz darauf wieder zurück zum Haus. Sie nahm in der Garderobe den Autoschlüssel von Ambrogios altem Jeep vom Buffet und schlüpfte aus der Tür. Als sie wenige Minuten später zurückkehrte, fühlte sie sich erleichtert. Sie kochte sich einen Kaffee und schlenderte mit der Tasse in der Hand hinüber ins Wohnzimmer. Die Aussicht auf einen freien Nachmittag war luxuriös. Auch wenn sie eigentlich vorgehabt hatte, etwas mit Luna zu unternehmen und jetzt nicht genau wusste, was sie mit dem Rest des Tages anfangen sollte. Sie stellte die Tasse auf den Couchtisch neben ihr Laptop. Auf den Dielen vor der Stereoanlage lagen noch die alten Platten von Livia. Moira sammelte sie auf und betrachtete die Cover. Die meisten zeigten die Sängerin, und man sah sie von Album zu Album ein wenig älter werden. Moira schob die Platten in ein leeres Fach im Bücherregal. Dann setzte sie sich auf das blaue Samtsofa, das schon wieder mit Katzenhaaren übersät war, obwohl Moira es vor wenigen Tagen gründlich abgebürstet hatte. Von den Tieren selbst war allerdings nichts zu sehen. Normalerweise lagen immer zwei oder drei von Ihnen im Wohnzimmer oder in der Küche.

Moira nahm ihr Laptop auf den Schoß und tippte Livias Namen in das Suchfeld ihres Browsers ein. Ganz oben in der Ergebnisliste erschien die Website der Berner Plattenfirma. Moira klickte sie an und las sich Livias offizielle Biografie durch:

1943 in Lugano geboren, in einfachen Verhältnissen aufgewachsen, Tod des Vaters, als sie vierzehn war. Mit achtzehn hatte sie an einem regionalen Gesangswettbewerb teilgenommen und ein Jahr später beim Festival in Sanremo den zweiten Platz errungen. Oft als »Milvas Zwilling« bezeichnet, nicht nur wegen der roten Haare, sondern, weil sie einen ähnlichen Stil pflegten.

Livia hatte nie geheiratet, doch sie hatte mehrere Liebesbeziehungen gehabt, meist zu italienischen Schauspielern und Sängerkollegen.

Moira scrollte hinunter zur Liste der Veröffentlichungen. Jedes Jahr waren eine oder sogar zwei Platten erschienen. Nur nach der ersten gab es eine Lücke von eineinhalb Jahren. War der plötzliche Erfolg zu viel für sie gewesen?

Ende der Neunziger hatte Livia sich ganz aus der Öffentlichkeit zurückgezogen und seitdem kein neues Album mehr aufgenommen. Damals war sie erst Mitte Fünfzig gewesen. Dieser plötzliche Rückzug erinnerte an den von Marlene Dietrich, die ihre letzten Lebensjahrzehnte in ihrer Matratzengruft in Paris verbracht hatte.

Ihr kam eine Idee und sie gab »Ursula Sommerhalder« ins

Suchfeld ein. Der Name schien nicht allzu verbreitet zu sein, denn die Website des Schweizer Telefonverzeichnisses listete nur elf Personen auf. Dennoch ergab die Suche über 100000 Treffer. Moira konzentrierte sich auf die Todesanzeigen und fand schnell, was sie suchte:

Ursula Sommerhalder, geboren am 17.4.1937, und Alba Sommerhalder, geboren am 23.2.1963. Aus dem Leben gerissen am 7. Januar durch die Unachtsamkeit eines Autofahrers mit überhöhter Geschwindigkeit. Wir trauern um unsere Mutter, Schwiegermutter, Schwester, Tante und Grossi: Peter mit Michaela Sommerhalder, Jules und Noemi, Nicole Kretzky.

Plötzlich klingelte es. Moira seufzte, stellte ihr Laptop zurück auf den Couchtisch und stand auf, um die Tür zu öffnen.

Davor wartete Luca. Offensichtlich hatte er nicht mit ihr gerechnet, denn er machte ein verlegenes Gesicht und fuhr sich durch die Haare. »Ich bin mit deinem Vater zum Imkern verabredet.«

»Tut mir leid, er ist gar nicht da. Wahrscheinlich hat er es vergessen.«

»Darf ich trotzdem reinkommen?«

Moira trat zurück und gab die Tür frei. »Natürlich.«

»Oder störe ich dich etwa?« Luca blieb an der Schwelle stehen.

»Nein, ich hänge nur so rum. Los, komm schon rein. Oder willst du nicht?«

»Doch.« Endlich entschloss Luca sich, das Haus zu betreten.

Moira ging ihm voran ins Wohnzimmer. »Willst du was trinken?«

»Nein, danke. Alles bestens.«

Moira tat weh, wie steif sie miteinander umgingen, aber seit seiner Liebeserklärung war die Leichtigkeit zwischen ihnen abhandengekommen.

»Setz dich doch.« Sie deutete auf einen Sessel und ließ sich selbst wieder auf dem Sofa nieder.

Schweigen trat ein. Moira räusperte sich.

»Wo ist Ambrogio denn?«, fragte Luca.

»Wahrscheinlich im *Il Mulino*. Er, dein Vater und meine Mutter planen eine große Party, um wieder mehr Gäste anzulocken.«

»Stimmt, *papà* hat so etwas erwähnt.«

Das Gespräch erstarb. Wieder fuhr sich Luca durchs Haar und räusperte sich. »Wir reden miteinander wie Fremde«, sagte er. »Und das ist meine Schuld. Ich hätte einfach den Mund halten sollen.«

Bereute er, was er gesagt hatte? Moira wurde bewusst, dass sie an ihrem Ohrläppchen zupfte, und legte die Hand auf ihren Oberschenkel. »Ja, das wäre vielleicht besser gewesen.« Sie musste einmal tief Luft holen, bevor sie weitersprechen konnte. »Aber es ist nicht so, dass ich keine Gefühle für dich hätte. Nur will ich nichts mit jemandem anfangen, der schon gebunden ist. Und der ein kleines Kind hat, das ihn braucht. Du hast selbst gesagt, Valentina würde mit Alessio zurück nach Chile gehen. Und ich will nicht der Grund dafür sein.« Sie verstummte.

»Das verstehe ich«, erwiderte Luca. »Aber was machen wir jetzt?«

»Wir bleiben gute Freunde, so wie vorher.« Es gab keine andere Möglichkeit, aber es auszusprechen, fühlte sich an, als würde jemand ihr Herz in kleine Fetzen reißen.

Luca runzelte die Stirn. »Meinst du, wir kriegen das hin?«

Moira nickte. »Müssen wir wohl.«

Luca setzte gerade zu einer Antwort an, als ein Klirren ertönte. Es klang, als hätte jemand einen Flaschencontainer ausgeleert. Sie sprangen beide auf und stürzten in den Flur. Wieder schepperte es laut. Der Lärm kam aus der Küche. Moira erreichte die Küchentür zuerst und blieb so plötzlich stehen, dass Luca auf sie prallte.

Der Kühlschrank stand offen, der Boden war bekleckert mit Milch, zerbrochenen Eiern, den Couscousresten vom Vorabend und Salamischeiben. Inmitten dieses Chaos' stand Napoleon und schlabberte genüsslich alles auf, unbeeindruckt von Luise, die auf dem Tisch kauerte und ihn anfauchte.

Moira machte das Erste, was ihr in den Sinn kam, und klatschte in die Hände. Napoleon sprang erschrocken in die Luft und begann, sich im Kreis zu drehen. Durch sein Getrampel verschmierte er die Nahrungsmittel immer mehr auf den Terrakottafliesen.

»Moment.« Luca drängte sich an ihr vorbei und griff nach Napoleon. Der bemerkte es, hörte auf sich zu drehen und galoppierte über den Flur ins Wohnzimmer, eine Spur von rohem Ei und Milch hinter sich lassend. Moira und Luca stürzten ihm Schulter an Schulter nach. Napoleon sauste kreuz und quer durch den Raum, unter dem Couchtisch und dem Sessel hindurch, rammte einen Beistelltisch mit einer Tonschale darauf, die wie ein Ufo durch den Raum segelte und dann am Boden zerschellte. Das Schwein nahm wieder Kurs auf den Flur.

»Tür zu!«, rief Luca, und Moira versetzte der Tür einen Tritt, bevor Napoleon sie erreichte. Daraufhin drehte er ab und begann seine Runde von Neuem.

»Lass ihn, sonst kippt er noch um«, rief Moira, woraufhin Luca die Verfolgung aufgab.

»Wenn er sich beruhigt hat, können wir ihm die Leine anlegen.«

Tatsächlich blieb Napoleon stehen und beäugte sie misstrauisch, dann trottete er unter den Couchtisch und streckte sich dort aus.

»Man könnte ihn glatt für einen Hund halten«, sagte Luca. »Seit wann habt ihr eigentlich ein Schwein?«

Moira erklärte es ihm.

»Wie exzentrisch«, sagte er. »Ein Glück, dass Livia sich keinen weißen Tiger als Haustier ausgesucht hat.«

Sie lachten, und als Moira Luca ansah, wurde ihr Herz zu Wackelpudding. Diesbezüglich hatte sich also nichts verändert.

»Ich werde dann mal die Schweinerei hier aufwischen«, sagte sie, obwohl ihr ganz andere Worte auf der Zunge lagen. Luca nickte. »Wir sehen uns ja später am *grotto* bei der Weinprobe.«

»Du bist auch da?«, fragte Moira alarmiert.

»Ich kümmere mich um den Ausschank, wie immer. Toll, dass du uns hilfst.«

Moira hätte am liebsten sofort abgesagt. Sie hatte nicht bedacht, dass Luca auch anwesend sein würde. Möglicherweise würde auch Valentina kommen, und der wollte sie gewiss nicht begegnen. Doch es war zu spät, sie konnte Lucas Eltern nicht einfach im Stich lassen.

»Okay, dann bis nachher«, sagte sie.

Luca ging und Moira holte seufzend einen Feudel aus dem Schrank unter der Treppe.

14

Das *grotto* der Weinkellerei Cavadini lag etwa eine halbe Stunde Fußweg von Montagnola entfernt, inmitten von Weinbergen. Moira geriet auf dem letzten, steilen Wegstück ins Schwitzen. Trotz der frühen Abendstunde war es noch immer sommerlich heiß.

Sie drehte sich um, als sich von hinten ein röhrender Motor näherte. Ein rotes Sportcabrio kam aus der Kurve und hielt neben ihr an. »Mitfahrgelegenheit gefällig?« Luca beugte sich über den Beifahrersitz und öffnete die Tür auf Moiras Seite.

»Sehe ich so fertig aus?« Sie stieg ein, zog die Tür zu und schnallte sich an.

»Du siehst fantastisch aus in dem grünen Kleid und mit offenem Haar, wie eine Waldnymphe.« Luca sah ihr lächelnd in die Augen. In den seinen blitzte es herausfordernd.

»Lass das!«, rügte ihn Moira, obwohl sie sich insgeheim über das Kompliment freute. »Wir hatten doch erst vorhin entschieden, Freunde zu sein, mehr nicht.«

»Das war auch eine rein freundschaftliche Feststellung.« Luca fuhr an und folgte in gemütlichem Tempo der gewundenen Straße. Moira ging nicht auf seine Worte ein, und auch er schwieg, bis sie das *grotto* erreichten, ein kleines, zweistöckiges Häuschen, das am unteren Ende eines Weinbergs halb in den Hang hineingebaut war.

»Meine Mutter ist offensichtlich schon da.« Luca stellte das Cabrio hinter einen schlammbespritzten weißen Pickup an den

Straßenrand, und sie stiegen aus. Die Tür des *grotto* stand offen. Das Erdgeschoss, das in den Hang hineinragte, bestand aus einem Gewölbekeller, in dem links und rechts brusthohe Weinfässer auf Gestellen lagen. Eine Wendeltreppe führte in den ersten Stock, wo es einen Tresen für den Ausschank gab. Den Rest des Raums nahm ein langer Holztisch mit einfachen Stühlen ein, deren dunkles Holz gut zum Terrakottaboden passte. Dank der dicken Mauern war es angenehm kühl. Auf der Theke stand ein Korb mit Brotlaiben, daneben lagen mehrere Salamis, so groß, dass man mit ihnen jemanden hätte erschlagen können. Eine geöffnete Tür in der rückwärtigen Wand rahmte den Ausblick auf die Terrasse hinter dem Haus, wo unter Sonnenschirmen lange Klapptische und -bänke aufgestellt worden waren. Lucas Mutter Silvana kam von draußen herein und begrüßte Moira mit den üblichen drei Wangenküssen. Luca erhielt eine kurze Umarmung.

»Was sollen wir tun?«, fragte Luca.

»Eure Väter holen gerade den Wein, ihr könnt inzwischen die Antipasti vorbereiten.«

Kurz darauf standen Luca und Moira nebeneinander an der Theke, schnitten hauchdünne Scheiben von einer der riesigen Salamis und einem Rad Alpkäse und arrangierten sie zusammen mit Kirschtomaten und Essiggurken auf runden Holzbrettern.

»Es ist tatsächlich ganz schön, mal niemanden aus meiner Familie um mich zu haben«, sagte Moira. Sie erzählte Luca vom Einzug ihrer Mutter und dem Streit zwischen Ambrogio und Arianna.

»Das wird schon wieder. Deine Mutter reist ja bald wieder ab. Und du auch, oder?«

»Ja, leider«, sagte Moira, während sie weiter konzentriert den Käse schnitt, froh darüber, Luca nicht ansehen zu müssen.

»Ich habe eigentlich gar keine Lust, wieder in Frankfurt zu sein.«

»Dann bleib doch hier.« Luca sah sie ebenfalls nicht an, sondern errichtete eine Mauer aus Käsestiften auf einer großen Holzplatte.

Moira lachte auf. »Das geht nicht. Luna muss in die Schule.«

»Schulen gibt es hier auch,« entgegnete Luca.

Moiras Puls beschleunigte sich. »Versuchst du gerade, mich zu überreden, hierherzuziehen?«

Jetzt sah Luca sie an. »Ich versuche, dir zu vermitteln, dass du etwas ändern kannst, wenn du willst. Und dass es für jedes Problem eine Lösung gibt.«

»Das halte ich für ein Gerücht«, erwiderte Moira, dann seufzte sie. »Aber ich könnte mir wirklich vorstellen, hier zu leben.« Als sie es aussprach, öffnete sich etwas in ihr. Dasselbe Gefühl hatte sie gehabt, als sie beschlossen hatte, nach Lima zu ziehen. Es hatte sich einfach richtig angefühlt.

»Ich muss mal darüber nachdenken«, sagte sie. »Und mit Luna sprechen.«

Sie arbeiteten schweigend weiter. Nach einer Weile sagte Luca: »Wie kommt ihr mit den Ermittlungen voran?«

»Bisher haben wir nicht viel. Wir reden morgen mit einem Musikproduzenten, der Livias erstes Album seit zwanzig Jahren herausbringen will. Ein Nachbar hat erzählt, dass in letzter Zeit häufig eine Frau bei ihr zu Besuch war, deren Identität aber niemand kennt. Und er hat vor ihrer Villa einen wütenden Mann gesehen, der in einem auffälligen Dodge Challenger weggefahren ist. Leider konnten Chiara und Ravi den Besitzer nicht ausfindig machen. Das ist momentan alles.«

»Moment: ein Dodge Challenger? Etwa orange mit schwarzen Streifen auf der Motorhaube?«

Moira ließ das Käsemesser sinken. »Woher weißt du das?«

»Es gibt in der Nähe von Lugano auf einem Motel-Parkplatz jede Woche einen Oldtimer-Treff. Da habe ich so einen Dodge schon gesehen. Italienisches Kennzeichen, glaube ich.«

»Kennst du auch den Besitzer?«

Luca schüttelte den Kopf. »An den erinnere ich mich nicht. Aber wenn du willst, fahren wir morgen zum Treffen – vielleicht ist er da.«

»Auf jeden Fall! Chiara und Ravi werden sicher auch mitkommen wollen.«

»Natürlich. Es wäre rein beruflich«, bestätigte Luca. »Aber ihr müsstet euch passend anziehen, damit ihr nicht auffallt.«

Moira grinste. »Ich liebe es, mich zu verkleiden!«

Die Eingangstür im unteren Stock wurde so heftig aufgestoßen, dass sie gegen die Wand knallte, dann ertönten Schritte auf der Treppe, dazu das Klirren aneinanderstoßender Flaschen. Ambrogios weißer Haarschopf erschien am oberen Ende der Wendeltreppe. Vor sich her trug er drei gestapelte Weinkartons. »Kann mir bitte jemand helfen, bevor ich zusammenbreche?«, ächzte er.

Luca eilte zu ihm und nahm ihm zwei der Kisten ab. Ambrogio trug den verbliebenen Karton zum Tisch und stellte ihn schnaufend darauf. »*Madonna*, was für eine Schinderei, die ganzen Kisten ein- und jetzt wieder auszuladen.«

»Leichte körperliche Tätigkeiten sind gut für dich, hat deine Ärztin gesagt«, erinnerte ihn Moira.

»Leichte!«, betonte Ambrogio. »Keine Sklavenarbeit!«

»Jetzt hör endlich auf, dich zu beschweren«, sagte Vittorio, der ebenfalls mehrere Kisten heraufbrachte. »Immerhin wirst du einen nicht unerheblichen Teil davon trinken.«

»Darauf kannst du dich verlassen.« Ambrogio wischte sich mit einem großen Stofftaschentuch den Schweiß von der Stirn.

Dann kam er zum Tresen und reckte den Hals. »Das sieht aber gut aus! Aber jemand sollte die Salami verkosten, um sicherzugehen, dass sie noch gut ist.«

Luca lachte, säbelte ein Stück von der Wurst herunter und reichte es Ambrogio. Moira steuerte eine Scheibe Käse bei.

»Köstlich. Aber mein Hals ist so trocken«, klagte Ambrogio. Vittorio klopfte ihm auf die Schulter. »Ich zerfließe vor Mitleid.« Er klappte einen der Kartons auf, holte eine Flasche heraus und ließ sich von Luca einen Korkenzieher reichen. Während sein Vater die Flasche öffnete, ging Luca zur Hintertür und rief nach seiner Mutter. »Wir wollen anstoßen.«

Im Küchenschrank fand Moira lange Reihen von *boccalini*, den traditionellen Tonschalen, aus denen im Tessin Wein getrunken wurde, und nahm fünf heraus. Vittorio schenkte ein, und sie stießen miteinander an.

»Salute!«

»So, das reicht«, sagte Silvana nach einigen Schlucken. »Holt erst einmal die restlichen Kartons, bevor ihr euch betrinkt. Die Gäste kommen bald.«

»Wir betrinken uns nicht, Frau«, sagte Vittorio würdevoll. »Wir genießen.«

Luca und Moira halfen ebenfalls beim Tragen, und bald stapelte sich neben dem Tresen kistenweise Wein und Grappa. Draußen fuhren nun auch die ersten Autos vor, und Leute stiegen plaudernd und lachend die Außentreppe zur Terrasse hinauf. Luca entkorkte die ersten Flaschen, während Moira zusammen mit Silvana die *antipasti* servierte. »Den Wein bestellen Sie bitte drinnen«, erklärten sie den Gästen.

»Kommen deine Mutter und Luna auch?«, fragte Silvana auf dem Rückweg zum Haus.

»Nein, Nelly hat eine Massage gebucht, und Luna ist mit einer Freundin in der Stadt.«

Silvana strahlte. »Wie schön, dass sie so schnell Anschluss gefunden hat.«

In den folgenden Stunden waren sie damit beschäftigt, sich um die Gäste zu kümmern. Vittorio erklärte die Besonderheit der Weine und Grappasorten, Silvana sorgte für Nachschub an Essen, Moira und Luca schenkten den Wein aus und verkauften Flaschen und Kartons zum Mitnehmen. Ambrogio, der anscheinend jeden kannte, setzte sich mal an diesen, mal an jenen Tisch, und verbreitete gute Stimmung. Dort, wo er saß, wurde immer am meisten gelacht.

Als es dämmerte, stellten Luca und Moira Gläser mit Teelichtern auf die Tische, und Silvana schaltete die Lichterketten ein, die zwischen den Sonnenschirmen gespannt waren. Es war nicht mehr viel Betrieb, sodass Luca und Moira sich eine Pause gönnen konnten. Sie setzten sich mit einer Flasche Wein und zwei Gläsern an einen der Tische. Vittorio holte ein Akkordeon aus dem *grotto* und begann, Tessiner Volksweisen zu spielen, während Ambrogio dazu sang. Bald fielen auch andere Gäste ein.

Moira neigte sich zu Luca: »Ich verstehe kein Wort, aber es klingt sehr schwungvoll.«

Statt einer Antwort stand Luca auf und bot ihr die Hand. Moira zögerte kurz, gab dann ihrer Stimmung nach und ergriff sie. Sie erhielten Beifall, als sie zu tanzen begannen. Einmal stolperten sie, woraufhin Luca sie dichter an sich zog. *Was soll's*, dachte Moira und gab sich der gemeinsamen Bewegung hin. Die Lichter und Menschen um sie herum verschwammen, und sie war allein mit Luca. Sie lächelten sich an, und in ihr breitete sich das Glücksgefühl aus, das sie von den seltenen Augenblicken kannte, wenn alles zu einem perfekten Ganzen verschmolz. Sogar, dass die beide nicht die besten Tänzer waren, und daher noch mehrmals ins Straucheln gerieten, war perfekt.

Moira wusste, dass diese Augenblicke unerwartet kamen und man sie nicht festhalten, sondern nur auskosten konnte. Daher tat sie genau das und ließ sich fallen.

Nach drei oder vier Liedern gingen sie unter erneutem Applaus zu ihrem Tisch zurück, wobei er mit den Fingerspitzen weiter ihre Hüfte berührte, als wollte er den körperlichen Kontakt aufrechterhalten. Silvana strahlte und drückte im Vorübergehen kurz Moiras Hand. »Ihr seid so ein schönes Paar«, flüsterte sie.

Ihre Worte ernüchterten Moira. Als sie sich wieder gesetzt hatten, fragte sie ihn: »Wo ist eigentlich Valentina?«

Lucas Miene verdüsterte sich. »Zu Hause.« Auch seine gelöste Stimmung hatte sich augenblicklich verflüchtigt. Moira bereute ihre Frage. Vielleicht hätte sie den perfekten Moment noch ein wenig in die Länge ziehen können. Denn obwohl ihr Verstand sagte, dass sie keinesfalls den Kopf verlieren durften, wollte ihr Herz etwas ganz anderes.

15

»Ist das hübsch hier!« Moira konnte sich gar nicht sattsehen an den pittoresken Tessiner Häusern, den engen Gassen und versteckten Höfen von Arzo. Sie kannte zwar den Namen des Dorfes und seinen Ruf als Anziehungspunkt für Kreative, war aber noch nie hier gewesen. Sie hatten über die Autobahn eine knappe halbe Stunde gebraucht und befanden sich jetzt in unmittelbarer Nähe zur Grenze nach Italien. Chiara hatte das Auto auf dem Gemeindeparkplatz abgestellt, und sie waren zu Fuß ins Ortszentrum gelaufen, wo die Gassen mit rosafarbenem Kopfsteinpflaster belegt waren. Über die Hofmauern lugten Baumkronen und verrieten, dass sich dahinter Gärten versteckten.

»Du musst unbedingt im August zum Geschichtenfestival gehen«, sagte Chiara. »Dann finden überall in den Höfen Lesungen statt.«

»Das wäre ein guter Grund, zurückzukommen.«

»Stimmt. Ich vergesse immer, dass du gar nicht hier lebst.« Chiara blickte auf ihr Mobiltelefon. »Meine Navigationsapp sagt, Camenzinds Studio ist da vorne in dem Eckhaus.«

Sie zeigte auf eine Fassade aus unverputzten Bruchsteinen, vor der ein großer Feigenbaum stand, dessen Blätter sattgrün vor dem dunklen Grau der Hauswand leuchteten. Die Fensterläden waren im selben Grün lackiert, was den Eindruck erweckte, der Baum sei Teil des Hauses.

Neben der Haustür hing ein durchsichtiges Acrylschild mit dem weißen Aufdruck *Studio Mòmò*. Chiara drückte auf den

Klingelknopf aus Messing. Kurz darauf wurde geöffnet, und ein Mann mit verärgertem Gesichtsausdruck erschien im Türrahmen. Er war Ende Fünfzig, bis auf einen kleinen Bauch schlank, und trug sein schütteres, graues Haar zu einem kurzen Pferdeschwanz zusammengefasst.

»Buongiorno, Kantonspolizei Lugano, Ispettrice Moretti. Sind Sie Urs Camenzind?«

Die Miene des Mannes wechselte von ungehalten zu überrascht.

»Ist etwas passiert?« Er trat einen Schritt vor und blickte nach links und rechts, als erwartete er, dort den Grund für den Polizeibesuch zu finden.

»Wie man es nimmt. Können wir reinkommen?«

Moira war immer wieder erstaunt, wie autoritär Chiara wirken konnte, wenn sie beruflich auftrat. Höflich, aber bestimmt. Lernte man das auf der Polizeischule oder war das einfach ihre Superkraft?

Camenzind ließ sie in den dunklen Flur, der nur durch das halbrunde Fenster über der Tür Licht erhielt.

Er wirkte jetzt besorgt, und Chiara unternahm nichts, um ihm dieses unangenehme Gefühl zu nehmen.

»Wo können wir uns in Ruhe unterhalten?«

»Am besten im Büro, denke ich.« Camenzind schlurfte in seinen Gesundheitssandalen vor ihnen den Flur entlang. Sie kamen an einem Raum vorbei, der als Tonstudio eingerichtet war. Es gab ein Mischpult, eine Glaskabine und mehrere Mikrofone standen herum.

Der Studiobesitzer führte sie in ein großes, chaotisches Büro. Überall stapelten sich Kartons, CDs und Prospekte, dazwischen lagen aufgerollte Kabel und andere technische Teile herum. Die Wände waren mit Konzertplakaten beklebt, die sich zum Teil überlappten. Es roch nach Staub und altem Zigarettenrauch.

Camenzind bot ihnen keinen Stuhl an – wahrscheinlich, weil es keine gab, und wenn, waren sie unter all den Sachen begraben. Er selbst setzte sich auf eine Ecke des Schreibtischs. »Worum geht es denn bitte?« Er sprach gut Italienisch, auch wenn man deutlich hörte, dass er aus der Deutschschweiz stammte.

»Wie gut kennen Sie Olivia Martinelli?«, wollte Chiara von ihm wissen.

»Ist etwas mit ihr?«

»Wieso fragen Sie das?«

»Wieso fragen Sie mich sonst nach ihr?« Camenzinds Gesicht bekam wieder diesen ungehaltenen Ausdruck. Moira begann zu vermuten, dass er kein einfacher Mensch war.

»Sagen Sie doch einfach, was los ist.«

Chiara ließ sich davon nicht aus dem Konzept bringen. »Kannten Sie sich schon lange?«

»Sie ist tot, oder?« Camenzinds Gesicht wirkte auf einmal schlaff. »Sonst würden Sie nicht in der Vergangenheitsform sprechen.«

Chiara biss sich auf die Lippen. Moira kannte sie inzwischen gut genug, um zu wissen, dass sie sich über sich selbst ärgerte.

»Ja, sie ist leider verstorben. Nach unseren Informationen haben Sie vor Kurzem ein neues Album mit ihr aufgenommen.«

Camenzind hob die Hand. »Einen Moment bitte, ich muss diese Nachricht erst verdauen.« Er wechselte auf den ergonomischen Hocker hinter seinem Schreibtisch und schüttelte den Kopf, als könnte er es nicht glauben. »Was ist denn genau passiert?«

»Das versuchen wir herauszufinden«, antwortete Chiara. »Wann haben Sie Livia das letzte Mal gesehen?«

»Das muss zwei oder drei Wochen her sein. Moment, ich sehe im Kalender nach.« Er nahm einen Taschenkalender zur

Hand und blätterte darin herum. »Genau, hier steht es: Vor zweieinhalb Wochen war ich bei ihr. Ich habe ihr die Aufnahmen vorgespielt. Sie wurde doch nicht etwa umgebracht?«

»Warum denken Sie das?«, sagte Chiara sofort.

»Warum wären Sie sonst hier?«

Chiara ging nicht darauf ein. »Wie ist dieser Besuch verlaufen? Hatten sie eine Meinungsverschiedenheit?«

Camenzind schüttelte heftig den Kopf. »Nein, wir hatten kein Problem miteinander, im Gegenteil. Sie hat aus alter Freundschaft eingewilligt, dieses Album mit mir zu produzieren. Ich konnte sie überzeugen, dass ihre Fans sie nicht vergessen haben und sehnsüchtig auf neue Lieder von ihr warten.«

Chiara ging mit verschränkten Armen vor dem Schreibtisch auf und ab. »Und natürlich verspricht das erste Album der großen Livia nach zwanzig Jahren auch ein finanzieller Erfolg zu werden.«

»Auch das«, gab Camenzind zu. »Die Einnahmen wollten wir uns teilen. Natürlich nach Abzug der Produktionskosten.«

»Wie laufen Ihre Sachen denn so?«, erkundigte sich Moira und hielt die CD eines Mandolinenorchesters hoch.

»Reich wird man damit nicht. Je nachdem ein paar Hundert Stück, wenn es gut läuft, auch mal tausend oder ein bisschen mehr. Viele meiner Produktionen sind Longseller.«

Chiara blieb stehen und sah Camenzind direkt an. »Das neue Album von Livia wird sich sicher wesentlich besser verkaufen, denken Sie nicht? Vor allem jetzt.«

»Unterstellen Sie mir gerade, ich hätte Livia getötet, damit sich ihre CD besser verkauft?« Camenzind wirkte weniger beleidigt als verblüfft.

»Ich unterstelle gar nichts«, sagte Chiara. »Ich habe lediglich eine Tatsache festgestellt. Woher kannten Sie Livia eigentlich?«

»Mein Gott, das ist schon eine Ewigkeit her. Das muss 1986

oder 87 gewesen sein. Sie trat in Locarno auf der Piazza Grande auf, und ich war für den Ton zuständig. Der Auftritt hing irgendwie mit dem Filmfestival zusammen, so genau weiß ich das nicht mehr. Wir haben uns gut verstanden und über all die Jahre immer Kontakt gehalten, auch wenn wir uns nicht oft gesehen haben. Ich habe ihr immer meine neuen Produktionen geschickt. Und gelegentlich habe ich sie auch besucht.«

»Dann hatten Sie doch sicher Einblick in ihr Privatleben. Mit wem hatte sie noch Kontakt? Gab es Feindschaften? Leute, mit denen sie im Streit lag?«

Camenzind rieb sich das Kinn und dachte nach. Dann schüttelte er den Kopf. »Sie lebte extrem zurückgezogen. Ich weiß, dass sie eine Putzfrau hatte. Aber ansonsten? Ihre Cousine ist ja schon lange dement und hat sie nicht mehr erkannt. Das brach ihr das Herz, und sie konnte es irgendwann nicht mehr ertragen, sie zu besuchen.«

Moira stutzte. »Die Cousine? Augusta? Die ist doch deutlich jünger als Livia und müsste demnach erst knapp über sechzig sein.«

Camenzind setzte eine betrübte Miene auf. »Eine äußerst tragische Geschichte. Die ersten Anzeichen traten bei ihr schon mit Anfang fünfzig auf. Sie lebt schon seit Langem in einem Pflegeheim in Agno. *Casa Fiore* oder so ähnlich.«

»Hat Livia vielleicht einmal von einer gewissen Kiki gesprochen? Oder haben Sie bei ihr eine Frau mit diesem Namen angetroffen? Fünfunddreißig bis fünfundvierzig Jahre alt. Eher unscheinbar, keine auffällige Person.«

»Es war nie jemand bei ihr, wenn ich sie besucht habe. Und den Namen Kiki hat sie nie erwähnt. Aber da gibt es noch diesen jungen Kerl, der die Lieder für das neue Album geschrieben und komponiert hat.«

»Dessen Namen müssen Sie ja wissen«, sagte Chiara.

Doch Camenzind schüttelte den Kopf. »Sie wollte mir den Namen durchgeben, damit ich ihn mit ins Booklet der CD drucken kann. Aber das hat sie bisher nicht getan.«

»Gut, Herr Camenzind«, sagte Chiara. »Vielen Dank für Ihre Mitarbeit. Sie haben uns wertvolle Information gegeben.«

»Moment, da wäre noch etwas.« Camenzind wühlte in einer Schreibtischschublade und legte einen Umschlag auf den Tisch. Er war jetzt rot im Gesicht und ein wenig außer Atem.

»Das hat Livia mir zur Aufbewahrung gegeben. Es ist ihr Testament.«

»Wie lange ist das her?«, fragte Chiara.

»Zwei oder drei Jahre.«

»Wissen Sie, was darin steht?«

»Ja. Sie hat alles mir vermacht. Wir hatten das so besprochen. Sie hatte ja keine Kinder, und ich sollte ihr musikalisches Vermächtnis hüten.« Der Musikproduzent wirkte verlegen. »Das macht mich wahrscheinlich verdächtig. Aber sie hatte sonst niemanden.«

Er reichte Chiara den Umschlag. »Er ist zugeklebt. Aber ich war dabei, als sie es verfasst hat.«

Chiara begutachtete den Umschlag. Moira entging nicht, dass sie ihn nur am Rand berührte. »Dieses Briefpapier mit Leinenstruktur habe ich in der Villa gesehen. Machen Sie es doch auf.« Sie gab Camenzind den Umschlag zurück. Er blickte sie unsicher an. »Darf ich das denn?«

»Sie müssen es sowieso bei Gericht einreichen, um den Erbschein zu beantragen.«

Camenzind griff nach einem Brieföffner. Seine Hand zitterte, als er den Umschlag aufschlitzte, ein Blatt Papier herauszog und auffaltete. Sein Brustkorb hob und senkte sich heftig. »Ja, das ist es. Ihre Handschrift.« Er gab das Blatt an Chiara weiter. Moira blickte ihr über die Schulter. Die Handschrift war dünn und zittrig, aber gut lesbar. Der Text war kurz und legte fest, dass Livias gesamter Besitz sowie die Rechte an ihren Aufnahmen an Urs Camenzind übergingen. Livia versicherte, dass sie im Vollbesitz ihrer geistigen Kräfte sei, und hatte unterschrieben.

Chiara nickte. »Es mag etwas seltsam klingen, aber man kann Sie wohl beglückwünschen. Ich mache noch schnell ein Foto für unsere Unterlagen.« Sie legte das Blatt auf den Schreibtisch und lichtete beide Seiten mit ihrem Handy ab, dann gab sie Camenzind das Dokument zurück. »Danke.«

Camenzind machte ein überraschtes Gesicht. »Sie verdächtigen mich also nicht?«

Chiara lächelte. »Nur, weil Sie der Alleinerbe sind? Es braucht schon ein bisschen mehr, um unter Mordverdacht zu geraten. Aber der Vollständigkeit halber: Was haben Sie zwischen dem sechsten und dem achten Juni gemacht?«

Ein Ausdruck des Erschreckens strich über Camenzinds Gesicht. »Brauche ich ein Alibi?«

»Diese Frage stellen wir allen Leuten, die mit der Verstorbenen zu tun hatten«, erklärte Chiara.

»Moment, ich muss nachsehen. Ohne meinen Kalender wäre ich verloren.« Camenzind blätterte umständlich in seiner Kladde herum. »Da war ich jeden Tag von morgens bis abends im Studio. Aufnahmen für eine CD mit traditionellen Tessiner Liedern. Die Musiker von *Contrabanda* werden das bestätigen. Und abends muss ich mit meiner Frau zu Hause gewesen sein. Ich trage alle Verabredungen hier ein, auch private.«

»Nochmal herzlichen Dank für Ihre Mitarbeit«, sagte Chiara. »Darf ich den Umschlag für einen Vergleich mit dem Briefpapier der Verstorbenen mitnehmen?«

Camenzind sah auf. »Wollen Sie einen DNA-Test damit durchführen? Dann wundern Sie sich bitte nicht. Ich habe den Umschlag verschlossen. Livia mochte den Geschmack der Gummierung nicht.«

Chiara nahm den Umschlag vom Schreibtisch. »Ein wichtiger Hinweis. Gut, dass Ihnen das eingefallen ist. Wir melden uns, wenn wir noch weitere Fragen haben. *Arrivederci.*«

»Und, was denkst du?«, fragte Moira auf dem Rückweg zum Auto. »Ist er verdächtig?«

Chiara lächelte. »Für Verdächtigungen ist es noch etwas zu früh. Erst einmal sammeln wir nur Eindrücke und Informationen. Aber das mit dem Umschlag war schlau. Auf die Art hat er mir den Wind aus den Segeln genommen. Ich wollte tatsächlich den Speichel testen lassen.«

»Aber dazu braucht man doch Vergleichsmaterial.«

»Wir werden alle, die mutmaßlich im Haus waren, zur DNA-Probe bestellen, damit wir die Spuren richtig auswerten können. Darum kümmern sich die Leute von der Kriminaltechnik und Dr. Cavadini.«

»Das mit der dementen Cousine ist wirklich tragisch. Ich weiß gar nicht, ob ich das meiner Mutter erzählen soll. Die beiden waren früher mal gut befreundet. Werden wir mit ihr reden?«

»Ob das viel bringen würde?«

»Auch wenn sie dement ist, sollte ihr vielleicht jemand sagen, dass ihre Cousine tot ist.«

»Das stimmt. Entschuldige, manchmal bin ich so fixiert darauf, Ergebnisse zu kriegen, dass ich alles andere außer Acht lasse.«

16

»Hier sieht es ja aus wie im Sternerestaurant!« Moira sah sich im *Il Mulino* um. Auf den tiefen Fensterbrettern standen jetzt Tischleuchten mit hellgrünen Lampenschirmen, und auf den Tischen prangten statt Teelichtern silberne Kerzenhalter. »Gabriella wird ihren Laden nicht wiedererkennen.«

»Das will ich hoffen«, rief Nelly von der Leiter herunter. Sie war dabei, petrolblaue Vorhänge an den Fenstern zu drapieren.

»Ich habe das nicht unbedingt als Kompliment gemeint«, antwortete Moira.

»Passen die Leuchten nicht wunderbar zu den Vorhängen?«, fragte Nelly und stieg von der Leiter. Sie zeigte auf die Sammlung alter Spiegel in verschiedenen Größen und Rahmen, die alle an derselben Wand hingen wie eine Gemäldeausstellung. »Originell, oder? Die haben wir in Vittorios Scheune gefunden.«

»Die weißen Tischdecken sehen auch toll aus«, sagte Moira. »Aber passt das zu den Leuten hier im Dorf?«

Ihre Mutter winkte ab. »Die halten sich den ganzen Abend an einem Glas Rotwein fest und bringen keinen Umsatz. Für die ist da drüben Platz.« Sie zeigte auf drei Bistrotische, die sich zwischen dem Tresen und der Garderobe drängten. »Wir brauchen Leute, die hier richtig essen wollen, am besten mehrere Gänge statt nur einen Teller Pasta mit Tomatensoße. Leute aus der Stadt. Sonst trägt sich das Lokal nicht.«

»Gabriella hat das ganz gut hingekriegt, auch ohne Tischdecken.«

Die Kellertür hinter der Theke öffnete sich und Ambrogio erschien, beladen mit mehreren Weinflaschen.

Nelly sprach weiter: »Ich habe mir die Bücher angesehen, und es steht gar nicht gut. Dieser Laden ist ein Verlustgeschäft.«

»Mit Finanzen kennt deine Mutter sich aus.« Ambrogio stellte die Weinflaschen ab.

Das stimmte. Nelly hatte jahrelang eine Buchhandlung in Frankfurt geführt. Trotzdem war Moira nicht überzeugt. Ihr hatte das alte *Il Mulino* besser gefallen.

»Eine Dorfosteria sollte auch für die Leute aus dem Ort ein Treffpunkt sein«, sagte sie. »Und Gabriella hat ein Ambiente geschaffen, in dem jeder sich wohlfühlen konnte.«

»Das bleiben wir ja auch«, sagte Nelly. »Hier ist jeder willkommen. Und es wird auch ein preisgünstiges Mittagsmenü geben. Abends kommen die Dorfbewohner sowieso nicht zum Essen her.«

»Ihr solltet Gabriella ein paar Fotos schicken und fragen, ob sie einverstanden ist«, sagte Moira. »Das Restaurant über ihren Kopf hinweg zu verändern, finde ich nicht richtig.«

Ambrogio kratzte sich nachdenklich am Kinn. »Das ist mir gar nicht in den Sinn gekommen, aber du hast recht. Ich knipse morgen ein paar Bilder.«

Moira nickte, dann schnupperte sie in die Luft. »Und was riecht hier so gut?«

»Silvana kocht ein Probemenü für den Festabend.« Ambrogio entkorkte eine Flasche und schenkte Wein in die Gläser, die auf der Theke aufgereiht standen. »Du kannst gerne mitessen. Je mehr Meinungen, umso besser.«

»Unbedingt.« Moira wandte sich wieder ihrer Mutter zu. »Du hast mir doch von deiner Freundin Augusta erzählt – zufällig habe ich heute erfahren, dass sie in einem Pflegeheim lebt, weil sie unter einer Form von früher Demenz leidet.«

Nelly legte sich erschrocken die linke Hand an die Schläfe. »Wie furchtbar! Weißt du, wo? Ich muss sie unbedingt besuchen, bestimmt erkennt sie mich wieder.«

Moira behielt ihre Zweifel für sich. »Wenn du willst, komme ich gerne mit. Aber jetzt lasse ich dich weiter dekorieren und sage Silvana schnell Hallo.«

Moira ging nach hinten in die Küche, wo Lucas Mutter mit einer riesigen, zischenden Pfanne hantierte. Moira umarmte sie kurz.

»Das duftet köstlich! Was wird das?«

»Eine Pilzpfanne mit Trüffel. Dazu gibt es Schweinefilet und Taglierini.« Silvana wischte sich mit dem Ärmel über die Stirn. »Hoffentlich schmeckt es. Warum hast du Luna nicht mitgebracht?«

»Die baut zusammen mit deinem Sohn einen Auslauf. Uns ist ein Minischwein zugeflogen und Luna hat sich verliebt.«

»Davon hat Luca mir gar nichts erzählt. Aber ich erfahre ja sowieso nie etwas von ihm«, klagte Silvana lächelnd. »Und du? Genießt du die Ferien mit deiner Tochter?«

»Es ist schön, dass sie hier ist, aber ich habe ein schlechtes Gewissen, weil ich nicht so viel Zeit für sie habe wie geplant.«

Silvana winkte ab. »Kinder kommen viel besser alleine zurecht, als man denkt.« Sie zog die Herdklappe auf und sah in den Ofen, dann schaltete sie den Herd aus. »So, das ist fertig. Wenn das nicht schmeckt, soll mich der Blitz treffen.«

Zusammen richteten sie die vorgewärmten Teller an.

Inzwischen war auch Vittorio eingetroffen, und sie setzten sich an einen der größeren Tische.

Ambrogio brummte vor Wohlbehagen. »Wie das duftet! Aber zuerst trinken wir auf die Köchin.«

Alle erhoben ihr Glas. Silvanas Wangen, sowieso von der

Küchenhitze gerötet, wurden noch dunkler. »Nun esst schon, es wird ja kalt!«

Alle genossen andächtig die ersten Bissen. Das Filet war so zart, dass es auf der Zunge zerging, und seine Röstaromen mischten sich mit denen von Steinpilzen und Trüffel. Dazu die gerade noch bissfesten Bandnudeln, von einem Hauch Soße umhüllt.

»Das schmeckt göttlich«, seufzte Moira.

»Phänomenal.« Ambrogios Augen glänzten vor Genuss.

Vittorio nickte und sagte, noch kauend: »*Amore*, du hast dich selbst übertroffen.«

Nelly wiegte den Kopf hin und her. »Vielleicht ein wenig zu viel Salz. Und das Trüffelaroma kommt nicht genug heraus. Hast du etwa Sommertrüffel benutzt?«

Silvana legte ihr Besteck am Tellerrand ab und lehnte sich zurück. »Die Trüffel habe ich eigens bei einem Freund in Vacallo besorgt, der sie selbst sammelt und in Olivenöl einlegt.«

»Entschuldigung, es war nur eine Frage. Man hätte vielleicht etwas großzügiger damit sein können.«

»Ich bin nie sparsam beim Kochen«, erwiderte Silvana hitzig. »Aber wenn der Trüffelgeschmack zu stark wird, überlagert er die Pilze.«

Nelly zuckte die Achseln. »Nun gut, das ist Geschmackssache. Aber was das Salz angeht …«

»Mama!«, sagte Moira scharf.

Ihre Mutter sah sie mit unschuldigen, großen Augen an. »Aber was denn? Wir sollten doch unsere Meinung sagen.«

»Weißt du was, Cornelia?« Silvana schob ihren Stuhl zurück und stand auf. »Wie wäre es, wenn du bei dem Fest kochst? Ich tue es nämlich nicht. Denn so etwas muss ich mir nicht bieten lassen. Tut mir leid, Ambrogio.«

Ohne ein weiteres Wort ging sie nach draußen. Moira sah sie durchs Fenster über den Platz davonstapfen.

Vittorio erhob sich ebenfalls und zuckte entschuldigend die Achseln. »Ich rede mit ihr.« Auch er verließ die Osteria.

»Mama, das hast du ja wieder mal toll hingekriegt«, sagte Moira.

Nelly rümpfte die Nase. »Was kann ich dafür, wenn sie so empfindlich ist?«

Ambrogio räusperte sich. »Du hättest deine Kritik wirklich etwas feinfühliger formulieren können, Cornelia.«

»Pfff. Jetzt seid ihr auch noch gegen mich. Vielen Dank.« Sie stand auf. »Mir hat es sowieso nicht geschmeckt. Guten Appetit noch!«

Die Eingangstür knallte zum dritten Mal.

Ambrogio sah Moira an. »Es wäre wirklich schade um das gute Essen.«

»Stimmt.«

Sie aßen weiter. Moira, die beim Kochen eher wenig Aufwand betrieb, genoss jeden Bissen. »Wir müssen Luna unbedingt eine Portion einpacken.«

»Falls ich etwas übriglasse«, antwortete ihr Vater und tauschte seinen leeren Teller gegen den von Nelly.

»*Papà*, was würdest du eigentlich sagen, wenn ich mit Luna ins Tessin ziehen würde?«

Ambrogio sah sie überrascht an. »Denkst du tatsächlich darüber nach?«

Moira wiegte den Kopf. »Noch ist es nur so eine Idee.«

Ambrogio sagte bedächtig: »Ich habe dir ja schon angeboten, dass ihr bei mir wohnen könnt, wenn ihr wollt. Dann würdet ihr die Miete sparen. Was sagt denn Luna dazu?«

»Ich habe noch nicht mit ihr darüber gesprochen. Aber ich glaube, sie würde sich wohlfühlen. Sie ist zwar ein Stadtkind, aber ich habe das Gefühl, es tut ihr gut, hier zu sein. Sie postet auch viel weniger auf ihren Social-Media-Kanälen, seit wir hier sind. Na gut, etwas weniger. Verrate ihr bloß nicht, dass ich ihrem Account folge!«

Ambrogio lächelte. »Bleibt unter uns. Also, ich würde mich riesig freuen, *tesoro*. Auf meine alten Tage noch einmal meine Familie zurückzubekommen, hätte ich mir nie zu wünschen gewagt.« Er legte sein Besteck ab und tupfte sich mit einem Zipfel seiner Serviette die Augenwinkel.

»Ach, *papà.*« Moira fasste über den Tisch und streichelte seine Hand.

»Ist gleich vorbei. Ich bin eben ein rührseliger alter Kerl.«

»Es ist noch nichts spruchreif. Und falls wir das machen, wirst du dein Angebot sicher bereuen.« Moira grinste. »Deine Ruhe wird für immer dahin sein.«

»Damit kann ich leben.« Ambrogio hob sein Weinglas. »Dann lass uns darauf trinken, dass wir vielleicht bald wieder vereint sind.«

17

Moira hatte sich die Haare zu einem hohen Pferdeschwanz gebunden und trug einen knielangen Tellerrock sowie ein quer gestreiftes Oberteil mit U-Boot-Ausschnitt, als sie gegen neun Uhr abends auf dem Parkplatz der Polizeistation eintraf. Chiara und Ravi warteten bereits. Die Inspektorin hatte sich für eine Caprihose und eine schulterfreie, schwarze Bluse entschieden. Moira sah sie zum ersten Mal mit offenen Haaren und Lippenstift.

»Wow, du siehst heiß aus! Also, noch heißer als sonst!«

Chiara wurde rot und fuhr sich durch die Haare, blieb allerdings in der von Haarspray verklebten Mähne hängen. »Autsch!«

Moira musterte Ravi. »Du siehst nicht sehr verkleidet aus.« Er trug wie üblich Jeans und T-Shirt.

»Meine Verkleidung ist die Karre. Den Wagen haben die Kollegen vom Zoll letztes Jahr konfisziert. Wurde zum Drogenschmuggeln benutzt.« Er deutete auf einen gelb lackierten Sportwagen mit gestreckter Motorhaube. »Ein Datsun 240 Z. Was Älteres hatten wir nicht.«

»Sehr stylisch. Der würde sich gut in einem Bond-Film machen«, sagte Moira.

Es hupte. Lucas knallroter Karmann Ghia hielt vor der Schranke zum Parkplatz. Lucas Aufzug bestand aus einem Hawaiihemd, Chinos und einer verspiegelten Sonnenbrille, und Moira nickte anerkennend. »Du siehst aus, als hättest du dich am Kostümfundus von *Fear and Loathing in Las Vegas* bedient.«

»Das nehme ich mal als Kompliment. Na los, *fanciulla*, spring rein!«

Luca fuhr voraus, Chiara und Ravi folgten. Sie verließen Lugano in nördlicher Richtung, während die Dämmerung einsetzte. Nur zehn Minuten später erreichten sie das Motel, einen langen, zweigeschossigen Bau, der wie ein flaches S geformt war und vor dem schon ein Dutzend Oldtimer parkte. Sie stellten den Datsun ab und stiegen aus. Etliche Leute hielten sich zwischen den Wagen auf, die meisten im Stil der Fünfziger- und Sechzigerjahre gekleidet. Frauen in weiten, gepunkteten Röcken oder Caprihosen lehnten an den Motorhauben der knallig lackierten Autos. Die Männer trugen wie Luca Hawaiihemden oder zweifarbige Bowling-Shirts. Aber es waren auch einige Schlaghosen zu sehen. Sie würden also nicht weiter auffallen.

Moira kam sich in ihrem Kostüm vor, als spielte sie in einem Film mit. Eine Kellnerin im Look der Fünfziger machte mit einem Tablett voller Cocktails die Runde. Aus zwischen den Pflanzen aufgestellten Lautsprechern erklang gerade »Let's twist again«. In dieser Epoche war Livia aufgewachsen und berühmt geworden.

»Das ist hier wirklich wie eine Zeitreise«, sagte Moira begeistert.

»Stimmt, aber wir sind nicht zum Vergnügen hier«, erinnerte sie Chiara und drehte suchend ihren Kopf. »Der Dodge ist noch nicht da, soweit ich sehe.«

»Ich kann nicht garantieren, dass er heute auftaucht«, sagte Luca. »Aber ich höre mich mal um, ob jemand den Namen des Besitzers kennt.«

»Gut, dann sehen wir uns später.« Chiara und Ravi blieben bei ihrem Datsun, während Luca und Moira sich unter die Leute mischten. Eine Kellnerin kam an ihnen vorbei und bot ihnen Cocktails an. Moira zögerte, weil sie einen kühlen Kopf behalten wollte. Luca bemerkte es anscheinend, denn er sagte: »Die Drinks sind alkoholfrei, die meisten Leute müssen ja noch fahren.«

Moira entschied sich für einen grünen Cocktail, der nach Minze und Schokolade schmeckte, Luca nahm sich ein üppig mit Orangenscheiben und einem Ananasspieß dekoriertes Glas. »Auf die Art kriege ich wenigstens mal ein paar Vitamine.«

Mit den Drinks schlenderten sie an der Reihe der geparkten Wagen entlang.

»Reden wir mit Simona«, schlug Luca vor. »Sie hat den Oldtimerclub mitgegründet und kennt fast jeden hier.«

Er blieb an einem türkisgrünen Cabrio mit Heckflossen stehen und begrüßte die Besitzerin, eine zierliche Frau um die fünfzig, die Sonnenbrille und Kopftuch trug und mit Zigarettenspitze rauchte. Moira dachte unwillkürlich an Audrey Hepburn in *Frühstück bei Tiffany*.

»*Ciao*, Simona, du siehst großartig aus«, begann Luca das Gespräch. »Darf ich dir eine gute Freundin vorstellen? Moira aus Deutschland.«

»Willkommen im Tessin.« Simonas Stimme klang nach Whiskey und Zigaretten.

»*Magnifico*, was Sie hier auf die Beine gestellt haben.«

»Danke, *carissima*.« Simona wandte sich an Luca: »Lange nicht gesehen, *dottore*.«

»Leider. Es war viel los in letzter Zeit.«

»Wo hast du Valentina heute gelassen?«

»Dem Kleinen geht es nicht gut, deshalb ist sie zu Hause geblieben.«

»Schade, ich hätte mich gefreut, sie zu sehen.«

»Nächstes Mal kommt sie bestimmt wieder mit. Sag mal, du erinnerst dich doch an den Kerl mit dem Dodge Challenger?«

»Ich vergesse nie einen attraktiven Mann, *tesoro*.«

»Weißt du zufällig, wie er heißt?«

»Stefano. Seinen Nachnamen kenne ich nicht. Weshalb interessiert dich das?«

Luca geriet ein wenig ins Stottern, daher sagte Moira schnell: »Ich interessiere mich für sein Auto, vielleicht verkauft er es mir.«

»Wenn ihr Glück habt, taucht er noch auf. Amüsiert euch gut.« Damit waren sie entlassen.

»Eine echte Erscheinung«, stellte Moira fest, während sie weitergingen. Luca lachte. »Simona spielt gerne die *grande dame*. Im wahren Leben ist sie Kindergärtnerin und eine herzensgute Seele.«

»Das muss sich ja nicht unbedingt widersprechen.« Moira leerte ihren Cocktail und stellte das Glas auf den Rand eines Blumentrogs.

»Sieh dir Chiara und Ravi an.« Moira folgte Lucas Zeigefinger. Die beiden standen inmitten einer Gruppe, Chiara machte gerade einen Tanzschritt vor, drehte sich und lachte. So gelöst hatte Moira die Polizistin noch nie erlebt. Ravi stand neben ihr und betrachtete sie mit leuchtenden Augen.

»Ich glaube, du hast neue Mitglieder für den Treff gewonnen«, sagte Moira. Sie traten näher, und als Chiara sie entdeckte, verabschiedeten sie und Ravi sich von ihren neuen Freunden und nahmen Luca und Moira beiseite. Chiara verwandelte sich sofort wieder in die konzentrierte Inspektorin. »Habt ihr etwas herausgefunden?«

»Nicht viel«, gab Moira zu. »Nur, dass der Typ mit dem Dodge Stefano heißt. Und ihr?«

»Jemand behauptet, er wäre häufig in einer Bowlinghalle ein Stück weiter nördlich anzutreffen.«

»Sollen wir hier warten, ob er noch kommt, oder dort nachsehen?«

Luca mischte sich ins Gespräch: »Wie wäre es, wenn ich hierbliebe und euch Bescheid gäbe, falls er auftaucht?«

»Sehr gute Idee«, sagte Ravi. Auch Chiara nickte. Moira wäre insgeheim lieber bei Luca geblieben, um den Abend mit ihm zu genießen, erinnerte sich jedoch daran, dass sie zum Arbeiten hier waren. Sie verabschiedete sich von ihm und folgte den beiden anderen zu ihrem Auto.

»Es macht dir hoffentlich nichts aus, wenn ich auf deinem Schoß sitze«, sagte Chiara.

»Das nicht, aber ist das nicht verboten?«

Chiara hob die Augenbrauen. »Falls wir angehalten werden, regle ich das schon.« Sie grinste.

Sie quetschten sich auf die Beifahrerseite des Zweisitzers, und Moira war froh, dass Chiara so klein und leicht war.

Ravi blickte auf seine Navigationsapp. »Die Bowlingbahn liegt nur ein paar Minuten von hier im Industriegebiet.« Er startete den Datsun und steuerte ihn weiter in Richtung Norden. Inzwischen war es Nacht geworden, und die trügerisch nahen Alpen verschmolzen mit den Hügeln ringsum zu einer dunklen Masse. Vor einem Autohaus bog Ravi links ab, folgte der leicht ansteigenden Straße ein Stück und lenkte den Wagen auf den Parkplatz eines einstöckigen, weißen Zweckbaus, der aussah wie eine Schuhschachtel. Ein buntes Neonschild an der Einfahrt wies auf die Bowlingbahn hin. Im erleuchteten Eingangsbereich standen zwei Leute und rauchten.

Ravi umrundete das Gebäude einmal. »Kein Dodge Challenger.«

»Gehen wir trotzdem rein«, entschied Chiara.

Ravi parkte an der Rückseite des Baus, sie stiegen aus und gingen nach vorne. Gerade, als sie um die Ecke bogen, fuhr ein orangefarbener Wagen mit zwei breiten schwarzen Streifen auf den Parkplatz.

»Das gibt's ja nicht!«, rief Moira halblaut.

Sie standen alle drei am Rand der Fahrspur und sahen zu, wie der Dodge nur Zentimeter entfernt an ihnen vorbeiglitt. Im Inneren saß ein Mann, doch wegen der spärlichen Außenbeleuchtung war sein Gesicht nicht zu erkennen. Man sah nur, dass er eine leicht gebogene Nase hatte und sein Haar zu einem modischen Undercut frisiert trug. Der Wagen entschwand hinter dem Gebäude.

»Ich habe die Nummer.« Chiara zog ihr Mobiltelefon hervor und notierte sich das Kennzeichen. »In Como zugelassen. Das kann dauern, bis wir die Adresse kriegen. Die italienische Bürokratie ist ein Wahnsinn. Wahrscheinlich müssen wir sieben Anträge in fünffacher Ausfertigung einreichen.«

»Dann reden wir doch jetzt mit ihm«, sagte Moira.

Ravi nickte. »Hoffentlich fährt er nicht wieder weg.«

»Los, gehen wir rein, da fallen wir nicht so auf.«

Sie drängte sich an den beiden Raucherinnen vorbei und erstanden an der Kasse drei Eintrittskarten. Das Innere der Halle bestand aus einem einzigen riesigen Raum, in dem es neben den Bowlingbahnen auch ein halbes Dutzend Billardtische und alle möglichen Spielautomaten gab. Überall blinkten bunte Lichter, es bimmelte und piepste, dazu lief laute Musik. Eine unerwartet hohe Anzahl von Kindern jeden Alters umdrängte die Geräte und rannte kreuz und quer von einer Attraktion zur anderen. Im Gastrobereich saßen Familien und Teenagercliquen an langen Tischreihen – absurderweise unter Sonnenschirmen – und aßen Pizza, Pommes oder Burger. Manche auch alles zusammen. Kleinkinder kreischten, Mütter schimpften, Väter tranken Bier.

Moira war so überwältigt von all den unterschiedlichen Sinneseindrücken, dass sie stehenblieb wie ein verängstigtes Schaf.

»An die Bar!«, rief Chiara, um das Inferno zu übertönen.

»Da haben wir einen guten Überblick und können den Eingang im Auge behalten.«

Ravi trennte sich von ihnen und setzte sich an einen der Tische, als gehörte er nicht zu ihnen.

»Bestellst du mir eine *gazzosa* mit, bitte«, sagte Chiara, ohne den Blick vom Eingang abzuwenden.

Moira bezahlte gerade, da sagte Chiara aufgeregt: »Da ist er!«

Die Getränkebecher in der Hand, stellten Chiara und Moira sich seitlich an die Theke hinter eine Vitrine mit Sandwiches. Moira bekam Gelegenheit, sich den Mann näher anzusehen, denn er kam in ihre Richtung.

Er sah auf konventionelle Art sehr gut aus: klassischer Latin Lover mit kantigem Kiefer, einem jungenhaften Grübchen im Kinn, Dreitagebart.

»Der sieht aus wie eine jüngere High End-Version von Dr. Cavadini«, bemerkte Chiara.

»Quatsch!« Aber eine gewisse Ähnlichkeit war nicht von der Hand zu weisen.

Auch andere hatten den attraktiven Mann bemerkt. Blicke richteten sich auf ihn, Frauen schleuderten ihre Haare nach hinten und lachten auf einmal besonders laut.

Stefano – falls er es war – trat an die Theke und bestellte ein Bier. Als er seinen Geldbeutel aus der Jeanstasche zog, streifte sein Blick Moira. Durchdringend, zugleich entspannt und ein wenig neugierig. Er lächelte leicht. Unwillkürlich wurde Moira nervös. Sie ärgerte sich über die basale Reaktion ihres Reptilienhirns, oder was auch immer für solche Dinge zuständig war, und sah weg. Auch er wandte sich wieder der Thekenkraft zu.

»Er kommt! Frag ihn aus!«, zischte Chiara ihr ins Ohr, dann stand Moira plötzlich alleine da. Sie kam nicht dazu, sich umzusehen, wohin Chiara verschwunden war, denn der Mann nahm sein Bier und schlenderte lässig auf sie zu.

»*Buona sera.* Ich bin Stefano. Wollen wir uns irgendwo hinsetzen, wo es weniger laut ist?«

»In Ordnung«, sagte Moira und ärgerte sich, weil ihr nichts Schlagfertiges einfiel.

Er nahm ganz selbstverständlich ihre Hand und lotste sie durch das Gewühl zu einer Loungeecke, die eine halbhohe Wand vom Rest der Halle trennte.

»Setzen wir uns.«

Moira ließ sich auf einem der übergroßen Sitzsäcke nieder. Obwohl er ausreichend Platz für eine zweite Person bot, setzte Moiras Begleiter sich ihr gegenüber auf einen zweiten Sitzsack. Moira war froh, dass er nicht sofort aufdringlich wurde.

»*Salute.*« Er stieß sein Bier behutsam gegen ihren Pappbecher. »Wie heißt du?«

»Claudia Hofmann.« Moira nannte den ersten Namen, der ihr in den Sinn kam und bereute sogleich, dass ihr keiner mit etwas mehr Glamour eingefallen war. »Und du?«, fragte sie schnell.

»Stefano Calderoni.« Er lächelte wieder auf diese Art, als würde er sich über sich selbst lustig machen.

Moiras Herz pochte auf einmal so stark, dass sie kurzatmig wurde. Allerdings nicht, weil Stefanos Lächeln sie bezauberte. »Calderoni?«, wiederholte sie, bevor sie sich zügeln konnte.

»Klingt wie aus einem schlechten Porno, ich weiß.« Er strich sich mit einer nervösen Bewegung die Haare aus dem Gesicht.

Moira hatte sich wieder gefasst. »Einem sehr schlechten«, antwortete sie ernst. Dann begannen sie gleichzeitig zu lachen.

Im Hintergrund tauchte Ravi auf und hielt im Vorbeigehen beide Daumen hoch.

»Ist was?« Stefano drehte sich halb um, doch Moira sagte schnell »Nein, da war nur jemand mit einer seltsamen Frisur.«

Stefano wandte sich ihr wieder zu. »Entschuldige, dass ich

dich einfach so angesprochen habe. Aber du bist der interessanteste Mensch in diesem Raum.«

Moira hob das Kinn. »Ach komm, das sagst du doch jeder.«

Statt es abzustreiten, lächelte er und erwiderte: »Stimmt. Weil ich immer die interessanteste Frau im Raum anspreche.« Er lehnte sich ein wenig nach vorne, sodass sein Parfüm in Moiras Nase stieg. Irgendwas mit Ambra, Sandelholz und Gewürzen. Es roch wunderbar und beschwor einen Abend in einem marokkanischen Riad herauf. Moira rief ihre überbordende Fantasie zur Ordnung. Sie brauchte einen klaren Kopf.

»Übertreib es nicht«, erwiderte sie ebenfalls lächelnd. Wenn sie es ihm zu einfach machte, würde er das Interesse verlieren.

»Okay, du hast meine Masche durchschaut.« Jetzt zeigte er ein offenes Lachen, das ihn natürlich und sympathisch wirken ließ. Sie durfte nicht vergessen, dass er möglicherweise eine wehrlose alte Frau getötet hatte.

»So, Stefano, was machst du, wenn du nicht gerade die interessanteste Frau im Raum ansprichst?«

»Tagsüber schreibe ich Songs, abends mixe ich Drinks.«

Moira zwang sich, äußerlich ruhig zu bleiben und beugte sich vor. »Wow, du bist Musiker? Beeindruckend!«

Stefano tat es mit einem Schulterzucken ab. »Momentan schreibe ich eher Texte für andere.« Moira überlegte fieberhaft, wie sie Stefano dazu bringen könnte, mehr über sich preiszugeben. »Und wo bekommt man deine Cocktails zu trinken?«

Stefanos Lächeln kam ihr siegessicher vor. Wahrscheinlich glaubte er, sie am Haken zu haben. »Im *Black Moon* in Como. Komm mal vorbei, dann kannst du dich selbst überzeugen.«

Moira lächelte strahlend. »Ich überlege es mir.«

»Das würde mich freuen.« Stefano nahm ihre Hand und strich leicht über die Innenseite ihres Handgelenks. »Und dann erzählst du mir mehr über dich, Claudia. Ich muss jetzt leider schon gehen.« Er trank sein Bier aus, stellte die Flasche auf den Boden, stand auf, streckte Moira eine Hand hin und half ihr hoch.

»Schade.« Moira sah zu ihm auf. Ihre Lippen waren nur Zentimeter voneinander entfernt. »Gibst du mir deine Telefonnummer?«

Stefano lächelte. »Schön, dass du fragst! Ich dränge mich ungern auf.« Er diktierte ihr seine Nummer, dann gab er ihr einen flüchtigen Kuss auf die Wange. »Ciao und bis bald, hoffe ich.«

Moira sah ihm nach, als er die Halle verließ. Ravi stand auf und folgte ihm in einigem Abstand hinaus. Chiara löste sich aus der Menge und kam zu Moira herüber. »Hast du etwas herausgefunden?«

»Halt dich fest: Der Typ heißt Stefano Calderoni.«

»Unglaublich!« Chiaras Augen begannen zu glänzen. »Vom Alter her könnte er durchaus Patrizia Calderonis Sohn sein.«

Moira nickte. »Und er schreibt Songtexte. Es kann doch sein, dass er über seine Mutter Kontakt zu Livia geknüpft hat.«

»Was diese rein zufällig vergessen hat, uns gegenüber zu erwähnen. Ravi wird nachprüfen, ob sie tatsächlich verwandt sind. Was hast du noch rausgefunden?«

Moira fasste das Gespräch zusammen.

»*Brava*, gute Arbeit!« Chiara nickte anerkennend. »Jetzt wissen wir, wo wir ihn finden können.«

»Und haben seine Telefonnummer. Er hält sich für ziemlich unwiderstehlich«, sagte Moira.

»Sehr gut, das können wir benutzen. Falls er wirklich der Sohn ist, sorge ich dafür, dass er zur Befragung geladen wird. Aber du bleibst undercover, vielleicht erzählt er dir noch mehr.«

Moira stöhnte. »Heißt das, ich muss mich mit ihm verabreden?«

»Das wäre gut. *Dai*, so furchtbar ist das nun auch wieder

nicht. Oder traust du dir etwa selbst nicht über den Weg?« Chiara sah sie prüfend an und riss die Augen auf. »Du findest ihn heiß!«

»Nie im Leben, der ist mir viel zu geleckt.«

»Worüber redet ihr?« Ravi war zurück und stellte sich zu ihnen.

»Nur darüber, dass Moira unserer Zielperson alle nötigen Informationen entlockt hat.«

Ravi klopfte Moira auf die Schulter. »Wir ernennen dich hiermit zur Ehreninspektorin. Und ich gebe eine Runde *gazzosa* aus, um den Etappensieg zu feiern.«

18

Moiras Eltern saßen einträchtig auf dem Sofa und lasen, als sie mit Luise auf dem Arm das Wohnzimmer betrat. Zwischen ihnen lagen ineinander verschlungen Herta, die graue Kartäuser, und Ingeborg, die große schwarze Seniorin. An der Wand neben dem Fenster lehnte Lady Gaga, in ein grünes Samtkleid gehüllt, und beobachtete sie.

Nelly sah auf. »Du kommst spät, Schatz. Im Ofen gibt es noch Lasagne, falls du hungrig bist. Selbstgemacht.«

Moiras Vater wedelte hinter Nellys Rücken mit den Händen und zog sich die Handkante über die Kehle. Eine eindeutige Warnung, sich der Lasagne nicht zu nähern.

Moira setzte Luise zu den anderen Katzen aufs Sofa, wo sie sich zwischen die beiden Schläferinnen drängte und die Augen schloss.

»Ich esse einfach eine Banane, die *pasta* liegt mir sonst zu schwer im Magen. Ist Luna in ihrem Zimmer?«

»Nein, sie ist ausgegangen. Mit ihrer neuen Freundin.«

»Mit Valerie? Und du lässt sie einfach losziehen, statt mir Bescheid zu geben?«

»Reg dich doch nicht auf, Schatz. Sie sind jung und wollen sich amüsieren. Setz dich lieber zu uns und nimm dir ein Glas Wein«, sagte Nelly.

»Vielleicht später. Ich muss noch Elfriede füttern.«

Nachdem sie in der Küche den Futternapf gefüllt hatte, sah Moira bei Napoleons neuem Auslauf im Garten vorbei, einer stabilen Konstruktion aus Holz, die so an den alten Hühnerstall anschloss, dass sein Bewohner entscheiden konnte, ob er sich lieber im Freien oder drinnen aufhielt. Das Minischwein schnüffelte am Boden herum, kam aber sogleich an den Zaun, um sich zwischen den Ohren kraulen zu lassen. »Schlaf gut, Napo.« Moira tätschelte ihn noch einmal und setzte ihren Weg fort.

Vor der Tür des Gästehäuschens wartete bereits jemand auf sie und maunzte, empört über die Verspätung. Die Schildpattkatze mit den verschiedenfarbigen Augen sprang von der Sitzbank, strich an Moiras Beinen entlang und stürzte sich erst dann auf den Futternapf.

»Entschuldigung, Kleines.« Moira strich Elfriede über den Kopf.

Moira holte ihr Mobiltelefon hervor, überlegte kurz, Luna anzurufen, um zu hören, ob alles in Ordnung war, verkniff es sich jedoch, obwohl sie ein sorgenvolles Bauchgrimmen verspürte. Stattdessen rief sie die Website von Matte Records auf, um sich noch einmal Livias Biografie durchzulesen. Wer sonst nichts über die Sängerin wusste, musste glaubten, sie hätte ein beneidenswertes Leben geführt. Doch die leere Villa und das heruntergekommene Hinterzimmer erzählten das dunkle und vor allem einsame Ende der Geschichte. Ganz sicher hatte es auch glückliche Zeiten gegeben, doch der Erfolg hatte bestimmt auch seinen Preis von Livia gefordert.

Als Nächstes sah sie sich die Liste von Livias Alben an. Ihr fiel auf, dass auf der Vorderseite des zweiten Albums das Gemälde aus der Villa abgebildet war. Passenderweise hieß es *Fra alba e tramonto, Zwischen Morgenröte und Sonnenuntergang.*

Sie tippte das Cover an, um es zu vergrößern. Etwas, das sie nicht fassen konnte, saß dicht unter der Oberfläche ihres Bewusstseins fest. Sie kannte dieses Gefühl inzwischen und wusste, dass sie nicht lockerlassen durfte, bis sie es freigelegt hatte. Sie kraulte Elfriede unter dem Kinn. »Du kannst mir auch nicht helfen, oder?« Die Katze schnurrte, sprang auf den Boden und verschwand in der Dunkelheit des Gartens.

»Herzlichen Dank.« Moira seufzte, stand auf und ging zurück zum Haupthaus. In der Küche nahm sie ein Weinglas aus dem Buffet und ging ins Wohnzimmer.

»Wie schön, dass du uns doch ein bisschen Gesellschaft leisten willst.« Nelly rückte beiseite, um Moira Platz auf dem Sofa zu machen.

»Stört es euch, wenn ich Musik auflege?«

»Mach nur«, antwortete Ambrogio.

Moira nahm Livias Platten aus dem Regal und sah den Stapel durch. Sie suchte das Album mit dem Bild aus der Villa auf dem Cover, fand es aber nicht.

»Da fehlen ein paar Alben, oder?«

»Eigentlich hatte ich alle«, sagte Nelly. »Vielleicht sind noch welche auf dem Dachboden.«

Moira wählte spontan ein Album aus den Siebzigerjahren, legte es auf und setzte sich neben ihre Mutter, die ihr Glas mit Wein gefüllt hatte.

Livia sang etwas über Nachmittage am Strand, sonnengebräunte Mädchen in Bikinis und heimliche Küsse mit einem Fischer.

»Ziemlicher Kitsch«, stellte Moira fest.

Nelly bewegte ihre Hand zur Melodie, ohne darauf zu achten, dass ihr Wein beinahe überschwappte.

»Mich erinnert es an die schöne Zeit damals. Wir waren jung, frisch verliebt …« Sie sah lächelnd auf Ambrogio, der mit Herta im Arm eingedöst war.

»Hast du morgen schon was vor? Wir könnten doch Augusta besuchen.«

Nelly seufzte. »Ich bin gar nicht mehr sicher, ob ich das will. Vielleicht ist es besser, wenn ich sie in Erinnerung behalte, wie ich sie kannte. Wer weiß, in welchem Zustand sie ist.«

»Aber es könnte ihr auch helfen, sich an damals zu erinnern.«

Nelly sah sie argwöhnisch an. »Glaubst du, sie kann euch mit ihrer Demenz helfen herauszufinden, was Livia zugestoßen ist?«

»Zumindest wäre möglich, dass sie dazu beitragen kann. Vielleicht hat Livia sie bis zum Schluss noch besucht und sich ihr anvertraut.«

»Na gut, einverstanden. Aber nicht zu früh. Ich brauche morgens immer zwei Stunden, bis ich nicht mehr aussehe wie ein zerknittertes Tischtuch.«

»Du siehst prima aus, Mama.«

»Da stimme ich zu«, brummte Ambrogio, der aus seinem Nickerchen aufschreckte.

»Ihr beide seid wirklich süß.« Nelly strahlte.

Moira sah auf die Pendeluhr neben der Tür. »Schon nach elf. Allmählich mache ich mir Sorgen um Luna.« Es auszusprechen, erleichterte sie bereits ein wenig.

Nelly kippte ihren Kopf in den Nacken und starrte wie Hilfe suchend an die Decke. »Schatz, mach dich nicht verrückt. Der letzte Bus kommt um elf Uhr dreiundzwanzig hier an. Dann quatscht sie noch ein bisschen mit ihrer Freundin, und um spätestens zehn vor zwölf steht sie vor der Tür.«

Moira hoffte, dass ihre Mutter recht hatte. Sie plauderte mit ihren Eltern, hielt sich an ihrem Rotweinglas fest und schenkte sich zwei Mal nach. Um viertel vor zwölf wurde endlich die Haustür aufgeschlossen. Luna erschien, sie trug ein enges, schwarzes Kleid, das Moira bisher nur an ihrer Mutter gesehen hatte. »Hallo! Puh, wir hätten fast den Bus verpasst!«

»Zum Glück nur fast«, sagte Moira, jetzt, da sie wusste, dass alles in Ordnung war, die Ruhe selbst. »Wie war euer Abend?«

Luna grinste breit und sprudelte los: »Super! Wir haben Valeries Leute getroffen und sind zusammen am See gewesen. Lorenzo ist fast ins Wasser gefallen, und Valerie und ich haben getanzt, weil einer seine wireless speaker dabeihatte, und Daniele hat gesagt, ich muss nächstes Mal unbedingt mitkommen, wenn alle nach Ponte Tresa zum Sushiessen fahren.«

»Das klingt großartig, mein Schatz«, sagte Nelly und stieß Moira mit dem Ellbogen an.

»Ich seid hoffentlich nicht an der Flussmündung geschwommen«, erkundigte sich Ambrogio. »Da gibt es gefährliche Strömungen, die einen nach unten saugen.«

»Nein, *nonno*, wir waren ganz normal am *lido*.«

»Schön, dass du Spaß hattest.« Moira hätte lieber gefragt, ob Luna Alkohol getrunken hatte, wer dieser Daniele und dieser Lorenzo waren, ob sie Drogen nahmen, wo sie wohnten und ob sie Vorstrafen hatten. Doch sie erinnerte sich daran, wie sie selbst in Lunas Alter gewesen war und hielt sich zurück, so schwer es ihr auch fiel.

19

Marlen, die graue Kartäuser, hatte den Schwanz um ihre Pfoten gelegt und beobachtete mit ihren Bernsteinaugen, wie Moira die Dachbodenluke öffnete und die Treppenleiter auszog.

»Da oben gibt es sicher jede Menge Mäuse«, sagte Moira zu ihr und kletterte die Sprossen hinauf. Marlen folgte ihr mühelos, überholte sie und hüpfte auf die rohen Bretter, die den Boden des Speichers bildeten. Moiras Hand fand auch nach so vielen Jahren noch automatisch den Lichtschalter, und die von einem Schirm aus Spinnweben umhüllte Glühbirne, die vom Firstbalken hing, leuchtete auf. Die Katze beschnupperte die staubigen Dielen und huschte dann zwischen zwei Kartonstapel.

Moira sah sich im trüben Licht nach den fehlenden Alben von Livia um. Auf einer geschnitzten Wäschetruhe, die unter der Dachschräge stand, lag kein Staub. Auch der Boden davor war blank. Hier hatte wahrscheinlich der Karton gestanden, den Nelly und Luna nach unten gebracht hatten.

Stolz auf ihre detektivischen Fähigkeiten, ging Moira hinüber und öffnete die Truhe. Sie hatte richtig geraten: Darin lagen mehrere Stapel von Vinylplatten, außerdem Ordner mit Papierkram und mehrere kleinere Kartons. Sie kniete sich hin, sah die Stapel durch und wurde ein wenig nostalgisch, als sie auf ihre alten Kinderplatten stieß. Peter und der Wolf, Andersens Märchen, Kinderlieder und eine ganze Reihe um eine ungeschickte Hexe, die Moira unendlich oft gehört hatte. Ihr war nicht bewusst gewesen, dass ihre Mutter sie hier zurückgelassen hatte, als sie nach Deutschland gezogen waren.

Moira zuckte zusammen, als etwas sie streifte, aber es war nur Marlen, die um sie herumstrich. Moira wischte Spinnweben aus ihrem Fell, worauf die Katze zur Luke hinüberlief und nach unten verschwand.

Moira setzte ihre Suche fort und fand schließlich drei weitere Alben von Livia, darunter das mit dem Sonnenauf- oder -untergang.

Sie kletterte mit den Platten nach unten.

Ambrogio trat in dem Moment aus seinem Büro, als sie auf dem Weg ins Wohnzimmer daran vorbeikam, und sie fuhr so heftig zusammen, dass sie die Platten fallen ließ. »Oh mein Gott!«

»Warum so schreckhaft?« Ambrogio bückte sich und klaubte eines der Alben auf.

»Lass, *papà*, ich mache das schon.« Moira sammelte die beiden anderen ein.

»Alles in Ordnung, *tesoro*?«, fragte ihr Vater mit besorgter Miene. »Bei dem ganzen Trubel hier im Haus kommen wir gar nicht mehr dazu, uns in Ruhe zu unterhalten.«

»Das stimmt. Ich hoffe, Luna stört dich nicht.«

»Um Himmels willen, nein! Es ist schön, sie hier zu haben, genau wie dich. Mit deiner Mutter ist es ein bisschen komplizierter.« Er sah Moira an wie ein Hund, der ihr gerade einen Ball vor die Füße gelegt hatte.

Moira setzte sich auf die Treppe. »Bereust du schon, dass du sie eingeladen hast, hier zu wohnen?«

Ambrogio brummte unschlüssig. »Bereuen wäre übertrieben. Deine Mutter und ich kommen gut miteinander zurecht. Aber ich würde mich gerne wieder mit Arianna vertragen.«

»Hast du mit ihr gesprochen?«

»Ich habe sie angerufen, aber sie will erst wieder mit mir zu tun haben, wenn deine Mutter aus dem Haus ist.« Moiras Vater blies die Backen auf und ließ die Luft langsam entweichen. »Aber was soll ich tun? Ich kann sie doch nicht vor die Tür setzen.«

»Warum eigentlich nicht?« Moira legte den Kopf schief. »Irgendwie wirkst du, als hättest du ein schlechtes Gewissen.«

»Ach ja? Nein, dafür gibt es doch gar keinen Anlass. Ich will nur deine Mutter nicht verletzen. Meinetwegen könnte sie gerne bleiben. Wenn Arianna nur ihre grundlose Eifersucht zügeln könnte, wäre das alles kein Thema.« Er ließ die Schultern hängen.

»Menschen sind nun mal nicht vernünftig. Sie muss sich fühlen wie auf dem Abstellgleis, während du eine schöne Zeit mit deiner Exfrau verbringst.« Moira stand auf. »Ich sehe mal, ob ich Mama ein schickes Hotel in Lugano schmackhaft machen kann, es können ja nicht alle Zimmer belegt sein.«

»Danke, *tesoro.*« Ambrogio atmete auf. »Ich will Cornelia wirklich nicht vertreiben. Aber Arianna fehlt mir mehr, als ich dachte.«

»Vielleicht ist das zwischen euch beiden gar nicht so locker und unverbindlich, wie ihr immer tut.«

Ambrogio deutete auf die Alben unter Moiras Arm. »Was hast du denn damit vor?«

»Anhören. Ich habe das Gefühl, dass ich Livia auf diese Art vielleicht näherkomme.«

»Ob euch das bei den Ermittlungen hilft?« Ambrogio wiegte skeptisch den Kopf.

»Ich weiß auch nicht, aber irgendwas ist da, was mich beschäftigt. Ich weiß nur noch nicht, was.«

»Dann wird es schon seinen Sinn haben. Soll ich einen Kaffee für dich mitmachen?«

»Immer. Danke, *papà.*«

»Ich danke dir, für deinen Rat und dafür, dass du mit deiner Mutter sprichst. Ich möchte wirklich nicht, dass sie denkt, ich wolle sie rauswerfen.«

Ambrogio ging in die Küche, Moira ins Wohnzimmer. Sie legte das Album mit dem Sonnenbild auf und machte es sich auf dem Sofa bequem, noch immer die Plattenhülle in der Hand. Livia begann zu singen. Ihre Stimme klang anders als auf den anderen Alben, schwermütiger und schleppender, vollgesogen mit dem dunklen Saft des Schmerzes. Moira war es ein Rätsel, wie es der Sängerin gelang, diesen Schmerz mit ihrer Stimme zu transportieren. Er war universell, jeder Mensch kannte ihn, hatte ihn gespürt. Moira stiegen unwillkürlich Tränen in die Augen.

Sie hatte kein Taschentuch und wischte sie mit der Ecke eines Kissens ab, damit sie lesen konnte, was auf der Rückseite der Plattenhülle stand. Die Liste der italienischen Titel ließ darauf schließen, dass die Musik nicht fröhlicher werden würde: Auf Deutsch übersetzt lauteten sie »Für immer Adieu«, »Ein Spatz im Winter«, »Wenn Blumen welken«.

Am unteren Rand der Hülle waren die an der Produktion Beteiligten aufgelistet. Komponist und Texter der Lieder, der Produzent und die Gestalterin der Hülle, wieder Ursula Sommerhalder, die auch das Porträt von Livia auf der Rückseite geschossen hatte. Livia lächelte darauf zwar, doch sie sah nicht glücklich aus, eher fragil und erschöpft. Ihre Augen blickten nicht in die Kamera, sondern etwas daran vorbei. Trotz des starken Make-ups sah man die Schatten darunter. Erschienen war die Platte 1963, als ganz Europa Livia als neuen Star gefeiert hatte. Moira fragte sich, weshalb zwischen dem ersten und zweiten Album ein relativ langer Zeitraum lag. Was war in Livias Leben geschehen, das sie beinahe zwei Jahre lang von der Fertigstellung ihres Folgealbums abgehalten hatte?

Sie wendete die Hülle wieder und betrachtete die zarten Farben des Bildes, die ineinander übergingen. Das dunkle Blau am oberen Bildrand, das nach unten hin heller wurde, in einen fliederfarbenen Streifen überging, der wiederum mit dem Orange am unteren Bildrand zusammenfloss. Die Sonnenscheibe war heller, stand aber nicht klar vor dem Hintergrund des Himmels, sondern besaß einen weichen Lichtkranz, der die Ränder verwischte. Moira hatte das Gefühl, dass das Motiv nicht nur aus ästhetischen Gründen gewählt worden war.

Sie rief die Fotos auf ihrem Handy auf und vergrößerte die Todesanzeige, die sie aus dem Internet heruntergeladen hatte: *Ursula Sommerhalder, geboren am 17. 4. 1937, und Alba Sommerhalder, geboren am 23. 2. 1963.* Und dann fiel der Groschen, der die ganze Zeit zwischen ihren Gehirnwindungen festgesteckt hatte: *Alba* war das italienische Wort für Morgenröte.

20

»Wenn Augusta sich nicht an mich erinnert, bleiben wir aber nicht lange, versprochen?« Nelly kletterte auf den Beifahrersitz, und Moira setzte sich hinter das Steuer des Geländewagens.

»Ich hoffe, sie kann uns etwas über diese Alba erzählen.« Moira ließ den Wagen an und setzte zurück.

»Ich verstehe nicht, welchen Zusammenhang du da siehst«, sagte Nelly und legte den Sicherheitsgurt an.

»Es ist nur so ein Gefühl. Albas Mutter und Livia waren eng befreundet, das behauptet zumindest der Typ von der Plattenfirma.«

»Ja und?«

»Hör dir das Album an: Da geht es um Verlust, um Trauer, um Trennung. Vielleicht kann Augusta uns sagen, was damals passiert ist.«

»Hoffen wir, dass sie sich auch daran erinnern kann.« Nelly ließ das Fenster auf ihrer Seite hinunter und hielt ihr Gesicht in den Fahrtwind.

Sie fuhren an der Post vorbei, und Moira winkte Silvana, die gerade die Stufen herunterkam.

»Du solltest dich vielleicht bei Silvana entschuldigen, weil du über ihr Essen gemeckert hast. Wir haben immer noch niemanden, der bei der Eröffnungsfeier kocht.«

»Ich überlege es mir«, erwiderte Nelly spitz. Moira warf ihrer Mutter einen Seitenblick zu und musste lächeln. Nelly konnte einfach nicht aus ihrer Haut.

Sie steuerte den Wagen die kurvige Straße entlang, die sie auf die Kantonalstraße nach Lugano bringen würde, bog an der Kreuzung aber in die entgegengesetzte Richtung nach Agno ab.

Das Pflegeheim befand sich am Rand von Agno inmitten eines großzügigen Gartens. Einige Bewohner saßen auf blau lackierten Bänken am Rand einer Rasenfläche, andere wurden im Rollstuhl über die asphaltierten Wege geschoben oder bewegten sich mit Gehhilfen voran.

Der Hauptweg führte schnurgerade auf das moderne, aber langweilige Hauptgebäude zu. Sie meldeten sich am Empfang, wurden von einer Frau in blauer Pflegerinnenkluft und Gummiclogs an der Rezeption abgeholt und in den ersten Stock gebracht.

»Sind Sie mit Signora Augusta verwandt?«, erkundigte sich die Pflegerin, während sie die Treppe hinaufstiegen.

»Ich bin eine alte Freundin«, antwortete Nelly zurückhaltend.

Moira fand das Innere des Gebäudes überraschend freundlich und hell. Der breite Gang hatte auf einer Seite große Fenster und war mit Sitzgruppen und Topfpflanzen ausgestattet. Zwischen den Zimmertüren hingen Acrylbilder in Gelb- und Orangetönen, die eine warme Atmosphäre erzeugten. Jede Zimmertür hatte eine andere Farbe, wahrscheinlich, damit die Bewohner sich besser zurechtfanden.

Die Pflegerin blieb vor der hellgrünen Tür stehen. »Signora Augusta gehört zu unseren ruhigen Patientinnen. Sie wird sich über Ihren Besuch freuen, aber sie ist zeitweise sehr verwirrt. Bitte widersprechen Sie ihr nicht und korrigieren Sie sie auch nicht, wenn möglich. Das würde sie nur unnötig aufregen.«

Moira nickte. »Wir haben leider eine traurige Nachricht für Signora Augusta: Ihre Cousine ist verstorben. Macht es Sinn, ihr das zu erzählen?«

»Besser nicht. Es würde sie sehr aufwühlen, aber zehn Minuten später hätte sie es wieder vergessen. Wir versuchen immer, eine positive Atmosphäre herzustellen. Sie können also gerne mit ihr über die Verstorbene sprechen. Schöne Erinnerungen helfen Demenzkranken dabei, sich mit der Wirklichkeit zu verbinden.« Sie klopfte an die Tür und trat ein. Moira und Nelly folgten ihr.

»Besuch für Sie, Signora Augusta!« Der Tonfall der Pflegerin hatte jetzt eine künstliche Munterkeit, die Moira abstieß.

Das Zimmer wirkte ebenso freundlich wie der Rest des Gebäudes. Helles Laminat und aprikosenfarben gestrichene Wände, dazu schlichte Möbel aus Kiefernholz. Livias Cousine saß in einem orangefarbenen Ohrensessel am Fenster, das einen weiten Blick bis zu den entfernten Bergen bot. Sie trug eine blaue Jogginghose und ein weißes T-Shirt. Ihr graues Haar war kurzgeschnitten, was gut zu ihrem herzförmigen Gesicht passte. Moira konnte sich gut vorstellen, wie sie als junge Frau ausgesehen hatte.

»Wie schön!« Augusta lächelte, doch ihr Blick huschte unruhig hin und her, um sich dann Hilfe suchend auf die Pflegerin zu richten. Offensichtlich war sie unsicher, ob sie Moira und Nelly kannte oder nicht.

»Eine gute Freundin von Ihnen und deren Tochter«, sagte die Pflegerin.

»Augusta, ich bin es, Nelly.« Moiras Mutter näherte sich der Frau und streckte ihr die Hand hin. Doch Augusta nahm sie nicht, sondern betrachtete Nelly mit zusammengekniffenen Augen.

»Nelly Rusconi. Weißt du noch, wie wir immer zum Tanzen gegangen sind? In dieses Restaurant am See, wie hieß es nur? Du hast so hübsch ausgesehen in deinem grünen Kleid und dem weißen Strohhut.« Moira war überrascht davon, wie sanft und zärtlich ihre Mutter klang. Einfühlungsvermögen war normalerweise nicht ihre Stärke. »Ich weiß, ich sehe anders aus als früher. Die Zeit hinterlässt ihre Spuren, nicht wahr? Erinnerst du dich noch, wie wir in deinem Zimmer die Musik von Livia gehört haben? Deine Cousine Livia, die Sängerin.« Nelly begann, eine Melodie zu summen, die Moira als eines von Livias frühen Stücken wiedererkannte.

Augustas Gesicht leuchtete auf, und sie stimmte mit in den Refrain ein. Nelly beugte sich vor und drückte ihre Hand. »*Quando la vita diventa goiosa*, genau! Das war immer unser Lieblingslied. Darf ich dir meine Tochter vorstellen? Das ist Moira.«

Moira trat vor. »*Buongiorno*, Signora Augusta. Ich freue mich wirklich sehr, Sie kennenzulernen. Nelly hat mir erzählt, was für gute Freundinnen sie beide sind.«

Die Frau nickte und lächelte. »Nelly und Augusta. Beste Freundinnen.« Sie führte Nellys Hand zu ihrer Wange und drückte sie an ihr Gesicht. Die kindliche Geste passte nicht zu einer Frau Mitte sechzig und wirkte deshalb umso rührender.

Die Pflegerin, die sie die ganze Zeit beobachtet hatte, nickte zufrieden. »Sie scheint sich zu erinnern. Ich lasse sie allein. Falls es Probleme gibt, drücken Sie einfach den Alarmknopf neben dem Bett. Und wenn Sie gehen, sagen Sie bitte an der Rezeption Bescheid.«

Als sie alleine waren, zogen sich Moira und Nelly Besucherstühle heran. Während ihre Mutter mit Augusta sprach, blickte Moira sich um. »Da drüben im Regal stehen zwei Fotoalben«, sagte sie leise zu Nelly.

Die wandte sich an ihre frühere Freundin »Augusta, wollen wir uns zusammen deine Fotos ansehen?«

Moira holte die Fotoalben und setzte sich so, dass sie zu dritt hineinsehen konnten.

»Da ist ja das Haus in Viganello!« Nelly deutete auf ein Bild von einem Anwesen, das im Erdgeschoss einen Säulengang und im ersten Stock eine Terrasse besaß und von einem Garten umgeben war. Nichts Herrschaftliches, aber größer als ein normales Einfamilienhaus.

»Und schau mal, Augusta, das sind ja wir! Mein Gott, diese Dauerwellen!«

Zwei junge Frauen lachten in die Kamera, im Hintergrund lag der See mit der Uferpromenade von Lugano. Nelly blond und drahtig, Augusta mit weicheren Gesichtszügen und kurviger Figur.

»*La Locanda al Lago*«, sagte Augusta verträumt.

»Richtig, so hieß das Lokal, wo wir immer zum Tanzen hingegangen sind! Du erinnerst dich ja doch! Das waren ganz besondere Abende.«

Sie blätterten das Fotoalbum weiter durch, sahen Augusta älter werden, doch ansonsten hatte sich anscheinend in ihrem Leben nicht viel verändert. Sie hatte wohl nie geheiratet, sondern weiter mit ihrer Tante in dem großen Haus gewohnt. Gelegentlich tauchte Livia auf den Bildern auf, zu glamourös, zu modisch, zu sexy für die kleine Welt, die das Album spiegelte.

Moira stellte einige Fragen zu den Fotos, doch Augusta lächelte nur verwirrt und nickte zu allem.

Sie war nur kurz an die Oberfläche gekommen und jetzt wieder in ihre eigene Welt hinabgetaucht, wo niemand sie erreichen konnte.

»Ich glaube, das überfordert sie gerade«, flüsterte Moira ihrer Mutter zu. »Am besten lassen wir sie nun in Ruhe.«

»Ich würde gerne noch ein bisschen bleiben.« Nelly hielt noch immer Augustas Hand. »Es ist schön, sie wiederzusehen, und ich glaube, sie kann Gesellschaft gebrauchen. Wahrscheinlich sitzt sie den ganzen Tag alleine hier herum.«

»Gerne, ich habe es nicht eilig. Ich meinte nur, dass es für die Ermittlungen nichts bringen wird.«

Nelly plauderte weiter von all den Dingen, die sie damals gemeinsam unternommen hatten, und Augusta schien ihr aufmerksam zu lauschen, trug selbst jedoch nichts mehr bei. Moira nahm das zweite Album zur Hand, das chronologisch das erste sein musste, denn der Ledereinband war abgegriffener. Die Bilder darin waren Schwarzweiß und besaßen gewellte Ränder. Sie zeigten ein kleines Mädchen, häufig gemeinsam mit einer streng wirkenden Frau mit hängenden Mundwinkeln und einem schnurrbärtigen Mann, die wohl die Eltern waren. Dann folgte eine Doppelseite, deren Fotos einen Sarg und eine schwarz gekleidete Trauergemeinde vor einer Kirche zeigten. Eine aus einer Zeitung ausgeschnittene Todesanzeige lag zwischen den Seiten: Ein Ermano Martinelli war 1952 *nach kurzer, schwerer Krankheit verstorben*. Moira wurde bewusst, dass dieses Album nicht Augusta und ihre Familie zeigte, sondern Livia. Ab der Mitte des Albums wurden die Bilder farbig, Livia vom kleinen Mädchen zur Jugendlichen mit Bienenkorbfrisur. Die beiden letzten Seiten enthielten rötlich verblasste Fotos von Livias Auftritten: Sie strahlte, blutjung und ahnungslos, was die Zukunft für sie bereithielt. Die folgenden Seiten waren leer.

Moira klappte das Album zu und wollte es ins Regal zurückstellen, als etwas zwischen den hinteren Seiten herausrutschte. Moira bückte sich und hob es auf. Es handelte sich um einen vergilbten Briefumschlag. Moira öffnete ihn und fand darin eine Strähne weichen Babyhaars, die von einem rosafarbenen Band zusammengehalten wurde. Und ein Foto, das Livia zeigte, die am Seeufer spazieren ging. Und obwohl sie ein modisches Hängerkleid trug, zeichnete sich darunter deutlich ein gewölbter Bauch ab.

Moira zögerte nur einen Augenblick, dann steckte sie das Foto und die Haarsträhne ein.

21

Moira klopfte auf das Foto der schwangeren Livia, das auf Chiaras Schreibtisch lag. »Livia hat ein Kind bekommen, von dem niemand weiß. Und gleichzeitig wurde ihre Freundin Mutter. Komischer Zufall, oder?«

»Sowas kommt doch oft vor«, entgegnete Chiara. »Schwangerschaft ist ansteckend, sagt meine Mutter immer.«

Sie ging zum Fenster und blickte auf den Parkplatz hinunter. »Ein uneheliches Kind hätte damals wahrscheinlich das Ende ihrer Schlagerkarriere bedeutet.«

»Wahrscheinlich«, sagte Chiara.

»Und wo ist dieses Kind dann abgeblieben?« Moira wandte sich vom Fenster ab und stützte sich auf Kastensteins Schreibtisch. Chiara saß ihr gegenüber und hörte ihr aufmerksam, aber skeptisch zu.

»Könnt ihr die DNA überprüfen lassen? Dann wissen wir zumindest, ob das Kind, von dem diese Haare stammen, mit Livia verwandt ist.«

»Nur, wenn es dafür einen triftigen Grund gibt. Und den sehe ich momentan nicht. Vielleicht ist das Kind jung gestorben, oder Livia hatte eine Fehlgeburt. Es gibt so viele mögliche Erklärungen. Ich glaube, du suchst Geheimnisse, wo es keine gibt.«

»Ihr könntet es zumindest überprüfen«, beharrte Moira, aber Chiara schüttelte den Kopf. »Wir haben nicht genug Ressourcen, um Ideen nachzugehen, die nicht relevant für die Ermittlungen sind. Sei mir nicht böse, aber ich fürchte, du hast dich zu oft mit Kastenstein unterhalten.« Chiara grinste frech zu ihr hoch.

Moira streckte ihr die Zunge heraus. »Wo ist unser Profiler eigentlich?«

Chiara zog eine Grimasse. »Das weiß ich nicht, und es ist mir auch egal. Hauptsache, er läuft nicht hier herum und spielt Sherlock Holmes. Ich setze lieber auf traditionelle Ermittlungsarbeit. Indizien und Beweise sind das, was zählt.«

»Lass die Haare untersuchen, dann hast du deine Beweise.«

»Um das durchzukriegen, bräuchte ich mehr Anhaltspunkte. Jede Untersuchung kostet, und wir müssen sparen, wo es geht. Zumal ich nicht sehe, wie uns das helfen könnte, die Person zu ermitteln, die Livia getötet hat. Diese Alba ist ja tot, und das schon seit Januar.«

»Ich weiß auch nicht, aber ich habe so ein Gefühl, dass das wichtig ist.« Moira setzte sich und starrte frustriert die Haarsträhne an, als könnte sie so das Geheimnis aufdecken.

Chiara klopfte mit der flachen Hand auf ihren Schreibtisch. »Schauen wir lieber, wo wir konkret ansetzen können.«

»Seid ihr denn weitergekommen?«

Chiara kritzelte mit einem Kugelschreiber auf ihrem Notizblock herum, während sie Moira einen Überblick über die Ermittlungen gab. Letztere hatte das Gefühl, dass es weniger darum ging, sie auf den neuesten Stand zu bringen, sondern dass es Chiara beim Nachdenken half, die Resultate laut zusammenzufassen.

»Zwei Leute haben bestätigt, dass in den Wochen vor Livias Tod eine Frau bei ihr ein- und ausging. Die Beschreibungen stimmen überein, aber niemand hat mit ihr gesprochen. Angeblich heißt sie Kiki. Sie kommt als mögliche Täterin infrage, aber uns fehlt ein Ansatzpunkt, um sie zu identifizieren. Die

DNA-Profile, die wir im Haus gefunden haben, sind noch nicht ausgewertet, sollten aber bald so weit sein. Camenzind und Patrizia Calderoni haben ihre Fingerabdrücke und DNA-Proben zum Vergleich abgegeben, und Stefano Calderoni ist für nachher zu einer Zeugenbefragung einbestellt, weil der Nachbar sein Auto vor Livias Villa gesehen hat. Der soll uns mal erklären, was er dort zu suchen hatte und weshalb er so wütend war. Es schadet nicht, wenn er sich ein bisschen unter Druck gesetzt fühlt. Und du solltest ihn heute Abend anrufen und dich verabreden.«

»Mache ich. Und was ist mit Camenzind? Der hätte doch ein Motiv gehabt, Livia zu töten, um seine Firma zu retten.«

Chiara rieb sich die Stirn. »Ja, mit dem müssen wir auch noch mal sprechen. Hältst du ihn für glaubwürdig?«

»Ach, auf einmal ist Intuition doch wichtig?«

»Das habe ich nie bestritten. Mir gehen nur Sherlock Kastensteins Schlussfolgerungen zu weit. Also, was denkst du?«

Moira rief sich den Musikproduzenten ins Gedächtnis. »Mir kommt Camenzind total harmlos vor, aber man kann ja nie in die Leute hineinschauen.«

»Genau, wem sieht man schon an, ob er oder sie ein Verbrechen begangen hat? Andererseits wäre es wirklich dumm von Camenzind gewesen, Livia zu töten. Es ist allzu offensichtlich, dass er als ihr Erbe von ihrem Tod profitiert.« Chiara sah beim Sprechen aus dem Fenster auf den tristen Polizeiparkplatz. »Wenn sie sich gestritten hätten, könnte er sie natürlich im Affekt über die Brüstung geworfen haben. Aber durch seine Frau und die Band, mit der er Aufnahmen gemacht hat, hat er ein Alibi, das wir kaum widerlegen können. Natürlich wäre es möglich, dass seine Frau lügt, um ihn zu schützen. Wir lassen die Verkehrskameras kontrollieren, ob Camenzinds Auto im fraglichen Zeitraum irgendwo zwischen Arzo und Morcote auftaucht.«

»Von den Nachbarn haben doch sicher auch einige Kameras installiert.«

»Haben wir überprüft. Die zeigen nur deren Häuser, nicht die Villa Rondine.« Chiara klopfte mit der flachen Hand auf den Tisch. »Wir bräuchten einen neuen Ermittlungsansatz.«

»Vielleicht sollten wir ganz von vorne anfangen. Wir könnten etwas übersehen haben«, überlegte Moira. »Wie wäre es, wenn wir uns nochmal in Livias Villa umsehen? Ich weiß jetzt viel mehr über sie, da können scheinbar unwichtige Dinge eine ganz neue Bedeutung annehmen.«

22

Es klopfte an der Tür, und bevor Chiara darauf reagieren konnte, wurde sie geöffnet. Ravi trat ein.

»Stefano Calderoni ist da. Dein Vater wartet schon.«

Chiara nickte, schaltete ihren Rechner auf Standby und nahm eine Aktenmappe von ihrem Tisch. »Kommst du mit?« Sie blickte Moira an.

»Wenn er mich sieht, fliegt doch meine Tarnung auf.«

»Natürlich darfst du nicht mit in die Vernehmung. Aber du kannst per Videokamera alles live aus dem Nebenzimmer verfolgen. Dann weißt du, wonach du ihn bei eurem Treffen fragen musst.«

Zu dritt gingen sie in den obersten Stock, wo Commissario Ferrone schon auf sie wartete. Moira war die Begegnung mit ihm wie immer unangenehm. Chiaras Vater hatte ihr deutlich gezeigt, dass er nichts von ihr hielt und sie seiner Ansicht nach nichts in der Mordkommission zu suchen hatte.

Daher war Moira froh, dass Ravi sie beiseite nahm, noch bevor sie Ferrone erreichten, und in einen kleinen Raum brachte, in dem sich zwei Stühle und ein an der Wand befestigter Bildschirm befanden. Dieser war eingeschaltet, zeigte aber nur eine blaue Fläche, die hin und wieder statisch zuckte.

»Läuft alles automatisch, du musst nichts tun«, erklärte Ravi und ließ sie alleine.

Moira setzte sich. Es gab kein Fenster, und der bläuliche Schein des Bildschirms erzeugte eine unheimliche Stimmung.

Der Raum war nicht viel größer als eine Umkleidekabine, und Moira hatte das Gefühl, die Luft um sie herum würde komprimiert. Von außen drang kein Geräusch herein, und wahrscheinlich auch keines von innen nach außen. Sie verspürte den Drang, nachzuprüfen, ob die Tür unverschlossen war, blieb jedoch sitzen.

Sie schrak zusammen, als die Tür geöffnet wurde. Es war Kastenstein.

»Wie nett, da bin ich ja in guter Gesellschaft«, sagte er und zwängte sich auf den zweiten Stuhl. »Sehen wir uns den Burschen mal genauer an.«

Moira wollte gerade antworten, da erschien ein Bild auf dem Monitor. Es zeigte den Verhörraum, den Moira schon kannte. Die Bildqualität war gut, sodass sie alle Einzelheiten erkennen konnte. Stefano Calderoni saß mit dem Gesicht der Kamera zugewandt. Er hatte seinen Stuhl etwas vom Tisch zurückgeschoben und lässig die Beine übereinandergeschlagen, seine Hände bewegten sich jedoch unruhig. Die linke rieb seinen Nacken, dann zupfte die rechte an seiner Unterlippe, während die linke unsichtbare Fusseln von seinem schwarzen T-Shirt strich.

Ferrone und Chiara traten ein. Ravi schien nicht an der Befragung teilzunehmen. Chiara setzte sich Stefano gegenüber und legte eine Aktenmappe vor sich ab. Ferrone hielt Stefano die Hand hin, sodass dieser seine betont unbeteiligte Haltung aufgeben und sie schütteln musste.

Ferrone nahm neben Chiara Platz und rückte seinen Stuhl etwas vom Tisch ab. Moira nahm überrascht zur Kenntnis, dass er offensichtlich seiner Tochter die Befragung überlassen wollte. Das hätte sie ihm nicht zugetraut, und sie verbuchte innerlich einen Pluspunkt auf sein Sympathiekonto.

Chiara stellte sich vor und informierte Stefano, dass er nicht als tatverdächtig betrachtet wurde. »Aber Sie kannten Livia und können uns sicher helfen, mehr über ihr Leben zu erfahren.«

Unvermittelt sagte Kastenstein leise: »Ist Ihnen aufgefallen, dass sie ihm verschweigt, woher sie das weiß? Und wie er einen Moment lang überrascht ausgesehen, aber seinen Gesichtsausdruck sofort korrigiert hat? Mikroexpressionen hat man nicht unter Kontrolle, sie verraten immer die wahren Gefühle eines Menschen.«

Moira nickte, obwohl sie Letzteres nicht bemerkt hatte, und konzentrierte sich wieder auf den Bildschirm.

»Meine Mutter putzt bei ihr, schon seit sieben oder acht Jahren«, sagte Stefano. »Aber ich kannte sie nicht besonders gut.«

»Aber gut genug, um sie gelegentlich zu besuchen«, sagte Chiara beiläufig, während sie die Mappe aufschlug.

»Nur geschäftlich. Ich habe die Songs für ihr letztes Album geschrieben. Also, komponiert und getextet.« Stefano klang stolz, doch Chiara zeigte sich unbeeindruckt und schrieb etwas nieder. »Sie sind also von Beruf Komponist?«

Stefano lachte auf. »Nicht hauptberuflich. Ich bin Barkeeper im *Black Moon* in Como. Wenn Sie mal vorbeikommen, mixe ich Ihnen den perfekten Mai Tai.«

Stefano lehnte sich zurück, verschränkte die Hände hinter dem Kopf und erlaubte sich sogar ein Lächeln. Es war sehr charmant, jedoch verschwendet, denn Chiara blickte nicht auf, und auch Ferrone schien mit den Dokumenten beschäftigt, die vor ihm lagen.

»Wie kam es zu Ihrer Zusammenarbeit?«

»Meine Mutter hat ihr mal erzählt, dass ich nebenbei Songs schreibe. Ich habe zwei Titel extra für sie komponiert und aufgenommen. Meine Mutter hat sie ihr vorgespielt, und danach wollte Livia, dass ich die Stücke für ihr nächstes Album schreibe. Wirklich schade, dass sie nicht mehr erleben kann, wenn es erscheint.«

»Sehr bedauerlich«, bestätigte Chiara ausdruckslos. Sie sah Stefano zum ersten Mal ins Gesicht. Der richtete sich unwillkürlich ein wenig auf.

»Erzählen Sie uns einfach, was Sie über Livia und ihr Leben wissen. Mit wem telefonierte sie? Mit wem hatte sie Kontakt? Wer kaufte für sie ein?«

Stefano entspannte sich wieder. »Ich fürchte, da kann ich nicht weiterhelfen. Ich habe sie nur zwei Mal kurz getroffen, um über die Songs zu sprechen. Einmal war meine Mutter da, einmal waren wir alleine.«

»Hat sie dabei Freunde erwähnt? Bekannte?«

Stefano schüttelte den Kopf.

»War bei Ihren Besuchen noch jemand anderes im Haus?«

»Keine Ahnung. Moment ... beim zweiten Mal war da eine Frau.«

»Sie sagten doch gerade, sie seien mit Livia allein gewesen.«

»Bei unserem Gespräch. Aber als ich reinkam, ging gerade eine Frau die Treppe hoch.«

»Können Sie sie beschreiben?«

Stefano zuckte die Achseln. »Ich habe sie nur von hinten gesehen. Sie war ziemlich dünn, und sie hatte ihre Haare am Hinterkopf zusammengesteckt. Seltsame Haarfarbe, so eine Mischung zwischen Straßenköterblond und Rot, war wohl ein Friseurunfall.« Tut mir leid, aber an mehr erinnere ich mich nicht.«

Er hielt inne und grinste. »Ach so, da war noch dieses Schwein, das Livia sich als Haustier gehalten hat. Aber das scheidet wohl als Täter aus.« Stefano lehnte sich zurück und verschränkte die Hände hinter dem Kopf.

»Sehr witzig«, knurrte Ferrone.

In beiläufigem Ton erkundigte sich Chiara: »Können Sie klettern?«

Wieder neigte sich Kastenstein ein wenig zu Moira. »Cleverer Überraschungsangriff. Sie will herausfinden, ob er vom See aus den Steilhang hochgeklettert sein könnte.«

Doch Stefano zeigte mit keiner Regung, dass die Frage ihn verunsicherte.

»An einem Seil hochklettern? Da habe ich im Sportunterricht immer versagt.« Er zuckte bedauernd mit den Achseln.

»Und wie steht es mit Freeclimbing?«

»Nicht mein Ding. Ich spiele lieber Tennis. Suchen Sie einen Sportpartner? Ich stelle mich gerne zur Verfügung.« Er grinste.

Ferrone hob ruckartig den Kopf. »Sparen Sie sich derartige Anmerkungen.«

»Ich wollte nur die trübe Stimmung etwas auflockern«, murmelte Stefano und setzte sich gerade hin.

Ferrone wechselte das Thema. »Was haben Sie denn als Honorar für die Songs erhalten?«

»Wir hatten ein Honorar und Tantiemen vereinbart, allerdings ist sie gestorben, bevor wir das schriftlich festlegen konnten. Für mich ist es also ziemlich ungünstig, dass sie nicht mehr am Leben ist. Ich habe ja keinen Beweis für unsere Abmachung.«

»Ärgerlich, oder?«, sagte Ferrone.

»So läuft es eben manchmal.«

»Wissen Sie, wen Livia als Erben eingesetzt hat?«

»Woher sollte ich? Ich weiß nur, dass ich es bestimmt nicht bin.«

»Vielleicht können Sie ihm oder ihr gegenüber Ihre Ansprüche geltend machen.«

Stefano winkte ab. »Ich hatte einfach Pech, kann passieren.«

Ferrone wirkte wie ein lauerndes Krokodil. »Sie waren also nicht wütend auf Signora Martinelli?«

»Eine Falle«, flüsterte Kastenstein in Moiras Ohr. »Um seine Aussage von vorhin zu überprüfen, Livia sei gestorben, bevor sie den Vertrag ...«

»Ist mir klar«, wisperte Moira zurück und versuchte, nicht gereizt zu klingen. Hielt der Fallanalytiker sie für dumm? Glücklicherweise sprach er nicht weiter, sodass sie sich wieder auf die Befragung konzentrieren konnte. Leider hatte sie Stefanos Antwort verpasst.

»Fällt Ihnen noch etwas ein, was für unsere Ermittlungen nützlich sein könnte?«, fragte Chiara soeben.

Stefano setzte eine nachdenkliche Miene auf und schüttelte dann den Kopf. »Leider nicht. Ich hoffe, Sie finden den Mörder. Auch wenn Livia ihre beste Zeit hinter sich hatte, war sie einer der ganz großen Stars der Schweiz. Ich habe sie sehr bewundert.«

Chiara legte den Kopf ein wenig schief. »Wie kommen Sie darauf, dass es ein Tötungsdelikt war?«

Stefano geriet ins Stottern. »Äh, ich weiß nicht ... wieso befragen Sie Leute, wenn es gar kein Mord war?«

Ferrone mischte sich ein und feuerte eine ganze Salve von Fragen ab. »Wo haben Sie sich im Zeitraum vom sechsten bis zum achten Juni aufgehalten? Was haben Sie gemacht, und wer kann das bestätigen?«

»Also doch Mord?«

»Beantworten Sie einfach meine Fragen.«

»Keine Ahnung mehr, ich habe alles Mögliche gemacht. Gearbeitet, Freunde getroffen, samstags war ich im Kino, glaube ich. Gibt es einen Grund, mich zu verdächtigen?«

»Wir möchten uns nur ein Bild machen«, antwortete Chiara sachlich. »Bitte stellen Sie uns Ihren Tagesablauf für die fragliche Zeit zusammen und schicken ihn an diese E-Mail-Adresse.« Sie schob ein Kärtchen über den Tisch. »Schreiben Sie dazu, wer Ihre Angaben bestätigen kann. Falls Sie in den sozialen Medien aktiv sind, können auch Fotos oder Einträge dort als Nachweis dienen. Gegebenenfalls melden wir uns für Rückfragen bei Ihnen.«

Chiara beendete die Befragung, und alle drei verließen den Raum. Der Bildschirm wurde wieder blau, als die Übertragung abbrach. Kastenstein ächzte leise und streckte sich. »Wir warten besser einen Moment, damit wir ihnen nicht begegnen.« Mit ihm in der Enge auszuharren fühlte sich allzu intim an und machte Moira verlegen.

»Und, was halten Sie von Calderoni? Könnte er es getan haben?«

Kastenstein nickte. »Er entspricht weitgehend dem von mir erstellten Profil. Ihm die Tat nachzuweisen dürfte allerdings schwierig sein, selbst wenn seine DNA im Haus gefunden werden sollte.«

»Dafür hat er ja eine gute Erklärung«, stimmte Moira zu. »Und Urs Camenzinds Motiv kommt mir stärker vor. Er profitiert im Gegensatz zu Stefano von Livias Tod.«

»Ich denke, wir können nun gehen.« Kastenstein öffnete die Tür und sie verließen den Monitorraum. Auf dem Korridor sagte er: »Sie haben einen wachen Verstand. Die Kantonspolizei kann froh sein, Sie als Mitarbeiterin zu haben.«

Moira versuchte, nicht allzu geschmeichelt zu sein, aber die Wertschätzung tat ihr gut, nachdem Chiara ihren Vorschlag mit der Haarsträhne abgelehnt hatte.

»Wenn ich es richtig verstanden habe, muss außerdem die Person, die Livia getötet hat, nicht unbedingt dieselbe sein, die in die Villa eingebrochen ist«, dachte Moira laut.

»Ich halte für wahrscheinlich, dass es dieselbe Person war.« Kastenstein berührte sie etwas gönnerhaft am Oberarm. »Ich muss leider los, so interessant ich unsere Unterhaltung auch finde. Ich hoffe, wir können sie bald fortsetzen. Es tut gut, einmal wieder Deutsch zu sprechen.«

»Entschuldigung, ich wollte sie nicht aufhalten.« Moira verabschiedete sich und sah Kastenstein nach, der mit federnden Schritten dem Ausgang zustrebte. Er konnte wirklich ein wenig anstrengend sein, aber er brachte frischen Wind ins Team. Sie hatte ein wenig ein schlechtes Gewissen, weil sie sich mit ihm ausgetauscht hatte, obwohl sie wusste, dass Chiara nicht viel von ihm hielt. Daher fuhr sie nicht direkt nach Hause, sondern sah in Chiaras Büro vorbei.

»Und, was hältst du von Calderoni?«, fragte die Inspektorin.

Moira setzte sich auf Kastensteins Platz. »Ich hatte das Gefühl, er ist ehrlich. Was meinst du?«

»Ich traue von Berufs wegen niemandem.« Chiara lächelte knapp. »Aber Calderoni hat nichts von Livias Tod, im Gegenteil. Er muss jetzt seinem Geld hinterherrennen und die Tantiemen für die Songs wahrscheinlich bei Camenzind einklagen.«

»Er könnte Livia auch im Affekt getötet haben«, wandte Moira ein. »Weil ihn die Wut übermannt hat.«

»Richtig, aber ich habe nicht den Eindruck, dass er jemand ist, der sich von seinen Gefühlen hinreißen lässt. Er kommt mir eher berechnend vor.« Chiara blätterte in einer Akte, die auf ihrem Schreibtisch lag. »Warten wir ab, welche Angaben er macht. Ich hatte eine Kollegin nach Como geschickt, um mit Calderonis Arbeitgeber zu sprechen. Dem ist nichts Ungewöhnliches an ihm aufgefallen. In dem Zeitraum, in dem Livia wahrscheinlich gestorben ist, hat er jeden Tag von dreizehn Uhr bis Mitternacht gearbeitet. Das schließt ihn nicht als Täter aus, aber es grenzt die Zeit, in der er die Tat hätte begehen können, enorm ein. Wir könnten die Standortdaten seines Mobiltelefons überprüfen, allerdings kriege ich erst eine Genehmigung für einen Antennensuchlauf, wenn dringender Tatverdacht besteht, und das ist hier noch nicht gegeben. Du solltest dich wirklich mit ihm verabreden und versuchen, so viel wie möglich über ihn herauszufinden. Vielleicht ergeben sich dadurch neue Verdachtsmomente.«

Moira nickte und fasste sich ein Herz. »Tut mir leid, wenn ich schon wieder damit ankomme, aber was ist mit der Frau, die Stefano erwähnt hat? Das bestätigt doch die Aussagen von Machado und den anderen Nachbarn, die Livia in den Wochen vor ihrem Tod in Begleitung gesehen haben.«

»Leider reichen die Anhaltspunkte nicht, um herauszufinden, wer sie ist.« Chiara hob bedauernd die Schultern.

»Vielleicht doch! Was, wenn Ursula Sommerhalder Livias Kind aufgezogen hat? Dann wäre Albas Tochter Livias Enkelin. Vom Alter her würde es passen. Was, wenn sie die Unbekannte ist?«

Chiara stöhnte leise und rieb sich erschöpft über die Augen, dann sah sie Moira beinahe mitleidig an. »Sieh mal, ich finde großartig, dass du dich so einbringst. Aber du weißt nichts darüber, wie man bei einer polizeilichen Ermittlung vorgeht. Diese Frau ist interessant, aber es gibt keine Hinweise darauf, dass sie einen Konflikt mit Livia hatte. Dem gegenüber stehen zwei Personen, die ein Motiv hatten, Livia zu töten. Und auf die konzentrieren wir uns, einfach, weil es wesentlich wahrscheinlicher ist, dass einer von ihnen der Täter ist – sofern Livia tatsächlich durch Fremdeinwirkung starb.«

Moira sah ein, dass sie bei Chiara nicht weiterkam. »Du hast recht, ich habe mich eingemischt, obwohl ich keine Ahnung habe. Tut mir leid, ich lasse dich damit in Ruhe.«

»Danke für dein Verständnis.« Chiara ließ den Kopf in den Nacken fallen und stöhnte. »Was ich bräuchte, ist Schlaf, eine Literpackung Schokoladeneis und meine Lieblingsserie. Stattdessen muss ich Calderonis Befragung abtippen.«

»Wie wäre es, wenn ich dir zumindest ein Eis hole?«

»Ehrlich, das würdest du tun? Ich wäre dir ewig dankbar.«

Moira lächelte. »Schokolade mit Stückchen? Ich beeile mich.«

Auf dem Weg nach draußen kam Moira eine Idee, und statt zum Ausgang lief sie in den Keller hinunter. Serenas Hund Rookie hob aufmerksam den Kopf, als Moira eintrat, und Serena schwang auf ihrem Drehstuhl herum. Ihre konzentrierte Miene wich einem Lächeln, und sie schob ihre grasgrüne Brille zurecht. »Moira! Wie schön, dass mich mal jemand besucht! Was kann ich für dich tun?«

»Ich bräuchte eine Info über eine Geburt und eine Adoption Anfang, Mitte der Sechzigerjahre«, sagte Moira. »Kommst du da ran?«

»Klar. Aber weshalb fragst du nicht Ravi, der ist doch für die Recherche zuständig.« Serena sah sie eindringlich an.

»Der hat gerade keine Zeit, aber es ist eilig«, schwindelte Moira und versuchte, ihre Gewissensbisse zu ignorieren.

»Ich habe sowieso gerade nicht viel zu tun, setz dich.« Serena drehte sich wieder zu ihrem Tisch um, auf dem ein Arrangement aus drei großen Monitoren stand wie ein Klappspiegel auf einem Frisiertisch. Moira nahm neben ihr Platz und streichelte die schwarze Labradorhündin, die sich erhoben hatte und gegen ihr Bein lehnte.

»Hier ist das Tessiner Geburtenregister«, sagte Serena. »Nach welchem Namen suchen wir?«

»Die Mutter heißt Olivia Martinelli, das Kind Alba, geboren am 23.2.1963.«

»Okay, sehen wir mal.« Serena tippte Namen und Daten ein. Moira sah selbst, dass die Suche kein Resultat ergab.

»Wurde das Kind vielleicht gar nicht im Tessin geboren?«, erkundigte sich Serena. »An Daten aus anderen Kantonen komme ich nicht so einfach heran, da müsste ich eine schriftliche Anfrage stellen.«

Moira schüttelte den Kopf. »Ich wüsste nicht einmal, in welchem Kanton man suchen müsste. Gibt es auch so etwas wie ein Adoptionsregister?«, fragte sie.

»Sicher, nur habe ich darauf keinen Onlinezugriff. Ich könnte aber dort anrufen.«

Moira war dankbar für Serenas Hilfsbereitschaft und dafür, dass sie keine Fragen stellte. Die IT-Expertin suchte die Telefonnummer der Behörde heraus und fragte sich durch, wobei sie mehrmals ihr Anliegen wiederholen musste. Allerdings ohne Ergebnis. »Es gibt keine Unterlagen über eine Adoption für eine Alba Martinelli«, sagte sie, nachdem sie aufgelegt hatte. »Zumindest nicht in unserem Kanton.«

»Mist.« Moira kaute frustriert an ihrem Daumennagel herum. Es schien tatsächlich, als hätte dieses Baby nie existiert. Sie rannte wohl einem Hirngespinst hinterher.

23

Ambrogio und Luna waren in der Küche des *Il Mulino* zugange. Luna rieb ein großes Stück Parmesan, und Ambrogio tauchte eine Schöpfkelle in einen Topf mit blubberndem Wasser.

Er wandte sich Moira zu, die soeben in die Küche gekommen war, und hielt ihr die Kelle mit zwei unförmigen Teigballen darauf hin. »Hier, versuch mal meine Gnocchi.«

Moira sah schon an der aufgeweichten Oberfläche, dass die Teigbälle verkocht waren, steckte sich aber dennoch einen in den Mund. »Außen schleimig, innen mehlig«, sagte sie ehrlich. »Das soll wahrscheinlich nicht so sein, oder?«

»*Porca miseria*«, grollte Ambrogio.

»Was ist los? Du kannst doch kochen.«

»Ich weiß genau, wie man Gnocchi macht, aber wenn ich mehr als zwei Portionen auf einmal in den Topf werfe, gelingen sie einfach nicht.« Ambrogio wischte sich die Stirn mit einem Küchenhandtuch. »Ich habe mir gedacht, dass es schwierig ist, für viele Leute zu kochen. Das wird eine Katastrophe.«

»Mir fällt gleich der Arm ab.« Luna legte den Parmesan zur Seite. »Und wenn ihr doch Vittorios Frau fragt?«

Ambrogio prustete wie ein Walross. »Das habe ich schon versucht, aber sie besteht darauf, dass sich deine Großmutter bei ihr entschuldigt. Und bevor Cornelia vor jemandem zu Kreuze kriecht, würde Napoleon fliegen lernen.«

»Soll ich mal mir ihr reden?«, fragte Luna. »Vielleicht hört sie auf mich.«

»Hervorragende Idee, *tesoro*. So, ich brauche ein Glas Wein, um wieder zu Kräften zu kommen. Moira, trinkst du einen Schluck mit?«

Moira zögerte. »Hat deine Ärztin nicht gesagt, du sollst mit dem Wein etwas kürzertreten? Und mehr Sport machen?«

Ambrogio blähte die Wangen auf. »Das hier ist anstrengender als Sport, und ein Glas schadet nicht.« Er blickte sie erwartungsvoll an. Moira hatte nichts Wichtiges mehr vor, daher nickte sie. »Ein Glas.«

»Ich sehe mal, was ich Gutes im Keller finde. Natürlich bezahle ich Gabriella alles, was ich hier trinke oder esse.« Ambrogio nahm die Küchenschürze ab, hängte sie an die Tür und ging hinaus.

Moira war froh, einen Moment mit Luna alleine zu haben. »Komm, ich übernehme, dann kannst du dich ausruhen.« Sie nahm Luna den Parmesan ab und begann damit, die überdimensionale Käsereibe zu bearbeiten. Luna schüttelte ihre Arme aus und lehnte sich an den Geschirrschrank.

»Wie geht's dir, Strubbelchen? Fühlst du dich hier wohl oder ist es dir hier auf dem Dorf zu langweilig?«

Luna dachte kurz nach. »Ambrogio ist klasse, und das Haus ist auch toll, aber wenn ich nicht Valerie kennengelernt hätte, wäre es wahrscheinlich ziemlich öde. Und ohne Napoleon natürlich!«

Moira lachte. »Napoleon ist wirklich süß. Hör mal, Strubbelchen, ich wollte dich etwas fragen: Könntest du dir eventuell vorstellen, auch dauerhaft hier zu leben? Ich überlege schon eine Weile, ob es nicht schön wäre, wenn wir hierherziehen würden. Aber natürlich nur, wenn du auch einverstanden bist. Ich will dich zu nichts zwingen.« Sie merkte, dass sie aus Nervosität zu viel redete und verstummte. Luna zupfte an ihrer Oberlippe und schwieg ebenfalls mehrere Sekunden. Dann sagte sie: »Was, echt jetzt? Puh, keine Ahnung. Ich habe ja meine ganzen Leute zu Hause. Die würde ich dann gar nicht mehr sehen. Ohne die komme ich nicht klar, die sind wie meine Geschwister. Und Nelly wäre dann auch weit weg.« Sie schüttelte den Kopf. »Kann ich mir irgendwie nicht vorstellen.«

Moira ließ sich ihre Enttäuschung nicht anmerken. »Du musst das nicht sofort entscheiden, aber denk noch mal drüber nach. Dein *nonno* würde sich freuen. Und ich auch.«

Luna nickte. »Okay. Auch wenn das emotionale Erpressung ist.«

Aus dem Gastraum ertönte Ambrogios Stimme: »Der Wein steht bereit!«

»Wie gesagt, denk drüber nach. Hab dich lieb.« Moira umarmte ihre Tochter kurz. »So, du bist hiermit vom Küchendienst befreit.«

Sie gingen nach vorne, wo Ambrogio bereits an seinem bevorzugten Tisch am Fenster saß und zwei Gläser Wein eingeschenkt hatte.

»Willst du auch einen Schluck?«, wandte er sich an Luna.

»Kommt nicht infrage«, protestierte Moira. »Das Kind ist erst fünfzehn! Und offiziell ist Alkohol hier erst ab achtzehn erlaubt.«

»Als ob sich darum jemand scheren würde«, brummte Ambrogio. »Ich habe in dem Alter immer mein Gläschen Wein zum Abendessen gekriegt.«

»Passt schon, ich wollte sowieso nach Hause«, sagte Luna.

»Danke, Strubbelchen!« Moira nahm ihrem Vater gegenüber Platz. Es war gemütlich, nur zu zweit in der stillen Gaststube zu sitzen.

»*Salute.*« Sie stießen an und tranken. Ambrogio wischte sich einen Tropfen Wein von der Unterlippe. »Entschuldige, ich wollte Luna nicht zum Trinken verführen.«

»Mach dir keine Gedanken. Wahrscheinlich trinkt sie mit ihren Freunden sowieso. Ich will nur nicht, dass es allzu selbstverständlich wird. Wobei ich ja auch nicht gerade ein leuchtendes Beispiel bin.« Sie hob ihr Glas an und grinste.

»Ach was, Wein ist Kultur!«, verkündete Ambrogio. »Solange man aus Genuss trinkt und nicht, um seine Probleme zu vergessen.«

»Ich lasse das mal so stehen.« Moira betrachtete ihren Vater liebevoll. »Weißt du was? Ich bin froh, dass wir uns in den letzten Wochen besser kennengelernt haben.«

»Ich auch, *tesoro*. Und es wird schrecklich, wenn ihr bald wieder abreist. Dann wird es wieder sehr still in meinem großen Haus.«

»Vielleicht kommen wir schon bald wieder«, sagte Moira.

Ambrogio hob hoffnungsvoll die Augenbrauen. »Heißt das, du hast dich entschieden?«

»Noch nicht, aber ich habe gerade Luna gefragt, ob sie sich vorstellen könnte, hier zu leben. So richtig begeistert war sie nicht, aber sie denkt darüber nach. Ich will ihr nichts aufzwingen, auch wenn ich sofort hierbleiben würde.«

»Hat dieser Plan zufällig irgendetwas mit Luca Cavadini zu tun?« Ambrogio zwinkerte. Moira fühlte sich ertappt und senkte den Kopf. »Zum Teil schon. Aber wir können nie mehr als Freunde sein. Ich will nicht daran schuld sein, dass sein Sohn als Scheidungskind aufwachsen muss.«

»Na, na, es gibt Schlimmeres.«

»Valentina würde mit Alessio nach Chile zurückkehren, wenn er sich trennen sollte«, sagte Moira bedrückt.

Ihr Vater schnaubte. »So einfach ist das sicher nicht. Er als Vater hat auch Rechte, und die kann er einklagen.«

»Ich weiß, aber ich glaube, er würde Alessios wegen nicht wollen, dass es so weit kommt.« Moira konnte die Tränen nicht mehr zurückhalten. »Mist. Ich bin zu alt für Liebeskummer.« Sie wischte sich die Augen und schniefte. Ambrogio legte seine Hand auf ihre. »Dafür ist man nie zu alt. Es trifft einen immer wie beim ersten Mal.« Er legte eine kurze Pause ein. »Vielleicht hast du auch Angst davor, dich wieder richtig zu verlieben.«

Moira sah auf. »Warum sollte ich?«

»Weil du jemanden verloren hast, den du sehr geliebt hast, und dem Schicksal keine Möglichkeit geben willst, dir das noch einmal anzutun.«

»Und was ist mit Martin? Wir waren jahrelang zusammen.«

Ambrogio seufzte. »Ich kann mir kein Urteil darüber erlauben, aber hast du ihn wirklich geliebt?«

»Nicht so wie Javier«, musste Moira zugeben. Sie entzog ihm ihre Hand, nahm eine Serviette und putzte sich die Nase, dann atmete sie tief durch. »Es ist alles so kompliziert.«

Ambrogio schnaufte und hob die Schultern. »Ich bin wahrscheinlich nicht die richtige Person, um in dieser Hinsicht gute Ratschläge zu erteilen. Aber wenn du trotzdem einen willst: Sag ihm, was du fühlst, dass er aber seine Eheprobleme lösen muss, bevor du dich auf ihn einlassen wirst. Man sollte erst eine Sache abschließen, bevor man eine neue beginnt. Wenn er sich nicht von seiner Frau lösen kann, aus welchen Gründen auch immer, ist er nicht der Richtige für dich.«

»Das ist sogar ein sehr guter Rat, danke.« Trotz ihres Kummers fühlte Moira sich geborgen, weil es Menschen gab, denen sie wichtig war. »Wie läuft es mit dir und Arianna?«

»Nicht so gut«, murmelte Ambrogio. »Sie antwortet nicht mehr auf meine Nachrichten. Mir selbst kann ich anscheinend keinen guten Ratschlag erteilen.«

»Ich rede heute noch mit Mama, dass sie sich ein Hotel suchen soll. Entschuldige, ich hatte das über allem anderen ganz vergessen.«

Ihr Telefon klingelte. Es war Luna.

»Was gibt es, Strubbelchen?«

»Mama, kannst du kommen? Napoleon hat sich unter dem Bett eingeklemmt.«

Moira seufzte. »Langweilig wird es mit dem Tier auch nicht. Bin unterwegs.« Sie legte auf und informierte ihren Vater über die Lage.

»Soll ich mitkommen?«

»Ich kriege das schon hin.«

Ambrogio stand auf. »Gut, dann werde ich die schrecklichen Gnocchi entsorgen und die Küche aufräumen.«

24

Lunas Zimmer sah aus, als hätte dort ein Wirbelsturm gewütet. Überall auf dem Boden lagen Schminkutensilien verstreut, angekaute Bücher, die bunten Blätter aus der Zettelbox, Kleidungsstücke, die sonst über einem Stuhl hingen. Von Luna selbst waren nur die Beine sichtbar, die in bunt gemusterten Leggins steckten und unter dem Bett hervorsahen.

Moiras Mutter stand daneben und gab gelegentlich aufmunternde Ausrufe von sich, die von unter dem Bett durch Quieken und Grunzen beantwortet wurden.

»Euch kann man wirklich keine Minute alleine lassen!«

Luna kroch hervor. »Napo hat geschlafen, als ich weggegangen bin, aber er ist wohl in der Zwischenzeit aufgewacht.«

»Und hat sich selbst eine Beschäftigung gesucht.« Moira sah sich im Zimmer um.

»Als ich ihn einfangen wollte, hat er sich unter dem Bett versteckt, und jetzt hängt er irgendwie fest.«

Sofort verwandelte sich Moiras Ärger in Mitleid. »Das arme Tier. Lass mich mal nachsehen.« Sie legte sich auf den Bauch und robbte in den niedrigen Zwischenraum. Er bot so wenig Platz, dass sie den Kopf seitlich legen musste. Napoleon war nur als dunkle Masse ganz hinten an der Wand zu erkennen. »Leuchte mir mal mit dem Handy!«

Gleich darauf wurde es hell, und Napoleons angstvoll geweitete Augen starrten sie an. Er scharrte mit den Klauen über die Dielen, kam aber nicht von der Stelle. »Ich glaube, sein Halsband hängt irgendwo fest«, rief Moira nach hinten. »Armes Kerlchen, wir holen dich da raus, versprochen.« Sie streckte den Arm aus, kam aber nicht an Napoleon heran, und der Mittelbalken des Bettrahmens verhinderte, dass sie näher zu ihm rutschen konnte.

Ihr blieb nichts anderes übrig, als sich zurückzuziehen. Was ihr nicht unangenehm war, denn ein wohlbekannter Geruch sagte ihr, dass das Schweinchen sich gerade erleichtert hatte.

»Wir müssen von oben an ihn ran«, sagte sie.

Nelly schüttelte den Kopf. »Geht nicht, der Lattenrost ist mit dem Bettgestell verschraubt.«

»Luna, hol mir mal den Akkuschrauber, der muss irgendwo in dem Kabuff unter der Treppe sein. Mama, du hilfst mir, die Matratze vom Bett zu wuchten.«

Gemeinsam zogen sie die Latexmatratze vom Bett. Nelly stöhnte: »Die ist ja schwer wie Blei.«

»Und so labberig wie eine … na ja, Latexmatratze«, ächzte Moira.

Es gelang ihnen, das Ungetüm an die Wand zu lehnen.

Luna kam mit dem Akkuschrauber zurück. »Können wir das Bett nicht einfach hochheben?«

»Es ist zu schwer. Außerdem bestünde die Gefahr, dass wir Napoleon strangulieren«, sagte Moira und kletterte auf den Lattenrost, dessen Bretter nur zwei Fingerbreit Abstand voneinander hatten. »Dieses Ding ist für Generationen gebaut.« Sie setzte den Akkuschrauber an. Die Schrauben saßen so fest im Holz, dass Moira ins Schwitzen geriet, aber nach einer Viertelstunde hatte sie drei Bretter gelöst und konnte in das Loch greifen. Luna kniete sich neben sie und leuchtete hinein. Napoleons Schnauze streckte sich ihnen Hilfe suchend entgegen. Moira tastete sich an seinem Halsband entlang. »Da ragt ein völlig überflüssiger Haken aus dem Bettrahmen.«

Das Schweinchen zappelte wild, aber es gelang Moira, die Schnalle des Halsbands zu lösen. Napoleon schoss unter dem Bett hervor, galoppierte einmal im Kreis und ließ sich dann ermattet auf die Seite fallen. Moira zog das Halsband aus der Lücke. »Und jetzt muss alles wieder an seinen Platz.« Sie wollte Luna das Halsband übergeben, stutzte jedoch. »Was ist das denn?« Ihre Finger hatten eine leichte Wölbung im doppelt genähten Leder ertastet, und als sie genauer hinsah, entdeckte sie einen verdeckten Schlitz an der Innenseite. »Da ist eine Geheimtasche.« Mit einiger Mühe drückte sie den flachen, harten Gegenstand, der darin verborgen war, heraus. Es handelte sich um einen Schlüssel.

»Der sieht aber seltsam aus«, sagte Nelly.

Moira betrachtete ihn von allen Seiten. Er besaß nicht nur einen Bart, wie normale Schlüssel, sondern zwei. »Sieht aus, als gehörte er zu einem Schließfach oder so«, sagte Moira.

Lunas Augen glänzten. »Vielleicht hat diese alte Sängerin da ihren Schmuck versteckt. Oder Goldmünzen!«

Moira lächelte und verwuschelte Lunas Haar. »Wer weiß. Ich gebe den Schlüssel an die Polizei weiter, die können sicher herausfinden, was man damit öffnet.« Sie wandte sich ihrer Mutter zu. »Mama, du musst mich zu Silvana begleiten und sie bitten, bei der Wiedereröffnung die Küche zu übernehmen. *Papà* ist damit überfordert. Außerdem war es wirklich nicht in Ordnung, an Silvanas Kochkünsten herumzumeckern. Sie kocht hervorragend.«

Nelly reckte das Kinn in die Luft. »Ich habe nur meine Meinung geäußert.«

»Mag sein, aber man muss nicht immer alles herausposaunen, was man denkt. Ich verstehe ja, wenn du ein bisschen neidisch auf Silvanas Kochkünste bist, aber das ist vollkommen überflüssig.«

»Was? Ich bin ganz sicher nicht neidisch!«

Moira ignorierte den Einwurf. »Du hast eben andere Qualitäten, bist belesen, modisch auf der Höhe, aufgeschlossen für Neues – Silvana ist da viel traditioneller.«

Nelly seufzte. »Na gut, von mir aus: Gehen wir zu ihr. Ich opfere mich für die Sache.«

»Das ist eine sehr reife Entscheidung.« Moira verbiss sich ein Grinsen. Dann sagte sie zu Luna: »Und du musst dich mehr mit Napoleon beschäftigen, ich glaube, ihm ist langweilig. Geh mit ihm spazieren, bring ihm Kunststücke bei. Schweine sind gesellige Tiere, und solange unser Imperator keinen Spielkameraden hat, musst du diese Rolle übernehmen.«

»Okay, versprochen.«

Silvana lächelte, als sie die Haustür öffnete, doch dann erkannte sie Nelly, und ihr Gesicht wurde abweisend. Sie wischte sich eine grau melierte Locke aus der Stirn.

»Dürfen wir reinkommen?«, fragte Moira.

Silvana machte zögernd Platz, sodass Moira und ihre Mutter den breiten, mit Weinbaugeräten dekorierten Flur betreten konnten. Silvana machte keine Anstalten, sie in die Wohnräume zu bitten, daher stieß Moira ihrer Mutter den Ellbogen in die Seite.

Die räusperte sich. »Silvana, es tut mir leid, dass ich behauptet habe, dein Essen wäre nicht gut gewesen. Ich hätte ein bisschen anders gewürzt, aber dennoch war es ausgesprochen lecker. Ich würde es nicht halb so gut hinkriegen und möchte den Gästen des *Il Mulino* weder meine Kochkünste noch die von Ambrogio zumuten. Deshalb wäre es großartig, wenn du es dir noch einmal überlegen würdest.« Nelly atmete erleichtert aus, und Moira war ebenso überrascht wie beeindruckt. Eine so umfassende Entschuldigung hatte sie nicht erwartet.

Silvana behielt noch einige Sekunden ihren reservierten Gesichtsausdruck, dann lächelte sie warm. »Wollt ihr nicht reinkommen? Ich mache uns einen *caffè*.«

»Danke, Mama«, sagte Moira auf dem Heimweg durch die Weinberge. »Ich weiß, das ist dir schwergefallen.«

Nelly verzog das Gesicht und zuckte die Achseln. »Es war ja für einen guten Zweck. Und ich habe es wirklich übertrieben. Aber ich muss mit dir auch noch über etwas reden: Luna war vorhin ganz aufgeregt, weil du sie gefragt hast, ob sie sich vorstellen kann, mit dir ins Tessin zu ziehen. Du bist natürlich erwachsen und fällst deine eigenen Entscheidungen, aber es betrifft auch mich, wenn ich Luna nicht mehr sehen kann.«

»Ich hätte natürlich noch mit dir geredet. Aber zuerst wollte ich Luna fragen, ob sie sich das überhaupt vorstellen kann.«

Sie hatten die Kirche von St. Abbondio erreicht, auf deren Friedhof Hermann Hesse begraben lag, und bogen automatisch in die Zypressenallee ein, die auf die Kirche zuführte, als spürten sie beide, dass dies ein Gespräch würde, für das sie Ruhe brauchten. Von der Rückseite der Kirche aus hatte man einen weiten Blick ins Tal und auf die gegenüberliegenden Hügel. Nelly zog ihre Slipper aus. »Herrlich, barfuß durchs Gras zu laufen.«

Moira setzte sich auf die niedrige Mauer, die die Halbkreisform des Kirchenchores nachzeichnete.

»Ich war so lange nicht im Tessin, aber ich fühle mich hier mehr zu Hause als in Deutschland. Es ist viel weniger stressig, und die Dinge, die in der Welt vor sich gehen, sind ein bisschen weiter weg. Ich weiß, du findest das langweilig, aber ich mag es. Ich kann hier durchatmen. Und Luna tut es auch gut. Sie könnte Dinge erleben, die eine Großstadt nicht bietet. Eine andere Art von Gemeinschaft.«

Ihre Mutter setzte sich ins Gras und umschlang ihre Knie mit den Händen. »Es wirkt alles so idyllisch, und ich habe mich davon auch täuschen lassen. Versteh mich nicht falsch: Ich finde es auch wunderschön hier, ich mag die Leute. Aber man gehört nie richtig dazu, wenn man nicht hier geboren ist.«

»Ich glaube, mir macht es nichts aus, nicht ganz dazuzugehören.« Moira wusste nicht recht, wie sie sich ausdrücken sollte. »In Lima war das ähnlich, aber ich mag es ganz gerne, die Dinge mit etwas Abstand zu beobachten. Und ich würde so gern ein bisschen von der Zeit, die ich nicht mit *papà* verbringen konnte, nachholen.«

Zu Moiras Überraschung begann ihre Mutter zu weinen, was sie so gut wie nie tat. Moira rutschte von der Mauer, kniete sich neben Nelly ins Gras und umschlang ihre Schultern. »Was ist denn?«

»Wenn ihr weg seid, bin ich ganz alleine«, schniefte diese. »Ich würde euch unendlich vermissen. Meine Mittagessen mit Luna, unsere Kinobesuche, sonntags mit euch Kuchen zu essen …«

»Ach Mama, wenn es so kommen sollte, würdest du uns auch fehlen, aber es ist noch gar nichts beschlossen.«

Nelly wischte sich mit den Fingern die Tränen ab, richtete sich etwas auf und versuchte ein Lächeln. »Du hast recht. Es steht mir nicht zu, mich in euer Leben einzumischen.«

Moira musste sich einen Kommentar verkneifen, denn genau das war seit Jahrzehnten Nellys Lieblingsbeschäftigung.

Eigentlich hatte sie noch ansprechen wollen, dass Nellys Anwesenheit in der Casa Rusconi Ambrogios Beziehung negativ beeinflusste, doch sie wollte ihrer Mutter nicht noch einen Schlag versetzen. Es waren ja nur noch wenige Tage, bis sie zumindest vorerst nach Hause zurückkehren würden.

25

Kann ich vorbeikommen? Hat mit Livia zu tun. Cari saluti, M

Natürlich. Umarmung, L

Moira betrat das rechtsmedizinische Institut, stieg die Treppe zu Lucas Büro hinauf und klopfte an. Zwar hörte sie keine Antwort, trat aber trotzdem ein. Luca stand vom Schreibtisch auf und begrüßte sie. Der Duft seines Rasierwassers strömte ihr in die Nase, und trotz ihrer guten Vorsätze gönnte Moira sich einen tiefen Zug davon.

»Nicht zu tief einatmen, ich rieche sicher nach Leiche«, scherzte Luca.

»Ich steh drauf«, antwortete sie grinsend.

Luca setzte das Plüschskelett auf einen Aktenschrank, bot ihr dessen Stuhl an und nahm dann gegenüber Platz.

»Was kann ich für dich tun?«

Moira nahm ihre Umhängetasche aus Segeltuch auf den Schoß und kramte die kleine Plastiktüte hervor, in der die Haarsträhne aus Augustas Fotoalbum steckte.

»Könntest du die DNA aus diesen Haaren untersuchen und mit der von Livia vergleichen?« Sie reichte Luca das Tütchen. Er legte den Kopf schräg. »Ist das ein offizieller Auftrag der Sonderkommission?«

Moira war einen Augenblick lang versucht, zu lügen, entschied sich jedoch dagegen und schüttelte den Kopf. »Chiara findet es nicht wichtig, aber ich bin ziemlich sicher, dass diese Haarsträhne von Livias Tochter stammt.« Sie erläuterte Luca den Hintergrund und erzählte ihm von dem Foto der schwangeren Livia. »Ich glaube, Ursula könnte das Mädchen als ihre eigene Tochter ausgegeben und aufgezogen haben.«

Luca hörte ihr aufmerksam zu und schwieg dann nachdenklich. Moira befürchtete schon, er würde ihren Gedankengang genauso wenig ernst nehmen wie Chiara und Ravi, doch er sagte: »Es wäre auch möglich, dass Livia eine Fehlgeburt hatte. Aber wenn eine DNA-Untersuchung eine direkte Verwandtschaft zwischen Livia und der Besitzerin dieser Haare ergibt, wäre bewiesen, dass dieses Kind existiert hat.«

»Genau. Wenn Alba Kinder hatte, wären sie Livias leibliche Enkel. Das könnte doch wichtig für den Fall sein. Hilfst du mir?«

Luca seufzte. »Eigentlich darf ich das nicht. Zwar kostet so ein Test nicht die Welt, aber wenn ich mehrere DNA-Profile vergleichen muss, bedeutet das einen gewissen Aufwand. Die Haarsträhne besteht außerdem aus abgeschnittenen Haaren, die keine DNA enthalten.«

»Verstehe.« Moira konnte ihre Enttäuschung nicht verbergen. Doch Luca sprach weiter: »Allerdings lässt sich aus wurzellosen Haaren die mitochondriale DNA herauslösen. Die ist bei allen Kindern derselben Mutter identisch. Kurz gefasst bedeutet das, dass man die Haare keiner bestimmten Person zuordnen kann. Aber man kann durch Vergleiche herausfinden, ob eine direkte Abstammung besteht. Ich finde, man kann die Haare als wichtige Spur einordnen. Falls es Probleme geben sollte, nehme ich das auf meine Kappe.«

»Du bist großartig, danke«, sagte Moira erleichtert. »Wie lange dauert es, bis wir das Ergebnis kriegen?«

»Das kommt darauf an, ob das Labor viel zu tun hat. Der

Test an sich dauert etwa acht Stunden, aber ich muss die Probe ja erst hinschicken. Der Abgleich mit Livias DNA nimmt zusätzlich Zeit in Anspruch. Mit zwei bis vier Wochen musst du rechnen.«

Moira ächzte. »Das ist viel zu lange! Kann man das irgendwie beschleunigen?«

»Ich versuche, ein bisschen Dampf zu machen. Aber versprechen kann ich nichts.«

26

Die Talsohle bot gerade Platz genug für die Kantonalstraße, die mal am linken, mal rechten Ufer dem Lauf der Verzasca folgte. Fluss und Straße kamen sich immer wieder so nahe, dass Moira das türkisblaue Wasser zwischen den hellen Felsen aufleuchten sehen konnte, die das Flussbett säumten. Am gegenüberliegenden Ufer erhoben sich bewaldete Hänge, die wirkten, als wären sie unberührt von Menschenhand. Moira konzentrierte sich wieder auf kurvige Straße, und vor der Windschutzscheibe öffnete sich das Panorama wie eine Bühne, die sich mit jeder Kurve leicht verschob und neue Ausblicke enthüllte.

Luna, die mit einer übergroßen Sonnenbrille auf der Nase auf dem Beifahrersitz saß und ihren Ellbogen auf dem geöffneten Fenster abgelegt hatte, schien von alldem nicht besonders beeindruckt.

»Ist das nicht klasse, dass wir endlich geschafft haben, klettern zu gehen?«, sagte Moira.

»An mir lag es nicht! Aber Hauptsache, wir haben es hingekriegt«, entgegnete Luna gutgelaunt.

»Das finde ich auch. Freust du dich aufs Bouldern?«

»Total. Aber ich hab auch ein bisschen Schiss, dass ich mich dumm anstelle.«

»Keine Sorge, ich bin sicher noch tollpatschiger. Außerdem ist außer uns niemand da, die Trainerin kümmert sich nur um uns.«

Dass der erste Teil dieser Aussage nicht stimmte, wurde ihr bewusst, als sie auf den Parkplatz einbogen, den Laura von *TiBoulder* ihr beschrieben hatte. Es waren kaum noch Parkplätze frei, und es gab ein gutes Dutzend Leute, die gerade ihre Kletterausrüstungen ausluden, die Schuhe wechselten oder einfach zusammenstanden und sich unterhielten.

Moira stellte den Geländewagen ab, und sie stiegen aus. Der Fluss rauschte so laut, dass er die Stimmen der Leute dämpfte. Es war ein nahezu wolkenloser Tag, und selbst hier im Tal wehte ein leichter Wind, der trotz der hohen Temperatur die Haut kühlte. Das Treiben um sie herum erzeugte in Moira eine freudige Anspannung und das Gefühl, etwas Besonderes stünde bevor. Luna versuchte, hinter ihrer Sonnenbrille unbeteiligt zu wirken, doch Moira merkte an ihrem schlenkernden Gang, dass sie ebenfalls aufgeregt war.

Sie entdeckte einen Van mit der Aufschrift *TiBoulder*, an dem eine Frau in Cargohosen und einem bauchfreien Top lehnte und anschließend auf sie zu ging.

»Moira und Luna? Ich bin Laura, eure Trainerin.« Sie gaben sich die Hand. »Wir müssen ein Stück am Fluss entlanglaufen, aber es ist nicht weit. Packt ihr mit an?« Laura öffnete die Heckklappe ihres Vans, in dem mehrere dicke Matten lagen. »Das sind die Crash Pads. Keine Angst, sie sind nicht so schwer, wie sie aussehen. Mit den Schultergurten kann man sie wie einen Rucksack tragen.«

Sie verteilten die Ausrüstung, überquerten eine Brücke und schlossen sich dem Tross an, der den schmalen Weg oberhalb des Flusses entlangpilgerte. Im und am Wasser lagen so viele Felsen, als hätte ein Riese einen Sack davon über dem Tal ausgeschüttet. Manche waren so groß wie Kleinwagen, andere wie Reisebusse oder noch größer. An etlichen waren bereits Kletterer zugange, von denen einige an Überhängen über dem Wasser klebten wie Spinnen. Moira konnte sich kaum vorstellen, wie man sich an dem scheinbar glatten Gestein derart festklammern konnte.

Laura drehte sich zu ihr um. »Keine Sorge, wir fangen mit etwas Leichterem an.«

Sie liefen etwa zwanzig Minuten, dann sagte Laura, sie sollten ihre Crash Pads abnehmen und einfach auf die Steine unterhalb des Weges werfen. Dann kletterten sie selbst den Abhang hinunter und legten die Matten auf dem schmalen Stück zwischen Fluss und dem etwa vier Meter hohen Felsen aus.

»Das Wichtigste ist, keine Angst vor dem Fallen zu haben.« Laura steckte ihre dunklen Haare zu einem Knoten auf dem Hinterkopf zusammen und klatschte in die Hände. »Auf geht's!«

Sie demonstrierte ihnen, wo sie sich festhalten sollten, durchkletterte einmal die ganze Strecke und benannte die verschiedenen Arten von Griffen, die sie benutzte, dann kam sie wieder herunter, wobei sie sich die letzten eineinhalb Meter fallen ließ und sicher auf den Crash Pads landete.

»So, jetzt ihr.« Laura hielt ihnen einen Sack mit weißem Pulver hin. »Der Chalk gibt euch mehr Grip am Felsen.«

Luna wollte nicht die Erste sein, weshalb Moira den Anfang machte. Laura leitete sie von unten an und sagte ihr, wohin sie greifen und ihre Füße setzen sollte. Die Scharten und Simse im Gestein waren relativ groß, sodass man sich gut festhalten konnte, dennoch blieb Moira schon nach wenigen Minuten stecken und rutschte ab. Laura unterstützte sie bei der Landung, sodass sie nicht auf den felsigen Untergrund stürzte. Jetzt war Moiras Ehrgeiz geweckt. Sie hatte das Gefühl, gegen den Felsen anzutreten, und schaffte es bei jedem Versuch ein bisschen weiter. Das Rauschen des Flusses half ihr, sich zu konzentrieren und alles andere auszublenden. Nach mehreren Anläufen hatte sie ungefähr die Hälfte geschafft, doch ihre Muskeln zitterten so sehr, dass sie eine Pause brauchte, und Luna versuchte ihr Glück, während Moira gierig aus der mitgebrachten Wasserflasche trank.

Luna stellte sich geschickter an und kletterte langsam, aber ohne abzurutschen, in die Höhe. Moira sah eine Weile zu und drehte sich dann zum Fluss, dessen intensives Türkis geradezu leuchtete. Zwischen den felsigen Abschnitten gab es immer wieder Stellen, an denen sich der Fluss weitete und natürliche Becken bildete, in denen man schwimmen und tauchen konnte. Moira hatte jedoch im Internet gelesen, wie tückisch die Strömungen waren, die jedes Jahr Todesopfer forderten, meist unter unvorsichtigen Touristen. Dennoch war der Anblick idyllisch und tat Moira gut. Beim Klettern hatte sie alles vergessen, was sie beschäftigte, sowohl den Fall als auch ihre Gefühle für Luca und die Gedanken wegen des möglichen Umzugs.

Jetzt wandte sie sich wieder dem Felsen zu. Luna war beinahe oben angekommen und zog sich Zentimeter für Zentimeter aufwärts, bis sie ein Bein über die Kante schwingen konnte. Sie reckte triumphierend die Arme und sandte einen Freudenschrei in den Himmel, während Moira und Laura ihr applaudierten.

Danach versuchten sie sich noch an zwei weiteren Brocken, den letzten bezwang auch Moira.

Wieder am Boden, warf sie einen Blick auf ihr Mobiltelefon. Sie hatten fast drei Stunden mit Klettern verbracht.

»Hat es dir gefallen?«, fragte sie Luna. Die nickte begeistert. »Ich glaube, ich habe ein neues Hobby.«

Auf dem Rückweg zum Auto spürte sie jeden Muskel in ihrem Körper und ahnte, dass sie ein gewaltiger Muskelkater erwartete, doch sie fühlte sich großartig.

Inzwischen waren weniger Leute unterwegs, doch es gab noch immer viele Kletterbegeisterte beiderlei Geschlechts.

Laura blieb an einem besonders hohen und gezackten Boulder stehen, an dem sich ein Mann mit freiem Oberkörper hinaufzog. Bei jeder Bewegung war zu sehen, welche Muskeln in Rücken und Armen sich anspannten.

»Mama, glotz doch nicht so«, sagte Luna. »Das ist voll peinlich.«

Moira grinste. »Ach, dürfen nur Männer Frauen anglotzen, umgekehrt aber nicht?«

Luna setzte sich ihre Sonnenbrille wieder auf und entfernte sich einige Schritte, als gehörte sie nicht dazu.

»Das ist einer der schwierigsten Boulder in dieser Gegend«, sagte Laura. »Den schaffen nur absolute Könner.«

Moira bewunderte die Fähigkeit des Kletterers, jeden noch so kleinen Spalt und Vorsprung zu nutzen. Ein weiterer Mann wartete unten, jederzeit bereit, den Kletterer abzufangen, sollte er den Halt verlieren. Er kam Moira vage bekannt vor. Als sie ihn genauer betrachtete, stellte sie fest, dass es Franco Calderoni war, der jüngere Sohn von Livias Putzfrau, dem sie bei deren Befragung kurz begegnet war. Und als der Kletterer den Kopf drehte, erkannte sie in ihm Stefano. In diesem Moment hatte auch er sie gesehen, denn er rief »Ciao!«, ließ sich fallen und landete sicher auf den Crash Pads. Lächelnd kam er auf Moira zu. »Was für ein Zufall!«

»Allerdings.« Sie erwiderte sein Lächeln, doch ihr Herz schlug ihr bis zum Hals. Franco, der jüngere Bruder, hatte sie bei der Befragung gesehen. Wenn er sie wiedererkannte, musste sie den Plan, seinen Bruder auszuhorchen, aufgeben. Und Stefano wäre gewarnt, dass sie mit der Polizei zusammenarbeitete.

Er nahm ein T-Shirt und trocknete sich damit den verschwitzten Oberkörper ab, wobei er Moira nicht aus den Augen ließ. Sie ärgerte sich darüber, dass irgendein sehr alter Teil ihres

Gehirns ihn attraktiv fand, andererseits mochte es dabei helfen, ihn aus der Reserve zu locken. So, wie er sich benahm, wusste er um seine Ausstrahlung.

»Möglicherweise ist es auch Schicksal«, redete er weiter. »So können wir uns endlich verabreden, nachdem du mich nicht, wie versprochen, angerufen hast.« Er zwinkerte, wohl um zu signalisieren, dass er scherzte.

Moira lugte an ihm vorbei nach Franco, doch der kümmerte sich nicht um sie, sondern war dabei, die Crash Pads zusammenzupacken.

»Ich hatte viel zu tun«, sagte sie. »Sonst hätte ich mich gemeldet.«

»Deine Tochter?« Er nickte zu Luna hinüber, die mit ihrem Mobiltelefon beschäftigt war.

»Ja«, sagte Moira widerwillig. Sie wollte nicht, dass Luna in irgendetwas hineingezogen wurde, das mit ihrer Arbeit zu tun hatte.

»Also, dann machen wir es fest.« Stefano warf das T-Shirt beiseite und trat einen Schritt auf sie zu. »Heute Abend? Im Umai? Natürlich nur, wenn du gerne japanisch isst.«

»Ich liebe japanisches Essen«, antwortete Moira wahrheitsgemäß. Stefano lächelte, als sei er glücklich über ihre Zusage. »*Perfetto*. Um acht?«

»Sehr gerne. Gut, bis später.«

»Bis heute Abend.« Er trat noch einen Schritt näher und verabschiedete sie mit drei Wangenküssen.

Moira schloss zu Laura und Luna auf. »Entschuldigung.«

»Macht nichts«, sagte Laura. »Ich habe heute keine Termine mehr. Dein Bekannter klettert wirklich ausgezeichnet.«

Luna linste über ihre Brille hinweg. »Woher kennst du den? Der hat dich genauso angeglotzt wie du ihn.«

»Ach, den habe ich beim Bowling kennengelernt«, sagte

Moira. Luna gab sich damit zufrieden, und sie setzten ihren Weg fort.

Erst als sie am Parkplatz ankamen, erinnerte sich Moira daran, dass Stefano bei seiner Befragung durch die Polizei behauptet hatte, er könne gar nicht klettern.

27

»Ihr müsst mich aber nicht verkabeln, wie man es immer im Fernsehen sieht?«, fragte Moira. Sie hatte sich nach ihrer Rückkehr vom Klettern eine *gazzosa* aus dem Kühlschrank geholt, saß jetzt auf der Bank vor dem Gästehäuschen und telefonierte mit Chiara.

»Natürlich nicht. Wir erwarten kein Geständnis oder etwas in der Art. Versuch einfach, herauszufinden, welches Verhältnis Stefano Calderoni zu Livia hatte. Er verbirgt garantiert etwas, sonst hätte er uns nicht angelogen, was seine Kletterfähigkeiten betrifft. Finde so viel heraus, wie du kannst. Wenn sich daraus ein Verdacht ergibt, kann ich die nachträgliche Verfolgung seiner Verbindungsdaten beantragen.«

»Verstanden.« Moira zog die Knie an und betrachtete ihre dunkelrot lackierten Fußnägel. »Ehrlich gesagt bin ich ziemlich nervös.«

»Das musst du nicht sein. Er hat keine Ahnung, wer du bist. Geh einfach nicht mit ihm an einen einsamen Ort. Und ruf mich hinterher an, egal, wie spät es ist.«

Moira seufzte. »Na gut, dann gehe ich mich mal duschen und für mein Date aufbrezeln.«

Sie verabschiedeten sich, und Moira ging hinein. Eigentlich hätte sie sich lieber ausgeruht, weil das Bouldern anstrengender gewesen war, als sie gedacht hatte, und sie überlegte kurz, die Verabredung abzusagen. Doch Chiara zählte auf sie, und zumindest hätte sie es dann hinter sich. Sie stellte sich unter die heiße Dusche, um ihre geschundenen Muskeln etwas zu lockern. Das kleine Bad des Gästehauses füllte sich schnell mit Dampf, sodass Moira kaum noch etwas sah, als sie fertig war. Sie schlang sich ein Handtuch um den Körper, eines um den Kopf und ging in den Wohnraum. Dort stand sie mindestens zehn Minuten unschlüssig vor der Kommode, in die sie ihre Kleidung geräumt hatte. Zwar hatte sie sich in Lugano ein paar Sachen gekauft, seit sie angekommen war, doch sehr groß war die Auswahl nicht. Das blaue Trägerkleid zeigte zu viel Haut – sie wollte nicht den Eindruck erwecken, sie wäre darauf aus, Stefano zu verführen. Der orangefarbene Minirock mit Blumenmuster schied ebenfalls aus: Zu kurz und mädchenhaft. Moira wollte ernst genommen werden. Schließlich entschied sie sich für eine enge Dreiviertelhose, eine kiwigrüne Bluse und Römersandalen. Ihre Haare ließ sie offen, nachdem sie an der Luft getrocknet waren, und zum Schluss schminkte sie sich dezent, ohne Lippenstift, der ein Abendessen sowieso nicht überstehen würde.

Dann ging sie hinüber zum Haupthaus. Ambrogio saß auf der Terrasse und las ein Buch. Als Moira näherkam, blickte er auf. »Dieses Grün steht dir ausgezeichnet.«

»Wie aufmerksam von dir, danke. Ich gehe aus.«

»Darf man fragen, wer der Glückliche ist?«

»Ist beruflich.« Moira nahm sich einen Stuhl, vergewisserte sich, dass sich kein Vogeldreck auf der Sitzfläche befand, und ließ sich nieder. »Eigentlich würde ich lieber zu Hause bleiben.«

Ambrogio legte sein Buch auf den Tisch. »Da wärst du allerdings ziemlich einsam. Deine Mutter und ich besuchen einen Vortrag über Tessiner Malerinnen im Hesse-Museum, und Luna zieht mit ihren Freunden los.«

»Davon weiß ich ja gar nichts. Nicht, dass ich etwas dagegen hätte, aber Bescheid geben könnte sie schon.«

Ambrogio gluckste in sich hinein. »Demnach, was Nelly mir erzählt hat, warst du als Teenager auch nicht gerade ein Musterbeispiel an Wohlerzogenheit.«

Ambrogio räusperte sich. »Übrigens, hast du eigentlich mit deiner Mutter geredet? Über du weißt schon was.«

»Tut mir leid, das hat sich noch nicht ergeben.«

Ihr Vater blinzelte mehrmals hintereinander. »Ich habe nämlich Arianna einen Brief geschrieben und sie zu einem Kerzenschein-Dinner hierher eingeladen.«

»*Papà*, ich glaube, du solltest selbst mit Mama sprechen. Ihr seid erwachsen, ihr könnt eure Sachen ohne mich klären. Oder hast du Angst?«

Ambrogio sah auf die Tischplatte und rieb seine Daumen aneinander. »Ehrlich gesagt: ja.«

»Ihr kriegt das schon hin.« Moira stand auf. »Ich muss los. Sag Luna, ich schreibe ihr.«

Das *Umai* war genau die Art von Restaurant, die Moira hasste. Im Erdgeschoss eines modernen Bürogebäudes aus Glas und Stahl untergebracht, wirkte die minimalistische Einrichtung aus edlen Materialien kalt und protzig. Die Beleuchtung war viel zu hell – vermutlich, damit man sein Essen social-media-tauglich fotografieren konnte. Die Gäste waren größtenteils aufgetakelt: Die Männer trugen schmale Anzüge, die Frauen viel Make-up und hohe Absätze. Am liebsten wäre sie geflüchtet, doch Stefano wartete bereits auf sie. Er stand auf, als die Kellnerin Moira zu dem etwas abgelegenen Zweiertisch führte.

»Ich hatte schon befürchtet, du würdest nicht kommen.« Er umarmte sie kurz, aber fest, und grinste ein wenig unsicher. Das nahm Moira den Wind aus den Segeln. Sie hatte erwartet, er würde angeberisch und überlegen auftreten, aber in seinen Augen lag echte Wärme – oder er konnte sich gut verstellen.

»Hier, nimm den Platz auf der Bank, dann musst du nicht den ganzen Abend die Wand anstarren.« Er setzte sich ihr gegenüber. »Dein Outfit gefällt mir.«

»Danke. Allerdings fühle ich mich, als hätte man mich durch die Mangel gedreht. Ich war heute zum ersten Mal bouldern.«

Stefano lachte. »Das gibt sich mit der Zeit.«

Sie schwiegen kurz, weil die Bedienung kam und ihnen die Speisekarten reichte. Sie bestellten Wasser und japanisches Bier, dann waren sie wieder allein.

»Du kletterst also schon länger?«, erkundigte sich Moira nebenbei, während sie durch die Speisekarte wischte.

»Ja, mein halbes Leben. Seit ich in Como wohne, allerdings eher selten. Als Barkeeper arbeitet man oder man schläft, für viel mehr bleibt kaum Zeit.«

»Also hast du keine weiteren Hobbys?«

»Eins oder zwei.« Er grinste. »Ich investiere viel in mein Auto. Und ich schreibe meine Songs.«

»Ja, richtig!« Leider wurden sie wieder von der Kellnerin unterbrochen, die ihre Bestellung aufnehmen wollte.

»Du bist natürlich eingeladen«, sagte Stefano. »Bestell alles, worauf du Lust hast.« Immerhin, geizig war er nicht. Moira bestellte eine gemischte Sushiplatte und Algensalat.

»Klingt gut, ich nehme dasselbe. Und noch zwei Bier bitte.« Die Kellnerin verschwand, bevor Moira widersprechen konnte.

Stefano hob sein Glas und sie stießen miteinander an. »So, jetzt musst du mir etwas über dich erzählen.« Er lehnte sich nach vorne und musterte sie interessiert. Moira wurde ein wenig warm. Er sah wirklich gut aus, und es war fast unmöglich, sich dem zu entziehen. »Ich bin zu Besuch bei meinem Vater. Eigentlich wohne ich in Frankfurt.«

»Und wo würdest du leben wollen, wenn du es dir frei aussuchen könntest?«

Moira war angenehm überrascht von der Frage. Der Abend versprach, interessanter als gedacht zu werden. Bald waren sie so in ein intensives Gespräch versunken, dass Moira kaum bemerkte, was sie aß. Stefano entpuppte sich hinter seinem machohaften Auftreten als guter Zuhörer, fragte immer wieder nach und brachte Moira zum Lachen. Wäre es ein echtes Date gewesen, hätte sie es genossen. So musste sie sich immer wieder daran erinnern, weshalb sie eigentlich hier war, auch wenn ihr das immer schwerer fiel. Sie hatte beim Essen das zweite Bier getrunken, und jetzt bestellte Stefano noch eine Runde Sake.

»Ich muss noch fahren«, sagte sie.

»Ich hoffe, das bedeutet nicht, dass unser Abend schon endet«, sagte Stefano. »Ich kenne da eine kleine Kellerbar in der Innenstadt, die ich dir unbedingt zeigen muss. Es gibt auch alkoholfreie Cocktails.«

Moira hatte nicht das Gefühl, schon genug Informationen gesammelt zu haben, im Gegenteil. Stefano hatte es geschickt vermieden, über sich zu sprechen. Stattdessen hatten sie alle möglichen Themen gestreift, von Musik über Reisen bis zur Frage, welcher Whiskey sich am besten eignete, um einen Manhattan zu mixen.

Deshalb lächelte sie ihn an. »Das klingt gut.«

Stefano übernahm die beträchtliche Rechnung, ohne mit der Wimper zu zucken. Entweder hatte er keine Geldsorgen oder konnte sich gut verstellen. Von einem italienischen Barkeeper-Gehalt konnte man sich solche kostspieligen Restaurantbesuche sicher nicht leisten.

»Die Cocktails zahle aber ich«, sagte Moira, als sie das *Umai* verließen. Stefano schüttelte den Kopf. »Das lasse ich nicht zu.«

»Dann muss ich wohl nach Hause fahren«, sagte Moira lächelnd. »Ich will dich ja nicht ruinieren.«

Er legte den Kopf schräg und sah sie an. »Da bin ich altmodisch: Der Mann zahlt.«

Sie schlenderten die von Platanen flankierte Seepromenade in Richtung des Zentrums entlang. Die Lichter der Stadt spiegelten sich im leicht bewegten Wasser des Sees, das bei Nacht tiefschwarz wirkte und mit leisem Plätschern an die Ufermauer schlug. Ab und zu wurde es vom Lachen und Reden der Leute übertönt, die ihnen entgegenkamen, dann wieder liefen sie ganz alleine durch die Dunkelheit. Moira kam wieder in den Sinn, dass sie sich möglicherweise in Begleitung eines Mörders befand, doch sie empfand keine Angst. Sie war sicher, nichts von Stefano befürchten zu müssen, was immer er sonst getan hatte.

»Was wolltest du werden, als du klein warst?«, fragte sie, und es dauerte einige Momente, bis er antwortete. »Als ich sechs war, wollte ich Fußballspieler werden, als Jugendlicher dann Musiker. Ich habe damals Gitarre in einer Band gespielt. Wir sind bei Hochzeiten und anderen Anlässen aufgetreten und waren sogar ziemlich bekannt im Tessin.«

Moiras Herz klopfte schneller. Das Gespräch bewegte sich in die gewünschte Richtung, jetzt durfte sie nicht zu sehr drängen.

»Und du hast eure Songs geschrieben?«

»Zum Teil.« Stefano legte ihr eine Hand auf den Rücken und lenkte sie auf einen Zebrastreifen zu. »Da hinten müssen wir rein.«

Sie überquerten die Straße und tauchten in das Gassengewirr ein und obwohl die Innenstadt von Lugano wirklich nicht groß war, wusste Moira zwei Ecken später nicht mehr genau, wo sie sich befanden.

»Und jetzt machst du keine Musik mehr?«, fragte sie weiter.

»Schon lange nicht mehr. Die beiden anderen haben nach der Schule Berufsausbildungen gemacht, und ich bin irgendwie in die Gastronomie reingerutscht.«

Stefano blieb stehen und zeigte auf ein blaues Neonschild über einer Tür. Tief in Moiras Bauch kribbelte es, als sie den Namen der Bar las: *Lima*. Sie war nicht abergläubisch, aber leicht angetrunken, wie sie war, kam es ihr wie ein Wink des Schicksals vor, dass die Bar genauso hieß wie die Stadt, in der sie so gern gelebt hatte, und wo Javier getötet worden war.

Es gab keinen Türsteher, und sie stiegen eine schwarz gestrichene Treppe hinunter, an deren Ende eine zweite Tür lag. Durch ein Bullauge fiel bläuliches Licht. Dahinter lag eine andere Welt. Das einheitliche Schwarz von Boden, Decke und Wänden verwischte im Zusammenspiel mit dem schwachen Licht die Grenzen des Raumes. Es lief schleppender Trap, gerade laut genug, um die Gespräche zu übertönen. Die Theke stand als massiver schwarzer Block vor einem ebenfalls blau beleuchteten Flaschenregal, das die gesamte Breite der Wand einnahm. Die Gäste standen am Tresen oder saßen auf weißen Sitzsäcken um niedrige Tische. Moira war beeindruckt. Man konnte sich ebenso gut in Berlin, London oder Mailand wähnen.

Sie holten sich Drinks an der Bar, fanden zwei freie Sitzsäcke und ließen sich hineinsinken. Moira genoss die Atmosphäre. So schön Lugano war, fehlte es der Stadt doch eindeutig an urbanem Flair.

Ihr fiel auf, dass Stefano sie beobachtete, und hob ihre Virgin Margarita. »Toll hier!«

»Ich habe eine Zeit lang hier gearbeitet.«

»Und der Musik hast du jetzt völlig abgeschworen?«, versuchte Moira an ihr Gespräch auf der Promenade anzuknüpfen.

Stefano nickte. »Man muss sich irgendwann entscheiden, was man mit seinem Leben anfangen will. Ich habe zwar neulich mal wieder ein paar Songs für jemanden geschrieben, aber das war nur, um Geld zu verdienen. Außerdem ist es schiefgegangen.«

»Tut mir leid. Wofür hast du das Geld gebraucht?« Moira sog an ihrem Strohhalm, um zu verbergen, wie aufgeregt sie war.

»Ich bin allmählich zu alt, um jede Nacht hinter einer Theke zu stehen, deshalb wollte ich umsatteln und Vintage Cars restaurieren. Ich hätte eine Werkstatt in Como übernehmen können, aber der Besitzer wollte eine hohe Ablösesumme für die Ausstattung.«

Moira nickte, während ihr Herzschlag sich beschleunigte. »Ich habe gar keine Vorstellung, wie viel so etwas kostet.«

Stefano fuhr sich durch die Haare. »Eine Menge. Ich dachte, ich könnte es schaffen, aber so wie es aussieht, bleibe ich vorerst Barkeeper. Die Werkstatt hat ein anderer übernommen. Ich spare weiter und irgendwann klappt es schon.« Er lächelte. »Jetzt erzähl mir noch ein bisschen was über dich.«

Moira versuchte, ihm so wenige Informationen wie möglich zu geben, ohne direkt zu lügen. Stefano hörte aufmerksam zu, fragte interessiert nach und kommentierte an den passenden Stellen. Er war auf geradezu unheimliche Weise genau das, was jede Frau sich wünschte. Moira fragte sich, ob das echt sein konnte.

Als ihre Gläser leer waren, fragte er: »Hast du Lust auf noch einen Drink?«

»Offen gestanden bin ich ziemlich müde. Die Kletterei heute hat mich fertiggemacht.«

»Verstehe. Dann lass uns gehen, wir müssen ja noch zurück zu unseren Autos.«

Moira stöhnte. »Oh Gott, stimmt.«

Stefano grinste. »Ich kann dich tragen, wenn du willst.« Er zahlte und sie stiegen wieder nach oben.

»Das war wirklich schön«, sagte Moira ehrlich.

»Das finde ich auch.« Stefano war ihr plötzlich ganz nah,

und bevor sie reagieren konnte, hatte er die Arme um sie gelegt und küsste sie. Es fühlte sich gut an, und Moira dachte einen Augenblick daran, es einfach geschehen zu lassen, weil es vielleicht die Gedanken an Luca auslöschen würde, doch dann entzog sie sich.

»Entschuldige«, sagte Stefano und trat einen Schritt zurück. »Ich habe da wohl was falsch interpretiert. Tut mir sehr leid.«

»Ist okay. Aber du hättest einfach vorher fragen können, ob ich geküsst werden möchte.«

Er warf die Hände in die Luft. »*Mamma mia,* wo bleibt da die Romantik?«

»Ich finde es sehr romantisch, wenn man mich fragt.«

Stefano kratzte sich am Hinterkopf und grinste schief. »Jetzt ist es wahrscheinlich zu spät dafür, oder?«

Moira lachte. »Ein bisschen. Aber ich habe den Abend wirklich genossen, danke.« Sie zuckte zusammen, weil es ganz in der Nähe metallisch schepperte. »Was war das?«

»Wahrscheinlich Jugendliche, die aus Langeweile Mülleimer zerstören. Ein beliebtes Hobby hier.«

Sie liefen nebeneinander denselben Weg zurück, den sie gekommen waren, wobei Stefano keinen weiteren Versuch machte, sich ihr zu nähern. Er begleitete sie zu ihrem Geländewagen und verabschiedete sich mit einer angedeuteten Umarmung. »Danke für den netten Abend«, sagte er. »Wenn du es dir mit dem Küssen anders überlegst, lass es mich wissen.«

Auf dem Heimweg fühlte Moira sich zwiegespalten. Einerseits hatte sie ihr Ziel erreicht, mehr über Stefano zu erfahren, andererseits hatte sie ihn überraschend sympathisch gefunden. Was, wenn er aufgrund ihrer Aussage ungerechtfertigt Schwierigkeiten bekam? Selbst, wenn er nichts mit Livias Tod zu tun hatte, würde das für immer an ihm hängenbleiben. Andererseits musste Chiara allen Hinweisen nachgehen. Moira blieb im Auto sitzen, nachdem sie vor der Casa Rusconi geparkt hatte, und rief die Inspektorin wie verabredet an.

»Die Sache mit der Werkstatt wäre ein Motiv«, sagte Chiara. »Zusammen mit seiner Lüge, er könne nicht klettern, reicht es vielleicht für einen Verdacht. Danke für die gute Arbeit und schlaf gut.«

Moira beendete das Gespräch, blieb aber im Auto sitzen. Chiaras Lob hätte sie freuen sollen, doch sie fühlte sich, als hätte sie jemanden verraten.

28

Moira erwachte vom sanften Vogelgezwitscher ihres Mobiltelefons und wollte den Arm ausstrecken, um auf *Schlummern* zu drücken. Auf der Dachgalerie des Gästehäuschens war es so gemütlich, dass sie nie sofort aufstand, sondern den Weckton zwei oder drei Mal verschob. Doch heute ging das nicht. Ein brennender Schmerz zog sich von ihren Rippen über ihre Schulter bis in die Fingerspitzen, und sie konnte sich nicht rühren. Die Vögelchen zwitscherten weiter, und Elfriede, die zusammengerollt neben ihr lag, hob interessiert den Kopf.

Moira machte einen Versuch, sich auf die Seite zu rollen und stöhnte auf. Ihr gesamter Körper wurde vom schlimmsten Muskelkater heimgesucht, den sie je hatte erleiden müssen. »Ich gehe nie wieder klettern«, versprach sie Elfriede. Die Katze rollte sich auf den Rücken, rieb ihren Kopf an Moiras Ohr und maunzte.

»Du kriegst dein Futter, *amore,* aber erst muss ich es irgendwie schaffen, aufzustehen.«

Offensichtlich dauerte das Elfriede viel zu lange, denn sie erhob sich und verschwand durch das runde Giebelfenster nach draußen. Moira blieb auf der Matratze am Boden allein zurück, starrte den Dachbalken an und unternahm dann einen neuen Versuch, sich auf die Seite zu drehen. Es schien Ewigkeiten zu dauern, weil sie sich nur millimeterweise bewegen konnte, doch schließlich hatte sie es geschafft. Weitere fünf Minuten später gelang es ihr, das Telefon zu sich zu ziehen und das höhnisch klingende Vogelkonzert abzustellen.

Sie überlegte, ob sie Luna oder Nelly anrufen und um Hilfe bitten sollte, doch als sie sich vorstellte, wie die beiden sich über ihre Hilflosigkeit lustig machen würden, nahm sie davon Abstand. Sie musste versuchen, sich aufzurichten und nach unten zu gelangen. Eine heiße Dusche würde die schlimmsten Schmerzen lindern.

Sie nahm ihr Mobiltelefon, begann, in Richtung der Treppenleiter zu robben, die in den Wohnraum hinunterführte, und musste über sich selbst lachen. Sie hatte es eben geschafft, beide Füße über die Kante der Galerie zu schieben, als ihr Telefon klingelte. Auf dem Bildschirm stand Lucas Name. Mühsam hob sie ihr Mobiltelefon ans Ohr. »Guten Morgen.«

»*Ciao*, *Cara*, wie geht es dir?« Lucas volle, weiche Stimme glich einem Streicheln, sofern man sich vorstellen konnte, von einer Stimme gestreichelt zu werden, und ein kleiner Schauer des Wohlbehagens rieselte Moiras Wirbelsäule hinab.

»Hallo, bist du noch da?«

»Ja, entschuldige. Ich bin gerade in einer etwas schwierigen Lage. Ich war gestern mit Luna beim Bouldern und habe einen solchen Muskelkater, dass ich nicht einmal aus dem Bett komme.«

Luca lachte herzlich. »Tut mir leid, aber die Vorstellung ist zu witzig.«

»Aha, du findest also zum Lachen, wenn du dir mich im Bett vorstellst?« Moira biss sich auf die Lippen. Der Satz war ihr herausgerutscht, bevor sie nachgedacht hatte.

»Ich muss gestehen, dass mir dabei noch ganz andere Dinge in den Sinn kommen, *carissima*«, erwiderte er, behielt aber den scherzenden Tonfall bei.

Moira kniff die Augen zusammen. Das Gespräch bewegte sich in eine gefährliche Richtung, und das Schlimme daran war, dass sie es gerne noch weitergetrieben hätte.

»Weshalb rufst du mich denn zu einer so unchristlichen Zeit an?«

»Es ist zehn Uhr, nebenbei bemerkt, und statt zu schlafen, habe ich eine Nachtschicht im Labor eingelegt, um deine DNA-Probe zu testen.«

»Du bist fabelhaft. Was ist rausgekommen?«

»Die DNA der Haarsträhne und die von Livia haben dieselbe mitochondriale DNA. Das Kind könnte Livias Tochter sein.«

»Ich wusste es!«

»Ich habe noch mehr herausgefunden: Wir haben die DNA von mehreren Unbekannten in Livias Haus eingesammelt, die ich mit der des Kindes verglichen habe, und bei einer von ihnen bin ich wieder auf eine große Ähnlichkeit gestoßen.«

»Was bedeutet das?« Moira hielt den Atem an, weil sie ahnte, was Luca gleich sagen würde.

»Dass eine direkte Nachfahrin oder ein Nachfahre von Livia irgendwann bei ihr im Haus gewesen sein muss.«

»Zum Beispiel Livias Enkelin? Also Albas Tochter?«, ergänzte Moira, die sofort an die Unbekannte denken musste, die bei Livia gesehen worden war.

»Es sei denn, Livia hatte weitere Kinder«, sagte Luca.

»Von denen niemand etwas weiß? Unwahrscheinlich. Später in ihrer Karriere hätte sie es nicht mehr nötig gehabt, ein Kind zu verheimlichen. Kann man bestimmen, wie alt die DNA in der Villa ist?«

»Das ist leider noch nicht möglich. Die Spur könnte zehn Jahre, zehn Monate oder zehn Tage alt sein.«

»Mist.« Moira überlegte kurz und sagte dann: »Ich kann mich gerade nicht erinnern, aber in der Todesanzeige standen die Namen der Hinterbliebenen. Die müssen wir uns noch mal anschauen – vielleicht gibt uns das einen Hinweis?«

»Wenn du herausfinden kannst, ob diese Alba wirklich ein

Kind hatte, könnte eine DNA-Probe bestätigen, ob diese Person in der Villa gewesen ist.«

»Dann machen wir das doch! Die Hinterbliebenen zu finden, kann ja nicht so schwierig sein.«

Luca lachte angesichts von Moiras Begeisterung. »Das wird aufwendig und teuer. Ich denke, das müsstest du mit Chiara und Ferrone besprechen.«

»Natürlich. Aber was ist mit dir? Würdest du mitkommen und die Probe nehmen?«

»Ich kann niemanden dazu zwingen, eine DNA-Probe abzugeben, aber wir können es versuchen. Wenn ich es zeitlich einrichten kann, komme ich gerne mit.«

»Super, dann spreche ich mit Chiara und melde mich wieder bei dir.«

»Wenn du bis dahin wieder laufen kannst«, sagte Luca heiter. »Oder soll ich vorbeikommen und dich tragen?«

»Warum wollen mich auf einmal alle tragen? Aber ich lasse dich wissen, wenn ich diesen Service benötige. *Ciao ciao*.«

Moira ließ das Telefon sinken und starrte es nachdenklich an. So offensiv hatte Luca noch nie mit ihr geflirtet, ganz im Widerspruch dazu, dass sie beschlossen hatten, nicht mehr als gute Freunde zu sein. Doch darüber konnte sie später noch nachdenken. Sie rutschte mühsam Stufe für Stufe die steile Leitertreppe hinunter und stöhnte jedes Mal auf, wenn ihr schmerzender Hintern auf dem harten Holz landete. Irgendwie gelang es ihr, sich unter die Dusche zu schleppen, und sie seufzte auf, als das heiße Wasser ihre Muskeln entspannte.

Nach der Dusche schmerzte immer noch jede Bewegung, doch immerhin musste sie sich nicht kriechend fortbewegen.

Im Haupthaus traf sie niemanden an, außer Herta und Ingeborg, aber es standen ein Teller mit einem Schokoladenbrioche und eine Thermoskanne mit Kaffee auf dem Küchentisch. Die beiden Katzen sprangen auf die Stühle gegenüber und sahen ihr beim Frühstücken zu. Moira genoss die ungewohnte Ruhe – erfahrungsgemäß würde sie nicht allzu lange währen.

Nach dem Frühstück sah sie sich noch einmal die Todesanzeige von Ursula und Alba Sommerhalder an.

Wir trauern um unsere Mutter, Schwiegermutter, Schwester, Tante und Grossi: Peter mit Michaela Sommerhalder, Jules und Noemi, Nicole Kretzky.

Moira brauchte einige Zeit, um über die Verwandtschaftsverhältnisse zu spekulieren, und nahm ein Blatt Papier zu Hilfe, auf das sie mehrere Stammbäume kritzelte. Einen Ehemann oder Partner schienen weder Ursula noch Alba gehabt zu haben. Moira suchte im Internet nach Peter und Michaela Sommerhalder und wurde auf der Seite eines Oltener Gesangsvereins fündig. Peter Sommerhalder sah auf dem Bild nicht älter aus als Dreißig, also musste er Albas Sohn sein. Nicole Kretzky konnte Albas Tochter sein, oder eine andere Verwandte. Eine Suche im Telefonverzeichnis ergab nur einen Treffer und eine Adresse in Bern. Abgesehen davon existierte Nicole Kretzky nicht im Internet, zumindest nicht unter ihrem Klarnamen.

Moira rief Chiara an und erzählte ihr vom Ergebnis der DNA-Analyse.

»Ich weiß, ich hätte das nicht hinter deinem Rücken machen sollen, aber es hat sich doch gelohnt, oder?«

»Ja, hättest du.« Chiara klang ungehalten, doch als sie weitersprach, hellte sich ihre Stimmung offenbar auf. »Ich gebe zu, das Resultat ist interessant. Wenn eine Person, die direkt mit Livia verwandt ist, sich in ihrer Villa aufgehalten hat, werden wir dem nachgehen«, sagte die Inspektorin. »Aber momentan ist mir wichtiger, den Verdacht gegen Stefano Calderoni zu erhärten.«

»Und wenn ich mit Luca alleine fahren würde, um von dieser Nicole eine DNA-Probe zu nehmen? Du sprichst sowieso kein Deutsch.«

»Offiziell kann ich dich nicht dorthin schicken, weil du keine Polizistin bist. Aber wenn Dr. Cavadini das für nötig hält und eine Dolmetscherin mitnehmen möchte, gebe ich grünes Licht.«

»Klasse, danke dir!«

»Sag mal, du hast doch was von einem Schlüssel erzählt, den du in Napoleons Halsband gefunden hast. Kannst du den vorbeibringen, damit wir ihn uns mal ansehen können?«

»Ja, mache ich. Den hatte ich über all dem anderen Kram völlig vergessen, tut mir leid.«

Nach dem Telefonat ging Moira nach oben. Sie glaubte, sich zu erinnern, dass sie den Schlüssel in eine Schale auf die Wäschetruhe im Flur gelegt hatte. Dort landete alles, was klein war und nicht verlorengehen sollte: Knöpfe, Schrauben, ein Katzenhalsband, Kleingeld, Batterien. Sie rührte mit dem Zeigefinger in der Schale herum, doch der Schlüssel war nicht dabei.

»Mist.« Moira suchte den Boden ab, fand jedoch nur vertrocknete Katzen-Leckerchen und in der Lücke zwischen Truhe und Wand einen skelettierten Mäuseschädel. Putzen war nicht Ambrogios Stärke, doch er wehrte sich beharrlich dagegen, jemanden dafür einzustellen, weil er um seine Privatsphäre fürchtete. »Als ob man in diesem Haus eine Privatsphäre hätte«, murmelte Moira, während sie in Lunas Zimmer ging, um dort nach dem Schlüssel zu suchen. Vielleicht hatte sie ihn, ohne nachzudenken, irgendwo dort abgelegt. Sie suchte vergeblich, auch im Rest des Hauses. Falls der Schlüssel das Rätsel um Livias Tod lösen konnte, hatte Moiras Schusseligkeit es vereitelt.

Sie hoffte, der Schlüssel würde wieder auftauchen, doch im Moment hatte es keinen Sinn, weiter danach zu suchen.

29

Nicole Kretzky lebte am Stadtrand von Bern in einer Hochhaussiedlung aus den Fünfziger- oder Sechzigerjahren. Moira fand die durch Grünflächen getrennten, genau baugleichen Gebäude deprimierend eintönig, doch wahrscheinlich hatte man die Siedlung zum Zeitpunkt ihrer Entstehung als fortschrittlich betrachtet. Moira und Luca folgten einer Navigationsapp zur gesuchten Hausnummer, dann suchte Moira auf dem Klingelbrett nach dem richtigen Namen.

»Hier, N. Kretzky.« Sie tippte auf das handgeschriebene Klingelschild. »Wie spät ist es?«

»Ungefähr halb sechs«, antwortete Luca. »Wenn sie nach der Arbeit nicht noch einkaufen geht, könnte sie zu Hause sein.«

Ravi hatte Moira am Vorabend alle Informationen geschickt, die es über Nicole Kretzky gab:

1981 in Bern geboren, Mutter: Alba Sommerhalder, Floristin, Vater: unbekannt. 2002 Heirat mit Norman Kretzky, Kellner, Scheidung 2008, kinderlos. Bezog von 2009 bis 2012 Sozialhilfe. Hat 15000 Franken Schulden aus einer Bürgschaft für ihren Exmann für einen mobilen Hot-Dog-Stand.

Auch über Nicoles Großvater, Ursula Sommerhalders Mann, hatte Ravi einige, wenn auch spärliche Informationen geschickt. *Dr. Beat Sommerhalder, Internist, geboren 1938, 2011 verstorben, von 1972 bis 1987 als Stadtrat ehrenamtlich tätig.*

Sie hatten beschlossen, ihren Besuch nicht anzukündigen, damit die Frau nicht flüchten konnte, falls sie etwas mit Livias Tod zu tun hatte. Moira klingelte, beugte sich vor, um näher an der Sprechanlage zu sein, und wartete, aber es tat sich nichts. Auch nach dem zweiten Klingeln meldete sich niemand.

»Ich frage mich, was passiert ist, sodass sie hier gelandet ist«, sagte Luca und blickte an der grauen Fassade des Hochhauses empor. »Die Familie scheint eigentlich gutbürgerlich situiert zu sein.«

»Das Leben kann jedem eine Breitseite verpassen«, erwiderte Moira. »Man rechnet mit nichts Bösem, und dann beschließt das Schicksal, deine Existenz in eine neue Bahn umzuleiten.«

»Du weißt, wovon du sprichst«, sagte Luca sanft. Sie merkte, dass er sie von der Seite ansah, wandte ihm das Gesicht zu und zuckte mit den Schultern. »Friss, Vogel, oder stirb. So ist das.«

»*Exgüsi*«, sagte eine Frauenstimme hinter ihnen.

Moira drehte sich um und sah sich einer etwa fünfzigjährigen Frau gegenüber, die mit Einkaufstüten einer Supermarktkette beladen war. »Entschuldigung.« Sie und Luca traten zur Seite, die Frau stellte schwer atmend ihre Tüten ab, wühlte in ihrer Handtasche herum und zog einen Schlüsselbund heraus.

»Verzeihung, wissen Sie vielleicht, wann Frau Kretzky nach Hause kommt? Es geht um eine Familienangelegenheit«, sagte Moira.

Die Frau, die gerade die Tür aufschließen wollte, drehte sich um. »D'Nicky? Die schafft immer bis um Zehne im Imbiss a de Zytglogge.«

»Wissen Sie denn, wann ich sie hier antreffen kann?«

Die Nachbarin hob die Schultern. »In letzter Zeit war sie so gut wie nie da.«

Moira hegte eine Vermutung, wo Nicole Kretzky sich möglicherweise aufgehalten hatte, wenn sie nicht in Bern gewesen war. Oder sah sie Zusammenhänge, wo es keine gab?

»Macht nichts, ich kann sie ja anrufen«, erwiderte sie.

Plötzlich misstrauisch, legte die Frau den Kopf schief und kniff die Augen zusammen. »Sind Sie Freunde von Nicky?«

»Nein, nur Bekannte von früher. Wir waren zufällig in der Gegend und dachten, wir schauen mal vorbei. Aber jetzt wissen wir ja, wo wir sie finden. Mercì.« Moira hielt der Frau die Tür auf, bis sie, mitsamt ihrer Tüten, im Haus war, dann übersetzte sie für Luca.

»Die Nachbarin hat sie Nicky geannt. Das klingt doch ähnlich wie Kiki. Wenn sie wirklich im Tessin war, könnte sie in Livias Tod verwickelt sein. Oder zumindest etwas beobachtet haben.«

Moira nickte. »Ich habe das Gefühl, wir sind auf der richtigen Spur.«

Luca grinste. »Jawohl, Sherlock. Was ist denn eigentlich die Zytglogge?« Er mühte sich mit dem Wort ab und Moira musste ebenfalls lächeln.

»Der alte Uhrenturm im Stadtzentrum.«

Sie stellten Lucas Sportwagen in einem Parkhaus nahe der Aare ab, er nahm seine schwer wirkende Arzttasche aus rotem Nylongewebe vom Rücksitz, und sie liefen die kurze Strecke bis zu dem gedrungenen Turm, der sich zwischen den Altbauten der Fußgängerzone erhob, als wollte er den Weg versperren. Schon aus einiger Entfernung sah Moira einen Imbisswagen, der auf dem Dach die Neonschrift *Grillmärit* trug. Auf der Fahrt hatten sie und Luca besprochen, wie sie vorgehen würden, daher traten sie wie normale Kunden an den Wagen und bestellten zwei Grillwürste im Brötchen, was ihnen Gelegenheit verschaffte, sich die Verkäuferin anzusehen. Falls es sich um Nicole Kretzky handelte, war sie genauso alt wie Moira, sah jedoch um zehn

Jahre älter aus. Furchen zogen sich von den Nasenflügeln zu den gesenkten Mundwinkeln. »Mit Senf oder Ketchup?«, fragte sie, ohne sich um Freundlichkeit zu bemühen, wobei sie an Luca und Moira vorbeiblickte.

Moira nahm Senf, Luca Ketchup, dann zahlten sie und setzten sich außer Sichtweite des Wagens auf einige Stufen an den Arkaden, die sich an den Altstadthäusern entlangzogen.

»Denkst du, sie ist es?«, fragte Luca.

»Die Beschreibung, die wir von Livias Nachbarn bekommen haben, würde passen. Aber die passt auf viele Leute.« Moira biss in ihr Wurstbrötchen.

Luca schluckte seinen Bissen hinunter. »Schon seltsam, wie weit entfernt ihr Leben von dem ihrer Großmutter ist.«

»Falls sie wirklich Livias Enkelin sein sollte. Ich frage mich, wie sie es sich leisten konnte, so lange nicht zu arbeiten, wenn sie sich um Livia gekümmert hat. In Geld scheint sie ja nicht gerade zu schwimmen.«

»Vielleicht hat Livia sie bezahlt.« Luca sah Moira an. »Moment.« Er tupfte ihr mit seiner Serviette den rechten Mundwinkel ab und lächelte. »Du hattest da etwas Senf.«

»Danke.« Sie versuchte zu ignorieren, dass ihr Herz sich schon wieder anfühlte wie in einer Wäschetrommel beim Schleudergang.

Sie aßen ihre Brötchen auf und kehrten zum Imbisswagen zurück. Die Verkäuferin schien sie nicht wiederzuerkennen und fragte mechanisch: »Was darf's si?«

»Sind Sie Nicole Kretzky?«, fragte Moira höflich.

»Ja. Worum geht's?« Die Frau sah misstrauisch auf sie herunter.

»Wir sind von der Kantonspolizei Lugano. Es geht um eine Erbschaftsangelegenheit.« Luca und sie hatten vereinbart, nicht zu erwähnen, wie Livia ums Leben gekommen war.

»Kommen Sie an die Rückseite, da gibt's eine Tür.«

Sie gingen um den Wagen herum, wo Nicole Kretzky auf sie wartete. »Ich wüsste nicht, von wem ich was erben sollte«, sagte sie, noch bevor Moira den Mund öffnen konnte.

»Ganz sicher sind wir auch nicht.« Moira stellte sich und Luca vor. »In Lugano ist eine alte Dame verstorben und wir vermuten, dass Sie mit ihr verwandt sein könnten.« Moira beobachtete genau, wie Kretzky reagierte. Es schien ihr, als sei die Frau leicht zusammengezuckt, aber sie war nicht sicher.

»Darf ich Ihnen einige Fragen zu Ihrer Familiengeschichte stellen?«

Nicole Kretzky zögerte, bevor sie nickte. »Wenn es sein muss.«

»Hieß Ihre Mutter Alba?«

»Ja.«

»War Ihre Mutter das leibliche Kind von Ursula Sommerhalder?«

»Soweit ich weiß, schon.« In Nicoles Stimme lag eine leichte Gereiztheit, von der Moira sich aber nicht abschrecken ließ.

»Haben Ihre Mutter oder Großmutter jemals über eine Olivia Martinelli oder Livia gesprochen?«

»Nein, nie gehört.« Die Antwort kam ohne jedes Zögern und klang beinahe herausfordernd. Moira musste sich zwingen, Luca keinen Seitenblick zuzuwerfen.

»Haben Sie je die Geburtsurkunde Ihrer Mutter gesehen?«

»Die war bei Ihren Sachen, als ich nach dem Unfall Ihr Appartement ausgeräumt habe.«

»Können Sie sich erinnern, welcher Geburtsort darauf angegeben war?«

»Das Inselspital hier in Bern. Da bin ich auch auf die Welt gekommen.«

»Okay, das ist seltsam. Ihr Großvater, also der Vater Ihrer Mutter, war Arzt, richtig?«

»Ja, am Inselspital. Innere Medizin.«

»Danke für Ihre Offenheit«, sagte Moira zum Abschluss, zögerte kurz und fragte dann: »Es ist vielleicht zu privat, aber darf ich fragen, wie es kommt, dass die Enkelin eines angesehenen Arztes und Stadtrats in einem Schnellimbiss arbeitet? Nicht, dass das etwas Schlechtes wäre …« Sie schwieg, weil es natürlich genau danach klang.

Nicoles Gesicht verdüsterte sich. »Weil mein lieber Großpapi nach außen den großen Wohltäter gespielt hat, aber meine Mutter hat er fertiggemacht, seit sie ein kleines Kind gewesen ist«, antwortete Nicole bitter. »Sie durfte keine Matura machen, sondern musste in die Lehre, auch wenn sie gute Noten hatte. Er hat sie rausgeworfen, sobald sie achtzehn war, und ihr keinen Rappen Unterstützung gegeben. Sie hat nie verstanden, warum. Meine Grossi durfte sie nicht mal mehr besuchen, und sie hatte zu viel Angst vor ihm, um es heimlich zu machen. Sie hat bestimmt nicht geweint, als er tot umgekippt ist. Schlaganfall, Licht aus. Geld hat er so gut wie keins hinterlassen, niemand weiß, wo das abgeblieben ist. Aber wenigstens konnten wir uns endlich wieder mit Grossi treffen. Und wieso ich keinen besseren Job habe?« Sie lächelte bitter. »Das habe ich selber versaut. Falsche Freunde in der Jugend, keine Lust auf Schule.« Sie zuckte die Achseln.

Moira war betroffen von dieser Lebensgeschichte – sollte sie der Wahrheit entsprechen. Hatte Ursulas Mann Alba möglicherweise abgelehnt, weil sie nicht sein leibliches Kind war? Sie bemühte sich um ein aufmunterndes Lächeln. »Dann wäre es für Sie ja wirklich eine gute Nachricht, wenn Sie etwas erben würden.«

»Klar. Sie denken also, meine Mutter war adoptiert? Und die alte Dame, die nun tot ist, war meine Grossi, oder wie?«

Der Gedanke schien sie nicht gerade aus der Bahn zu werfen. Möglicherweise war er ihr nicht ganz neu.

»Wenn Sie uns erlauben, einen Abstrich zu nehmen, können wir das überprüfen.«

»Das wäre wirklich keine schlechte Sache. Vielleicht habe ich endlich auch mal Glück.« Kretzky lächelte, was sie noch erschöpfter aussehen ließ als zuvor.

»Dann wird Dr. Cavadini einen Abstrich Ihrer Mundhöhle machen, das dauert nicht einmal eine Minute.«

Sie nickte Luca zu, der seine Arzttasche abstellte und ein Plastikröhrchen mit einem Wattetupfer im Deckel hervorholte.

»Das tut doch nicht weh, oder?« Nicole Kretzky zupfte an ihrem kurzen Pferdeschwanz.

»Kein bisschen. Machen Sie einfach den Mund auf.«

Die Frau befolgte die Anweisung und Luca fuhr mit dem Wattetupfer die Innenseite ihrer Wange ab. »*Fatto*.«

»Danke, das war es schon«, sagte Moira. »Wir melden uns telefonisch, wenn das Ergebnis da ist. Ihre Nummer haben wir.«

»In Ordnung. Kann ich auch Ihre haben?«

Moira schickte ihr eine Textnachricht.

»Dann halten wir Sie nicht länger von der Arbeit ab.«

Sie verabschiedeten sich und gingen. Moira befürchtete, zu viel gesagt zu haben. Wenn Nicole tatsächlich etwas mit dem Tod ihrer möglichen Großmutter zu tun hatte und befürchtete, dass man ihr auf der Spur war, würde sie vielleicht Beweismittel vernichten oder untertauchen.

»Weißt du, was seltsam ist?«, sagte Moira, während sie zum Parkhaus zurückliefen. »Sie hat kaum etwas gefragt. Wenn mir jemand erzählen würde, ich würde eine Unbekannte beerben, würde ich Einzelheiten wissen wollen.«

Luca nickte. »Und sie hat sehr schnell vermutet, dass ihre Mutter adoptiert war. Du solltest ihre Reaktion für die Ermittlungsakte notieren.« Er bezahlte das Parkticket. »*Porco dio*, ist das teuer! Nichts wie nach Hause.«

Moira nickte. »Dann wird es nicht allzu spät.«

Sie gingen zum Wagen, Luca schloss das Verdeck des Cabrios und ließ von seinem Navigationsgerät die Route berechnen, während Moira die Begegnung mit Nicole Kretzky in ihre Notiz-App tippte. Kurze Zeit später fuhren sie auf der Autobahn in Richtung Süden. Moira fand einen Radiosender, der Oldies spielte, und stellte die Lautstärke so ein, dass sie sich weiter unterhalten konnten.

»Was hattest du für einen Eindruck von Nicole?«

»Sie hat sicher kein leichtes Leben. Das macht bitter und hart.«

»So hart, dass man einen Mord begehen würde, um seine Situation zu verbessern?«

Luca warf ihr einen Seitenblick zu. »Ich habe schon so viel gesehen, daher halte ich das für möglich, ja.«

Moira blickte aus dem Fenster in die Dunkelheit jenseits der Fahrbahn, dann wandte sie sich wieder Luca zu. »Ich wüsste gerne, was in der Familie vorgefallen ist. Irgendwie schlimm, zu denken, dass Nicole vielleicht ein besseres Leben gehabt hätte, wenn ihre Mutter bei Livia aufgewachsen wäre.«

»Ich finde schön, wie empathisch du bist.« Luca griff nach ihrer linken Hand und hielt sie fest. Moiras Finger schlossen sich ebenfalls um seine, es kam ihr ganz natürlich vor. Keine fünf Sekunden später holperte der Sportwagen über etwas, es knallte, und das Fahrzeug brach nach rechts aus. Luca legte sofort beide Hände ans Lenkrad, steuerte gegen und bremste ab, bis sie auf dem Seitenstreifen zum Stehen kamen.

»Was war das denn?«

»Ich sehe nach. Bleib sitzen.« Luca schaltete die Warnblinkanlage ein und stieg aus. Moira klappte den Kosmetikspiegel herunter und sah Luca auf dem Seitenstreifen zurücklaufen, wo etwas Dunkles, Längliches lag. Sie ertrug die Anspannung nicht und verließ ebenfalls den Wagen. Ein Laster fuhr so dicht vorbei, dass sie den Luftzug spürte. Sie trat bis an die Leitplanke zurück und kniff die Augen zusammen, doch die Scheinwerfer der anderen Autos beleuchteten die Szenerie immer nur für Sekundenbruchteile. In ihrem Magen machte sich ein banges Gefühl breit, und sie war froh, als Luca zurückkehrte.

»Was war es?«

»Ein Metallrohr, das wahrscheinlich von einem Pick-up gefallen ist.« Luca leuchtete mit seinem Mobiltelefon die Reifen ab.

»Sei vorsichtig«, sagte Moira.

»*Cazzo*, der linke Vorderreifen ist hin.« Luca kam auf die Beifahrerseite zurück und rieb sich die Stirn.

»Ich sehe mal nach, wie weit die nächste Raststätte entfernt ist.« Moira öffnete die Navigationsapp auf ihrem Handy. »Gut vierzig Kilometer.«

»Das schaffen wir nicht mit dem kaputten Reifen. Sonst geht auch noch die Felge kaputt.«

Moira tippte »Autowerkstatt« in das Suchfeld der App ein. »In drei Kilometern kommt eine Ausfahrt zu einem Kaff namens Blühten, dort gibt es eine Werkstatt.«

»Die garantiert schon geschlossen ist.«

»Ja, aber sie öffnen morgen früh um acht.« Sie tippte erneut auf dem Bildschirm herum. »Es gibt auch ein Gasthaus, das Zimmer vermietet.«

Sie sahen sich an. »Meinst du, es ist eine gute Idee, dass wir da zusammen übernachten?« Lucas Stimme klang auf einmal belegt.

»Nein. Aber ich will es trotzdem.«

30

Sie sprachen nicht, während sie mit Schrittgeschwindigkeit durch die Dunkelheit fuhren, zuerst auf dem Seitenstreifen, dann auf einer Kantonalstraße, auf der ihnen kein anderes Auto begegnete. Erste Gebäude tauchten auf, Bauernhöfe und Einfamilienhäuser mit Holzzäunen und großen Gärten. Im Dorfzentrum hielt Luca vor einem Fachwerkhaus, über dessen Eingang ein beleuchtetes Schild mit der Aufschrift *Zum roten Bären* hing.

Es gab keine Rezeption, daher betraten sie die holzgetäfelte Gaststube, in der überraschend viele Leute saßen, und sprachen die grauhaarige Frau hinter dem Tresen an, die gerade Gläser polierte.

»Sie vermieten auch Zimmer, richtig?«, fragte Moira.

»Richtig. Was bräuchten Sie denn?«, erwiderte die Frau auf Hochdeutsch, aber mit einem deutlichen Schweizer Zungenschlag.

Moira sah kurz Luca an und sagte dann fest: »Ein Doppelzimmer.«

»Das macht 120 Franken, Frühstück inklusive.«

Moira nickte. »Hätten Sie vielleicht Einwegzahnbürsten und Duschgel? Wir sind mit dem Auto liegengeblieben.«

»Ihr Armen«, sagte die Wirtin mütterlich. »Im Zimmer gibt es alles, was ihr braucht. Wollt ihr auch etwas essen? Die Küche hat noch eine halbe Stunde offen.«

»Unbedingt.« Moira und Luca fanden Platz an einem Zweiertisch im hinteren Bereich des Lokals, bestellten Wasser und eine Flasche Rotwein und studierten die Speisekarte, die, in Kunstleder gebunden, das Format eines großen Laptops besaß und mindestens ein halbes Kilo wog. Moira übersetzte für Luca die Begriffe, die er nicht kannte, und er entschied sich für Rösti mit Ei und Speck. Moira nahm Schweinelende mit Bratkartoffeln und Salat. Nachdem sie ihre Bestellung aufgegeben hatten, schrieb Moira eine Nachricht an ihren Vater, um ihn über die Lage zu informieren, und bat ihn, Luna und Nelly Bescheid zu geben. Dann blickte sie auf die Tischplatte, weil sie nicht wagte, Luca in die Augen zu sehen. Zwischen ihnen herrschte ein verlegenes Schweigen.

Moira hob den Kopf und nahm einen großen Schluck von ihrem Primitivo. »Bist du sicher? Du wirst das vielleicht bereuen.«

»Werde ich nicht.« Luca streckte seinen Arm aus und nahm ihre linke Hand, die locker auf dem Tisch gelegen hatte. »Morgen ist noch genug Zeit, um vernünftig zu sein.« Moira sah ihn jetzt direkt an, und all ihre Zweifel verflüchtigten sich.

Später im Zimmer umarmten sie sich am Fenster stehend und küssten sich. Lucas Finger streichelten ihren Nacken unter ihrem offenen Haar, und Moira fuhr mit den Händen die Form seines Brustkorbs und seiner Taille nach. »Wollen wir uns hinlegen?«, murmelte er, und sie nickte. Das Bett war weich, und sie versanken zwischen den dicken Kissen und der Daunendecke, mussten lachen, als ihre Haare sich unter seinem Arm verklemmten. Sie ließen sich Zeit damit, sich gegenseitig auszuziehen und genossen es, jedes Körperteil des anderen, das entblößt wurde, zu entdecken.

»Ich sehe dich so gerne an«, sagte Luca, und sie erwiderte: »Und ich lasse mich gerne von dir ansehen.« Als ihnen kalt wurde, zogen sie die Decke über sich. »Sag mir, was du gerne magst«, murmelte Luca, und Moira erzählte es ihm, so wie sie und Javier es auch immer getan hatten. Martin hatte nie danach gefragt, für ihn war Sex etwas, das in stummer Konzentration ablief, und Moira wurde jetzt bewusst, wie sehr sie es vermisst hatte, körperliche Intimität spielerisch und offen zu erleben. Auch Luca sagte ihr, wie sie ihn anfassen musste und was er gerne hatte. Immer wieder lachten sie leise, redeten, pausierten, bis sie wieder zu Atem kamen. Gemeinsam feierten sie ihre Sinnlichkeit, ihr Begehren, den Augenblick, und Moira verlor jedes Zeitgefühl.

Nachdem sie beide so erschöpft waren, dass ihre Beine zitterten, saßen sie nebeneinander an das hölzerne Kopfteil gelehnt und tranken den Rest des Rotweins. Moira lehnte sich an Lucas Schulter und verbot sich, darüber nachzudenken, was am Morgen sein würde.

Sie erwachte davon, dass Luca die Stelle vor ihrem rechten Ohr küsste, und drehte sich lächelnd, aber noch mit geschlossenen Augen zu ihm. Er roch nach Zahnpasta. »Ich hab bestimmt Mundgeruch«, murmelte sie.

»Na und?« Luca biss spielerisch in ihre Unterlippe, und sie küssten sich. Als Moira die Augen öffnete, lächelte er sie an, und sie hob den Arm, um ihm seine Haare aus der Stirn zu streichen. »Können wir nicht einfach hierbleiben?«

»Wir kaufen ein altes Häuschen hier in Blüthen, und ich eröffne eine Arztpraxis.« Luca rollte sich neben sie und legte einen Arm über ihre Taille.

»Ich kann von überall aus arbeiten«, sagte Moira. »Können wir dann auch ein Pony halten? Ich wollte immer ein Pony haben.«

»Na sicher, der Garten wird groß genug sein.« Luca lächelte. »Hast du Lust auf Sex oder sollen wir frühstücken?«

»Ganz ehrlich? Ich habe unglaublich Hunger.«

Luca lachte. »Warum wundert mich das nicht?«

Moira strich über seine Brust. »Keine Ahnung, wovon du redest.«

»Mir geht es genauso. Du hast mich ausgelaugt, Frau.«

Moira rollte sich auf ihn und küsste ihn. Und dann schliefen sie doch miteinander, erschöpft und hungrig, wie sie waren.

Eine halbe Stunde später saßen sie geduscht, angezogen und gesittet in der sonnenhellen Gaststube vor Rührei, Schinken und Milchkaffee. Sie waren die einzigen Gäste. Die Wirtin brachte ihnen knuspriges Weißbrot und einen Teller mit Räucherlachs. »Man wird richtig neidisch, wenn man euch sieht«, sagte sie. »So verliebt wäre ich auch gern.«

»Seien Sie vorsichtig mit dem, was Sie sich wünschen«, antwortete Luca gut gelaunt. »Wir beide handeln uns gerade eine Menge Probleme ein.«

Die Wirtin stutzte, dann begriff sie, was Luca meinte. »Oh, ein geheimes Stelldichein? Sehr romantisch, aber da möchte ich doch lieber nicht tauschen.« Sie verschwand wieder in der Küche.

Luca legte sein Besteck ab. »Möchtest du reden?«

Moira schüttelte den Kopf. »Noch nicht. Den Morgen möchte ich einfach nur genießen. Reden wir, wenn wir wieder zu Hause sind?«

»Zu Hause? Deins liegt zurzeit in Deutschland, oder?«

Moira grinste. »Vielleicht nicht mehr lange. Ich überlege doch, zu meinem Vater zu ziehen. Allerdings muss ich Luna noch davon überzeugen. Sie will nämlich nicht so richtig.«

Luca schwieg kurz und trank einen Schluck von seinem Kaffee. »Ich weiß ja nicht, ob ich mich freuen soll, dich dann in der Nähe zu wissen, oder ob das eine Tantalusqual wird.«

Moira schlug absichtlich einen scherzenden Ton an: »Du wirst jetzt aber nicht so kitschig, mich mit Wasser zu vergleichen, nach dem es dich dürstet?«

»Eigentlich schon, oder zumindest etwas in der Art.« Luca sah ihr in die Augen und lächelte leicht. Moira barg das Gesicht in ihren Handflächen und seufzte übertrieben. »Musst du eigentlich immer das Richtige sagen?« Dann sah sie auf. »Ich bin frei, Luca. Du bist derjenige, der verheiratet ist. Ich fand letzte Nacht wunderschön, aber das wird kein dauerhaftes Arrangement.«

Moiras Telefon, das auf dem Tisch neben ihrem Teller lag, klingelte. »Das ist Chiara.« Sie nahm das Gespräch an. »Ciao *carissima*, alles in Ordnung?«

»Kannst du im Büro vorbeikommen?« Chiara klang gehetzt, im Hintergrund hörte Moira weitere Leute durcheinanderreden. Sie meinte, Ferrones und Ravis Stimmen zu erkennen. »Was ist denn los?«

»Stefano Calderoni wurde tot aufgefunden.«

»Was?«, fragte Moira nicht sehr intelligent.

»Ein Spaziergänger hat ihn gefunden, in den Gole della Breggia, dem Naturschutzgebiet bei Chiasso.«

Moira schwieg einen Moment und schüttelte fassungslos den Kopf. Luca ihr gegenüber zog fragend die Augenbrauen zusammen.

»Was ist denn passiert?«, fragte Moira.

»Das wissen wir noch nicht. Die Kollegen aus Chiasso sind vor Ort, und wir fahren jetzt dorthin. Kannst du kommen?«

»Muss ich was übersetzen?«

»Ja, Kastenstein macht mich wahnsinnig mit seinem Profiler-Getue, und ich verstehe nur die Hälfte von seinem Gerede. Aber mein Vater besteht darauf, dass ich ihn mitnehme. Außerdem will ich, dass du auf dem Laufenden bleibst.«

»Danke, dass du mich einbeziehst. Wir, also ich und Dr. Cavadini, sind allerdings noch unterwegs«, sagte Moira möglichst vage.

»Wie, ihr wart doch schon gestern in Bern?«

»Wir hatten auf dem Rückweg eine Panne und mussten in einem Gasthof übernachten.«

»Das erklärt, weshalb ich Dr. Cavadini nicht erreicht habe. Richte ihm aus, er soll sein Mobiltelefon einschalten. Ich hoffe, ihr habt gut geschlafen.« Chiaras Stimme war jetzt anzuhören, dass sie grinste, aber Moira ging nicht auf den Tonfall ein. »Wir schauen gleich bei der Werkstatt vorbei und kommen so schnell wie möglich. Aber ich weiß nicht, wie lange wir brauchen. Moment, ich spreche kurz mit Luca, äh, Dr. Cavadini.« Sie teilte Luca mit, was passiert war. »Stefano Calderoni ist – war – der Sohn von Livias Putzfrau und bisher sowas wie unser Hauptverdächtiger.«

Luca dachte kurz nach. »Sag *Ispettrice* Moretti, sie sollen den Toten nicht anrühren. Ich will ihn mir vor Ort ansehen.«

Moira gab das an Chiara weiter. »In Ordnung«, sagte die Polizistin. »Aber beeilt euch. Es ist ziemlich heiß heute, das bekommt der Leiche nicht gut.«

In der Werkstatt war ein Reifen in der richtigen Größe vorhanden, auch wenn er optisch nicht zu den Weißwandreifen des Karmann-Ghia passte, und um zehn Uhr konnten sie weiterfahren. Luca holte aus dem alten Cabrio heraus, was er konnte, und sah kritisch auf den Tachometer. »Jedenfalls müssen wir uns keine Sorgen darum machen, die Geschwindigkeitsbegrenzung zu überschreiten. Mehr als hundertzehn gibt die Kiste nicht her.«

»Ich glaube, es macht keinen großen Unterschied, ob wir eine halbe Stunde früher oder später ankommen«, sagte Moira.

»Für Calderoni jedenfalls nicht. Aber bei der Hitze setzt die Verwesung sehr schnell ein.«

»Ich kann mir überhaupt nicht vorstellen, was passiert ist.« Moira war nicht sicher, was die Nachricht von Stefanos Tod in ihr auslöste. Zwar hatte sie ihn kaum gekannt, aber der gemeinsame Abend in Lugano hatte etwas wie eine Beziehung zwischen ihnen entstehen lassen, sodass sie sein Tod persönlich betroffen machte. War das unprofessionell? »Wie gehen Polizisten und Polizistinnen damit um, wenn sie es mit dem Tod von Menschen, die sie kennen, zu tun haben?«

Luca hielt den Blick auf die Straße gerichtet, weil er gerade einen Camper mit holländischem Kennzeichen überholte. »Das kommt nicht so häufig vor, denke ich. Wenn, muss man das trennen können. Aber das geht natürlich in der Praxis nicht, wenn man jemandem wirklich nahesteht. Ich kann mich an einen Fall erinnern, bei dem ein junger Mann mit seinem Motorrad von der Straße abkam, und der erste Polizist vor Ort war sein jüngerer Bruder. Ich musste erst einmal ihn behandeln, weil er unter Schock stand.«

»Furchtbar.«

Luca wechselte wieder auf die rechte Fahrspur und warf Moira einen schnellen Seitenblick zu. »Du warst mit diesem Calderoni aber nicht näher bekannt?«

»Nein, gar nicht«, beeilte sie sich zu sagen.

Für den Rest der Fahrt sprachen sie nicht mehr viel. Moira war wegen Stefanos Tod zu angespannt, um zu plaudern, und zusätzlich stand die vergangene Nacht zwischen ihnen wie eine trennende Glasscheibe. Es war unmöglich, so zu tun, als sei sie nicht geschehen, aber Moira wollte sie auch nicht überanalysieren oder einordnen. Zumindest noch nicht jetzt.

Luca fuhr an Lugano vorbei, bog bei Chiasso von der Autobahn ab und folgte der Beschilderung in Richtung Morbio

Inferiore. Dann rumpelten sie eine schmale Straße mit rissigem Belag entlang, die von dichtem Grün gesäumt wurde, und nach einigen Hundert Metern öffnete sich vor ihnen ein Talkessel, in dem die Reste einer gigantischen Industrieanlage aufragten.

»Wahnsinn!« Moira beobachtete fasziniert, wie ein klotziges Gebäude und eine Reihe von Betonpfeilern, die zum Teil noch die Reste eines Daches trugen, vor ihnen in die Höhe wuchsen, je näher sie kamen.

»Das war mal ein Zementwerk«, erläuterte Luca.

»Wer kommt denn auf die Idee, so ein Monster mitten in diese wunderschöne Landschaft zu stellen?«

»Früher hat nur interessiert, wo die Rohstoffe zu finden waren, Naturschutz war damals kein Thema. Aber es ist schon seit Anfang der Zweitausender geschlossen. Heute sind die *Gole della Breggia* ein Naturschutzgebiet.«

»Der Gegensatz zwischen der Natur und dem Beton hat was, das gebe ich zu.«

Luca parkte hinter den beiden Einsatzwagen und der Ambulanz, die am Straßenrand standen, und sie stiegen aus. Eine Ansammlung von Menschen war an den Ruinen des Zementwerks um einen weißen Stoffpavillon herum beschäftigt. Moira überkam ein mulmiges Gefühl, als sie hinter Luca über die Leitplanke kletterte und auf die Gruppe zuging.

Die Kriminaltechniker stapften in ihren weißen Overalls umher, die Kapuzen fest um den Kopf gezurrt, als bewegten sie sich durch einen Platzregen. Vor dem Zelt, das neben einem der mit Graffiti übersäten Betonpfeiler aufgebaut worden war, standen Chiara, Commissario Ferrone, Vincent Kastenstein und die Staatsanwältin Arianna Manzoni beisammen. Ferrones Gesichtsausdruck war verkniffen, wahrscheinlich, weil er allzu lange hatte warten müssen. Auch Chiara wirkte nicht gerade glücklich, was wohl daran lag, dass Kastenstein auf sie einredete. Als sie Moira erblickte, hob sie die Hand und kam ihr entgegen.

»Tut mir leid, dass es so lange gedauert hat«, sagte Moira etwas atemlos und dachte beiläufig daran, dass sie wieder mit dem Boxtraining beginnen sollte, bevor der Tessiner Merlot und üppiges Essen auch noch den Rest ihrer Kondition zunichtemachten.

Chiara nestelte an ihrem Haarband und zog ihren Pferdeschwanz straff. »Du ahnst nicht, was ich durchmache. Ich lege mich gleich zu Calderonis Leiche, deren Gesellschaft wäre mir angenehmer als die unseres Mister Superschlau.«

Moira lachte, wurde aber gleich wieder ernst. »Was ist denn genau passiert?«

»Wenn wir das wüssten!« Sie traten an das Zelt, wo Ferrone Luca gerade einen Überblick über die Lage gab, untermalt vom Rattern eines Generators, von dem aus ein Kabel in das Zelt führte.

»Der Spaziergänger hat seine Aussage schon gemacht. Er dachte erst, es handele sich um eine Kunstinstallation, aber als er näherkam, bemerkte er seinen Irrtum. Der Tote wurde von einer verrosteten Stahlstange aufgespießt, die schräg aus dem Beton ragt. Er muss mit großer Wucht darauf gefallen oder gestoßen worden sein, denn die Stange ist hinten in der Nierengegend ein- und vorne unterhalb des Zwerchfells wieder ausgetreten.«

Moira legte sich eine Hand auf den Mund. Sie fühlte beinahe selbst, wie die Stange durch sie hindurchglitt. Was für ein furchtbares Ende.

»Ich sehe mir das mal an«, sagte Luca und schlug die Zeltplane etwas zur Seite, wodurch Moira einen kurzen Blick auf Stefanos Beine werfen konnte, die von einem Scheinwerfer angestrahlt wurden, doch dann schob sich Lucas Gestalt davor, und die Zeltplane fiel wieder an ihren Platz.

Moira schluckte. Sie hatte das Gefühl, sich gleich erbrechen zu müssen.

»Alles in Ordnung?« Chiara legte ihr eine Hand auf die Schulter. Auch die Staatsanwältin trat mit besorgtem Blick näher. Moira atmete tief durch. »Geht schon wieder.« Sie war froh, dass Ferrone nichts bemerkt hatte, weil er Luca ins Zelt gefolgt war und ihr den Rücken zugewandt hatte.

»Er war kein übler Kerl, weißt du?«, sagte sie zu Chiara.

»Selbst wenn er der größte Idiot auf diesem Planeten gewesen ist: Niemand hat so einen Tod verdient.«

»Versuchen Sie, es nicht an sich heranzulassen«, mischte sich Kastenstein ein. »Man muss eine innere Barriere gegen solche Dinge aufbauen, sonst hat man keine ruhige Nacht mehr.«

Moira nickte. »Ist schon vorbei. Ich brauche nur einen Moment für mich.«

Sie entfernte sich ein Stück von den anderen, schlenderte den Pfad entlang, der neben dem Fluss herführte, vermutlich der Breggia, und betrachtete bewusst die paradiesische Landschaft um sich herum. Die Natur war gänzlich unbeeindruckt von dem, was vor Kurzem hier geschehen war. Insekten summten, der Fluss gluckste leise über Felsen in der Strömung, und am Himmel kreiste ein Raubvogel mit weit ausgebreiteten Schwingen. Moiras Blick streifte über die mit dichtem Wald bedeckten Steilhänge, an deren oberem Rand einige Dächer durch das Grün lugten. Eine helle, stufenförmig angelegte Felswand hob sich von der Umgebung ab, und bei genauem Hinsehen waren mehrere Öffnungen im Fels zu erkennen. Das musste der Steinbruch sein, in dem das Material für die Zementherstellung abgebaut worden war, anscheinend auch unter Tage.

»Der ganze Berg ist durchlöchert«, sagte Chiara hinter ihr.

»Und zwar so stark, dass man befürchtete, er könnte zusammenbrechen und Castel San Pietro verschlingen. Das ist das Dorf da oben.« Sie hob einen Arm und zeigte auf die kleine Kirche, die oberhalb der senkrechten Felswand direkt am Abgrund zu stehen schien.

»Unheimlich.« Moira zog die Schultern hoch und wandte sich Chiara zu. »Glaubst du, Stefanos Tod hat etwas mit dem Mord an Livia zu tun?«

»Das kommt mir sehr wahrscheinlich vor. Wir haben in seiner Hosentasche eine Rolle mit 20000 Franken gefunden.«

Moira schwieg, während sie die Neuigkeit verarbeitete. Chiara fuhr fort: »Wir wissen, dass er viel Geld brauchte, weil er diese Werkstatt übernehmen wollte.«

Moira schüttelte den Kopf. »Die Option auf die Werkstatt gab es nicht mehr, weil jemand anderes den Zuschlag bekommen hat.«

»Dann hat sich vielleicht eine neue Möglichkeit ergeben. Am besten, wir reden mit seinem Chef, der kann uns vielleicht Einblick in Calderonis Privatleben geben.«

»Auch sein jüngerer Bruder könnte etwas wissen. Neulich beim Klettern war der auch dabei, die beiden haben sich also gut verstanden.«

»Das machen wir.« Chiara zückte ihren Notizblock.

»Ich muss aber nicht mit, um die Todesnachricht zu überbringen?« Moiras Magen verkrampfte sich erneut bei der Vorstellung, aber zum Glück schüttelte Chiara den Kopf. »Das mache ich zusammen mit Ravi.« Sie nickte hinüber zum Zelt, aus dem gerade Luca und Ferrone traten. »Hören wir, was Dr. Cavadini uns über die Leiche erzählen kann.«

Luca verschränkte die Arme und sah in die Runde. »Der Mann ist noch nicht länger als vier oder fünf Stunden tot, die Leichenstarre ist noch nicht voll ausgeprägt. Ich halte es für wahrscheinlich, dass er gestoßen wurde. Wenn es etwas gäbe, wovon er aus größerer Höhe gestürzt sein könnte, hielte ich einen Unfall für möglich, aber hier gibt es nichts dergleichen. Und wäre er gestolpert, hätte er sich verletzt, wäre aber nicht durchbohrt worden. Er hat keine weiteren Wunden wie Abwehrverletzungen, daher können wir annehmen, dass der Angriff überraschend erfolgte. Er war nicht darauf gefasst.«

»So heftig, wie diese Attacke gewesen sein muss, handelt es sich um eine emotional motivierte Tat«, sagte Kastenstein auf Italienisch mit seinem starken schweizerdeutschen Zungenschlag. »Täter und Opfer müssen sich persönlich gekannt haben.«

Ferrone nickte beifällig. »Wie immer schnell und auf den Punkt, Ihre Schlussfolgerungen, werter Kollege.«

Chiaras Gesicht rötete sich, sie sah aus wie ein Wasserkessel kurz vor der Explosion, sagte jedoch nichts. Es musste schwierig für sie sein, dass ihr Vater, um dessen Anerkennung sie ständig rang, dem Fallanalytiker mehr Lob zollte als ihr.

Moira fand sowohl seine als auch Lucas Ausführungen einleuchtend, zerbrach sich jedoch den Kopf, wer Grund gehabt haben konnte, Stefano zu töten. Sie hätte gerne ein Blatt Papier gehabt, um die Beziehungen zwischen den Personen, die in diesen Fall verwickelt waren, zu skizzieren, und nahm sich vor, das später zu Hause zu tun, um sich einen Überblick zu verschaffen.

Die Staatsanwältin seufzte. »Können wir die Leiche jetzt entfernen lassen, Dr. Cavadini?«

»Mögliche Spuren wie Fasern oder Hautschuppen unter den Fingernägeln und auf der Kleidung wurden genommen?«

»Selbstverständlich. Die Kriminaltechnik wird alles analysieren und Ihnen das Ergebnis zuschicken, wie immer. Wann können Sie die Obduktion durchführen?«

»Ich muss zuerst nach Hause, meine Frau hat einen Arzttermin, und ich passe auf Alessio auf. Eigentlich habe ich die nächsten zwei Tage frei, aber ich obduziere die Leiche gleich morgen früh.«

Manzoni nickte zufrieden. »Commissario Ferrone, wir müssen Livias Tod baldmöglichst aufklären. Wegen ihrer Prominenz sind die Augen der Öffentlichkeit auf uns gerichtet. Wie ich erfahren habe, erscheint morgen ein Artikel zu den Ermittlungen, in dem wir nicht gerade gut dastehen.«

Ferrone presste die Kiefer zusammen, Moira konnte beinahe seine Zähne knirschen hören. Die Staatsanwältin ignorierte es. »Ich habe noch Termine. Dr. Cavadini, nehmen Sie mich mit in die Stadt? Ich wollte schon immer einmal in Ihrem schicken Cabrio mitfahren.«

Lucas Blick irrte zu Moira, und sie nickte leicht. Besser, wenn sie nicht an die große Glocke hängten, dass sie gemeinsam unterwegs gewesen waren.

Manzoni hängte sich bei Luca ein und stöckelte über den unebenen Boden zur Straße, von wo soeben zwei Männer der Kriminaltechnik kamen, die eine Kombination aus Sarg und Bahre zwischen sich trugen.

»Damit wären wir hier fertig.« Ferrone strich seine Handflächen aneinander ab wie ein Handwerker, der einen Auftrag zu Ende gebracht hat. »Signor Kastenstein, fahren Sie mit mir?«

»Es wäre mir eine Ehre.«

Die beiden Männer verließen ebenfalls den Tatort, sodass Chiara und Moira alleine zurückblieben. Sie warteten, bis der Kasten wieder aus dem Zelt gebracht wurde, jetzt sichtbar schwerer zu tragen, und folgten dem Sarg mit Stefanos Leiche in einigem Abstand.

»Wie zwei trauernde Geliebte«, sagte Moira, und Chiara verstand sofort, was sie meinte. »Ja, fühlt sich seltsam an.«

Sie stiegen in Chiaras Dienstwagen, wendeten und befanden sich kurz darauf auf der Autobahn nach Lugano. Chiara, die geschwiegen hatte, seit sie losgefahren waren, pustete mit geblähten Wangen Luft aus, als kochte sie innerlich.

»Du schnaufst wie ein Wasserkessel«, sagte Moira. »Alles okay?«

»Ja, ich muss nur Dampf ablassen.«

»Kastenstein?«

»Allerdings.«

»Er spielt in derselben Mannschaft wie wir, aber auf einer anderen Position.«

Chiara schaltete mit einer abgehackten Bewegung zurück in den vierten Gang und beschleunigte, um einen Kleinwagen zu überholen. »Ha! Mein Vater hängt geradezu an seinen Lippen.«

»Ehrlich gesagt, finde ich auch, dass seine Gedanken Hand und Fuß haben. Na ja, meistens.«

»Alles, was er von sich gibt, klingt beeindruckend, aber überleg mal, was er bisher konkret zu den Ermittlungen beigetragen hat.« Wieder schaltete Chiara ruckartig.

»Ist das denn seine Aufgabe? Als Fallanalytiker entwickelt er ein mögliches Täterprofil, das euch dabei hilft, nach der richtigen Person Ausschau zu halten. Könntest du übrigens ein bisschen langsamer fahren?«

Chiara nahm den Fuß vom Gas und wechselte auf die rechte Spur, woraufhin Moira sich etwas entspannte.

»Ich weiß auch nicht, warum der Kerl mich so aufregt. Irgendwas stimmt mit dem nicht.«

»Mach dir doch nicht so viele Gedanken um ihn. Konzentrieren wir uns lieber darauf, mit dem Fall voranzukommen.«

Chiara seufzte. »Das würde ich ja gerne, aber wir haben bisher ziemlich wenig, mit dem wir arbeiten können, und ich weiß gerade überhaupt nicht mehr, wo ich ansetzen soll. Aus den Bruchstücken, die wir haben, ergibt sich einfach kein Bild. Soll ich dich eigentlich zu Hause absetzen?«

»Das wäre nett, nachdem Signora Manzoni mir meinen Platz geklaut hat.«

Chiara grinste. »Hattet ihr einen schönen Ausflug, der *dottore* und du?«

»Falls du es vergessen hast, das war ein rein beruflicher Anlass.« Moiras Kopf wurde heiß und es kam ihr vor, als hörte man ihrem Tonfall an, dass sie log.

»Leute zu beobachten, gehört zu meinen Kernkompetenzen, *carissima.* So, wie ihr euch anseht, geht das weit über das Berufliche hinaus.«

»Wollten wir nicht über den Fall reden?«, lenkte Moira ab und berichtete von ihrer Begegnung mit Nicole. »Sie war tatsächlich vor Kurzem im Urlaub, könnte also die geheimnisvolle Besucherin von Livia sein. Was haben wir noch?«

»Ich fasse mal zusammen: Verdächtig sind Stefano Calderoni, Urs Camenzind und Nicole Kretzky, geborene Sommerhalder. Alibis bringen uns nicht weiter, weil wir nicht genau wissen, wann Livia gestorben ist. Stefano hat gelogen, was seine Kletterkünste betrifft – was er nicht hätte tun müssen, wäre er nicht in Livias Villa eingestiegen. Und er brauchte dringend Geld.«

»Andererseits hat Livia ihm angeblich eine höhere Summe für die Rechte an seinen Songs geschuldet. Das Geld kriegt er wahrscheinlich jetzt nicht mehr, was bedeutet, dass es ihm nichts bringt, dass Livia tot ist.«

»Er kann sie auch im Affekt getötet haben. Vergiss nicht, dass der Nachbar ihn gesehen hat, als er wütend aus dem Haus kam.« Chiara fuhr von der Autobahn ab und nahm die Straße in Richtung Montagnola.

»Er kann aber nicht gleichzeitig mit dem Boot über den

See gekommen und mit dem Auto vorgefahren sein«, wandte Moira ein.

Chiara biss sich auf die Lippen. »Stimmt. Vielleicht ist er später zurückgekommen, als es dunkel war.«

»Möglich. Aber warum hat er nicht einfach geklingelt? Livia kannte ihn und hätte ihm sicher die Tür geöffnet. Und vergiss nicht das Geld, das er bei sich hatte. Wollte er es jemandem geben, oder hat er es erhalten? Von der Person, die ihn getötet hat?«

Chiara schüttelte den Kopf. »Dann hätte die das Geld wieder an sich genommen.«

»Okay, sehen wir uns Camenzind an. Er erbt alles, was Livia hinterlässt, einschließlich der Rechte an all ihren Liedern, nehme ich an. Ehrlich gesagt habe ich bisher nicht daran gedacht, zu überprüfen, ob sie diese Rechte selbst besessen hat oder ihre Plattenfirma.«

»Das lässt sich ja leicht herausfinden. Auf jeden Fall profitiert Camenzind von Livias Tod. Für die neue CD ist das außerdem die beste Werbung, die man sich wünschen kann. Alle Medien berichten über den Tod der Sängerin, die zwanzig Jahre lang in der Versenkung verschwunden war.«

Chiara warf ihr einen zweifelnden Blick zu. »Mord aus Marketinggründen? Traust du das Camenzind zu?«

»Zumindest ist es ein angenehmer Nebeneffekt. Ich würde Camenzind gar keinen Mord zutrauen, aber er könnte sich auch mit Livia gestritten haben.«

»Dafür gibt es bisher keinen Anhaltspunkt. Siehst du, wir hängen fest.«

Moira ging nicht darauf ein. »Bleibt Nicole Kretzky, möglicherweise Livias Enkelin, auch wenn der Beweis dafür noch aussteht. Sie hat in ihrem Leben nicht viel Glück gehabt und lebt in ganz einfachen Verhältnissen. Was würdest du an ihrer

Stelle tun, wenn du plötzlich herausfändest, dass deine leibliche Großmutter eine Berühmtheit ist und dein Leben ganz anders hätte verlaufen können?«

»Kontakt aufnehmen. Schauen, ob ich doch noch ein Stück vom Kuchen abkriege.« Sie hatten den Ortskern von Montagnola erreicht, und Chiara senkte das Tempo auf Schrittgeschwindigkeit, weil die Straße so eng wurde, dass zwei Autos nicht mehr aneinander vorbeifahren konnten.

Moira spann den Faden weiter. »Ich wette, dass Nicole die Frau ist, die von Livias Nachbar und von Patrizia Calderoni gesehen wurde. Kiki könnte durchaus ein Kosename für Nicole sein, findest du nicht?«

»Möglich wäre es, aber Kosenamen überzeugen kein Gericht. Wenn ihre DNA-Probe mit einer von denen übereinstimmt, die im Haus genommen wurden, wissen wir zumindest, dass sie in der Villa gewesen ist. Dann werde ich sie natürlich zur Befragung bitten«, sagte Chiara, während sie den Wagen vor der Casa Rusconi zum Stehen brachte.

»Und dann muss es einen Grund dafür geben, weshalb sie uns verschwiegen hat, dass sie Kontakt zu Livia hatte.«

Chiara schien ihren Optimismus nicht zu teilen, denn sie verzog das Gesicht. »Wir brauchen Beweise, *cara*, sonst kommen wir nicht weiter.«

Moira nahm ihre Umhängetasche aus dem Fußraum. »Ich finde, dass wir schon eine Menge Informationen zusammengetragen haben.« Sie lächelte aufmunternd.

Chiara seufzte. »Ich lasse Ravi Calderonis mobile Verbindungsdaten überprüfen. Da er tot ist, kriegen wir die Genehmigung ohne Probleme. Aber jetzt muss ich erst Signora Calderoni beibringen, dass ihr Sohn tot ist. Mir ist schon ganz übel. Das ist der Teil der Arbeit, den ich richtig schlimm finde.« Sie machte eine unglückliche Miene.

»Das verstehe ich. Aber du schaffst es.« Moira umarmte Chiara, öffnete die Beifahrertür und stieg aus dem Auto.

»Genieß die Zeit mit deiner Familie«, sagte Chiara. »Und morgen fahren wir nach Como, um mit Calderonis Chef zu reden. Ich rufe dich an.«

Moira nickte, schlug die Tür zu und wartete, bis Chiara davongefahren war. Sie beneidete die Inspektorin nicht um die Aufgabe, die ihr bevorstand.

31

Luise hatte wie immer nur darauf gewartet, dass jemand ins Haus kam, schoss jetzt unter dem Garderobenschrank hervor und warf sich auf Moiras Sneaker. Die ließ sich davon nicht beeindrucken und folgte dem Geruch nach gebratenem Speck in die Küche, während die Katze ihren Schuh malträtierte.

»Du hast da was am Fuß, Mama.« Luna saß am Tisch vor einem Teller Spaghetti Carbonara. Ambrogio fuhrwerkte am Herd herum und füllte sich gerade ebenfalls einen Teller.

»Du kommst genau richtig. Hast du Hunger?«

»Jetzt, wo du es sagst.« Moira nahm Luise hoch und setzte sich Luna gegenüber. »Lady Gaga hat schon gegessen?«, fragte sie mit einem Blick auf die Pappfigur, die am Fenster lehnte und einen pinkfarbenen Seidenkimono trug, den Moira als den ihrer Mutter wiedererkannte.

»Sie macht gerade eine Luft-Diät.« Luna schob sich eine voll beladene Gabel in den Mund, von der cremige Soße tropfte.

»Gut, dann bleibt mehr für uns.« Moira setzte Luise auf ihrem Schoß ab und nahm von ihrem Vater einen Teller mit Spaghetti entgegen. »Riecht köstlich, du solltest Carbonara auf die Speisekarte im *Il Mulino* setzen.«

»Silvana hat die Hoheit über die Küche«, brummte ihr Vater. »Da mische ich mich nicht mehr ein.« Er schob einen Stapel Zeitungen und Briefe beiseite, um Platz für seinen Teller zu schaffen, und ließ sich mit einem Ächzen neben Luna nieder.

Moira sah ihren Vater besorgt an. »Geht's dir gut? Du sollst dich nicht zu sehr anstrengen, das weißt du.«

»Ja, ja, aber mir geht es prima. Ich sitze im Grunde den ganzen Tag nur herum. *Buon appetito.*«

Der kross gebratene *guanciale* bildete einen wunderbaren Gegensatz zu der cremigen Mischung aus Pecorino und Eigelb, die die Nudeln überzog. Ein Trost spendendes Essen, das Moira vorübergehend vergessen ließ, was in den letzten vierundzwanzig Stunden geschehen war. Erst jetzt merkte sie, wie emotional ausgelaugt sie war, und gönnte sich den Luxus, einfach zu genießen, dass sie mit ihrer Tochter und ihrem Vater zusammensaß und mit ihnen eine Mahlzeit teilte.

»Wo ist eigentlich Nelly?«, fragte sie zwischen zwei Bissen.

»Auf einem Vortrag über Gartengestaltung, weshalb auch immer.« Ambrogio wedelte mit seiner Gabel in der Luft herum.

»Sie haben sich gestritten«, sagte Luna sachlich.

»Was war denn los?« Moira zupfte ein Stückchen Speck von ihrer Gabel und gab es Luise, deren grüne Augen jeder Bewegung der Gabel folgten.

»Cornelia benimmt sich, als wären wir noch verheiratet.« Ambrogio prustete. »Ich bin nicht mehr Herr in meinem eigenen Haus.«

»Sie hat die Bücher in seinem Arbeitszimmer sortiert«, erläuterte Luna.

»Und jetzt finde ich nichts mehr!«

»Ich habe das Gefühl, ihr könnt weder mit noch ohne einander.« Während sie sprach, versuchte Moira, mit ihrer freien Hand Luise davon abzuhalten, auf den Tisch zu klettern. Die kleine Katze war anscheinend auf den Geschmack gekommen und verlangte maunzend nach mehr Speck. »Das ist ungesund für dich«, sagte Moira liebevoll.

Ambrogio hob den Kopf. »Dass ich meine Bücher nicht mehr finde?«

»Ich rede mit der Katze.«

»Ach so.«

Luna musste lachen und prustete Speckwürfel und Nudelfragmente über den Tisch. Moira und Ambrogio mussten mitlachen. Als sie sich wieder beruhigt hatten, sagte er: »Es ist wirklich schön, euch beide hier zu haben, das bringt endlich wieder Leben ins Haus. Meinetwegen darf das gerne ein Dauerzustand werden.«

»Könnt ihr mal aufhören, mich zu stressen?« Luna legte ihre Gabel beiseite, ihre gute Laune war wie weggeblasen. Ambrogio machte ein bestürztes Gesicht. »Das wollte ich nicht, *tesoro*.«

»Tut ihr aber! Ihr wollt beide, dass wir hierherziehen, und wenn ich nicht will, bin ich die Böse! Ich wohne aber gerne in Frankfurt.«

Moira legte ihre Hand auf Lunas Unterarm. »Es ist noch nichts entschieden, Strubbelchen, und niemand will dich zu irgendetwas zwingen. Wir finden eine Lösung, okay?«

Luna seufzte. »Okay.« Dann lächelte sie. »So mies ist es hier ja auch nicht. Ich war mit Valerie und ihrer Squad am Lido. Murat und Giorgio haben uns von der Plattform ständig ins Wasser geschubst, total cool. Und vorhin habe ich mit Napo Tricks geübt, damit ihm nicht langweilig wird. Er kann schon Pfötchen geben!«

Moira schob ihren leeren Teller von sich und lehnte sich zurück. »Gut gemacht. Ist er jetzt in seinem Gehege?«

Luna schüttelte den Kopf und grinste. »Komm mal mit.« Moira nahm Luise wieder auf den Arm, und Luna führte sie ins Wohnzimmer. Auf einer Wolldecke neben dem Sofa schnarchte Napoleon, und an ihn gekuschelt schliefen ein schwarzes und ein blaugraues Fellknäuel: Ingeborg und Marlen.

»Scheint so, als hätte Napoleon jetzt Familienanschluss.« Moira lächelte angesichts des friedvollen Bildes. »Probieren wir aus, ob Luise sich auch mit ihm anfreunden kann?« Sie setzte die Katze vor der Decke ab, doch die zeigte dem Schwein sofort die Kehrseite und stolzierte aus dem Zimmer.

»Immerhin attackiert sie ihn nicht mehr, das ist ja schon ein Fortschritt.« Sie legte Luna einen Arm um die Schultern. »Helfen wir deinem *nonno*, die Küche aufzuräumen?«

»Ich treffe mich gleich mit Valerie an der Bushaltestelle. Und später gehen wir zu ihrer Schulparty.«

»Du kommst aber mit dem letzten Bus nach Hause, okay?«

Luna zog einen Schmollmund. »Irgendjemand wird uns schon fahren. Manche Schüler haben sogar einen Chauffeur.«

Moira schüttelte den Kopf. »Letzter Bus. Oder du rufst an, und ich hole dich ab.«

»Never, viel zu peinlich. Dann lieber mit dem Bus.« Luna wand sich unter Moiras Arm hervor. »Ich muss mich noch fertig machen.« Moira ging zurück in die Küche und nahm Ambrogio den Teller aus der Hand, den dieser soeben in die Spülmaschine stellen wollte. »Setz dich, *papà*, ich mache das, und du ruhst dich aus.«

»Wenn du mich dazu zwingst, bleibt mir ja nichts anderes übrig. Ich bin im Arbeitszimmer, um meine Bücher wieder in die gewohnte Unordnung zu bringen.«

Moira lächelte vor sich hin. So, wie sie ihn kannte, würde er innerhalb kürzester Zeit in seinem Ohrensessel mit dem bequemen Fußschemel einschlafen, und das war gut so. Sie machte sich immer noch Sorgen, er könne einen weiteren Schlaganfall erleiden, der weniger glimpflich für ihn ausgehen würde als der erste.

Sie spülte die Töpfe, schenkte sich noch einmal Wein nach und nahm das Glas mit hinüber ins Gästehaus. Die Tür ließ sie geöffnet, damit sie dem Konzert der Grillen zuhören konnte, setzte sich aufs Sofa und schickte Nachrichten an ihre beste Freundin Shirin, die in London lebte, und einige andere Leute, die in aller Welt verstreut waren. Nur in Frankfurt hatte sie niemanden, dem sie nahe genug stand, um sich ohne Anlass zu melden. Fast alle Menschen, die sie dort in den letzten zehn Jahren als Freunde oder Freundinnen bezeichnet hatte, waren in Wirklichkeit mit Martin befreundet und hatten seit der Trennung nichts mehr von sich hören lassen. Sie konnte sich immer weniger vorstellen, nach Frankfurt mit seinem Dreck und Lärm zurückzukehren. Und wenn sie ehrlich zu sich selbst war, wollte sie in Lucas Nähe sein, selbst wenn aus ihnen nie ein Paar würde.

Elfriede kam aus dem Garten herein, miaute, sprang zu Moira aufs Sofa und rieb ihren Kopf an ihrem Arm.

»Ist schon gut, du kriegst deine Leckerli.« Moira stand auf, um die Tüte mit den getrockneten Fischen vom Tisch zu nehmen.

Sie gab Elfriede ein paar der Fische, die gierig verschlungen wurden, und setzte sich wieder. Elfriede neben ihr drehte sich ein paar Mal, rollte sich zusammen und legte ihre orangefarbene Schwanzspitze über ihre Nase.

Sie trank den letzten Schluck Rotwein und kraulte den Bauch von Elfriede, die sich auf den Rücken gedreht hatte und als Ausdruck vollkommenen Vertrauens alle Viere in die Luft streckte. »Du weißt gar nicht, wie gut du es hast«, sagte sie leise und lächelte, als die Katze mit einem Ohr zuckte, als stimmte sie zu.

Moira versuchte den Rest des Nachmittags sich zu entspannen, indem sie ihrem Vater half, Etiketten auf die Gläser mit seinem selbstgeernteten Honig zu kleben. Danach zog sie sich ins Gästehäuschen zurück, legte sich aufs Sofa und sah sich auf dem Tablet mehrere Folgen ihrer Lieblingsserie an. Es tat gut, sich von dem Fall, Luca und ihren Umzugsplänen abzulenken. Sie musste beim Fernsehen eingeschlafen sein, denn als sie die Augen öffnete, war es beinahe dunkel. Sie tastete nach ihrem Telefon und sah, dass es schon nach zehn Uhr war.

Sie ging durch den dunklen, stillen Garten zurück zum Haus und betrat es durch die Terrassentür, die Ambrogio nachts für sie offenließ. Das Licht über der Dunstabzugshaube reichte aus, um die angebrochene Flasche Merlot zu finden und ein Glas zu füllen.

»Moira, bist das du?«, drang die tiefe Stimme ihres Vaters aus dem Wohnzimmer. Mit dem Glas in der Hand ging sie über den Flur, wobei sie sich kurz vor Lady Gaga erschreckte, die jetzt am Treppenpfosten lehnte. Ambrogio lag, von mehreren Kissen gestützt, auf dem Sofa, auf seiner Brust ruhte ein umgedrehtes Buch, und auf der Wölbung seines Bauches hatte es sich Luise bequem gemacht.

»Konntest du auch nicht schlafen?« Moira ließ sich auf dem zweiten Sofa nieder und stemmte die Füße gegen die Kante des Couchtischs.

»Nicht wirklich. Ich leide unter präseniler Bettflucht.« Er reckte die Arme und gähnte, wodurch Luise von seinem Bauch rutschte. Sie maunzte ungehalten und sprang auf den Ledersessel, um weiterzuschlafen.

Ambrogio räusperte sich. »Ehrlich gesagt, wollte ich auf Luna warten. Es ist doch schöner, wenn noch jemand wach ist, wenn man nach Hause kommt.«

»Das ist lieb von dir. Sie sollte in einer halben Stunde da sein. Ist Mama gut zurückgekommen?«

»Ja, wir haben noch ein Glas Wein zusammen getrunken. Ich weiß nicht warum, aber egal, wie sehr ich mich über sie geärgert habe, ich kann ihr nie lange böse sein. Auch wenn sie alles durcheinanderbringt und meine heilige Ruhe stört.«

Moira musste lächeln. »Vielleicht magst du es ganz gerne, wenn es nicht immer ganz so beschaulich zugeht.«

Ihr Vater richtete sich ächzend auf und kratzte sich den grauen Bart, der bereits wieder ein gutes Stück nachgewachsen war.

»Mag sein, *tesoro*. Aber zusammenleben könnte ich nicht mit ihr. Sag, wie geht es dir? Ich habe das Gefühl, dass wir uns in den letzten paar Tagen kaum gesehen haben. Kommt ihr mit Livias Fall voran?«

Moira schüttelte den Kopf. »Unser Hauptverdächtiger wurde heute tot aufgefunden.«

»Das erschwert eure Ermittlungen natürlich ein wenig. Aber das heißt ja nicht, dass er es nicht getan hat.«

»Das bedeutet, dass wir jetzt eventuell zwei Täter überführen müssen. Oder es war dieselbe Person, die auch Livia auf dem Gewissen hat.«

»Vielleicht wollte der oder die Täterin auch einen Komplizen mundtot machen«, sagte Ambrogio. »Gibt es denn noch weitere Verdächtige?«

»Nicht wirklich. Da ist noch der Musikproduzent, der laut Livias Testament zum Alleinerben bestimmt wurde, und der dringend Geld braucht, um nicht pleitezugehen – aber den kann ich mir nicht als Täter vorstellen, für keines der beiden Tötungsdelikte. Und die mutmaßliche Enkelin, die aber behauptet, Livia nie begegnet zu sein.«

»Man kann auch in etwas hineinrutschen. Dinge geraten außer Kontrolle, und auf einmal ist man in einen Mord verwickelt, obwohl man das gar nicht wollte.«

Moira rieb sich den Nacken. »Kann sein, aber genau das ist unser Problem: Wir können momentan nur spekulieren.«

»Du musst das alles nicht machen, wenn es dir zu viel wird«, sagte ihr Vater. »Du kannst jederzeit aufhören, dann müssen sie eben eine andere Dolmetscherin finden.«

»Ich kann Chiara jetzt nicht hängenlassen. Nicht, weil ich denke, dass es ohne mich nicht geht, aber ich habe das Gefühl, sie braucht mich, um sich mit mir auszutauschen. Ihrem Vater gegenüber kann sie nicht offen sein, weil der absolute Perfektion von ihr erwartet. Und ihr Freund ist auch bei der Polizei. Ich bin sowas wie der Hofnarr, der durch sein Geplapper neue Sichtweisen anregt.«

Ambrogio gluckste. »Soll ich dir eine Schellenkappe kaufen?«

»Mützen stehen mir nicht.« Moira schwieg einen Augenblick, dann gab sie sich einen Ruck. »Herrscht zwischen dir und Arianna immer noch Funkstille?«

Ihr Vater grunzte nur, aber sie ließ sich davon nicht abschrecken.

»Ich habe sie heute gesehen, und sie schien mir ziemlich gut gelaunt zu sein. Luca und sie haben eine Spritztour mit seinem Cabrio unternommen.«

Wieder ein Grunzen. Napoleon hob kurz den Kopf, blinzelte und ließ ihn wieder sinken.

»Dir passt nicht, dass sie eifersüchtig ist, weil du Angst hast«, behauptete Moira. Ambrogio drehte sein Gesicht zu ihr. »Wie kommst du denn darauf?«

»Das merke ich dir an. Ein bisschen kenne ich dich inzwischen, und außerdem sind wir uns da ähnlich. Du willst nicht eingeschränkt werden, das kann ich sehr gut nachvollziehen. Aber wenn man sich auf jemanden einlässt, muss man auch verbindlich sein.«

»Erteilst du junger Hüpfer mir jetzt Lebensratschläge?«, grummelte ihr Vater.

»Richtig erkannt. Arianna ist dir wichtiger, als du zugeben möchtest, und deshalb machst du dicht und stellst dich stur. Damit du das Gefühl hast, die Kontrolle zu behalten. Lieben geht aber nicht mit Kontrolle.«

»Was soll ich denn noch tun? Sie ist es doch, die nicht mehr mit mir reden will.«

»Vielleicht braucht sie dein Verständnis für ihre Gefühle.«

Ambrogio räusperte sich und setzte zu einer Antwort an, da wurde leise die Haustür geöffnet und wieder geschlossen.

»Wir sind noch wach«, rief Ambrogio halblaut, und zu Moira sagte er leise: »Ich werde versuchen, ein bisschen sensibler zu sein, versprochen.«

32

Chiara schloss die Wagentür. »Mein Vater will, dass wir uns erst einmal auf Calderonis Tod konzentrieren, dann würden wir wahrscheinlich auch der Lösung von Livias Fall näher kommen.«

»Klingt nachvollziehbar«, sagte Moira, während sie neben Chiara durch die Tiefgarage lief. »Dürfen wir überhaupt in Italien Leute befragen?«

»Das hat mein Vater abgeklärt. Solange es keine offizielle Einvernahme ist, gibt es keine Zuständigkeitsprobleme.«

Sie stiegen das triste Beton-Treppenhaus hinauf und traten zwischen schönen alten Häusern unweit einer verkehrsreichen Kreuzung mitten in Como ans Tageslicht. Die Gebäude und Straßen waren nicht ganz so sauber und gepflegt wie in Lugano, es gab mehr Werbetafeln und leerstehende Häuser – sie befanden sich unverkennbar in Italien.

Chiara blickte auf ihr Smartphone, gab die Richtung vor und Moira folgte ihr. Wenige Hundert Meter weiter begann die Fußgängerzone. Sie trieben mit dem Menschenstrom eine breite Einkaufsstraße entlang, wo sich die üblichen Bekleidungs- und Coffeeshopketten angesiedelt hatten, doch nach wenigen Minuten schwenkte Chiara in ein Netz aus kaum zwei Meter breiten Sträßchen ab, wo es nur kleine Läden und unauffällige Lokale gab. Moira verlor sofort die Orientierung, weil die gelbverputzten Häuser und die mit quadratischen Steinen gepflasterten, schnurgeraden Gassen überall gleich aussahen. Gelegentlich kamen sie an geöffneten Hoftoren vorbei, die einen Blick in den dahinter liegenden Innenhof oder Garten gewährten. Sie bogen um eine weitere Ecke, dann blieb Chiara vor einer schwarz lackierten Tür stehen, über der ein Schild in Form einer schwarzen Mondsichel hing. »Das *Black Moon*. Hier hat Calderoni gearbeitet.«

»Ist da um diese Uhrzeit überhaupt jemand?« Moira blickte zweifelnd auf die Tür.

»Das werden wir gleich sehen.« Chiara erklomm die zwei Stufen zum Eingang und hämmerte mit der Faust dagegen, dass es schepperte. Sie warteten ungefähr eine halbe Minute, dann öffnete sich die Tür nach innen, und ein breitschultriger Mann mit Glatze und auffallend blauen Augen trat auf die Schwelle. Er trug schwarze Chinos, ein dunkelblaues Hemd mit aufgekrempelten Ärmeln und darüber eine schwarze Anzugweste, was ihn gangsterhaft wirken ließ.

»*Buongiorno*, Chiara Moretti und Moira Rusconi von der Tessiner Kantonspolizei. Können wir kurz reinkommen? Es geht um Ihren Mitarbeiter Stefano Calderoni«, ratterte Chiara herunter und hielt ihm ihren Polizeiausweis entgegen.

»Um Stefano? Das ist mal etwas Neues.« Der Mann beugte sich ein wenig vor und sah sich nach beiden Seiten um, als wollte er sich versichern, dass niemand bemerkt hatte, wer ihm einen Besuch abstattete, dann machte er einen Schritt nach hinten. Moira hatte ein etwas mulmiges Gefühl dabei, den abgedunkelten, fensterlosen Raum der Bar zu betreten, doch Chiara zögerte nicht. Trotzdem zuckte Moira zusammen, als der Mann die schwere Tür hinter ihnen mit einem metallischen Klicken ins Schloss zog.

Die Bar erinnerte Moira an eine Flüsterkneipe aus den Zwanzigerjahren des vorigen Jahrhunderts: Die unverputzten Mauern aus Bruchstein kontrastierten mit einer dunklen Holztheke, und eine industriell wirkende Metalltreppe führte auf eine zweite Ebene, wo runde Zweiertische standen.

»Setzen Sie sich, wenn Sie wollen.« Der Mann zog sich hinter die Theke zurück, als wollte er Abstand zwischen sich und die Besucherinnen bringen.

»Gerne. Gut möglich, dass es länger dauert.« Chiara zog sich einen der schweren, eckigen Barhocker zurecht und kletterte hinauf. Moira tat es ihr gleich und ließ sich auf der ledergepolsterten Sitzfläche nieder.

»Also, was hat Stefano ausgefressen?« Der Mann im blauen Hemd verschränkte die muskulösen Unterarme und sah sie abwartend an.

»Erst einmal wüsste ich gerne, wer Sie sind«, erwiderte Chiara sachlich. Moira bemerkte, dass sie nicht ganz so selbstsicher war, wie sie auftrat, weil sie unter dem Tresen mit dem Daumennagel ihrer rechten Hand an ihrem Zeigefinger herumknibbelte.

»Enzo Colombo. Mir gehört diese Bar.«

»Wann hat Stefano Calderoni zum letzten Mal hier gearbeitet?«

»Da muss ich nachsehen.« Colombo zog ein Notizbuch aus einer Schublade unter dem Gläserregal und blätterte darin. »Vorgestern Abend, von siebzehn bis ein Uhr.«

»Erinnern Sie sich, wann er gegangen ist?«

»Nein, aber die Kasse zu machen und die Bar zu putzen dauert normalerweise eine halbe Stunde, also wird es halb, Viertel vor zwei gewesen sein.«

»Sehr gut«, sagte Chiara, als hätte der Barbesitzer eine Aufgabe zu ihrer Zufriedenheit erfüllt. Tatsächlich entspannte er seine Schultern ein wenig.

»Dürfte ich wissen, worum es geht?«

»Gleich, Signor Colombo. War Signor Calderoni alleine, als er ging? Hat ihn jemand begleitet oder abgeholt?«

Der Mann dachte nach. »Ich glaube, er ist in sein Auto gestiegen, aber sicher bin ich mir nicht. Ich war kurz draußen, weil jemand vor die Tür gekübelt hatte, also habe ich nicht so genau darauf geachtet.«

»Das hilft uns schon weiter. An den Autotyp können Sie sich nicht erinnern?«

Colombo schüttelte den Kopf.

»Und seitdem hatten Sie keinen Kontakt zu Stefano Calderoni?«

»Nein. Verraten Sie mir jetzt, was los ist? Wozu die Fragerei?«

Chiara sah ihn direkt an, und auch Moira wandte kein Auge von Colombos Gesicht, um seine Reaktion zu beobachten.

»Stefano Calderoni wurde tot aufgefunden.«

Colombo blinzelte und krauste die Nase, über die sich rote Äderchen zogen. »*Minchia.* Ist er besoffen gefahren?«

»Dazu kann ich leider nichts sagen. Wissen Sie etwas über sein persönliches Umfeld? Mit wem er sich traf?«

»Also hat ihn jemand kaltgemacht.« Colombo gab seine stoische Haltung auf und stützte sich mit beiden Händen auf der Arbeitsfläche hinter der Theke ab. »Armes Schwein.« Er sah auf. »Keine Ahnung, mit wem er sich so rumgetrieben hat. Aber er hatte mit niemandem Ärger, soweit ich weiß.«

»Hatte er eine Freundin?«

»Ab und zu kommt ihn eine Frau abholen, ich nehme mal an, dass das seine Freundin ist. Aber er ist – also, war – ziemlich beliebt bei unseren weiblichen Gästen. Die haben ihn richtig angehimmelt.« Colombo grinste. »Attraktives Personal ist gut fürs Geschäft.«

»Das kann ich mir vorstellen«, antwortete Chiara trocken. »Hatte Calderoni Affären mit seinen Bewunderinnen?«

Der Barbesitzer zuckte die Achseln. »Kann sein. Wenn, hat er nicht damit angegeben.«

»Kennen Sie zufällig den Namen seiner Freundin?«

»Nein. Zumindest kann ich mich nicht dran erinnern.«

Chiaras Mobiltelefon klingelte. »Entschuldigung.« Sie zog es aus ihrer Umhängetasche und nahm den Anruf an. »Ciao, Ravi. *Bene*. Ich melde mich gleich zurück. *A dopo*, ciao.« Sie behielt das Telefon in der Hand, bat Colombo um seine Mobilnummer und speicherte sie, dann steckte sie das Handy wieder ein und rutschte von dem für sie viel zu hohen Barhocker. »Danke, Signor Colombo. Wir melden uns, wenn wir noch Fragen haben.«

Der Barbesitzer grinste. »Ich fühle mich, als würde ich in einem Krimi mitspielen. Sie sind ziemlich gut in der Rolle der scharfen Kommissarin.«

Chiara starrte ihn mehrere Sekunden lang an, ohne eine Miene zu verziehen, bis sein Lächeln erlosch, dann ging sie zur Tür. Moira folgte ihr nach draußen.

»*Che stronzo*«, sagte die Inspektorin, als sie zum Parkhaus zurückgingen. Wenn sie dermaßen fluchte, musste sie wirklich aufgebracht sein.

»Ein richtiger Kotzbrocken«, stimmte Moira zu. »Aber mach dir nichts draus.«

Nachdem sie die Parkgebühr bezahlt hatten, blieb Chiara im Treppenhaus stehen und holte wieder ihr Mobiltelefon hervor. »Ich muss Ravi zurückrufen.« Sie sprach kurz mit ihm, aber Moira konnte der Unterhaltung nicht entnehmen, worum es ging. Sie nahm ebenfalls ihr Handy und schrieb Luna eine Nachricht:

Heute Abend Sushi in Ponte Tresa? Nur wir beide.

Chiara war fertig und wandte sich ihr zu. »Ravi hat die Verbindungen von Calderonis Mobiltelefon kontrolliert. Er hat etwa zwei Wochen vor Livias Tod fünf Mal mit Camenzind telefoniert.«

»Das könnte wegen des neuen Albums gewesen sein.«

Chiara zog ihren Haarknoten fester. »Das war zu dem Zeitpunkt längst aufgenommen. Auf jeden Fall will ich hören, was Camenzind dazu zu sagen hat.«

»Ja, seltsam, dass sie so häufig telefoniert haben«, stimmte Moira zu, während sie zu ihrem Parkdeck hinuntergingen. »Hat Ravi sonst noch was Interessantes entdeckt?«

»Die Nummer, die Calderoni am häufigsten angerufen hat, gehört einer Michelle Bonaventura, die in Lugano wohnt. Wahrscheinlich ist das seine Freundin. Die besuchen wir zuerst. Camenzind kann bis morgen warten. Laut ihren Social-Media-Accounts ist Michelle Friseurin.« Chiara öffnete die schwere Brandschutztür und ließ Moira den Vortritt. Die Tür fiel hinter ihnen zu und die Polizistin blickte erst nach rechts, dann links. »*Cavolo*, wo habe ich das Auto abgestellt?«

»Ich habe auch nicht darauf geachtet.«

Sie gingen die Reihen der geparkten Wagen entlang und Chiara drückte immer wieder auf den Türöffner.

»Falsche Etage?«, sagte Moira.

»Nein, ich bin sicher, es war die blaue.« Chiara machte ein verbissenes Gesicht.

»Sag mal, um mit dieser Michelle zu sprechen, brauchst du mich doch gar nicht«, sagte Moira. »Nicht, dass mich der Fall nicht interessieren würde, aber ich würde gerne was mit meiner Tochter unternehmen.«

Chiara blieb stehen. »Natürlich. Tut mir leid, dass ich dich so beanspruche, du bist ja eigentlich nur als Dolmetscherin engagiert. Aber irgendwie sind wir ein gutes Team, findest du nicht?«

»Ich finde es wirklich spannend, so nah an den Ermittlungen dran zu sein. Aber ich muss auf meine Rechnung schreiben, was ich geleistet habe, und ich will es nicht übertreiben.«

»Dann nehme ich Ravi mit, kein Problem.«

»Du kannst mir dann ja alles erzählen.«

Chiara nickte, drückte wieder den Türöffner und zehn Meter weiter vorne blinkte ein Paar Rücklichter auf.

»Wusste ich doch, dass wir richtig sind.«

33

Bin noch am Lido, komme aber rechtzeitig, schrieb Luna.

Moira antwortete: *Tisch ist für 19 h reserviert*, schloss die Nachrichten-App, legte ihr Telefon auf den Terrassentisch und lehnte sich zurück, um die Sonnenstrahlen zu genießen. Ihr Vater war in seinem Arbeitszimmer beschäftigt, ihre Mutter zum Schwimmen nach Carona gefahren, und sie genoss die Stille, die nur vom Summen der Bienen unterbrochen wurde. Fast taten sie Moira ein wenig leid, weil sie so emsig die Pollen für den Honig sammelten, den Ambrogio ihnen wegnehmen würde.

Sie nahm einen Schluck von der kühlen Holunderlimonade, die sie aus der *cantina* geholt hatte, und sah Herta zu, die auf der Wiese herumsprang. Sie duckte sich und verschwand zwischen den hochstehenden Halmen, dann schnellte sie hoch, attackierte irgendetwas und schleuderte es mit den Vorderpfoten in die Luft. Dann ging das Spiel von vorne los. Moira dachte zuerst, die graugetigerte Katze hätte eine der Mäuse eingefangen, die auf dem Grundstück reichlich vorhanden waren, doch dann sah sie es im Sonnenlicht hell aufblitzen. Neugierig stand sie auf und schlich sich an Herta heran, um zu sehen, womit sie sich vergnügte. Die ließ sich nicht stören, sondern miaute, als wollte sie Moira zum Mitspielen auffordern, und nahm wieder ihre lauernde Stellung ein. Die grünen Augen fixierte sie auf einen Punkt im Gras. Moira sah zuerst nicht, was sie belauerte, doch dann sah sie ein metallisches Glänzen, ging in die Knie und hob den kleinen Gegenstand auf. Es war ein silberfarbener Knopf mit einem Rest Garn daran.

Herta maunzte empört. Moira strich ihr über den Rücken, dann warf sie den Knopf in die Luft. Die Katze sprang, erwischte den Knopf noch im Flug und rollte sich dramatisch ab, wobei sie ihre Beute fest zwischen den Pfoten hielt.

»Du kleine Elster«, sagte Moira laut. »Glänzende Sachen gefallen dir also?« Kaum hatte sie es ausgesprochen, regte sich in ihrem Kopf eine Idee.

Moira entfernte sich einige Schritte, kauerte sich ins Gras und wartete. Nach einigen Minuten nahm Herta den Knopf behutsam ins Maul und trabte in Richtung des Hauses. Moira folgte ihr in gebührendem Abstand durch die Küche und den Flur bis zu Ambrogios Arbeitszimmer. Die Katze huschte durch den Türspalt. Moira klopfte an und wartete, bis ihr Vater mit »*prego*« antwortete, bevor sie ins Zimmer trat.

»Ah, du bist es.« Ambrogio sah von der Zeitung auf, die er auf dem Schreibtisch ausgebreitet hatte, und lugte über den Rand seiner Lesebrille.

»Hast du Herta gesehen? Sie ist gerade eben hier hineingeschlüpft.«

»Davon habe ich nichts bemerkt.«

Moira sah sich im Zimmer um. »Sie muss hier irgendwo sein.«

»Hat sie etwas angestellt?« Ihr Vater setzte die Brille ab und legte sie auf den Schreibtisch.

»Vermutlich.« Moira ließ sich auf alle Viere nieder, krabbelte über den Boden und spähte hinter die Bücherstapel, die überall im Zimmer aufragten wie die Ruinen einer antiken Zivilisation.

»Du benimmst dich ein wenig seltsam«, stellte Ambrogio fest und blickte auf sie hinunter, doch davon ließ Moira sich nicht stören.

»Psst, sei mal still!« Sie lauschte. Hinter dem Ohrensessel raschelte es. Moira kroch hinüber, zwängte ihren Kopf in die Lücke zwischen der Armlehne des Sessels und der Wand und sah sich Hertas grünen Augen gegenüber. Die Katze saß inmitten einer Ansammlung von Kronkorken, silbernen Haarnadeln, Fetzen von Aluminiumfolie, Münzen und anderem glänzenden Kleinkram wie ein Drache auf seinem Schatz und fauchte sie an.

»Was ist denn da?«, hörte sie dumpf die Stimme ihres Vaters und zog den Kopf zurück.

»Du hast eine kleptomanische Katze.« Sie stand auf. »Wir sollten Herta in Horta umbenennen. Sie hat da hinten nämlich lauter Glitzerkram gehortet.«

Ambrogio gluckste. »Die kleine Räuberin! Ich habe mal gelesen, dass Katzen das gelegentlich machen, niemand weiß genau, aus welchen Gründen. Katzen sind einfach so wunderbar geheimnisvoll.«

»Ganz reizend«, sagte Moira trocken, nahm die Tüte mit Leckerchen aus dem Regal und schüttete einige davon in ihre hohle Hand. Dann ging sie wieder auf die Knie. Der malzige Duft der Häppchen lockte Herta hinter dem Sessel hervor. Moira streute die Leckerei auf die Dielen und während Herta sich darauf stürzte, zog sie den Sessel nach vorne.

»Das gibt es ja nicht«, sagte Ambrogio ungläubig, als der Silberschatz zum Vorschein kam. »Was für eine Arbeit es gewesen sein muss, all die Sachen anzuhäufen.«

»Und was für eine Arbeit es sein wird, all das zu sortieren«, erwiderte Moira und begann, die Gegenstände auseinanderzuschieben. »Da ist Mamas vermisstes Armband.« Sie legte es auf den Sessel. »Und Lunas Haarclips.« Sie wühlte weiter und fand endlich, was sie suchte: den silbernen Schlüssel, der in Napoleons Halsband gesteckt hatte.

»Da ist er!« Sie stand auf und hielt ihn hoch.

»Sehr gut.« Ambrogio lächelte. »Aber den Rest überlassen wir Herta. Sie wäre bestimmt traurig, wenn wir ihre Sammlung kaputtmachen würden.«

»Einverstanden. Abgesehen von dem Armband und den Haarspangen.« Moira schob den Sessel wieder an seinen Platz. Herta sah ihr misstrauisch zu und verschwand dann wieder in ihrer Schatzhöhle.

Moira ging in die Küche und steckte den Schlüssel ins Kleingeldfach ihres Geldbeutels. Sie wollte ihn nicht noch einmal verlieren. Dann holte sie ihr Telefon von der Terrasse, rief Chiara an und erzählte ihr von dem Fund.

»Ein Glück, dass du ihn wiedergefunden hast. Livia hatte sicher einen guten Grund, ihn in Napoleons Halsband zu verstecken.«

»Hoffentlich finden wir heraus, was man damit öffnet«, sagte Moira.

»Treffen wir uns morgen um zehn an Livias Villa«, sagte die Inspektorin. »Wir sind gerade bei Michelle Bonaventura fertig und fahren jetzt zur Teambesprechung der SoKo.«

»Was hat Calderonis Freundin gesagt? Habt ihr etwas herausgefunden?«

»Erzähle ich dir morgen. *Ciao*.«

Moira beendete das Gespräch und sah auf die Uhr. Beinahe sechs. Sie ging hinüber ins Gästehaus, duschte sich und zog sich ein knöchellanges, orangefarbenes Sommerkleid an, dazu türkisblaue Stoffturnschuhe. Die Haare steckte sie zu einem Dutt zusammen, was einige Zeit in Anspruch nahm, da sie mehrmals neu ansetzen musste, bis er unordentlich genug aussah. Zufrieden mit ihrem Spiegelbild kehrte sie zum Haupthaus zurück, setzte sich wieder auf die Terrasse und befasste sich mit ihren Social-Media-Accounts, bis Luna erschien. Moira war erleichtert, dass sie wieder ihre eigene Kleidung trug: Eine kurze Latzhose im Batiklook, darunter ein Band-T-Shirt, dazu eine runde Sonnenbrille mit blauen Gläsern.

»Sollen wir los? Ich hab ziemlichen Hunger.«

Sie gingen durch die Terrassentür in die Küche, wo Moiras Vater gerade die Espressokanne auf den Gasherd setzte.

»*Nonno*, kommst du mit zum Sushi-Essen?«

»Roher Fisch? *Tesoro*, das ist nichts für mich. Und ich muss auch in die Osteria, sonst wissen die alten Männer nicht, wo sie ihren Wein trinken sollen.«

Sie verabschiedeten sich und stiegen draußen in den klapprigen Jeep. Luna ließ das Fenster herunter und legte lässig den Unterarm auf die Kante. Moira schob eine von Ambrogios Johnny-Cash-CDs in die Anlage und drehte die Lautstärke auf. Eine knappe halbe Stunde später waren sie in Ponte Tresa und rollten über die Zollbrücke.

»Witzig, dass man eben mal zum Abendessen nach Italien fährt«, sagte Luna.

Das Sushirestaurant, in dem Moira reserviert hatte – eines von mehreren in dem kleinen Ort – lag nicht einmal hundert Meter von der Grenze entfernt und hatte das gleiche Angebot wie alle anderen: All-you-can-eat für zwanzig Euro. Chiara hatte ihr das Lokal empfohlen und erzählt, dass vor allem Schüler und größere Gruppen der günstigen Preise wegen zum Essen nach Ponte Tresa fuhren. In Lugano speiste man zwar in pittoresker Atmosphäre, musste dafür aber auch wesentlich tiefer in die Tasche greifen.

Moira lenkte den Geländewagen auf den Parkplatz, sie stiegen aus und gingen auf das Restaurant zu.

»Sorry, Nachricht von Valerie.« Luna blickte auf ihr Mobiltelefon und blieb etwas zurück. Moira wandte sich um und wollte sie gerade auffordern, nicht zu trödeln, als sie mit jemandem zusammenstieß. Der Aufprall war so hart, dass sie beinahe hingefallen wäre. Die andere Person, eine junge Frau mit braunen Locken, fasste Moiras Oberarm und zog sie hoch. Einen Moment lang waren sie sich seltsam nah, und der Griff um Moiras Oberarm war so fest, dass es weh tat. Sie begann gerade, sich zu wundern, wieso die andere sie nicht losließ, als Luna hinter einem Campingbus auftauchte. »War dringend, sorry.«

Die Frau ließ Moiras Arm los. »Tut mir leid, ich sollte aufpassen, wo ich meine Augen habe.«

»Nein, das war meine Schuld.«

Die Frau lächelte knapp. »Noch einen schönen Tag.«

»Ihnen auch.« Sie trennten sich. Leicht verwirrt blickte Moira ihr nach.

»Kommst du? Ich hab einen Megahunger!«, sagte Luna. Mit ein paar Schritten holte Moira zu Luna auf und hakte sie unter. »Und ich erst!«

Sie bekamen einen Tisch am Fenster, von dem aus sie auf den See blicken konnten, und bestellten über die hauseigene App eine ganze Reihe von Gerichten. Kurze Zeit später stellten zwei Kellner etliche Teller auf den Tisch, sodass die Getränke kaum noch Platz fanden. Alles war so kunstvoll dekoriert, dass man noch mehr Appetit bekam. Luna war begeistert und blickte mit leuchtenden Augen auf die Überfülle. Dann stürzte sie sich darauf wie ein Geier auf seine Beute.

»Boah, das ist so gut!«

»He, lass mir auch noch was übrig!« Moira sah amüsiert zu, wie ihre Tochter die Häppchen genoss, und es gelang ihr sogar, von den meisten Gerichten eine Kostprobe auf ihren eigenen Teller zu bugsieren.

»Irgendwie ist es schon ganz cool hier«, sagte Luna, nachdem der größte Hunger gesättigt war. »Das Wetter ist super, man kann im See baden gehen oder mal schnell nach Italien rüber. Val und ihre Squad wollen nächstes Wochenende in Como ein Motorboot mieten und Wasserski fahren. Darf ich da mit?«

Moira sprang über ihren Schatten. Sie freute sich, dass Luna dem Tessin doch positive Seiten abgewinnen konnte. »Wenn du versprichst, vorsichtig zu sein.«

»Klar. Ich passe schon auf mich auf.« Luna machte sich über einen Teller Sashimi her. Moira betrachtete liebevoll ihren pinkfarbenen Haarschopf. In ihr regte sich leise Hoffnung, dass Luna sich vielleicht doch für einen Umzug begeistern konnte.

34

Die Villa Rondine wirkte, als stünde sie schon viel länger leer als nur ein paar Wochen. Moira konnte nicht genau sagen, woran es lag, aber das Haus strahlte eine Kälte und Verlassenheit aus, die sie bei ihrem letzten Besuch noch nicht wahrgenommen hatte. Auf der Terrasse lagen die faulenden Blütenblätter der Pfingstrosen, und die Simse waren von Vogelkot weiß gesprenkelt. In den Räumen roch es nach einer Mischung aus Staub und vergorenem Abfall, und die Möbel, die niemand mehr benutzte, wirkten verloren.

»Schon traurig, dass am Ende so wenig von einem Menschen übrigbleibt«, sagte Moira und sah sich im Salon um. Der Kugelsessel war mit Staub überzogen und sah aus, als hätte er Schimmel angesetzt.

Chiara dachte wie immer praktisch. »Wo fangen wir an? Die Kriminaltechnik hat ja schon das ganze Haus auf den Kopf gestellt, ich wüsste nicht, wo wir noch nach einem Tresor suchen sollten.«

»Den ersten haben sie auch übersehen«, erinnerte Moira die Inspektorin.

»Stimmt auch wieder. Also?«

»Sehen wir im oberen Stock nach, da haben wir letztes Mal nicht gerade gründlich gesucht.«

Ihre Schritte hallten auf dem Marmorboden des Foyers und der Treppe. Das große Himmelbett im Schlafzimmer mit seinen halb zugezogenen Vorhängen strahlte etwas Unheimliches aus.

Moira zog die Stoffbahnen zurück. »Es ist albern, aber ich habe sonst das Gefühl, da hockt etwas im Bett und beobachtet uns.«

»Etwas?« Chiara verzog das Gesicht. »Willst du, dass ich gleich schreiend hier rausrenne?«

»Dass du an Übernatürliches glaubst, hätte ich nicht gedacht.« Moira grinste.

»Was erwartest du? Meine Großmutter ist Sizilianerin.«

»Das ist eine Erklärung?«

»Natürlich. Ich bin mit Gespenstergeschichten groß geworden. Im Alter von vier bis zehn konnte ich nach der Gutenachtgeschichte nur im Bett meiner Eltern schlafen. Wahrscheinlich habe ich deshalb keine Geschwister.«

Moira musste lachen. »Vielleicht war genau das die Absicht deiner *nonna*.« Sie sah sich um. »Wo würdest du einen Safe einbauen lassen?«

»Im Kleiderschrank«, antwortete Chiara.

Sie öffneten die Türen des Einbauschranks, der die gesamte Wand gegenüber des Bettes einnahm, räumten die Kleidung heraus, die intensiv nach Lavendel roch, und tasteten die Rückwände ab.

»Einen Safe würde man doch sehen«, sagte Chiara nach einer Weile.

»Wahrscheinlich. Aber wir sind ja noch nicht durch. Vielleicht ist es auch kein Safe, sondern eine Geldkassette.« Moira tauchte in das Schranksegment mit den Pelzmänteln. Hier roch es nicht nach Lavendel, sondern unangenehm chemisch. Plötzlich fiel etwas Längliches vor Moira herab und glänzende Augen starrten sie an. Sie schrie auf, prallte zurück und landete mit der Kehrseite auf dem Parkettboden.

»Was ist los?«, fragte Chiara erschrocken.

Moira stützte die Stirn in die Handflächen. »Ich habe mich gerade vor einem Fuchskragen zu Tode erschreckt.«

»Das ist ja auch zum Gruseln. Armes Tier.«

Hinter den Pelzen fand sich kein Safe. Das letzte Schrankabteil enthielt die Abendkleider der verstorbenen Diva: Weicher Samt, glatte Seide, Pailletten, Perlenstickerei – Moira strich bewundernd über die edlen Stoffe.

»Man sieht genau, aus welchem Jahrzehnt die Kleider stammen.« Sie hielt eine bunt gestreifte Robe mit Trompetenärmeln hoch. »Siebziger. Und das knallgelbe mit dem Ballonrock stammt aus den Achtzigern.«

Chiara fehlte offensichtlich der Sinn für modische Finessen, denn sie drängte darauf, weiterzusuchen. Sie räumten die Kleider wieder zurück in den Schrank und begannen, hinter die Bilder zu spähen.

»Wenn ich einen Safe hätte, wäre er garantiert nicht hinter einem Bild«, sagte Moira. »Da sieht doch jeder zuerst nach.«

»Wir müssen es trotzdem überprüfen.« Chiara hob eine mit Aquarellfarben colorierte Zeichnung von abstrahierten Segelbooten an. »*Che schifo*! Eine tote Spinne!«

»Ach, für die hast du kein Mitleid?«

»Nein. Füchse sind niedlich, Spinnen nicht.«

»Aber beide sind pelzig.«

Chiara warf ihr über die Schulter einen tadelnden Blick zu. »Meine sizilianische *nonna* hatte auch einen Bart, aber ich finde Jason Momoa irgendwie attraktiver.«

»Na gut, du gewinnst.«

Sie sahen pro forma unter das Bett und in den Frisiertisch und nahmen sich dann die anderen Räume des Obergeschosses vor, allerdings ohne Erfolg.

»Vielleicht ist es gar nicht hier, sondern in einem Schließfach«, sagte Chiara und wischte sich eine Spinnwebe von der Stirn.

»Kann sein, aber da wir schonmal hier sind, können wir

auch noch den Rest des Hauses durchsehen. Auch, wenn wir gar nicht wissen, wonach.«

»In Ordnung, aber ich brauche einen Kaffee.«

»In der Küche ist bestimmt noch welcher.«

Sie gingen ins Erdgeschoss. In der Küche war der Müllgeruch stärker, und Moira stellte fest, dass im Küchenschrank ein Netz mit Zwiebeln vor sich hin gammelte. Sie entsorgte das streng riechende Übel in einer Einkaufstüte und knotete sie zu. Tatsächlich fanden sie im selben Schrank eine Blechdose mit Kaffeepulver.

Der Strom funktionierte noch, daher konnten sie sich einen Espresso brauen. Auch Zucker war vorhanden, und Moira nahm zwei Löffel, um die fehlende Milch auszugleichen. Sie nahmen die Tassen mit auf die Terrasse und setzten sich auf die breite Brüstung. Die tiefblaue Oberfläche des Sees glitzerte im Sonnenlicht. Moira blickte in die Schneise, die Livias Sturz verursacht hatte.

»Ob ihr klar geworden ist, was passiert, während sie gefallen ist?«

»Es war wohl weniger ein Fall als ein Sturz«, korrigierte Chiara. »Sie ist mehrere Male aufgeprallt.«

Moira wandte ihren Blick von dem steil abfallenden Felsen ab, dessen Tiefe einen unangenehmen, aber faszinierenden Sog auf sie ausübte, und nahm einen Schluck von ihrem Espresso.

»Wie gehst du damit um, ständig mit Verbrechen und Tod zu tun zu haben?«

»So wild geht es im Tessin auch wieder nicht zu. Wir haben etwa fünfzehn bis zwanzig versuchte und ausgeführte Tötungsdelikte im Jahr.«

»So viele? Das hätte ich nicht erwartet.«

Chiara stellte ihre leere Tasse neben sich auf der Brüstung ab. »Das Tessin ist keine Insel der Seligen. Die Abgründe, in die wir manchmal blicken, sind erschreckend. Aber die Antwort auf deine Frage ist ganz einfach: Man gewöhnt sich in gewisser Weise daran. Das heißt nicht, dass ich abgestumpft bin. Aber wenn ich nach Hause gehe, lasse ich die Arbeit gedanklich hinter mir. Es gibt die *Ispettrice* Moretti und die private Chiara. Und beide haben nicht sehr viel gemeinsam.« Sie schwieg einen Augenblick und sah aufs Wasser hinaus. »Das ist wahrscheinlich merkwürdig.«

»Irgendwie schon. Aber ich verstehe, dass man das sonst nur schwer aushalten kann. Ich muss die ganze Zeit an Stefano Calderoni denken. Er war vielleicht kein Musterknabe, aber irgendwie nett.«

Chiara warf ihr einen Seitenblick zu. »Und vielleicht hat er eine alte Dame umgebracht. Möglicherweise sogar für Geld.«

Moira hob den Kopf. »Ist das eure Hypothese? Dass Stefano als Auftragskiller angeheuert wurde?«

»Vielleicht«, sagte Chiara und presste die Lippen zusammen. »Ich darf eigentlich nicht mit Außenstehenden darüber sprechen, also behalte es bitte für dich. Aber mein Vater hält für möglich, dass das Geld, das Calderoni bei sich hatte, die zweite Rate für den Mord an Livia gewesen sein könnte.«

»Puh!« Moira musste diese Neuigkeit erst einmal verdauen. »Ich muss zugeben, dass das einleuchtend klingt. Hat dein Vater auch eine Theorie, wer ihn bezahlt haben könnte?«

»Camenzind, weil er das Erbe brauchte, um seine Firma vor dem Bankrott zu retten. Oder die Unbekannte, die bei Livia ein- und ausging. Nur fehlen uns die Beweise.«

»Luca beeilt sich mit der Auswertung der DNA-Probe, dann wissen wir, ob Nicole Kretzky diese Unbekannte ist.«

»Selbst wenn, ist es fast unmöglich, ihr die Tötung nachzuweisen. Ihre DNA hier im Haus wäre kein Beweis dafür, dass sie die Tat begangen hat. Es ist ja nicht verboten, seine Großmutter zu besuchen – selbst wenn sie uns ihre Bekanntschaft verheimlicht hat.«

Moira hob die Hände. »Aber weshalb hat sie dann so getan, als wüsste sie gar nichts von Livia?«

»Guter Punkt, aber kein Beweis. Und an Livias Leiche konnten wir keine fremden Spuren mehr sichern, das weißt du ja. Unsere einzige Chance ist ein Geständnis, von wem auch immer. Dementsprechend viel Druck müssen wir auf die Verdächtigen ausüben. Mein Vater gibt gerne den harten Hund, aber ich hasse das. Auch wenn ich es lernen musste.« Chiara seufzte und rutschte von der Brüstung. »Na komm, lass uns weitermachen.«

Sie setzten ihre Suche fort. Zuerst auf dem Dachboden, den man über eine steile Treppe erreichte, doch außer ein paar alten Stühlen und Teppichen lagerte dort nichts. Sie warfen einen Blick in das seltsame, versteckte Hinterzimmer, in dem Livia zum Schluss gehaust hatte, doch hier hatte die Kriminaltechnik wirklich jeden Quadratzentimeter abgesucht. Einen richtigen Keller gab es nicht, wohl wegen des felsigen Untergrunds, nur ein kleines Gelass neben der Eingangstür, in das zwei Stufen hinabführten. Hier fanden sich nur leere Flaschen und ein verrosteter Werkzeugkasten. Im Salon gab es keine Möbel, in denen sich ein Safe oder etwas Ähnliches verbergen konnte, daher nahmen sie sich gleich die Bilder vor. »Zuerst das große«, sagte Moira und deutete auf das abstrakte Gemälde, das sie als Morgendämmerung interpretiert hatte und das sich auch auf einem der Plattencover wiederfand. In ihrem Magen kribbelte es. Dieses Motiv hatte für Livia eine besondere Bedeutung gehabt – also lag es nahe, dass sie dahinter anderes von Bedeutung verborgen hatte.

Gemeinsam hoben sie die Leinwand von den beiden Haken und stellten es gegen das Sofa.

»Mist, ich war fast sicher, dass wir hier etwas finden.« Moira betrachtete enttäuscht die glatt verputzte Wand. Dann untersuchte sie die Rückseite des Bildes, doch auch hier fand sich nichts Ungewöhnliches.

»Wir müssen einfach weitersuchen«, sagte Chiara, die den Misserfolg mit mehr Fassung trug.

»Vielleicht ist das, wozu der Schlüssel passt, doch nicht hier«, grübelte Moira. »Sonst hätte man es doch gefunden.« In Gedanken lief sie noch einmal durch das ganze Haus. Wo hatten sie noch nicht nachgesehen?

»Das Bad.«

Chiara legte den Kopf schräg. »Was meinst du damit?«

»Wir haben nicht in den Bädern nachgesehen.«

»Kein Mensch baut sich einen Safe im Bad ein.«

»Und wenn doch?« Moira machte sich auf den Weg zu dem kleinen Badezimmer, das sich an Livias Schlafzimmer anschloss. Chiara sah von der Tür aus zu, wie sie die Wände absuchte und mit den Fingerspitzen den Rand des Spiegels abtastete. Der war anscheinend flach an der Wand befestigt, doch auf einmal klickte es leise, der Spiegel klappte auf wie ein Schrank und dahinter wurde eine Mauernische sichtbar.

»Ich hatte recht.« Moira starrte auf die Metallklappe mit Schloss, die in die Nische eingelassen war, dann wandte sie sich Chiara zu. »Machst du auf? Ich will nicht irgendwelche Spuren zerstören.«

Chiara holte Einweghandschuhe aus ihrer Umhängetasche und zog sie über, dann tauschte sie den Platz mit Moira. Zuerst machte sie mit dem Mobiltelefon mehrere Fotos von der Nische hinter dem Spiegel, dann probierte sie, ob der Schlüssel passte. Moira konnte es nicht sehen, weil der aufgeklappte Spiegel die Nische verbarg, hörte aber, wie er ins Schloss glitt. Auch wenn sie keine Vorstellung davon hatte, was sich in dem Fach befinden mochte, klopfte ihr Herz schneller. Chiara drehte den Schlüssel, es klackte, als er einrastete. »Offen.«

Moira war so gespannt, dass sie sich die Wangen hielt, während sie zusah, wie Chiara etwas aus dem Tresor herausholte.

»Papiere.« Die Inspektorin hielt einige Umschläge und gefaltete Blätter hoch.

Sie gingen ins Schlafzimmer und Chiara untersuchte die Papiere der Reihe nach.

»Alte Versicherungspolicen«, stellte Chiara fest und legte den ersten Umschlag zurück. »Das ist ein Vertrag über einen Auftritt in Sanremo von 1963. Schon ganz vergilbt.« Sie nahm den nächsten Umschlag, der keine Knicke besaß und daher neu wirkte, öffnete ihn und zog ein handgeschriebenes Blatt heraus und las vor: »*Mein letzter Wille*. Treffer!«

Moira ertrug es kaum, zu warten, bis Chiara das Dokument überflogen hatte und sinken ließ.

»Das ist ein Testament zugunsten von Nicole Kretzky.«

»Ist es früher oder später datiert als das, in dem Camenzind als Alleinerbe eingesetzt wird?«

»Keine Ahnung. Da muss ich in meinen Fotos nachsehen.« Chiara wischte auf dem Bildschirm ihres Telefons herum. »Da ist es.« Sie vergrößerte das Bild mit Daumen und Zeigefinger, blinzelte und zog die Augenbrauen hoch.

»Jetzt sag schon!«

»Camenzinds Testament ist von 2016, unseres hier von letztem Jahr.«

»Dann ist also Nicole die Erbin?«

»So gut kenne ich mich da nicht aus, aber ich denke schon. Signor Camenzind wird ziemlich enttäuscht sein.«

Moira rieb sich die Stirn. »Weißt du, was seltsam ist? Warum bewahrt man ein Testament in einem Tresor auf? Man will doch, dass es gefunden wird.«

Chiara sah aus dem Fenster, dann sagte sie: »Weil man Angst hat, es könnte gestohlen werden.«

35

Urs Camenzind rückte seine Brille zurecht. »Mit Ihnen hatte ich nicht gerechnet.«

»Das glaube ich Ihnen.« Chiara lächelte ihn an. »Dürfen wir reinkommen?«

»Eigentlich passt es gerade nicht so gut«, setzte der Musikproduzent an, doch Chiara unterbrach ihn: »Es gibt Neuigkeiten.«

Nach einer kurzen Pause sagte Camenzind etwas gezwungen: »Ach so, ja, dann, gut, kommen Sie mit.« Er ließ sie eintreten und ging wie beim letzten Mal voraus in sein unordentliches Büro. Während sie ihm folgten, sah Moira Chiara fragend an. Weshalb regierte Camenzind so nervös auf ihren Besuch? Die Inspektorin hob die Schultern und die Augenbrauen.

Camenzind blieb stehen. »Was müssen Sie mir denn so dringend mitteilen?«

»Erst einmal muss ich Sie etwas fragen«, sagte Chiara. »Was haben Sie vor zwei Tagen gemacht? Ich brauche einen möglichst exakten Tagesablauf.«

Camenzind schluckte sichtbar. »Moment, da muss ich erst einmal überlegen.«

»Gehen Sie einfach den Tag noch einmal durch, beim Aufwachen angefangen«, ermunterte ihn Chiara und richtete ihr Mobiltelefon auf ihn. »Ich nehme es auf, wenn es Ihnen recht ist.«

Offensichtlich war es das nicht, dennoch protestierte er

nicht. Sein Blick wanderte Hilfe suchend zu Moira. »Habe ich richtig verstanden?«, fragte er auf Deutsch. »Ich soll meinen gesamten Tagesablauf schildern?«

»Ja, ab dem Aufwachen«, bestätigte Moira. »Ich dolmetsche gerne, wenn es Ihnen auf Deutsch leichterfällt.«

Wieder rückte der Mann sich die Brille zurecht, dann verschränkte er die Arme vor der Brust und krümmte die Schultern nach vorne, als fröre ihn.

»Ich bin aufgestanden, habe mich geduscht und gefrühstückt, dabei die Zeitung gelesen.«

Moira übersetzte.

»Wann waren Sie damit fertig?«, fragte Chiara sofort. Sie versuchte wohl, Camenzind so wenig Zeit wie möglich zum Nachdenken zu geben, was durch die Übersetzung und seine bedächtige Art nicht einfacher wurde.

»Um halb neun, denke ich, so wie immer. Dann war ich im Büro bis zum Mittagessen gegen halb eins. Es gab *luganighetta* mit frischem Kartoffelpüree und Karotten. Nach dem Essen habe ich ein Schläfchen gemacht.« Er lächelte bemüht. »Man ist nicht mehr der Jüngste.«

»Ich verstehe. Und wie hat sich der Nachmittag gestaltet?«

»Gegen zwei habe ich weitergearbeitet, und irgendwann war ich im Einkaufszentrum in Balerna.«

Chiara hakte sofort nach. »Bei Serfontana oder dem Centro Breggia?«

Moira hatte den Eindruck, Camenzind zögerte kurz, bevor er antwortete: »Centro Breggia.«

Moira hatte sich die Karte der *gole della Breggia* im Internet angesehen. Von dem Parkplatz des kleinen Einkaufszentrums führte ein Fußweg direkt in das Naturschutzgebiet hinein.

»Wo hatten Sie Ihr Auto abgestellt?«

»Vorne, vor dem Gebäude.«

»Wann sind Sie angekommen, und wie lange haben Sie sich im Einkaufszentrum aufgehalten?«

Camenzind strich sich mehrmals mit dem linken Mittelfinger über die linke Augenbraue. Seine Brust hob und senkte sich.

»Ich war wohl so um halb vier da und bin eine Dreiviertelstunde geblieben.«

»Sehr gut. Diese genauen Angaben sind sehr hilfreich. Was haben Sie in dieser Zeit gemacht?«

»Etwas gekauft.«

Chiara feuerte weiter. »Wunderbar. Und was genau?«

»Moment, ich muss kurz nachdenken.« Camenzind blähte die Lippen und schloss die Augen, dann schüttelte er den Kopf. »Tut mir leid, ich habe da wohl gerade eine Blockade. Ich kann mich nicht erinnern. Ach ja, Essen habe ich eingekauft, unten in der Lebensmittelabteilung.«

Chiara nickte. »Und was haben Sie genau gekauft?«

»*Madonna*, so etwas merke ich mir doch nicht!«

»Haben Sie den Kassenbeleg?«

»Nein, den werfe ich immer sofort weg.« Camenzind schwitzte jetzt sichtbar.

»Mussten Sie nachdenken, weil Sie in Wirklichkeit gar nicht dort, sondern anderswo waren? Am alten Zementwerk? Um sich mit Stefano Calderoni zu treffen?«

»Nein, warum hätte ich mich mit dem treffen sollen?«

Chiara reckte das Kinn und sah aus wie ein kleiner, aber gefährlicher Raubvogel. »Bei unserem ersten Gespräch haben Sie gesagt, Sie würden ihn gar nicht kennen.«

Camenzind stutzte und sagte dann hastig: »Tue ich auch nicht.«

»Wenn man jemanden nicht kennt, fragt man nicht, weshalb man sich treffen sollte, sondern wiederholt, dass man diese Person nicht kenne. Außerdem ist es eigenartig, dass dieser Mann, den Sie angeblich nicht kennen, mehrmals mit Ihnen telefoniert hat. Wir haben seine Telefondaten überprüft.«

Moira versuchte, fast simultan zu dolmetschen, um Camenzind mehr Druck zu machen. Es schien zu funktionieren. Sein Kiefer mahlte, und Moira war sicher, dass er Zeit gewinnen wollte. Chiara hatte ihn mit ihrem Dauerbeschuss so aus dem Konzept gebracht, dass er sich verplappert hatte.

Chiara verschränkte die Arme. »Wir haben Stefano Calderonis Leiche gefunden.«

Einen Moment lang war Camenzinds Gesicht völlig ausdruckslos, dann weiteten sich seine Augen und sein Mund öffnete sich leicht. »Was?«

»Sie haben verstanden, was ich gesagt habe.« Chiaras Stimme klang hart wie Glas. »Und wenn Sie ihn nicht kannten, wieso erschüttert Sie diese Nachricht?«

Camenzind fuhr sich mit einer Hand über den Kopf, und sein Blick irrte Halt suchend im Raum umher.

Chiara blieb unerbittlich. »Was ist zwischen Ihnen und Calderoni vorgefallen, als Sie sich am alten Zementwerk getroffen haben?«

Moira übersetzte wieder und sah dabei, wie Camenzind über seine Antwort nachdachte. Seine Schultern erschlafften und sein Kinn sank nach unten, als sämtliche Energie aus ihm entwich. Er tastete mit zitternden Händen nach der Schreibtischkante und stützte sich darauf ab, während er mehrmals tief ein- und ausatmete.

Chiara wurde etwas weicher: »Sagen Sie die Wahrheit, wir finden sie sowieso heraus.«

Camenzind hob eine Hand. »Nur eine Sekunde.« Er schloss kurz die Augen, nahm einen hörbaren Atemzug und richtete sich auf.

»Es stimmt, wir haben uns am Zementwerk getroffen. Aber

er war am Leben, als ich gegangen bin, das schwöre ich. Ich weiß nicht, was passiert ist, und ich habe nichts damit zu tun.«

»Setzen Sie sich.« Chiara wies mit dem Kinn auf den Stuhl hinter dem Schreibtisch, und Camenzind kam ihrer Aufforderung nach.

Sie legte ihr Mobiltelefon auf den Tisch und baute sich vor ihm auf. »Sie sind offenbar der Letzte, der Stefano Calderoni lebend gesehen hat. Sie sind in ziemlichen Schwierigkeiten, Signor Camenzind, daher rate ich Ihnen, nichts zu verbergen. Sonst reiten Sie sich noch tiefer in den Schlamassel, in dem Sie jetzt schon bis zum Hals stecken. Verstehen Sie das?«

Camenzind nickte.

»Fangen Sie ganz am Anfang an. Wie haben Sie und Calderoni sich kennengelernt?«, wollte Chiara wissen.

»Er hat hier angerufen und wollte von mir Geld für die Stücke haben, die er für Livia geschrieben hatte. Sie würde leugnen, ihm dafür Geld zu schulden. Ich konnte ihm natürlich nicht helfen, das war eine Sache zwischen ihm und ihr, und Calderoni hat das auch verstanden. Kurz darauf ...«, Camenzind nahm einen Bleistift vom Tisch und drehte ihn zwischen seinen Fingern, während er weitersprach, »... besuchte ich Livia zu Hause. Dabei teilte sie mir mit, sie habe ihr Testament geändert. Ich sei nicht länger ihr Erbe, sondern ihre Enkelin, die sie erst vor Kurzem kennengelernt habe. Ich habe erst gar nicht verstanden, wovon sie redete. Sie hatte ja gar keine Kinder. Aber sie hat mir dann von einer Tochter erzählt, die nicht bei ihr aufgewachsen ist, und dass sie nun alles wiedergutmachen wolle.«

Camenzind sah auf und schnaubte, als machte er sich über sich selbst lustig. »Dabei hatte sie mir versprochen, dass ich das Haus und die Rechte an ihren Liedern erben würde. Darauf habe ich mich verlassen und einen Kredit aufgenommen, um das Studio und die Firma zu erhalten.« Er sah sich im Zimmer um. »Das ist mein Lebenswerk, das kann ich doch nicht einfach den Bach runtergehen lassen, nur, weil es gerade nicht so gut läuft.«

»Das verstehe ich sehr gut.« Chiara klang auf einmal ruhig und einfühlsam.

»Ich habe das Haus als Sicherheit angegeben, denn ich dachte ja, wenn Livia irgendwann stürbe, könnte ich alles zurückzahlen. Und dann stand ich auf einmal mit leeren Händen da.«

»Sie waren sicher wütend auf sie«, sagte Chiara, und Camenzind nickte. »Natürlich. Wir haben uns gestritten. Aber sie war eine arrogante, störrische Person und wollte nicht einsehen, in welche Lage sie mich durch ihre Launenhaftigkeit gebracht hatte.«

»Es war also ein Unfall«, sagte Chiara ruhig. »Sie stritten sich, und sie kippte über die Brüstung.«

Camenzind sah auf, er wirkte verwirrt. »Wovon reden Sie jetzt?«

»Davon, wie Livia gestorben ist.«

Camenzind ließ den Stift auf den Tisch fallen und wedelte abwehrend mit den Händen. »Nein, nein, damit habe ich nichts zu tun! Wir haben uns gestritten, dann bin ich gegangen.«

Die Inspektorin seufzte. »Seltsam, dass zwei Leute, mit denen Sie Kontakt hatten, kurz darauf tot waren.«

»Dafür kann ich doch nichts!« Camenzinds Kopf und Hals liefen rot an. Er wirkte, als würde er gleich anfangen zu weinen.

»Gut, lassen wir das so stehen. Wir werden später noch die genauen Daten und Zeiten abgleichen, aber erzählen Sie erst einmal weiter.«

Camenzind wirkte jetzt wesentlich aufgeregter. Ihm war wohl klar geworden, dass es für ihn nicht gut aussah.

»Ich bin nicht stolz darauf, aber ich wusste nicht, was ich machen sollte. Deshalb habe ich Stefano angerufen. Auch er wollte Geld von Livia, und er hatte erwähnt, dass seine Mutter Livias Putzfrau ist, also habe ich ihm einen Vorschlag gemacht: Er sollte mir die beiden Testamente bringen, gegen Bezahlung. Ich dachte, Livia würde das gar nicht merken, und ich könnte das neuere Testament einfach vernichten.«

»Nur hat Stefano nicht beide Testamente gefunden, richtig?«, mischte Moira sich ein. »Sondern nur das erste, das Sie uns gezeigt haben.«

Camenzind nickte. »Das war richtiger Mist, deshalb habe ich Stefano auch nur die Hälfte des Geldes gegeben. Ich dachte, ich komme irgendwie noch an das zweite Testament, wenn ich Livia besuche. Aber dann war sie plötzlich tot, und ich hatte mich schon damit abgefunden, dass ich nichts erbe. Aber als Sie mich besucht haben, wurde mir klar, dass niemand davon wusste. Deshalb habe ich Stefano überzeugt, noch mal in die Villa einzusteigen und danach zu suchen. Ich habe ihm alles Geld gegeben, das ich noch flüssig machen konnte. Mein Polster für absolute Notfälle.«

Moira räusperte sich. »Wie ist Calderoni beim ersten Mal in die Villa reingekommen?«

»Er hat ein Boot genommen und ist am Steilhang hochgeklettert. Von seiner Mutter wusste er, dass Livia an diesem Tag beim Friseur war.«

»Hat er Livia über die Terrassenbrüstung gestoßen?«

Camenzind hob die Schultern. »Wenn es so war, würde er es mir kaum erzählt haben. Aber ja, es könnte sein, dass sie ihn überrascht hat, weil sie früher zurück war, als er dachte.«

»Die Schlussfolgerungen können Sie getrost uns überlassen«, sagte Chiara kühl.

»Entschuldigung.«

»Kommen wir zu dem Treffen am Zementwerk. Wie lief das ab?«

»Er war vor mir da, ich habe ihm das Geld gegeben und bin wieder gefahren. Das Ganze hat vielleicht fünf Minuten gedauert.«

»Sind Ihnen in der Umgebung des Zementwerks Autos aufgefallen?«

»Da stehen immer ein paar herum, ich nehme an, von den Besitzern des *grotto* ganz in der Nähe. Und von Spaziergängern. Aber ich kann mich nicht an Modelle oder Lackierungen erinnern. Stefanos Wagen kannte ich natürlich, der parkte am Straßenrand.«

Chiara nahm ihr Handy, tippte darauf herum und hielt es dann Camenzind unter die Nase. »Hier ist eine Direktansicht der Zufahrt. Zeigen Sie uns, wo Stefanos Wagen stand.«

»Ein Stück weiter vorne.« Camenzind wischte mehrmals auf dem Bildschirm nach unten. »Hier, rechts vor diesem Gebüsch.«

»Danke.« Chiara nahm das Handy wieder an sich. »Signor Camenzind, ich informiere Sie hiermit darüber, dass Sie als dringend tatverdächtig gelten, die Tötungsdelikte zum Nachteil von Olivia Martinelli und Stefano Calderoni begangen zu haben. Daher werde ich Sie jetzt zur weiteren Abklärung vorläufig festnehmen. Moira, bitte übersetze das genau.«

Chiara wartete, bis Moira ihre Worte auf Deutsch wiederholt hatte. Camenzind stützte die Ellbogen auf den Tisch und bedeckte seine Stirn mit den Handflächen. »Das darf doch alles nicht wahr sein«, stöhnte er und sah auf. »Ich war das nicht! Das mit dem Einbruch war eine dumme Idee, dafür übernehme ich die Verantwortung. Aber ich töte doch niemanden!«

»Wir werden sehen.« Wieder griff Chiara zum Handy. »*Ispettrice* Moretti, ich brauche ein Verhaftungsteam mit einem normalen Einsatzwagen. Eine Festnahme. Keine Gegenwehr, nehme ich an. Danke.« Sie gab die Adresse durch und beendete das Gespräch.

»Ich will einen Anwalt verständigen«, sagte Camenzind erschöpft.

»Bitte sehr.« Chiara wies auf das Festnetztelefon, und Camenzind erledigte den Anruf. »Mein Anwalt trifft uns in Lugano.«

Danach rief Camenzind noch seine Frau an, die eine Freundin in Ascona besuchte, verriet ihr aber nicht, dass er verhaftet worden war. »Sie brauchen mich, um eine Aussage zu machen. Ich melde mich wieder, Schatz.«

Sie warteten schweigend. Camenzind hatte sich ganz in sich zurückgezogen, das Gesicht in den Händen vergraben. Moira bedauerte ihn. Für sie hatte seine Aussage ehrlich geklungen. Und sie konnte sich einfach nicht vorstellen, dass jemand wie er zwei Mal töten würde. Nichts an ihm wirkte aggressiv oder bedrohlich.

Doch natürlich konnte sie sich irren und schätzte ihn möglicherweise falsch ein. Sah man einem Menschen an, wozu er fähig war oder welche Taten er begangen hatte? Gab es eine Aura des Verbrechens, die Kriminelle umgab wie ein Parfüm? Sie kannte die Antwort. Wäre es so, würden alle Verbrechen aufgeklärt und alle, die dafür verantwortlich waren, säßen hinter Gittern.

Nach nur einer Viertelstunde hielt ein Wagen vor dem Haus, Autotüren schlugen zu, dann klingelte es. »Moira, würdest du?« Chiara nickte zum Flur hin.

Moira stand auf, ging durch den langen Flur und öffnete, dann führte sie die zwei uniformierten Polizisten in Camenzinds Büro.

»Wir müssen Ihnen Handschellen anlegen, das ist Vorschrift.«

Camenzind stöhnte gequält, drehte sich aber um. Das metallische Klicken ließ Moira schaudern, denn dadurch wurde Camenzind von einem normalen Menschen zu jemandem, der nicht mehr selbst über sich bestimmen durfte, und sie konnte nicht verhindern, dass er ihr leidtat. Sie fragte sich, ob das ebenso wäre, wenn sie sicher wüsste, dass er Livia getötet hätte.

36

Camenzind wurde im Einsatzfahrzeug ins Kommissariat gebracht, Chiara und Moira folgten in dem zivilen Wagen, mit dem sie gekommen waren. Auf der Autobahn herrschte der übliche Stau in Richtung Italien. »Der reinste Exodus«, bemerkte Chiara. »Jeden Morgen und jeden Abend fahren 75000 *frontalieri* über die Grenze, und es werden immer mehr. Der pure Wahnsinn.«

»Wenn ich in Italien zu Hause wäre, würde ich auch in der Schweiz arbeiten wollen«, antwortete Moira. »Und das Tessin braucht die Arbeitskräfte, sonst gäbe es nicht so viele Pendler.«

»Im Gegensatz zu vielen Tessinern habe ich nichts gegen die *frontalieri*«, sagte Chiara. »Mir gehen nur die Staus und die schlechte Luftqualität auf die Nerven.« Sie beschleunigte und überholte einen Kleinbus, um nicht den Anschluss an den Einsatzwagen mit Urs Camenzind darin zu verlieren.

»Livia muss sich sicher gewesen sein, dass Nicole ihre leibliche Enkelin ist«, sagte Moira. »Sonst hätte sie ihr sicher nicht alles vermacht.« Chiara gab noch mehr Gas.

»Ich verstehe nur nicht, wie Ursula Sommerhalder es geschafft hat, Alba als ihr eigenes Kind auszugeben«, sinnierte Moira weiter.

»Ihr Mann war doch Arzt, wahrscheinlich war es kein Problem für ihn, eine falsche Geburt einzutragen. Dadurch gab es keine Möglichkeit, eine Verbindung zwischen Livia und Alba herzustellen.«

»Und das alles, um einen Skandal zu vermeiden. Es muss furchtbar für Livia gewesen sein, ihr Kind aufzugeben.«

Chiara sah sie kurz von der Seite an. »Anscheinend waren ihre Karriere und ihr Ruf ihr wichtiger. Mein Mitleid hält sich, ehrlich gesagt, in Grenzen.«

In Lugano angekommen, stellte sie den Wagen ab. »Was passiert jetzt?«, fragte Moira.

»Camenzind wird einem Untersuchungsrichter vorgeführt, der festlegt, ob Untersuchungshaft geboten ist. Wenn ja, befragen wir ihn weiter.«

Sie stiegen aus und betraten einen Gebäudeflügel, den Moira noch nicht kannte. Doch hier sah es genauso trostlos aus wie im Kommissariat: Viel Beton und lange, kahle Korridore. Die Uniformierten und Camenzind waren nicht zu sehen.

Chiara deutete auf eine Sitzreihe, die an den Boden geschraubt war. »Warte hier, ich muss ein paar Dinge klären.« Sie verschwand hinter einer Tür, und Moira versuchte, sich die Zeit mit einem Onlinespiel zu vertreiben, konnte sich aber nicht konzentrieren. Um sich herum hörte sie förmlich die sprichwörtlichen Mühlen der Justiz knirschen und mahlen, in die Camenzind nun hineingeraten war. Sie verstand selbst nicht, wieso sie solches Mitgefühl für ihn hatte. Ihr Verstand wusste, dass der Verdacht gegen ihn geprüft werden musste, aber ihr Gefühl sagte ihr, dass jemand wie Urs Camenzind nicht fähig war, jemanden umzubringen. Doch was, wenn es ein Unfall gewesen war? Wenn es Streit wegen des Geldes gegeben und Camenzind Stefano angerempelt hatte, der zufällig vor der Eisenstrebe stand? Bei aller Empathie fiel Moira niemand anderer ein, der einen Grund gehabt hätte, wütend auf Stefano zu sein, und der nachweislich vor Ort gewesen war. Ein unbedachter Stoß aus einem Impuls heraus, und innerhalb von Sekundenbruchteilen war ein Leben vernichtet.

Nach einer halben Stunde kehrte Chiara zurück. »Der Untersuchungsrichter ist so weit, aber Camenzind will nicht dich als Dolmetscherin. Er meint, du seist nicht neutral. Wir haben jemand anderes angefordert.«

»Kann ich sogar verstehen«, sagte Moira. »Brauchst du mich später noch?«

»Ich glaube nicht. Das Ganze wird mir reichlich Papierkram bescheren, also geh ruhig.«

Sie verabschiedeten sich, und Moira suchte sich einen Weg aus dem Gebäude heraus. Wie immer hatte sie das Gefühl, aus einer anderen, düsteren Dimension wieder in die wirkliche Welt überzutreten. Leute mit Einkaufstüten liefen vorbei, führten ihre Hunde an der Leine spazieren, saßen mit Aperol Spritz vor dem Café an der Ecke und plauderten. Eine elektrische Kehrmaschine fegte surrend den Müll aus dem Rinnstein. Moira wartete, bis sie vorbeigerollt war, und rief Luca an.

»*Ciao* Moira.« Seine Stimme rief unwillkürlich Erinnerungen an ihre gemeinsame Nacht hervor. Sie verscheuchte sie, so gut es ging.

»Hast du schon die Analyse von Nicole Kretzkys DNA?«

»Noch nicht, aber ich frage gleich im Labor nach. Ich war mit der Obduktion von Stefano Calderoni beschäftigt. Die Verletzungen durch die Metallstange waren tatsächlich die Todesursache.«

»Eine schreckliche Art, zu sterben.«

»Vor allem eine langsame.«

»Ich will gar keine Details wissen«, sagte Moira schnell.

»Moira, ich würde gerne mit dir reden. Über das, was zwischen uns passiert ist.«

Beinahe hätte Moira geantwortet: »Ich nicht.« Das alles war noch viel zu frisch, zu unverarbeitet. Sie hatte ihr Gehirn ausgeschaltet und war einfach ihrem Gefühl gefolgt. Gerade wollte sie vorschlagen, das später zu besprechen, als sie einen ihr wohlbekannten, klapprigen Geländewagen erblickte, der vor der Polizeistation bremste und rückwärts in eine Parklücke setzte.

»Ich rufe dich später noch mal an«, sagte sie in ihr Telefon, drückte die rote Taste und ging auf den Wagen zu, dem soeben ihr Vater entstieg. Schnaufend beugte er sich noch einmal ins Innere und holte einen Strauß roter Rosen vom Beifahrersitz.

»Was hast du denn vor?«, fragte Moira, und er fuhr herum.

»*Madonna*, willst du mich zu Tode erschrecken?«

»Entschuldige, war keine Absicht.« Moira gab ihm drei Wangenküsse. Mit einem stolzen Lächeln hielt Ambrogio ihr den Blumenstrauß hin. »Na, was sagst du?«

»Sehr schön, aber womit habe ich die verdient? Mein Geburtstag ist erst im September, wie du hoffentlich weißt.«

Ambrogio verdrehte die Augen himmelwärts. »Am siebten, natürlich weiß ich das. Die Blumen sind nicht für dich, sondern für Arianna. Zusammen mit ihrer Lieblingsschokolade.« Er hob die Schachtel, die er in der anderen Hand hielt. »Ich hoffe, Arianna verzeiht mir. Huch, was ist denn hier los?«

Aus dem Nichts war ein Schäferhund aufgetaucht, drängte sich zwischen sie und sprang durch die noch geöffnete Wagentür ins Auto.

»Was soll das denn?«, rief Ambrogio empört. »Kusch! Raus mit dir!«

»*Scusi*, der gehört zu mir.« Ein junger, sehr muskulöser Mann in Polizeiuniform trat zu ihnen. »Pepper, *vieni qui*!« Doch der Hund hörte nicht, sondern kratzte wie besessen mit beiden Vorderpfoten am Armaturenbrett. Die Miene des jungen Polizisten wurde misstrauisch. »Drogenfahndung«, sagte er, plötzlich gar nicht mehr freundlich. »Treten Sie bitte zurück. Sofort.« Völlig überrumpelt folgten Moira und ihr Vater der

Anweisung und sahen zu, wie der Polizist um den Wagen herumging, die Beifahrertür öffnete und sich ins Innere beugte.

Auf einmal fiel Moira wieder ein, was sie ins Handschuhfach gelegt und dort vergessen hatte. »Ich kann das erklären!«, rief sie in dem Moment, in dem der Polizist das Fach öffnete, der Hund die Schnauze hineinsteckte und mit einer kleinen Tüte zwischen den Zähnen wieder auftauchte.

»Was ist das?«, fragte Ambrogio.

»Das wüsste ich auch gerne. *Bravo*, Pepper!« Der Drogenfahnder nahm dem Hund das Tütchen ab und belohnte ihn mit einem Leckerchen.

»Ich nehme mal an, das ist kein Puderzucker«, sagte er. »Sie beide sind vorläufig festgenommen.«

»Ich wäre doch nicht so dumm, wissentlich mit einer Tüte Kokain vor der Polizeistation zu parken!«, schnaubte Ambrogio und funkelte den Untersuchungsrichter an.

Moira trat einen Schritt vor. »Mein Vater hat damit rein gar nichts zu tun. Das Kokain stammt aus einer Hausdurchsuchung bei unserem vorherigen Fall, ich habe nur vergessen, es an *Ispettrice* Moretti weiterzugeben. Sie muss hier irgendwo sein, sie kann das mit der Durchsuchung bestätigen.«

Moira hatte zunächst erwartet, in einen Gerichtssaal geführt zu werden, mit einem Richter in schwarzer Robe, der von einem erhöhten Pult auf sie herabblicken würde. Stattdessen hatte man sie in eine Art Konferenzraum gebracht, und der Untersuchungsrichter – ein Mann um die Vierzig mit Pausbacken und kleinen Äuglein, der fatal an einen Hamster erinnerte und laut des Schildes auf seinem Schreibtisch Michelangelo Bassi hieß – trug eine zu große Bundfaltenhose und eine schief sitzende Krawatte. Jetzt blickte er verwirrt zwischen Moira und Ambrogio hin und her.

»Sind Sie Polizistin?«, fragte er Moira.

»Nicht richtig, aber ich arbeite als Dolmetscherin für das Team von Maurizio Ferrone.« Sofort bereute sie, diesen Namen genannt zu haben, denn der Richter sagte: »Gut, dann rufe ich ihn mal an.«

»Eigentlich arbeite ich mit Chiara Moretti zusammen«, sagte Moira hastig, weil sie auf keinen Fall einen von Ferrones Wutausbrüchen erleben wollte. »Sie ist gerade hier im Gebäude, wegen einer anderen vorläufigen Festnahme, bei der ich sie begleitet habe. Sie kann in einer Minute hier sein und alles aufklären.«

Moira hoffte inständig, dass Chiara das auch tun würde, denn die Inspektorin hatte ja keine Ahnung von dem Kokain.

»Ich wüsste auch gerne, wie dieses Zeug in mein Auto gekommen ist«, polterte Ambrogio, aber seiner Stimme war anzuhören, dass er nicht wirklich wütend, sondern besorgt war.

Der Richter seufzte und machte ein Gesicht, als wünschte er sich nichts sehnlicher, als endlich zu Hause vor dem Fernsehgerät die Füße hochzulegen. »Gut, sehen Sie, ob Sie *Ispettrice* Moretti finden«, wies er einen Gehilfen an, der aus unerfindlichen Gründen die ganze Zeit an der Tür stand, jetzt nickte und durch selbige verschwand.

Moira betrachtete den Hund, der zu Füßen des Drogenfahnders lag, den Kopf auf die Vorderpfoten gelegt hatte und einen ähnlichen Gesichtsausdruck wie der Richter zeigte. Sein Besitzer dagegen starrte sie mit einer spöttischen Selbstzufriedenheit an, die ungewohnte Aggressionen in ihr hervorriefen. Natürlich hatte er nur seinen Job gemacht, aber er hätte seinen Übereifer auch etwas zügeln können.

Niemand sprach. Aus dem Untersuchungsrichter schien alles Leben gewichen zu sein. Moira versuchte, ihn dabei zu ertappen, dass er blinzelte, hatte aber keinen Erfolg.

Nach etwa zehn Minuten kehrte der Gehilfe tatsächlich mit Chiara zurück, und der Richter tauchte aus seiner Trance auf. »Können Sie sich ausweisen?«

Chiara legte dem Untersuchungsrichter ihren Dienstausweis vor, und er nickte. »Die Beschuldigte behauptet, als Dolmetscherin für die Kantonspolizei zu arbeiten. Ist das korrekt?«

»Das kann ich bestätigen. Sie hat außerdem Weisung von Staatsanwältin Manzoni, mich bei meinen Ermittlungen zu unterstützen und gehört offiziell der Mordkommission an.«

Bei der Erwähnung der Staatsanwältin richtete Bassi sich auf. »Interessant. Dann klären Sie mich bitte auf, wieso Ihre Mitarbeiterin einen Beutel mit mindestens zwei Gramm Kokain mit sich führt.«

Chiara warf Moira einen fragenden Blick zu, daher sagte diese schnell: »Du weißt doch, das habe ich bei dieser Durchsuchung gefunden. Nur habe ich danach vergessen, dass ich es dir geben wollte.«

Chiara räusperte sich. »Richtig, diese Hausdurchsuchung. Die Darstellung der Beschuldigten ist korrekt. Ich hatte sie gebeten, den Beutel aufzubewahren, und wollte ihn später in die Asservatenkammer geben. Leider wurde das im weiteren Verlauf der Ermittlungen vergessen.«

Bassi runzelte die Stirn. »Und wem gehörte das Kokain?«

Moiras Herz machte einen erschrockenen Hüpfer. Mit heftig klopfendem Herzen sah sie zu Chiara hinüber und betete, dass sie eine gute Antwort parat hatte.

»Das konnte nicht ermittelt werden«, sagte die Polizistin. »Aber ich versichere, dass weder meine Kollegin noch ihr Vater etwas mit Drogen zu tun haben.«

»Mir genügt Wein, andere Drogen brauche ich nicht«, meldete sich Ambrogio zu Wort.

Der Untersuchungsrichter lehnte sich zurück und griff erneut zum Festnetztelefon auf seinem Tisch. »Ist Staatsanwältin Manzoni zu sprechen?«, sagte er in den Hörer, wartete eine halbe Minute und sprach dann weiter: »Hätten Sie einen Moment Zeit, mir wegen eines Beschuldigten Auskunft zu geben? Sehr schön, wir warten, Sie haben es ja nicht weit.«

Chiara flüsterte Moira zu: »Ihr Büro liegt nur einen Stock höher.«

Wieder warteten sie schweigend, bis Arianna Manzoni erschien. In ihrem dunkelblauen Kostüm und mit den aufgetürmten Haaren schien sie sogar Bassi Respekt einzuflößen, denn er duckte sich ein wenig, als sie auf seinen Tisch zuschritt. An Ambrogio stolzierte sie vorüber, ohne ihn eines Blickes zu würdigen.

»Worum geht es hier?«, fragte sie ungehalten. Der Untersuchungsrichter schilderte ihr, was vorgefallen war.

»Was für ein Unsinn«, antwortete sie. »Ich kenne Ambrogio Rusconi seit Jahren, ganz sicher konsumiert er weder Kokain, noch handelt er damit. Seine Tochter ebenfalls nicht. Ich war die zuständige Staatsanwältin im betreffenden Fall und verbürge mich für die Aussagen von *Ispettrice* Moretti und Moira Rusconi. Hier liegt ein Fall von Vergesslichkeit vor, das ist alles.«

»Großartige Frau«, murmelte Ambrogio so leise, dass nur Moira es hören konnte.

Michelangelo Bassi rieb sich ausgiebig die Nasenspitze, faltete die Hände über dem Bauch und entschied: »Es bestehen keine Gründe, die Beschuldigten in Untersuchungshaft zu nehmen. Ich lasse die Beschuldigung fallen unter der Auflage, dass sowohl Signor Rusconi als auch seine Tochter sich unverzüglich einem Drogentest in der Rechtsmedizin unterziehen und dadurch nachweisen, dass sie keine Drogen konsumieren.«

»Das ist doch eine …«, fuhr Ambrogio auf, aber Ariannas Blick ließ ihn verstummen.

»Ich sorge dafür«, versicherte Chiara.

Bassi seufzte und erhob sich. »Dann kann ich jetzt ja endlich nach Hause gehen.« Er wedelte mit den Händen, als wollte er eine Schar Hühner aus seinem Büro verscheuchen.

Draußen auf dem Korridor ging Ambrogio auf Manzoni zu, doch die stöckelte mit klackenden Absätzen von dannen, ohne sich auch nur umzusehen. »Es tut mir alles furchtbar leid!«, rief er ihr nach.

Moira wurde abgelenkt, denn Chiara sprach sie an: »Was war das denn gerade?«

»Das war alles ein Missverständnis. Ich habe vergessen, das Zeug zu entsorgen.« Moira erklärte kurz, wie das Kokain in Ambrogios Handschuhfach gelandet war.

Chiara glühte vor Ärger. »*Porco dio*, du hast mich gerade dazu gebracht, einen Untersuchungsrichter anzulügen. Wenn das rauskommt, kann ich meine Karriere einpacken und im See versenken.«

»Entschuldigung, es tut mir wirklich leid.« Moira kam sich dumm vor. »Ich weiß nicht, was ich mir dabei gedacht habe, ich hätte den Beutel gleich wegwerfen sollen. Aber ich wollte damit nur jemandem helfen.«

»Du hättest ihn gar nicht erst nehmen sollen. Ist dir klar, dass du eine Straftat begangen hast?«

»Mag sein, aber so schrecklich ist das auch wieder nicht. Ich wollte es ja vernichten.«

Chiara blieb stehen und schüttelte den Kopf. »Rede dich nicht raus. Das war richtiger Mist. Ihr habt wirklich Glück gehabt, dass ihr bei Bassi gelandet seid. Bei einem anderen wärt ihr nicht so einfach davongekommen.«

»Herzlichen Dank für die Rettung«, ließ Ambrogio hinter ihnen vernehmen, sodass Chiara sich nach ihm umdrehte. Er streckte ihr die Hand hin. »Ambrogio Rusconi, Moiras Vater.

Und sehr erfreut, endlich die famose Chiara kennenzulernen, von der meine Tochter so viel spricht.«

Chiaras Gefieder glättete sich etwas. »Freut mich auch. Geht es Ihnen gut? Sie hatten doch erst kürzlich einen Schlaganfall, richtig?«

»Ja, aber es ist so gut wie nichts zurückgeblieben, und die Physiotherapie kriegt auch den Rest wieder hin. Besuchen Sie uns doch am Wochenende zur Wiedereröffnung der Dorf-Osteria, und bringen Sie auch Ihren Freund mit.«

Moira staunte, wie charmant ihr Vater sein konnte, wenn er wollte. Chiara lächelte. »Danke, Ravi und ich kommen gerne.«

»Wie lief es mit Camenzind?«, fragte Moira und sah erstaunt, wie Chiara rot anlief.

»Nicht so gut.« Sie räusperte sich. »Sie mussten ihn gehen lassen.«

»Wieso das denn?«

»Ich habe einen Fehler gemacht.« Auf einmal fand Chiara ihre Schuhspitzen äußerst interessant, denn sie konnte den Blick gar nicht mehr davon abwenden.

»Kannst du das genauer erklären?«

Die Inspektorin seufzte. »Ich habe vergessen, ihn auf seine Rechte als Beschuldigter hinzuweisen. Daher war die Festnahme unrechtmäßig und alles, was Camenzind bei der Vernehmung gesagt hat, darf nicht gegen ihn verwendet werden.«

»Das tut mir wirklich leid, *cara.*«

Chiara sah sie von unten herauf an und hob die Schultern. »Wie es scheint, haben wir beide sehr dumme Fehler begangen. Mein Vater wird mich wahrscheinlich in die Poststelle versetzen.«

»So schlimm wird es sicher nicht.«

Chiara schnaubte. »Das war schon die positive Version. Aber vergessen wir das für den Moment, ich überlege mir etwas.«

Moira nickte und drehte sich nach ihrem Vater um.

»Wo ist denn Arianna?«

»Musste zurück in ihr Büro«, antwortete Ambrogio. »Ich hoffe, ich kann sie noch überzeugen, ebenfalls zur Eröffnungsfeier zu kommen.« Er zwinkerte mit unglücklicher Miene.

»Zuerst kommen Sie und Moira allerdings mit zum Drogentest in die Rechtsmedizin«, sagte Chiara. »Sonst müssen Sie die Nacht in einer Zelle verbringen.«

»Darauf bin ich nicht besonders erpicht.« Ambrogio beschleunigte seine Schritte. »Wenn es Ihnen recht ist, nehmen wir mein Auto.«

37

»Ihr müsst was?« Luca stieß sich mit seinem Rollhocker vom Schreibtisch ab und starrte Moira mit geöffnetem Mund an, die ihm in seinem Büro im rechtsmedizinischen Institut gegenüberstand.

»Einen Drogentest machen. Anordnung des Untersuchungsrichters.« Moiras Kopf wurde heiß, als sie Luca das offizielle Schreiben überreichte. »Der wird natürlich negativ ausfallen.« Sie erklärte kurz, wie es dazu gekommen war.

Luca versuchte, ein Lachen zu unterdrücken, was ihm jedoch nicht sehr gut gelang. Er stand auf. »Na, dann kommt mal mit.«

Er führte Moira über den Flur, und sie winkte ihrem Vater, der dort neben Chiara auf einem Stuhl saß. Ambrogio erhob sich mit einem Ächzen und schloss sich ihnen an.

»Ich warte hier«, sagte die Inspektorin.

Luca brachte sie in ein Behandlungszimmer und bat sie, vor dem Schreibtisch Platz zu nehmen. Unauffällig huschte eine Arzthelferin ins Zimmer und blieb nahe der Tür stehen. Sollte sie etwa aufpassen, dass sie nicht die Flucht ergriffen?

»Vorschriften«, sagte Luca, der Moiras Blick bemerkt hatte. Sie nickte und setzte sich.

»Sieht aus wie beim Hausarzt«, stellte sie fest.

»Hier untersuche ich Opfer von Körperverletzungen, manchmal auch Täter, die selbst etwas abgekriegt haben oder an denen Spuren gesichert werden müssen.« Luca stellte zwei

Pappbecher auf den Tisch. »Machen wir erst die Urinprobe, und dann zapfe ich euch noch Blut ab.«

Ambrogio funkelte den Becher an und brummte etwas von »entwürdigend«. Moira stieß ihm den Ellbogen in die Seite. »Komm bloß nicht auf die Idee, den Test zu verweigern.«

»Habe ich eine Wahl?« Der Blick ihres Vaters erinnerte an den eines deprimierten Walrosses.

»Die Toilette ist über den Flur. Ambrogio, ich muss Sie begleiten, und meine Assistentin Anna bleibt bei dir, Moira. Leider auch Vorschrift bei einem Drogentest.«

»Bringen wir es hinter uns.« Moira stand auf. Wenige Minuten später drückte sie Anna den lauwarmen Becher in die Hand und kehrte ins Sprechzimmer zurück. Ambrogio und Luca ließen auf sich warten, und Moira wollte schon nach ihnen sehen, als sie endlich eintraten.

»Und da sagt man, Frauen bräuchten immer zu lange auf der Toilette«, stichelte Moira.

»Ich trinke zu wenig, sagt der Jungspund da.«

»Allerdings. Und damit meine ich keinen Rotwein, sondern Wasser. Ältere Leute haben häufig ein verringertes Durstgefühl.«

»Schlauberger«, entgegnete Ambrogio unwirsch.

»Korrekt. Und du solltest auf mich hören.«

»Ich unterstütze das«, sagte Moira. »*Papà*, ich lade dir eine App aufs Handy, die dich daran erinnert, Wasser zu trinken.«

»Nur über meine Leiche.« Ambrogio schürzte die Lippen, faltete die Hände über dem Bauch und ließ seine Daumen umeinander kreisen. Moira verfolgte das Thema nicht weiter, sondern wandte sich Luca zu.

»Du brauchst noch Blutproben von uns?«

»Ja, die nimmt Anna ab. Genauso wie die Haarproben.«

Ambrogios Hände fuhren zu seinem Kopf. »Was, ich soll meinen letzten Rest Haare opfern?«

Luca grinste. »Die meisten Männer in deinem Alter würden für so eine Mähne töten. Wir brauchen nur eine dünne Strähne, das wird niemandem auffallen.«

»Na gut, wenn es sein muss.« Ambrogio schnaufte und lehnte sich zurück.

Moira musste sich mit ihrem Stuhl zur Seite drehen, den rechten Arm auf den Tisch stützen und die Finger zur Faust ballen. Anna klopfte ihr einige Male auf die dickste Vene und stach die Kanüle schräg in Moiras Haut. Fasziniert beobachtete sie, wie sich die Spritze mit roter Flüssigkeit füllte.

»Es gibt nicht viele Leute, die sich das ansehen«, bemerkte Luca anerkennend.

»Mich zum Beispiel.« Ambrogio verzog das Gesicht. »Ich hasse Nadeln.«

»Sagt der Hobbyimker.« Luca zwinkerte.

»Das ist Natur. Außerdem halten Bienenstiche die Haut straff.«

Ambrogio kniff die Augen zusammen, als Anna ihm Blut abnahm, und öffnete sie erst wieder, als sie ihm versicherte, es sei vorüber.

Dann wechselte sie die Einweghandschuhe und schnitt sowohl Moira als auch Ambrogio jeweils eine dünne Haarsträhne ab und tütete sie sein.

»*Grazie*, Anna«, sagte Luca. »Bitte gleich ins Labor schicken.«

Die Assistentin verschwand mit den Blut- und Haarproben nach draußen und Luca stützte entspannt die Unterarme auf seinen Schreibtisch.

»So, das war es schon. Die Ergebnisse kommen morgen. Ich hoffe, das Ganze hat kein Nachspiel für euch.«

»Ich bin sauber«, sagte Ambrogio. »Als Drogendealer verurteilt zu werden, fehlte mir gerade noch.«

Luca lachte. »So weit wird es nicht kommen.«

»Was ganz anderes«, sagte Moira. »Hast du inzwischen das Ergebnis von Nicole Kretzkys DNA-Test?«

»Es war so viel los, dass ich noch nicht dazu gekommen bin, aber ich sehe sofort nach, ob das Resultat schon im System gespeichert wurde. Ambrogio, das ist intern, daher muss ich dich bitten, noch einmal draußen Platz zu nehmen.«

»Wenn es nicht zu lange dauert.« Ambrogio stand auf. »Die Katzen warten auf ihr Futter.«

Nachdem Moiras Vater den Raum verlassen hatte, drehte Luca seinen Stuhl dem Flachbildschirm auf dem Schreibtisch zu und tippte auf der Tastatur herum.

»Da ist es ja.«

Moira beugte sich gespannt vor.

»Treffer«, verkündete Luca. »Nicole Kretzky ist mit 99,9 Prozent Wahrscheinlichkeit in direkter Linie mit Livia verwandt. Und ihre DNA stimmt mit einer der Proben überein, die in Livias Villa sichergestellt wurden.«

»Das bedeutet, sie war dort, obwohl sie so tut, als wüsste sie nichts davon, dass Livia ihre Großmutter war.« Moira knabberte nachdenklich an ihrem Daumennagel. »Das macht sie zur Verdächtigen, oder?«

»Ich kann leider nicht bestimmen, wann sie ihre DNA im Haus hinterlassen hat«, sagte Luca. »Es könnte Jahre her sein.«

»Wie wahrscheinlich ist das in einem Haus, das jede Woche gründlich geputzt wird? Dokumentiert ihr, wo die Proben genommen wurden?«

»Selbstverständlich.« Luca tippte wieder etwas ein. »Nicoles DNA wurde auf einem Messergriff, einem Fensterbrett und einem Stift in Livias Zimmer gefunden.«

»Also kann es nicht so lange her sein, sonst hätte die Reinigungskraft inzwischen alles gesäubert.« Moira erhob sich.

»Warte mal.« Luca sah zu ihr auf. »Wir wollten doch miteinander reden. Über das, was zwischen uns passiert ist.«

»In Ordnung. Aber nicht jetzt und hier, okay? Ich muss mit Chiara über diese DNA-Sache sprechen.« Eigentlich wäre ihr lieber gewesen, Luca hätte ihre gemeinsame Nacht nicht mehr erwähnt. Darüber zu sprechen, würde alles kompliziert machen, und wenn es kompliziert wurde, endete es meistens mit Verletzungen.

Aber Luca ließ nicht locker. »Wann dann?«

»Kannst du heute Abend vorbeikommen?«

»Nachdem ich Alessio ins Bett gebracht habe, gegen halb acht?«

»Gut. Bis dann.« Moira wusste nicht, ob sie ihn zum Abschied umarmen sollte oder nicht, deshalb hob sie nur leicht die Hand und winkte, bevor sie den Raum verließ. Sie wünschte sich die Lockerheit zurück, mit der sie vor ihrer gemeinsamen Nacht miteinander umgegangen waren, doch was zwischen ihnen passiert war, ließ sich nicht rückgängig machen.

Ambrogio sah auf. »Können wir gehen?«

»Ja, bis auf Weiteres. *Papà*, es tut mir wirklich leid, dass ich das Zeug in deinem Auto vergessen habe. Meinetwegen hängst du jetzt mit in dieser Sache drin.«

Chiara stand auf. »Ich bin sicher, das erledigt sich von selbst. Niemand wird ernsthaft glauben, dass ihr kokst.«

Ambrogio wiegte den Kopf hin und her. »Man macht sich keine Vorstellung davon, wer alles Drogen nimmt. Da sind Leute dabei, denen man es nie zutrauen würde. Aber der Test wird uns reinwaschen, deshalb mache ich mir keine Sorgen.«

Er stützte die Hände auf seine Oberschenkel und stand schwerfällig auf. Als er sich aufrichten wollte, begann er zu schwanken und griff sich an die Stirn. Chiara, die näher bei ihm stand als Moira, packte seine Oberarme und versuchte, ihn zu stützen. Es sah aus, als kämpfte David gegen Goliath, und wie es aussah, würde Ersterer gleich von Letzterem zerquetscht werden. Doch Moira konnte sich nicht bewegen. Ihr Blick haftete an Chiaras Händen, die Ambrogios Oberarme umfassten. Da war etwas, woran bisher niemand gedacht hatte. Sie fühlte, dass sie kurz davor war, es zu entdecken. Doch dann rief Chiara: »Moira, *Hilfe*!« und es entglitt ihr wieder. Sie half Chiara, ihren Vater wieder auf den Stuhl zu bugsieren. Er blinzelte mehrmals, dann hob er den Kopf. »*Madonna*, mir wurde ganz schwarz vor Augen.«

»Was ist los, *papà*?« Sofort war die Angst wieder präsent, ihn zu verlieren. »Lächle mal.«

»Mir ist jetzt aber nicht danach«, grummelte er.

»Ich will testen, ob du einen Schlaganfall hast. Lächle!«

Ambrogio grinste gezwungen. Moira war erleichtert, dass beide Mundwinkel sich symmetrisch hoben.

»Jetzt streck die Arme aus und dreh die Handflächen nach oben.«

Ihr Vater verdrehte die Augen, tat jedoch wie ihm geheißen.

»Und jetzt sag: Fischers Fritz fischt frische Fische.«

Ambrogio wiederholte den Satz und ließ dann die Arme sinken. »Du willst doch nur, dass ich mich zum Affen mache.«

»Scheint alles in Ordnung zu sein. Ist dir schwindelig?«

»Nein, ich sitze ja wieder.«

»Ich besorge ein Glas Wasser.« Chiara verschwand im Arztzimmer. Wenige Sekunden später kam sie mit Luca zurück.

»Was machst du denn für Sachen?« Luca beugte sich zu Ambrogio hinunter.

»Behandle mich nicht wie einen Tattergreis, Jungspund«, grollte der Angesprochene. »Mir ist beim Aufstehen nur kurz der Blutdruck abgesackt.«

»Ich sagte doch: Du musst mehr Wasser trinken.«

»Hier.« Chiara reichte Ambrogio einen Becher. Er sah genauso aus wie die, die für die Urinproben benutzt wurden, und Ambrogio beäugte ihn misstrauisch, leerte ihn jedoch und gab ihn zurück.

»Seid ihr jetzt zufrieden? Was für ein Theater! Luca, lass mich mal aufstehen.«

Luca umfasste Ambrogios Oberarme wie zuvor Chiara, und als würde ein Vorhang beiseite gezogen, wurde Moira klar, was ihr aufgefallen war.

»Die Hände!«, rief sie, und die Gesichter der drei anderen wandten sich ihr zu. »Die Stellung der Finger ist vollkommen unterschiedlich, je nachdem, wie groß jemand ist.«

»Und?« Chiara legte den Kopf schief.

»Livia hatte Druckstellen an den Oberarmen, wo jemand sie gepackt haben muss. Aus der Stellung der Finger müsste man doch mit einiger Sicherheit ableiten können, wie groß diese Person war.«

»*Porca miseria*, du hast recht.« Luca starrte seine Hände an. »Eine kleine Person greift eher von unten, eine große Person von oben. Je nachdem liegt der Daumen ober- oder unterhalb der anderen Fingerkuppen.«

»Lass uns sofort nachsehen. Es gibt doch Fotos, oder?«

»Alles dokumentiert. Aber ich muss jetzt zu einem Termin ins Krankenhaus, und dann muss ich Alessio von der Krippe abholen und zum Schwimmkurs bringen.«

»Ginge es morgen früh?«, fragte Chiara.

Luca nickte. »Treffen wir uns um zehn Uhr?«

»Perfekt«, sagte Moira, und auch Chiara nickte.

»Erklärt mir mal jemand, wovon ihr sprecht?«, beschwerte sich Ambrogio.

»Im Auto«, sagte Moira. »Ich fahre dich nach Hause.«

»Fühlst du dich gut?«, erkundigte sich Luca und ließ ihn los.

»Bestens, mein Junge.«

Dennoch ließ er sich widerstandslos von Moira unterhaken, nachdem sie sich von Luca verabschiedet hatten.

»Ich habe mir selbst einen ziemlichen Schreck eingejagt«, gestand er, als sie im Auto saßen. »Vielleicht zeigst du mir doch mal diese App fürs Wassertrinken.«

»Mache ich«, versprach sie. Ihr war etwas flau im Magen. Der Gedanke, Ambrogio könnte etwas zustoßen, setzte ihr zu.

»Macht es dir etwas aus, noch mal ins Kommissariat zu kommen, wenn du deinen Vater abgesetzt hast?«, fragte Chiara. »Ich möchte mit dir und Ravi durchsprechen, was wir bisher haben und was unsere nächsten Schritte sein sollen.«

»Bin ich nicht suspendiert oder sowas?«

»Wir sind doch nicht in einer amerikanischen Krimiserie«, antwortete Chiara. »Und morgen ist das mit dem Kokain sowieso erledigt. Hoffe ich.«

38

Moira setzte ihren Vater vor der Casa Rusconi ab und fuhr zurück nach Lugano. Chiara und Ravi warteten bereits in einem Besprechungsraum auf sie, und zu ihrer Überraschung waren auch Staatsanwältin Manzoni, *Commissario* Ferrone und Kastenstein anwesend. Sofort fühlte sie sich befangen.

An einem großen magnetischen Whiteboard hingen verschiedene beschriebene Blätter und Fotos der Beteiligten im Mordfall Olivia Martinelli: In der Mitte eines von der Sängerin selbst, das allerdings schon Jahrzehnte alt sein musste, denn sie trug darauf auffälliges Make-up und war etwa fünfzig Jahre alt.

Um sie herum hingen Fotos von Stefano Calderoni, Urs Camenzind und Nicole Kretzky, der schlechten Qualität nach zu urteilen aus dem Internet. Pfeile liefen von einem Bild zum anderen, und von allen zog sich eine Verbindung zu Livia. Zusätzlich standen zwei weitere Namen von Menschen, die mit Livia zu tun gehabt hatten, auf dem Whiteboard: Alba Sommerhalder und Patrizia Calderoni. Neben die Pfeile hatte jemand geschrieben, in welcher Beziehung die jeweiligen Personen zu Livia und untereinander standen. Moira vermutete, dass die Mordkommission, die Livias Tod untersuchte, diese Übersicht seit Anfang der Ermittlungen benutzte, und musste sich eingestehen, dass sie sich degradiert fühlte, weil sie nicht mehr zu den Gruppenbesprechungen eingeladen wurde.

Ferrone lehnte mit mürrischem Gesichtsausdruck und verschränkten Armen an dem Tisch, der der Magnetwand gegenüberstand. Moira und die anderen setzten sich an die seitlichen Tische und warteten darauf, dass Ferrone das Wort ergriff.

»Dass dieser Calderoni jetzt auch tot ist, macht die Sache noch komplizierter«, sagte er, ohne sich umzudrehen, und es klang, als empfände er das als eine persönliche Beleidigung. »Hypothesen?«

Kastenstein ergriff als Erster das Wort: »Ich sehe hier rein emotionale Motive. Livia und Calderoni wurden von derselben Person getötet. Beide Male handelt es sich um ungeplante Taten, die aus dem Moment heraus begangen wurden. Dennoch hatten die Opfer keine Chance, ihr Leben zu retten. Dahinter steht zweifellos eine emotionale Wucht, die jedes logische Denken ausgeschaltet hat. Wir suchen nach einer Person, die Livia und Calderoni gleichermaßen hasste.«

Moira beobachtete, wie Chiara eine Grimasse zog, und nickte ihr aufmunternd zu. Die Inspektorin räusperte sich und stand auf. »Diese Theorie lässt außer Acht, dass Livia Stefano Calderoni angeblich Geld schuldete, es aber nicht bezahlen wollte, was als ausreichendes Tatmotiv angenommen werden kann. Er ist unser Verdächtiger Nummer eins. Camenzind hat zugegeben, Stefano Calderoni mit einem Einbruch in die Villa beauftragt zu haben. Dabei könnte Livia ihn überrascht haben, worauf er sie über die Brüstung in den See geworfen haben könnte. Verdächtige Nummer zwei ist Nicole Kretzky, Livias Enkelin, wie wir inzwischen wissen. Ihre Mutter Alba wurde von Livia verstoßen, beziehungsweise von Ursula Sommerhalder als ihr leibliches Kind ausgegeben. Gut möglich, dass Kretzky sich um ein besseres Leben betrogen fühlte und sich dafür an Livia rächen wollte. Wir wissen, dass sie sich in der Villa aufgehalten hat, und ein Nachbar, dem die Kollegen ein Foto gezeigt haben, hat sie wiedererkannt.« Chiara holte Luft, sprach aber schnell weiter, als Kastenstein ebenfalls Anstalten machte, etwas zu sagen.

»Camenzind wiederum hat sich nachweislich kurz vor dessen Tod mit Calderoni getroffen, an dem Ort, an dem er gestorben ist. Ich glaube an zwei verschiedene Täter.«

»Was wäre Camenzinds Motiv?«, fragte die Staatsanwältin sachlich. »Streit um das Geld kann es nicht gewesen sein, denn das hat Camenzind – falls er es war – zurückgelassen. Weshalb hätte er das tun sollen?«

»Das weiß ich nicht«, gab Chiara zu. »Noch nicht.«

»Wir müssen in alle Richtungen denken«, sagte Ferrone. »Die Tat könnte ganz andere Gründe haben.«

Moira lehnte sich nach vorne. »Er wollte eine Werkstatt pachten. Vielleicht gab es deswegen mit jemandem Probleme. Einem Konkurrenten vielleicht.«

Ferrone nickte. »*Ispettrice* Moretti, lassen Sie das überprüfen. Unsere Leute sollen mit dem Werkstattbesitzer, Mitbewerbern und so weiter sprechen.«

»Wird gemacht.« Chiara machte sich eine Notiz. »Aber es wäre schon ein großer Zufall, wenn dieser Jemand ausgerechnet dort auftauchte, wo sich Calderoni mit Camenzind getroffen hat.«

Moira, ermutigt durch Ferrones positive Reaktion auf ihre vorherige Idee, sagte: »Vielleicht hat ihn jemand verfolgt.«

»Camenzind hat gesagt, er habe außer den Autos, die schon vor ihrer Ankunft dort geparkt hatten, keine anderen dort gesehen«, wandte Chiara ein.

Arianna Manzoni klopfte sich mit ihrem Kugelschreiber gegen die Oberlippe. »Zu schade, dass wir ihn gehen lassen mussten.«

Chiara senkte den Kopf. »Es tut mir wirklich leid. Aber ich kriege ihn noch.«

Ferrone schnaubte. »Wie denn? Wir können seine Aussage nicht verwenden, und er wird sich hüten, sie zu wiederholen.«

»Gibt es noch andere Hypothesen?«, fragte er auf seine barsche Art weiter.

Moira hob vorsichtig einen Finger, als wäre sie in der Schule.

»Reden Sie schon«, blaffte Ferrone.

»Was, wenn alles ganz anders war? Camenzind könnte Livia während eines Streits wegen des Testaments getötet haben. Stefano hat das irgendwie herausgefunden und Camenzind damit erpresst. Deshalb haben sich die beiden getroffen. Wieder gab es Streit, und Camenzind hat Stefano gestoßen.«

Wieder nickte Ferrone anerkennend. »Zumindest eine andere Perspektive, auch wenn immer noch offenbleibt, weshalb Camenzind das Geld nicht wieder mitgenommen hat.«

»Er könnte von Spaziergängern gestört worden sein«, sagte Manzoni. »Jedenfalls eine sehr interessante Theorie.«

»Uns fehlen leider für alle Hypothesen konkrete Beweise«, warf Ravi ein.

Ferrone ballte die rechte Hand zur Faust und schlug damit ungeduldig in die Handfläche der Linken. »Dann wühlt tiefer. Es gibt immer Beweise, man muss sie nur finden. Legt los.«

Ohne sich weiter zu verabschieden, verließ er den Raum, gefolgt von Kastenstein. Arianna Manzoni erhob sich ebenfalls und klemmte sich ihre Unterlagen unter den Arm. »Er hat recht: Wir brauchen allmählich Ergebnisse. Strengen Sie sich an, ja?«

Nachdem Manzoni sich verabschiedet hatte, blies Chiara die Wangen auf und ließ die Luft langsam entweichen, dann sah sie Ravi und Moira an. »Wo fangen wir an?«

»Welche Theorie findest du am wahrscheinlichsten?«, fragte Ravi. »Ich würde sagen, die nehmen wir uns zuerst vor.«

»Ich weiß es wirklich nicht. Alles ist denkbar. Camenzind

wird erst einmal nichts mehr sagen, also durchwühlen wir die Leben von Calderoni und Kretzky.«

Moira nickte. »Wie wäre es, wenn ich Nicole anrufe und ihr erzähle, sie müsse wegen des Erbes nach Lugano kommen? Dann kann ich ganz informell mit ihr sprechen. Vielleicht erfahre ich dadurch etwas.«

»Das machen wir«, entschied Chiara. »So ganz falsch ist es ja nicht. Sie müsste sowieso zur Testamentseröffnung anreisen.«

Ravi nickte. »Finde ich auch gut.«

»Ich erledige das am besten gleich. Ihre Kontaktdaten habe ich. Macht es euch etwas aus, mich alleine zu lassen? Dann bin ich entspannter.«

»Natürlich. Wir sind in meinem Büro.« Chiara und Ravi standen auf und gingen hinaus. Moira nahm ihr Mobiltelefon und rief Nicole an.

Erst nach einiger Zeit wurde das Gespräch angenommen. »Hallo, wer isch dra?« Sie klang erschöpft.

Moira erinnerte sie an ihre Begegnung und kam gleich zum Punkt: »Frau Kretzky, wir haben die Bestätigung, dass Livia Ihre Großmutter war. Der DNA-Test war eindeutig.«

»Und was bedeutet das?«

»Da Ihre Mutter nie offiziell adoptiert wurde, sind Sie die Erbin. Zudem haben wir ein Testament zu Ihren Gunsten gefunden. Deshalb sollten Sie so bald wie möglich ins Tessin kommen und sich um den Nachlass Ihrer Großmutter kümmern.«

Dass dieses Testament existierte, wusste Nicole Kretzky wahrscheinlich, aber Moira zog vor, sich ahnungslos zu geben.

Es herrschte mehrere Sekunden lang Stille, bevor eine Antwort kam: »Ich hätte morgen frei.«

»Das würde perfekt passen.« Einer Eingebung folgend, sagte sie: »Wir würden Ihnen dann auch die Villa Ihrer Großmutter zeigen.« Hoffentlich kam Nicole nicht auf den Gedanken, dass die Kantonspolizei sich nicht um Erbschaftsangelegenheiten kümmerte, das war offiziell Sache des Gerichts.

»Mercì.«

»Ich hole Sie am Bahnhof ab, schicken Sie mir einfach eine Nachricht, wann Sie ankommen.«

»Isch guet.«

Sie beendeten das Gespräch. Moira war sehr zufrieden mit sich und suchte Chiaras Büro auf.

»Sie kommt schon morgen. Und wir nehmen sie mit in die Villa.« Sie erklärte Chiara und Ravi, was sie vorhatte, und die beiden fanden die Idee genauso gut wie Moira selbst.

39

Lady Gaga lehnte an einem der blau gestrichenen Bienenkästen, während Napoleon sich zu ihren Füßen über einen Haufen klein geschnittener Karotten hermachte. Luna hüpfte mit ihrem Handy im Anschlag vor ihnen herum und schoss ein Foto nach dem anderen.

»Nelly, stell dich mal dazu, so als ob ihr BFFs wärt.«

Moiras Mutter, in ein bodenlanges Kleid mit weiten Ärmeln und buntem Paisleymuster gehüllt, folgte der Anweisung, und Luna quietschte begeistert. »Das sieht so schräg aus, unsere Follower werden es lieben!«

»Wir müssen schließlich unserem Ruf gerecht werden.« Nelly stützte sich auf dem Bienenkasten ab und wedelte eine seiner Bewohnerinnen beiseite.

Die beiden waren so vertieft, dass sie Moira gar nicht bemerkten. Sie beobachtete die Szene einige Minuten lang, und in ihr stieg warme Zuneigung für ihre Mutter auf. So anstrengend Nelly sein konnte: Als Oma war sie ein Hauptgewinn.

»Die Bilder wären auch ohne Lady Gaga ein Renner«, sagte Moira, und Luna drehte sich zu ihr um. »Da bist du ja endlich! Opa hat uns erzählt, was du ihm eingebrockt hast.«

»Schande über mich. Wo ist er eigentlich? Im Haus habe ich ihn nicht gesehen.«

»Im *Il Mulino*. Er bereitet das Tiramisu für die Wiedereröffnung vor.«

»Das Fest! Das habe ich fast vergessen!«

»Aber du kommst doch?«, fragte Nelly. »Du musst beim Servieren helfen.«

»Schön, dass du mich so rechtzeitig darüber informierst.« Moira machte einen Schritt zurück, weil Napoleon, der seine Karotten vertilgt hatte, begann, ihre in Flipflops steckenden Füße abzulecken.

Luna kicherte. »Er liebt Käsefüße.«

»He, ich habe heute Morgen geduscht!« Moira hob scherzhaft drohend eine Hand. »Kommt ihr rein und helft mir, eine Carbonara zu machen? Ich habe in der Speisekammer noch *guanciale* gefunden.«

»Schon wieder?«, sagte Nelly.

»Carbonara kann man gar nicht oft genug essen.« Luna rieb sich vorfreudig den Bauch.

»Das schon, aber meine schlanke Linie!«

»Die kümmert niemanden außer dir«, sagte Moira.

»Kannst du Lady Gaga nehmen?«, fragte Luna. »Dann bringe ich Napo in sein Gehege. Ich habe ihm übrigens beigebracht, sich totzustellen.«

»Ich bin beeindruckt. Das ist genau die Art von Beschäftigung, die er braucht.«

Moira klemmte sich die Pappfigur unter den Arm, trug sie zum Haus und stellte sie in der Diele gegenüber der Haustür auf. Dann ging sie in die Küche, legte das große Schneidebrett auf den Tisch und darauf Zwiebeln und den Speck. Aus dem Nichts heraus manifestierten sich Ingeborg und Luise, schnupperten in die Luft und miauten so kläglich, als seien sie kurz vor dem Hungertod. Moira erbarmte sich, schnitt ein paar winzige Stücke vom Speck ab und warf sie auf den Boden. Sie beobachtete die Katzen beim Fressen, kauerte sich nieder und kraulte beide zwischen den Ohren. »Ihr kriegt ja noch Abendessen. Speck ist viel zu fett für euch.« Die Katzen waren anderer

Ansicht und strichen hartnäckig um Moiras Beine, bis sie ihnen eine Dose öffnete und die Näpfe füllte, um Ruhe zu haben.

Nelly und Luna kamen durch die Terrassentür herein, und Nelly verschwand mit dem Ausruf »Ich muss mich frischmachen« nach oben. Moira drückte ihrer Tochter ein Messer in die Hand. »Schön kleinschneiden, sonst schmeckt die Carbonara nicht.«

»Und was machst du?«

»Ich überwache dich.« Moira wuschelte in Lunas Haaren. »Und setze inzwischen das Nudelwasser auf.«

»Ich bin doch kein Sklave«, murrte Luna, setzte sich aber hin und begann, den Speck in Scheiben zu säbeln.

Moira schenkte sich erst einmal ein Glas Rotwein aus der angebrochenen Flasche Primitivo ein, die auf dem Küchenbuffet stand, und lehnte sich gegen die Spüle.

»Würdest du mir morgen Lady Gaga ausleihen?«

Luna hob den Kopf. »Willst du auch ein Fotoshooting veranstalten?«

»So ähnlich.« Moira nahm einen Schluck Wein und lächelte. »Ich passe auch gut auf sie auf, versprochen.«

»Passt. Aber dann darf ich bis zwei Uhr wegbleiben. Wir sind zu einer Party eingeladen. Valeries Mutter holt uns ab.«

»Einverstanden. Aber du bist pünktlich zu Hause. Und du trinkst keinen Alkohol.«

»Nicht mal ein Bier?« Luna verzog schmollend den Mund, aber Moira sagte: »Das ist der Deal.«

»Na gut.«

»Hier ist Alkohol sowieso erst ab 18 erlaubt.« Moira stellte ihr Glas auf den Tisch, holte eine Gusseisenpfanne aus dem Wandschrank und stellte sie auf den Gasherd.

»Als würde sich daran irgendjemand halten.«

Luna hackte die Speckscheiben klein. Angelockt durch

deren Duft, hatten sich inzwischen alle fünf Katzen um ihren Stuhl versammelt, reckten die Hälse, als beteten sie Luna an, und huldigten ihr mit einem mehrstimmigen Choral.

»Awww, ihr Armen! Darf ich ihnen was geben?«

»Viel zu salzig. Bring ihn lieber hier rüber.« Moira hielt die flache Hand über die Pfanne, um zu prüfen, ob sie heiß genug war, dann wies sie Luna an, den Speck hineinzuschütten.

»Jetzt noch die Zwiebeln schneiden.«

»Kann ich nicht, da verläuft meine Mascara.«

»Dann gib du den anderen Katzen ihr Abendessen. Ingeborg und Luise hatten ihres schon.«

Ausnahmsweise fraß Elfriede Seite an Seite mit ihren Kolleginnen, blickte dabei jedoch immer wieder misstrauisch um sich.

Moira setzte das Nudelwasser auf und öffnete eine Packung extradünne Spaghetti, dann setzte sie sich und schnitt die Zwiebeln.

Es klingelte an der Tür.

Moira zog die Augenbrauen zusammen. »Wer stört denn jetzt wieder?«

»Ich sehe nach.« Luna verschwand und kam gleich darauf mit Luca im Schlepptau zurück.

»Oh, ich hatte ganz vergessen, dass du vorbeikommen wolltest.« Sie stand auf, und da sie beide nicht sicher waren, wie sie sich begrüßen sollten, kam es zu einer unbeholfenen Halb-Umarmung. Unwillkürlich sog sie Lucas Geruch ein, der seine übliche Wirkung auf sie ausübte. In einem Film hätte in diesem Moment ein Zusammenschnitt galoppierender Rennpferde, eines Segelschiffs im Sturm, einer sich öffnenden Rosenblüte und einer ins Tal donnernden Lawine oder ähnliches ihre Gefühle illustriert. Doch da niemand in ihren Kopf blicken konnte, blieb es bei einem etwas schiefen Grinsen.

»Wenn ich störe, kann ich auch wieder gehen«, bot Luca an. Moira schüttelte den Kopf. »Das Essen braucht noch. Strubbelchen, kriegst du die Carbonara alleine hin?«

»Eigelb und Parmesan draufkippen, Salz, Pfeffer, fertig. Das überfordert mich völlig.«

Ironie. Die war neu. Luna wurde unaufhaltsam erwachsen.

Moira bat Luca, sie in den Garten zu begleiten. Automatisch steuerten sie das Gästehäuschen an und ließen sich auf der Bank davor nieder.

»Das scheint unser Platz für wichtige Gespräche zu sein«, sagte er mit einem halben Lächeln.

Moira unterdrückte den Impuls, seine Hand zu nehmen, indem sie ihre Arme verschränkte. »Du möchtest reden?«

»Ich hatte das Gefühl, es wäre notwendig. Wegen dem, was zwischen uns passiert ist. Oder denkst du anders?«

Um nicht Luca ansehen zu müssen, betrachtete Moira ihre Zehen in den türkisfarbenen Flipflops. »Es war schön, aber es hätte nicht passieren dürfen.«

»Ich habe das nicht geplant, falls du das denken solltest.«

Moira lachte auf. »Das klingt, als hättest du alleine entschieden, dass wir miteinander schlafen. Zufällig treffe ich meine eigenen Entscheidungen.« Jetzt sah sie ihn doch an. Er fuhr sich durchs Haar, das in den letzten Wochen fast so lang geworden war wie früher, und seufzte.

»So habe ich es nicht gemeint. Ich wollte sagen, dass es nicht meine Absicht war, deine Gefühle für mich auszunutzen. Was passiert ist, hat mir etwas bedeutet.«

»Ich weiß. Ich dagegen habe dich nur als Toyboy benutzt.«

Luca erwiderte ihr Grinsen. »Dachte ich es mir doch. Also willst du nicht darüber reden?«

Moira zuckte die Achseln und sah einem Glühwürmchen zu, das über die Wiese tanzte. »Ich weiß nicht, was das bringen würde. Es ist passiert, weil wir es wollten, aber ich habe dir schon gesagt, dass das kein Dauerzustand wird. Zur heimlichen Geliebten habe ich kein Talent.«

»Das würde ich auch nie von dir erwarten. Valentina und ich haben miteinander gesprochen, und wir wollen für Alessio versuchen, unsere Ehe zu retten.« Er schwieg. Moira schwieg ebenfalls. Sie spürte keine Wut, keine Enttäuschung, sondern Traurigkeit. Sie war froh, dass die Vögel ihr Abendkonzert erhoben und die ersten Grillen zu zirpen begannen, und dadurch die Stille zwischen ihr und Luca ausfüllten.

»Hast du dazu gar nichts zu sagen?«, fragte Luca schließlich leise.

»Eigentlich nicht. Ich finde eure Entscheidung richtig.« Sie hielt den Blick gesenkt, damit er nicht bemerkte, wie sie sich fühlte. Sie hatte die Wahrheit gesagt: Sie fand richtig, dass Luca und Valentina zusammenbleiben wollten. Aber das hieß nicht, dass es nicht weh tat.

Luca rieb nervös seine Oberschenkel. »Okay. Dann ist alles geklärt?«

»Sieht so aus.«

Luca stand auf. »Sehen wir uns morgen in Livias Villa?«

»Natürlich. Wir sind ja professionell.«

»Na gut, dann gehe ich mal. Bis morgen.«

»*Ciao.*« Moira blieb sitzen, und nachdem er noch einige Sekunden unbehaglich herumgestanden hatte, machte er sich auf den Weg zum Haus. Moira sah ihm nach, dann wischte sie sich mit beiden Händen über das Gesicht und atmete ein paar Mal tief durch. Atmen half immer, zumindest ein bisschen.

Auf einmal war Elfriede da, sprang auf die Bank und rieb ihren Kopf an Moiras Arm.

»Wenigstens auf dich ist Verlass.« Moira kraulte die Katze sanft unter dem Kinn. Elfriede reckte den Hals, schloss die

Augen und begann zu schnurren, dann rollte sie sich auf der Bank zusammen. Moira strich über ihr geflecktes Fell, und tatsächlich bescherte ihr der pelzige, warme Körper der Katze ein wenig Trost.

40

Moira öffnete die Heckklappe des Geländewagens und schob Nicoles Reisetasche in den Laderaum. »Wir fahren direkt zur Villa Ihrer Großmutter, dann können Sie sich dort umsehen.«

»Und was ist mit dem Testament?« Nicole stand so dicht neben Moira, als befürchtete sie, diese würde mit ihrer Tasche davonfahren.

»Das liegt schon beim zuständigen Gericht, dort können Sie morgen hingehen, sich eine Kopie geben lassen und sich erkundigen, wann es eröffnet wird.« Moira ging zur Fahrertür. »Steigen Sie ein.«

Nicole kletterte auf den Beifahrersitz. Moira lenkte den Wagen vom belebten Parkplatz neben dem Bahnhof. Jetzt am Nachmittag war der Verkehr besonders dicht, und innerlich schimpfte sie an jeder roten Ampel, deren es jede Menge gab, wie ein Bierkutscher, blieb aber äußerlich gelassen. Sie nutzte die Gelegenheit, um Chiara zu schreiben, sie seien auf dem Weg.

Nicole machte einen misstrauischen Eindruck, klammerte sich an ihrer Handtasche aus Kunstleder fest, und hielt sich sehr gerade. Eine Müdigkeit, die nicht von zu wenig Schlaf, sondern der Anstrengung des Lebens herrührte, hatte sich in ihr Gesicht gegraben. Sie hatte keinen Versuch unternommen, sich schick zu kleiden, sondern trug schwarze Cargoshorts und ein weites T-Shirt mit einer Comicfigur auf der Vorderseite. Ihr feines, rötliches Haar hatte sie mit einer pinkfarbenen Klammer am

Hinterkopf zusammengesteckt. Moira konnte nur mutmaßen, wie mühsam Nicoles Leben sein musste. So mühsam, dass sie töten würde, um es zu verbessern?

»Schade, dass Sie Ihre Großmutter nie kennengelernt haben«, plapperte Moira drauflos. »Sie muss eine interessante Frau gewesen sein. Mein Vater hat ihr Anfang der Achtzigerjahre Deutschunterricht gegeben. Etwas exzentrisch, aber sehr zielstrebig.« Sie warf Nicole einen Seitenblick zu, aber deren Gesicht blieb unbewegt und sie klang gleichgültig, als sie antwortete: »Ja, ich habe im Internet etwas über sie gelesen.« Etwas lebhafter fuhr sie fort: »Sie hatte ziemlich Kohle, oder?«

»Zumindest ist das Haus sehr viel wert. Und dann gibt es sicher Einnahmen aus den Verkäufen ihrer Lieder.«

Nicole drehte ruckartig ihren Kopf zu Moira. »Davon kriege ich was ab?«

»Ich denke schon, auch wenn ich mich damit nicht wirklich auskenne. Das kann Ihnen sicher das Gericht genauer sagen.«

Sie hatten Melide erreicht, ließen die Brücke, die hier über den See führte, links liegen und folgten der Kantonalstraße am Westufer entlang. Zunächst standen die Häuser so dicht an der Fahrbahn, dass man im Vorbeifahren in die Schaufenster der Bäcker- und der Metzgerei blicken konnte, doch dann wurde es zu beiden Seiten der Straße immer grüner. Rechts erhob sich eine bewachsene Steilwand, linkerhand glitzerte hinter den Bäumen die weite Fläche des Sees in der Sonne. Die vielen Kurven auszufahren, bereitete Moira eine kindliche Freude, und sie spürte das gleiche Kitzeln im Magen wie auf einer Achterbahn.

»Diese Straße macht mir immer gute Laune.«

Nicole antwortete nicht, vielleicht, weil sie nicht nachvollziehen konnte, was Moira meinte.

»Haben Sie vor, hierherzuziehen?«

»Glaub nicht. Ich verkaufe das Haus wahrscheinlich, ist viel zu groß für mich.«

Moira ließ sich nicht anmerken, dass sie den Fehler bemerkt hatte. Nicole hätte nichts über die Größe der Villa wissen dürfen.

»Ich hab im Internet ein Bild davon gesehen«, fügte Nicole hinzu, und Moira presste die Lippen zusammen. Die Frau war möglicherweise schlauer, als sie vermutet hatte.

Sie schaltete herunter und bog in die Straße ein, die zur Villa Rondine hinaufführte, kurz darauf hielten sie vor dem Eingangstor hinter Lucas Sportwagen und stiegen aus.

»Eine Kollegin und ein Kollege sind schon da.« Moira blieb so unpräzise wie möglich, um Nicole nicht abzuschrecken. Zum Glück fragte die andere nicht nach, sondern folgte ihr zur Eingangstür, die nur angelehnt war. Sie betraten die Vorhalle, die Moira jedes Mal aufs Neue beeindruckte, doch Nicole Kretzky zeigte kein Erstaunen angesichts der Marmorfliesen, der geschwungenen Treppe und der Glaskuppel. Als wäre sie gewohnt, sich in so einer prächtigen Umgebung zu bewegen.

Aus dem Salon kam ihnen Chiara entgegen und stellte sich vor, jedoch, ohne ihren Dienstgrad zu nennen. Nicole fragte nicht nach, wieso eine Polizistin anwesend war, doch sie wirkte plötzlich wacher als zuvor.

»Gehen Sie doch schon mal auf die Terrasse, die Aussicht ist spektakulär«, sagte Chiara. »Wir kommen gleich nach.« Moira dolmetschte, und ohne zu zögern oder nach dem Weg zu fragen, begab Nicole sich in Richtung des Salons. Chiara und Moira wechselten einen vielsagenden Blick.

»Ist es nicht ein bisschen hinterhältig, was wir vorhaben?«, flüsterte Moira, nachdem Nicole sich außer Hörweite befand.

»Das war doch deine Idee.«

»Schon, aber jetzt habe ich Skrupel.«

»Musst du nicht haben. Wenn sie es nicht war, ist es eine Kleinigkeit für sie, und wenn sie es war, hilft es uns, sie festzunageln.«

»Wahrscheinlich hast du recht.« Trotzdem fühlte Moira sich, als würden sie Livias Enkelin hinters Licht führen.

»Ist Luca auch draußen?«

»Er wartet in der Küche.« Sie holten ihn ab und nahmen aus dem Salon Lady Gaga mit, die Moira bereits am Vormittag hergebracht hatte, dann traten sie zusammen auf die Terrasse. Nicole stand an der Terrassenbrüstung, allerdings dem Haus zugewandt, und sah an ihm hoch als zählte sie die Stockwerke.

»Wirklich schön hier, oder?«, sagte Moira, und Nicole Kretzky wandte sich ihr zu. Als sie die Pappfigur unter Lucas Arm entdeckte, zog sie fragend die Augenbrauen zusammen. Luca stellte sich vor, wobei er gewinnend lächelte. Nicoles Gesicht leuchtete auf, ihre Mundwinkel hoben sich, und sie fasste sich mehrmals in die Haare. Moira konnte ihr nicht verdenken, dass auch sie für Lucas Charme empfänglich war.

»Sie könnten uns bei einem kleinen Test helfen.« Luca lehnte Lady Gaga an die Brüstung. »Wir versuchen, herauszufinden, wer den Tod Ihrer Großmutter verschuldet hat, und dabei würde uns helfen, die Größe des Täters zu ermitteln. Diese Pappfigur hat in etwa dieselbe Größe wie Livia. Sie ist vermutlich an genau dieser Stelle abgestürzt.«

Nicole legte den Kopf schief und sah mit schmalen Augen zu ihm auf. »Sie wollen rausfinden, ob ich es war.«

»Wir wollen vor allem sicherstellen, dass Sie es nicht waren«, erwiderte Luca. »Das ist ein ganz normaler Vorgang.«

»Von mir aus. Was muss ich tun?«

Luca zog ein flaches Metallkästchen aus seiner Jeanstasche, stellte es auf die Brüstung und klappte es auf. »Drücken Sie ihre Fingerkuppen auf das Stempelkissen, stellen Sie sich der

Figur direkt gegenüber und umfassen ihre Oberarme auf halber Höhe.«

»Wenn Ihnen das weiterhilft.« Nicole Kretzky blieb gelassen, färbte ihre Finger ein und folgte Lucas Anleitung. »Runterwerfen soll ich sie aber nicht, oder?«

»Nicht nötig«, sagte Luca hastig. »Sie können jetzt loslassen.«

Chiara holte eine Packung mit feuchten Reinigungstüchern aus ihrer Umhängetasche und reichte Nicole eines davon. »Danke für Ihre Mitarbeit.« Ohne ihre Tonlage zu verändern, fuhr sie fort: »Wann waren Sie eigentlich zum letzten Mal hier?«

Moira waltete wieder ihres Amtes.

»Um die erste Juniwoche«, antwortete Nicole spontan, dann begriff sie, was sie gerade gesagt hatte, hörte auf, ihre schwarz gefleckten Finger zu säubern und starrte Chiara mit dem Ausdruck einer in die Enge getriebenen Maus an.

»Gopfertori.« Sie seufzte. »Ich bin's ned gsi.«

»Aber Sie kannten Ihre Großmutter.«

»Schon. Als mein Grossi und meine Mutter gestorben sind, habe ich Briefe von früher von ihr gefunden, wo sie wissen wollte, wie es meiner Mutter geht. Da wollte ich sie einfach mal kennenlernen.«

»Was natürlich nichts damit zu tun hatte, dass sie eine bekannte Sängerin war.«

»Doch, ein bisschen. Kommt ja nicht oft vor, dass man jemand Berühmtes in der Familie hat. Ich hab ihr aber am Anfang nicht gesagt, wer ich bin. Erst, als wir uns besser kennengelernt hatten.«

Chiara legte skeptisch den Kopf schräg. »Und danach hat Livia ihr Testament zu Ihren Gunsten geändert?«

»Warum geändert?«

»Es gab vorher schon ein Testament. Erzählen Sie mir nicht,

dass Sie davon nichts wussten, wenn Sie Livia doch so nahestanden.«

Nicole wollte gerade antworten, als ein schrilles Klingeln ertönte. Erst nach einigen Sekunden wurde Moira klar, dass jemand an der Tür läutete. »Ich mache auf.«

Sie durchschritt die Vorhalle und zog vorsichtig die schwere Holztür auf. Davor stand ein Mann in erbsengrünen Shorts und einem kurzärmeligen Hemd in derselben schmeichelhaften Farbe. Moira reichte ihm gerade bis zur Brust, die zur Hälfte von einem dichten Bart bedeckt wurde. In den Händen hielt er ein Paket.

»Lieferung für Olivia Martinelli.«

Moira legte den Kopf in den Nacken. »Wir kennen uns doch! Sie haben neulich ein Paket für meine Tochter Luna nach Montagnola geliefert.«

Der große Mensch betrachtete sie kurz. »Stimmt, jetzt erinnere ich mich. Die *gazzosa*. So ein Zufall.«

»Ja, erstaunlich. Was liefern Sie denn da?«

»Ist Post für andere Leute zu empfangen Ihr Hobby oder so?«

»Das wäre mal eine Idee, falls mir langweilig wird.«

»Letztes Mal hat auch jemand anderes das Paket angenommen. Ist Signora Martinelli in Urlaub? Davon hat sie mir gar nichts erzählt.« Er lächelte. »Wir plaudern immer ein wenig, wenn ich nicht zu viel Arbeit habe.«

»Ich fürchte, nein. Und Sie werden sie auch in Zukunft nicht mehr antreffen, denn sie ist kürzlich verstorben.«

»Oh, mein herzliches Beileid.« Der Lieferant wirkte sichtlich betroffen.

»Wir standen uns nicht nahe. Ich unterstütze die Polizei dabei, die genauen Umstände zu ermitteln. Es hat wohl jemand nachgeholfen, um Signora Martinelli ins Jenseits zu befördern.«

Jetzt wirkte der Mann regelrecht erschrocken, und Moira kam in den Sinn, dass man Fremden besser nicht alles erzählen sollte, was einen gerade beschäftigte.

»*Scusi*, sagten Sie, die Lieferung wurde letztes Mal auch von jemand anderem angenommen?«

Der Mann nickte. »Ich müsste dann mal los, im Wagen warten noch einundvierzig weitere Pakete.«

»Moment noch.« Moira wandte sich von der Tür ab und brüllte: »Chiara, kommst du mal?«

Anscheinend klang sie dringlich genug, denn Chiara erschien sofort und kam zu ihr an die Tür. Moira erläuterte ihr kurz die Lage. Chiaras Augen begannen zu glänzen.

»Kommen Sie bitte kurz herein.«

Der Lieferant zog ein unglückliches Gesicht. »Ich kriege Ärger, wenn ich mit meiner Tour nicht fertig werde.«

»Machen Sie sich deswegen keine Sorgen, ich kläre das mit Ihrem Arbeitgeber.«

»*Va bene*, gegen eine kleine Pause habe ich nichts einzuwenden.« Er trat ins Haus und stellte das Paket auf dem runden Marmortisch in der Vorhalle ab. »Wunderbar kühl hier!«

Chiara nickte, ging jedoch nicht weiter darauf ein, sondern fragte: »Sie heißen?«

»Daniele Conti.«

»Signor Conti, können Sie die Person beschreiben, die Ihnen die Tür geöffnet hat?«

Der Lieferant strich sich den Bart, was Moira an ihren Vater erinnerte. »Ich sehe jeden Tag so viele Leute, da ist es schwer, sich an einzelne Gesichter zu erinnern.« Er schloss die Augen. »Ein junger Typ, etwa einen halben Kopf kleiner als ich, glaube ich. Haare ziemlich dunkel, Undercut. Ich habe ihn mir gemerkt, weil er irgendwie gestresst war, hat mir das Paket regelrecht aus der Hand gerissen, unterschrieben und mir die Tür vor der Nase zugeknallt. Außerdem hatte ich ihn hier noch nie gesehen.« Conti öffnete die Augen. »Mehr weiß ich nicht mehr, tut mir leid.«

»Er hat unterschrieben?«, fragte Moira.

»Ja, die Pakete müssen quittiert werden.«

Chiara nickte Moira anerkennend zu. »Können wir uns diese Unterschrift ansehen?«

»Klar.« Conti zog das Gerät, auf dem man den Empfang bestätigte, aus der Halterung an seinem Gürtel und tippte kurz auf den Tasten herum, dann drehte er es um und hielt es ihnen hin. Moira starrte auf das Gekrakel auf dem kleinen Monitor und versuchte vergeblich, etwas zu entziffern.

»Es wäre auch zu schön gewesen, wenn er mit seinem richtigen Namen unterschrieben hätte«, stellte Chiara fest. »Welches Datum war das?«

Conti sah nach. »Der 7. Juni.«

»Drei Tage später wurde die Leiche gefunden!«, rief Moira. »Sie haben den Mörder möglicherweise auf frischer Tat ertappt!«

Das, was der Bart vom Gesicht des Lieferanten nicht bedeckte, wurde blass. »Das ist ja schrecklich! Dann hätte ich ihr vielleicht helfen können.«

Chiara schüttelte energisch den Kopf. »Sie wussten ja nichts davon. Und wahrscheinlich war es da schon zu spät. Jetzt interessiert mich nur noch, was in dem Paket war, das Sie damals geliefert haben.«

»Dasselbe wie in diesem hier«, antwortete Conti. »Irgendeine sündhaft teure Hautcreme aus Frankreich.«

»Woher wissen Sie das?«, hakte Moira nach.

»Steht im Computer, wegen der Zollgebühren. Kann ich noch irgendwie helfen?«, fragte Conti.

»Schreiben Sie mir bitte noch Ihre Telefonnummer und die

Ihres Chefs auf.« Chiara zwinkerte ihm zu. »Ich rufe ihn an und erkläre, dass wir Sie aufgehalten haben.«

Der Lieferant nickte mehrmals. »Super, danke.«

Nachdem er gegangen war, sagte Chiara: »Die Beschreibung passt doch perfekt auf Stefano Calderoni.«

»Und auf jeden zweiten Mann unter vierzig hier im Tessin.«

»Die allerdings nicht mit Livia bekannt waren.«

»Also hat Stefano Livia getötet, und Camenzind Stefano?«

»Klingt logisch, oder? Ich bin sicher, Camenzind weiß Bescheid, ob er es nun selbst war oder nicht. Ich könnte mich ohrfeigen, weil ich alles verpatzt habe.« Chiara presste die Lippen aufeinander.

»Mach dich deswegen nicht fertig, das kann jedem passieren. Außerdem bringt es nichts.«

»Wenn Camenzind entweder Livia oder Stefano getötet hat, läuft wegen meiner Dummheit ein Mensch frei herum, der sich nicht unter Kontrolle hat«, sagte Chiara düster. »Ohne handfeste Beweise bekomme ich keinen Haftbefehl für ihn.«

Moira seufzte. »Die finden wir vielleicht noch. Meiner Ansicht nach hatte Camenzind das stärkere Motiv, nämlich das gesamte Erbe. Es könnte doch sein, dass er beide umgebracht hat.«

Chiara schüttelte vehement den Kopf. »Wenn er Livia getötet hätte, hätte er auch selbst nach dem Testament suchen können.«

»Stimmt, das habe ich nicht bedacht. Und Nicole?« Moira nickte in Richtung des Salons.

»Wir überprüfen nachher, ob sie um den 7. Juni herum gearbeitet hat. Wenn ja, hat sie ein Alibi. Außerdem bin ich gespannt, was Lucas Vergleich mit den Druckspuren ergibt.«

»Wir wollten noch ausprobieren, wie die Abdrücke bei einer größeren Person ausfallen. Luca ist ungefähr so groß wie

Stefano, und ich liege irgendwo in der Mitte. Damit kann er ziemlich genau berechnen, wie groß der Täter oder die Täterin aller Wahrscheinlichkeit nach gewesen sein muss.«

Sie kehrten in den Salon zurück. Während Luca durch die Terrassentür zu sehen war, wie er mit einem Maßband hantierte, saß Nicole Kretzky steif auf dem Sofa und blickte ihnen trotzig entgegen.

»Entschuldigung für die Unterbrechung.« Chiara lächelte, als hätten sie zuvor nur miteinander geplaudert, und griff auch die Frage nach dem Testament nicht mehr auf.

»Vielen Dank, dass Sie uns geholfen haben. Ich möchte unterstreichen, dass es sich um reine Routine handelt.«

Moira übersetzte und fügte hinzu: »Das alles muss sehr beunruhigend für Sie sein. Aber der Polizei geht es nur darum, die Wahrheit herauszufinden.«

Nicole atmete tief ein, und ihr Gesicht wirkte weniger maskenhaft, als sie sich entspannte. »Das verstehe ich. Ich will auch wissen, wer das getan hat.«

»Wenn ihr hier noch zu tun habt, nehme ich sie mit zurück in die Stadt«, schlug Chiara vor.

Nicole nahm das Angebot an.

»Haben Sie eine Unterkunft?«, fragte Moira.

»Ja, in der Jugendherberge, im Schlafsaal. Mehr kann ich mir nicht leisten.«

»Wenn Sie das Erbe annehmen, wird sich das bald ändern«, sagte Moira, woraufhin sich Nicoles Miene etwas aufhellte.

»Ich kann's noch gar nicht glauben.«

»Moira, kommst du nachher ins Kommissariat?«, fragte Chiara.

»Ich komme, sobald wir hier fertig sind.«

Nachdem Chiara und Nicole gegangen waren, gesellte sich Moira zu Luca auf die Terrasse.

»Kannst du schon etwas sagen?«

Luca ließ das Maßband zusammenschnurren. »Ich bin ziemlich sicher, dass die Person, die Livia über die Brüstung gestoßen, oder vielmehr gedrückt hat, ein gutes Stück größer war als Signora Kretzky.«

»Ich kann mir sowieso nicht wirklich vorstellen, dass sie es war, auch wenn sie eine gewisse Härte ausstrahlt. Was kein Wunder ist, wenn man sich so durchkämpfen muss wie sie.«

Luca lächelte. »Du bringst viel Verständnis für Menschen auf.«

»Ist das etwas Schlechtes?«

»Im Gegenteil.«

Sie sahen sich in die Augen. Moira brach den Bann, indem sie eine Grimasse zog. »Na los, testen wir noch, wo unsere Abdrücke landen, damit wir vorankommen.«

Luca hatte noch rote und blaue Stempelfarbe mitgebracht, damit man die Spuren voneinander unterscheiden konnte. Moira fühlte sich seltsam, als sie die Pappfigur an den Armen packte und ein Stück nach hinten kippte. Sie stellte sich vor, wie schrecklich dieser Moment für die alte Frau gewesen sein musste. Vielleicht hatte sie noch versucht, sich irgendwo festzuhalten, an der Brüstung oder an der Kleidung ihres Gegenübers. Doch diese Person hatte sie erbarmungslos über die Kante geschoben, um dann zuzusehen, wie Livia den steilen Abhang hinuntergestürzt und im Wasser gelandet war. Dann hatte sie sich abgewandt und seelenruhig die Villa durchsucht.

So, wie sie ihn kennengelernt hatte, traute sie Stefano das nicht zu. Oder wollte sie es sich einfach nicht vorstellen?

»Alles in Ordnung?«

Moira löste ihre Finger von Lady Gagas Armen. Ihr Daumenabdruck saß etwas höher als der von Nicole, die restlichen Finger auf der Rückseite der Pappfigur waren dafür etwas niedriger.

»Jetzt noch ich, und dann sind wir hier fertig«, sagte Luca. Moira trat zurück und betrachtete ihre blau eingefärbten Fingerkuppen. »So ein Pech, Chiara hat ihre Feuchttücher mitgenommen. Dann muss ich meine Finger woanders abwischen.« Sie spreizte die Finger und tat so, als wollte sie Lucas Gesicht umfassen. Er wich zurück. »Wage es nicht, oder du läufst die nächsten Tage mit roten Flecken im Gesicht herum!«

»Besser als mit blauen!« Moira lachte und täuschte noch einen Angriff an, bevor sie die Hände sinken ließ. »Ich versuche es mit Wasser und Spülmittel.«

Kurz darauf kam Luca ebenfalls in die Küche und versuchte, die Farbe von seinen Fingern zu waschen.

»Immerhin färben wir jetzt nicht mehr ab.«

Sie setzten sich im Salon auf das Sofa, und Luca nahm sein Laptop auf den Schoß.

»Wenn ich die Fotos mit den Abdrücken an der Toten vergleiche, sind meine Spuren vom Winkel her am ähnlichsten«, sagte er. »Die Chancen stehen also gut, dass der Verursacher ein paar Zentimeter größer ist als ich.«

»Wie groß war denn Stefano Calderoni?«

»Einsvierundachtzig. Das könnte hinkommen.«

»Damit scheidet Camenzind aus, es sei denn, er stand auf einem Hocker.«

Luca gab ein zustimmendes Geräusch von sich.

»So klingt Napoleon, wenn er Hunger hat«, spottete Moira.

»So klinge ich, wenn ich Hunger habe«, entgegnete Luca, klappte seinen Rechner zu und stand auf.

»Dein Vater hat übrigens mich, Valentina und Alessio heute

Abend ins *Il Mulino* eingeladen. Stört es dich, wenn wir kommen?«

»Ich werde es verkraften«, sagte Moira so locker wie möglich. So lange sie Valentina nicht zu Gesicht bekam, konnte sie ausblenden, dass Luca verheiratet war, aber sie den ganzen Abend neben ihm zu sehen, würde nicht einfach werden.

»Danke. Ich möchte die Osteria unterstützen. Und ich freue mich darauf, Gabriella wiederzusehen.«

Moira schlug sich an die Stirn. »Ich habe total vergessen, dass sie heute entlassen wird. Und bei den Vorbereitungen wollte ich auch helfen. Das wird alles verdammt eng.«

»Dann lass uns fahren.«

Auf dem Rückweg nach Lugano setzte Luca ein Headset auf, rief Chiara an und teilte ihr seine Einschätzung mit, was die Größe von Livias Angreifer betraf. Er beendete das Gespräch und sagte zu Moira: »Chiara sagt, ihr trefft euch nicht im Kommissariat, sondern vor Patrizia Calderonis Haus.«

41

Moira erschrak, als Patrizia Calderoni ihnen die Tür öffnete: Sie hatte sich binnen weniger Tage in eine alte Frau verwandelt. Kummerfalten durchzogen ihr Gesicht, und sie ging so gebeugt, als trüge sie einen Mühlstein auf dem Rücken. Sie war in einen Bademantel gehüllt, und ihr Geruch nach altem Schweiß, vermischt mit dem von zu lange getragener Kleidung, drang stechend in Moiras Nase. Trauer besaß kein angenehmes Aroma.

»Es tut mir leid, dass wir Sie stören, aber wir müssten noch etwas mit Ihnen besprechen«, sagte Chiara sachlich. Stefanos Mutter sah sie kaum an, drehte sich wortlos um und schlurfte den Korridor entlang. Moira wechselte einen Blick mit Chiara, dann traten sie ein und folgten der Frau. Die verbrauchte Luft roch nach abgestandenem Alkohol, Müll und muffiger Bettwäsche. Durch eine halb offenstehende Tür sah Moira ein zerwühltes Bett und am Boden davor einen Kleiderhaufen. Ein Blick in die Küche zeigte den mit Weinflaschen vollgestellten Esstisch.

Moiras Herz wurde schwer bei dem Gedanken daran, was Patrizia Calderoni durchmachte. Sie wollte sich nicht ausmalen, wie es wäre, wenn Luna sterben würde. Der Schmerz, ein Kind zu verlieren, musste schlimmer sein als alles andere.

Im *salotto* ließ Signora Calderoni sich schwerfällig in ihren mit einem Kopfkissen ausgepolsterten Sessel sinken und zog eine karierte Decke über sich, wie um sich zu schützen, denn die Sonne, die durch das große Fenster hereinschien, hatte den Raum aufgeheizt wie eine Sauna. Moira hatte nur einen Wunsch: So schnell wie möglich wieder gehen zu können.

Sie blieb in der Nähe der Tür stehen, und auch Chiara setzte sich nicht.

»Signora, wir müssen leider noch einmal mit Ihnen über Ihren Sohn Stefano sprechen.« Chiara hielt inne, denn das Häufchen Elend im Sessel wimmerte bei der Erwähnung von Stefanos Namen. Die Inspektorin warf Moira einen hilflosen Blick zu und flüsterte: »Du bist besser in solchen Sachen. Kannst du sie irgendwie beruhigen, damit sie uns antwortet?«

Moira hielt für unwahrscheinlich, dass Signora Calderoni sich beruhigen würde, wenn sie ihr gleich mitteilen würden, dass ihr Sohn nicht nur tot, sondern wahrscheinlich auch ein Mörder oder zumindest Totschläger war.

Widerwillig nahm sie an dem Ende des Sofas Platz, das sich neben dem Sessel befand, und versuchte, den Geruch auszublenden.

»Signora, es ist furchtbar, was Stefano zugestoßen ist. Niemand hat so etwas verdient. Aber um herausfinden, wer ihm das angetan hat, müssen wir alles restlos aufklären. Selbst, wenn es möglicherweise kein gutes Licht auf Stefano selbst wirft.«

Die zusammengesunkene Gestalt hob den Kopf und blickte sie aus verquollenen Augen an. Unendliche Erschöpfung lag in diesem Blick. Dieser gebrochenen Frau noch mehr Schmerz zuzufügen, war eigentlich unverantwortlich.

»Wir sorgen dafür, dass die Person, die schuld am Tod Ihres Sohnes ist, ihre gerechte Strafe erhält. Darf *Ispettrice* Moretti Ihnen deswegen ein paar Fragen stellen?«

Patrizia Calderoni tastete unter der Decke nach etwas, zog ein zerknülltes Papiertaschentuch hervor und tupfte sich mit zitternder Hand die Augen, dann nickte sie schwach. »Ich versuche es.«

»Vielen Dank.« Chiara setzte sich Moira gegenüber in den zweiten Sessel.

Statt die Frau sofort mit dem Verdacht gegen Stefano zu konfrontieren, tastete Chiara sich Frage für Frage an das Thema heran. Sie erkundigte sich danach, wie Stefano seine Freizeit verbracht hatte, ob sie seine Freunde kannte und ob er sehr wütend auf Livia gewesen war, weil diese ihm kein Honorar für die Lieder bezahlt hatte.

»Oh ja, sehr wütend«, antwortete seine Mutter.

»Mit dem Geld wollte er eine Werkstatt übernehmen, ist das richtig?«

»Ja. Diese überhebliche Schlange von Frau. Sie ist an allem schuld!«

Chiara beugte sich vor. »Was meinen Sie genau mit *allem*?«

»Wenn Sie ihn bezahlt hätte, hätte er nicht …« Sie begann wieder zu weinen und drückte das feuchte Taschentuch unter ihre Nase, was ihre Worte so dämpfte, dass Moira nichts mehr verstand.

»Dann hätte er sie nicht getötet?«, ergänzte Chiara den Satz.

Signora Calderoni ließ das Taschentuch sinken. »Mein Stefano hat niemanden getötet. Er ist es, den man umgebracht hat.«

Chiara versuchte, die Frau zu beruhigen, und gestikulierte beschwichtigend. Moira hatte das Gefühl, sie würde wegen der schlechten Luft jeden Moment das Bewusstsein verlieren, und stand auf.

»Entschuldigung, dürfte ich Ihr Bad benutzen?«

»Die zweite Tür rechts.«

Moira verließ erleichtert den Wohnraum. Im Badezimmer, das hellblau gefliest und mit kleinen Dekorationsgegenständen vollgestopft war, drehte sie das kalte Wasser auf und ließ es sich über die Handgelenke laufen. Ihr Blick glitt über die Kosmetikartikel, die auf der Ablage unter dem Spiegel standen:

Rasierschaum, Waschgel, Desinfektionsspray – und die gleiche Creme, die auch Livia benutzt hatte.

Moiras Herz klopfte schneller. Patrizia Calderoni wirkte nicht wie eine Frau, die ihr hart verdientes Geld für luxuriöse Kosmetik ausgab.

Sie trocknete sich die Hände ab, fotografierte die Cremedose mit ihrem Handy und schickte das Bild an Chiara. Dann atmete sie einige Male durch, bis sie ruhiger wurde, und kehrte ins Wohnzimmer zurück. Dort herrschte Schweigen, bis auf ein gelegentliches Schniefen Signora Calderonis. Chiara blickte auf ihr Handy, steckte es ein und nickte Moira kaum merklich zu. Die nahm ihren Platz wieder ein und sagte freundlich: »Darf ich fragen, wo Sie Ihre tolle Gesichtspflege kaufen? Die Marke habe ich in Lugano noch nirgendwo gefunden.«

Die Frau sah sie verwundert an, antwortete aber. »Ich weiß nicht. Die hat mir mein Sohn mitgebracht.«

»Sie ist bestimmt sehr teuer. Was für ein großzügiges Geschenk von Stefano.«

Signora Calderoni sah auf. »Die Creme hat Franco mir mitgebracht. Gleich sechs Tiegel auf einmal.« Sie lächelte. »Er ist eben doch ein guter Junge. Wenigstens habe ich noch ihn.«

Chiara und Moira wechselten einen Blick. Chiara beugte sich vor. »Wo hält Franco sich gerade auf?«

»Warum wollen Sie das auf einmal wissen?«

»Wir wollten auch noch einmal mit ihm sprechen. Vielleicht fällt ihm noch etwas ein, das uns bei den Ermittlungen hilft.«

»Er hilft an der *foce*, die Leinwand für das Freiluftkino aufzubauen. So verdient er wenigstens ein paar Tage lang Geld.«

Foce, so wurde die Gegend um die Stelle genannt, wo das Flüsschen Cassarate neben dem Stadtpark in den See mündete. Chiara stand unvermittelt auf. »Vielen Dank, Signora Calderoni.«

Diese nickte nur, machte aber keine Anstalten, sie zur Tür zu begleiten.

»Mein herzliches Beileid. Wir finden alleine hinaus.« Moira hätte ihr gerne noch etwas Tröstliches gesagt, aber im Hinblick darauf, dass sie womöglich in Kürze Patrizia Calderonis jüngeren Sohn verhaften mussten, kam ihr das zynisch vor. Sie war erleichtert, als sich die Wohnungstür hinter ihnen schloss und sie die Treppe hinunterstiegen.

»Die Frau ist völlig am Ende«, sagte sie.

»Darauf kann ich leider keine Rücksicht nehmen.« Auf der Straße zog Chiara ihr Telefon aus der Tasche und tippte auf den Bildschirm. »Ich brauche ein Einsatzteam an der *foce*. Für eine vorläufige Festnahme. Verdacht auf Mord oder Totschlag und Fluchtgefahr. Treffpunkt vor dem Seiteneingang des Schwimmbads, keine Sirenen oder Blaulichter.«

Sie beendete das Gespräch und sah Moira an. »Willst du mitkommen?«

»Ich war die ganze Zeit über dabei, jetzt will ich auch das Ende miterleben.«

»Bis wir den Fall abschließen, wird es noch dauern. Zumal wir noch nicht wissen, wie das Ganze mit Stefanos Tod zusammenhängt. Aber bei der Festnahme kannst du gerne dabei sein.«

Auf dem Weg zur *foce* schrieb Moira eine Nachricht an ihren Vater, dass sie ins *Il Mulino* nachkommen würde. Zehn Minuten später hielten sie vor der mit einer Wandmalerei verzierten Mauer des Freibads. Aus den Umkleiden wehte chlorgeschwängerte Luft, und von der Liegewiese drang die typische Geräuschkulisse aus Stimmengewirr, Platschen und gelegentlichem Aufkreischen über die Mauer. Ein seltsam friedlicher Gegensatz zu dem, was gleich geschehen würde.

Ein Einsatzwagen wartete bereits, davor drei Uniformierte –

zwei Männer und eine Frau –, denen der Schweiß unter den Mützen herausrann.

»Halten Sie sich bitte erst einmal im Hintergrund, bis ich das Signal zur Festnahme gebe«, bat Chiara die Polizisten.

Weiter hinten, direkt am Seeufer, ragten bereits Aluminiumtraversen über die Masten der Segelboote hinaus, die in dem kleinen Sporthafen lagen. Die bunten Fähnchen an den Mastspitzen flatterten im leichten Wind. Chiara und Moira liefen an den Gestellen mit Surf- und SUP-Brettern und zwei aufgebockten Segelbooten vorbei. Auf der Terrasse des Segelclubs wurden orangefarbene Cocktails in bauchigen Gläsern und Teller mit Häppchen serviert. Die Leute trugen Sonnenbrillen, lachten miteinander. Kleine Kinder aßen Eis am Stiel, unter einigen Tischen lagen Hunde. Auf den Steinstufen am Fluss hatten sich Familien und kleine Gruppen von Jugendlichen niedergelassen. Techno drang aus einem Bluetooth-Lautsprecher, Enten paddelten auf dem seichten Wasser der Flussmündung, die Oberfläche des Sees kräuselte sich träge. Ein ganz normaler, wenn auch heißer Frühsommernachmittag. Nur für Franco Calderoni würde sich bald alles ändern.

Auf der Freifläche direkt am Seeufer waren mehrere Personen mit Schutzhelmen damit beschäftigt, weitere Traversen aufzurichten und zu verschrauben, während andere Leute Kabel verlegten oder Stühle für das Publikum aufstellten. Moira versuchte, Franco in dem Durcheinander zu erspähen, entdeckte ihn jedoch nicht.

Die drei Uniformierten postierten sich unauffällig hinter den noch gestapelten Stühlen. Chiara ging auf einen Mann in Cargohosen und schwarzem T-Shirt zu, der einen großformatigen Plan hielt und anscheinend die Arbeiten leitete, und zeigte ihm ihren Dienstausweis.

»Wir müssen mit Franco Calderoni sprechen. Ist er hier?«

»Wieso, hat er falsch geparkt?« Sein Lächeln legte das sonnengebräunte Gesicht des Mannes in unzählige Fältchen, doch Chiara bewahrte ihre ernste Miene.

»Dazu kann ich Ihnen nichts sagen. Wo ist er?«

»Da oben.« Der Bauleiter streckte den Arm aus und deutete auf eine Person, die ganz oben an einer der Traversen hing und sie mit einer waagrechten Verstrebung verschraubte.

Chiara marschierte an den Fuß der Konstruktion und rief nach oben: »Signor Calderoni! Ich müsste Sie bitte sprechen!«

Aufgeschreckt blickte der Mann zu ihnen herunter. Plötzlich ließ er den Akkuschrauber fallen. Moira konnte Chiara gerade noch beiseite ziehen, bevor das Gerät mit einem dumpfen Knall aufschlug und Plastikteile in alle Richtungen flogen.

»*Cacchio*!« Die Inspektorin griff sich ans Herz, dann sah sie wieder aufwärts. Dort hatte Calderoni sich inzwischen aus seinem Klettergurt gelöst und balancierte über die Querverstrebung zur anderen Seite des Gerüsts.

»Kommen Sie runter! Sie bringen sich in Gefahr!«

Doch Franco achtete nicht auf sie, sondern wandte sich dem See zu.

»Das tut er nicht wirklich«, sagte Moira, doch im selben Moment stieß er sich ab und sprang. Moira sah ihn bereits auf die Uferbefestigung krachen, aber er beschrieb einen eleganten Bogen in der Luft und tauchte wie ein Turmspringer ins Wasser ein.

»Ist der wahnsinnig geworden?«, schrie der Bauleiter, während er an Chiara und Moira vorbeirannte. Sie schlossen sich ihm an und starrten alle drei vom Ufer aus auf den einige Meter tiefer gelegenen See. Francos Kopf durchbrach die Oberfläche ein ganzes Stück entfernt von der Stelle, an der er eingetaucht war.

»Das schafft er nie!« Moira erinnerte sich daran, was ihr

Vater über die gefährlichen Unterströmungen an dieser Stelle gesagt hatte.

»*Cazzo! Porca Madonna*!«, schrie der Bauleiter. Chiara rührte sich nicht, sondern starrte nur entsetzt auf Calderoni, der erneut im Wasser versank. Moira sah nach rechts, dann nach links. Am Hafen lief gerade ein Segelboot aus. Moira nahm die Beine in die Hand, rannte hinüber und den Steg entlang, von dem das Boot abgelegt hatte. Sie legte die Hände an den Mund und schrie: »An der *foce* ertrinkt gerade jemand!« Die drei Leute an Deck sahen sie verwirrt an.

»Wie bitte?«, rief ein Mann mit Sonnenbrille und offenem Hemd auf Deutsch zurück. Moira wiederholte das Gesagte auf Deutsch. Der Mann hob eine Hand zum Zeichen, dass er verstanden hatte, während das Boot aus dem Hafen glitt. Die ältere der beiden Frauen übernahm das Steuer, und er hantierte mit dem Segel, bis das Schiff sich nach rechts drehte. Gerade erschien Calderonis Kopf noch einmal über Wasser. Der Mann mit der Sonnenbrille beugte sich über die Bordkante, packte den Ertrinkenden am Kragen seines T-Shirts und zog ihn mit Hilfe der jüngeren Frau ins Boot. Dann wendeten sie und fuhren ins Hafenbecken zurück. Chiara, der Bauleiter und die drei Uniformierten liefen hinüber zu der Rampe, über die die Boote ins Wasser geschoben wurden. Chiara sprach mit den beiden Kollegen, die daraufhin ins Wasser wateten, Franco in ihre Mitte nahmen und ans Ufer brachten. Moira kam gerade bei ihnen an, als Chiara ihn über seine Rechte belehrte. »Ich verhafte Sie wegen des Verdachts der Tötung zu Ungunsten Olivia Martinellis.«

Franco, der noch immer keuchte und hustete, sah sie erschöpft an, konnte aber nicht antworten. Von den Polizisten gestützt, stolperte er ans Ufer, wo Chiara ihm Handschellen anlegte. »*Brutta troia di merda*«, zischte er. Chiara verzog anerkennend den Mund. »Nicht übel, aber klug ist es nicht, Ihrem Strafregister auch noch Beleidigung hinzuzufügen. Abführen!«

Sie sah Franco kurz nach und wandte sich dann Moira zu. »Ich muss gestehen, es macht Spaß, sich manchmal wie ein Cop aus dem Kino zu benehmen.«

Moira musste lachen, obwohl ihr Herz noch immer vor Aufregung heftig klopfte. »Hast du dir verdient. Brauchst du mich noch?«

»Nein, geh ruhig. Entschuldige, dass ich dich nicht nach Hause fahren kann. Zu eurem Fest werden wir es leider nicht schaffen, es wartet jetzt eine Menge Papierkram auf mich.«

»Ich nehme den Bus, und wir hören uns morgen. Ich bin gespannt, wie es weitergeht und ob Franco gesteht.«

Chiara nickte und ging in Richtung ihres Autos davon. Moira drehte sich um, weil sie dem Segler danken wollte, der Franco gerettet hatte, doch das Boot war verschwunden. Nur der Bauleiter stand noch immer herum, als wartete er auf etwas.

»Danke für Ihre Mithilfe«, sagte Moira und machte sich auf den Weg durch den Park zum Busbahnhof im Zentrum. Während sie am Seeufer entlangschlenderte, liefen die Ereignisse noch einmal vor ihrem inneren Auge ab. Selbst wenn Franco Livia getötet haben sollte, war sie froh, dass er gerettet worden war und Patrizia Calderoni nicht auch noch ihren zweiten Sohn verloren hatte.

42

Die Außentische des *Il Mulino* waren voll besetzt, und auch im Gastraum fand sich trotz des warmen Wetters kaum ein freier Platz. Auf den Tischen standen Windlichter und Gläser mit *grissini*. Ambrogio war hinter der Theke zugange, ein Küchenhandtuch über die Schulter geworfen, und füllte ein Weinglas nach dem anderen. Aus der Küche drang ein verführerischer Duft nach gebratenem Fleisch und Trüffel. Nelly, Luna und Valerie trugen olivgrüne Schürzen und bedienten die Gäste.

Moira stellte sich an den Tresen. »Hey, der Laden brummt ja richtig!«

»Zumindest heute.« Ambrogio wischte sich mit einer Serviette die schweißnasse Stirn. »Kannst du mich kurz ablösen? Ich müsste mal wohin.« Er zog eine Grimasse.

»Genauer will ich es gar nicht wissen.« Moira nahm den Platz ihres Vaters ein und las von den Zetteln, die aufgereiht auf der Arbeitsfläche lagen, ab, welche Getränke sie vorbereiten musste.

»Ciao, mein Schatz!« Ihre Mutter flatterte heran, in ein elegantes, weißes Hemdkleid gehüllt und die blonden Haare in weiche Wellen gelegt. »Wie war die Verbrecherjagd?«

»Wie es aussieht, haben wir Livias Mörder geschnappt. Alles spricht für den jüngeren Sohn ihrer Putzfrau. Und der andere Todesfall klärt sich hoffentlich auch bald noch.«

Ihre Mutter riss die Augen auf. »Das müssen wir feiern! Rechts unten im Kühlfach liegt der Champagner.«

Moira kam nicht dazu, die Flasche zu holen, denn als Nächstes erschien Valerie und legte ihr einen neuen Bestellzettel hin. »Danke, dass du aushilfst«, sagte Moira.

»Ich kann das Geld gut gebrauchen.« Lunas Freundin schürzte die Lippen. »Na ja, und Spaß macht es auch.« Valerie stellte ihre Bestellung auf ein Tablett und verschwand wieder. Moira beeilte sich, die Getränkeliste abzuarbeiten, und sah erst wieder auf, als mehrere Personen durch die geöffnete Eingangstür hereinkamen: Luca, der seinen kleinen Sohn Alessio auf dem Arm hielt, und Valentina. Sie trug ein enges gelbes Kleid, das ihr unglaublich gut stand, und Luca sah in Jeans und weißem Hemd mit den aufgekrempelten Ärmeln nicht weniger attraktiv aus. Die perfekte Kleinfamilie.

Lucas Blick traf ihren, und für einen Wimpernschlag sahen sie sich in die Augen, während Valentina irgendjemanden begrüßte. Moiras Herz schien auf einmal in ihrer Kehle zu pochen. Dann wandte Luca sich ab und sprach Nelly an, die auf einen freien Tisch deutete. Die beiden setzten sich, wobei Luca Alessio auf dem Schoß behielt. Nelly kam zum Tresen und nahm sich einen der Kinderstühle, die neben der Garderobe standen.

»Die Frau von deinem Luca sieht ja atemberaubend aus«, kommentierte sie mit ihrer gewohnten Feinfühligkeit.

»Er ist nicht *mein* Luca«, erwiderte Moira gereizt und setzte ein Weinglas so hart auf, dass es überschwappte. »Scheiße!« Sie griff nach der Küchenrolle.

»Entschuldigung, ihr seid schließlich alte Freunde. Mehr wollte ich damit gar nicht sagen. Oder gibt es da etwas, wovon ich nichts weiß?«

»Nein, und wenn, ginge es dich nichts an, Mama.«

»Aha, also doch!« Nelly suchte mit dem Hochstuhl das Weite.

Ambrogio war zurück. »Soll ich wieder übernehmen?«

»Ich mache gerne noch eine Weile weiter. Aber du kannst mir Gesellschaft leisten.« Sie stellte ihrem Vater ein Glas Cavadini-Merlot auf den Tresen. »Wo ist eigentlich Gabriella? Geht's ihr gut?«

»Sie wollte später runterkommen, wenn es nicht mehr ganz so voll ist.«

»Wahrscheinlich fürchtet sie sich vor den vielen Fragen.«

»Es wissen sowieso alle, was vorgefallen ist. Das Postamt verteilt nicht nur Briefe, sondern auch Gerüchte und Dorfklatsch mit beeindruckender Geschwindigkeit.« Ambrogio kostete den Wein und schloss genießerisch die Augen. »Wunderbar.«

»Hast du auch Arianna eingeladen?«

Ambrogios Miene verfinsterte sich. »Natürlich. Aber sie hat nicht geantwortet und reagiert auch nicht auf meine Nachrichten. Ich fürchte, mit der Kokain-Geschichte habe ich endgültig alle Chancen bei ihr verspielt.«

»Aber das war doch nicht deine Schuld, sondern meine! Soll ich mal mit ihr reden?«

Ihr Vater prustete empört. »Das fehlte noch! Ich bin doch kein Teenager mehr. Nein, nein, wir regeln das wie Erwachsene.«

»Das merke ich.« Moira ging um die Theke herum und umarmte ihren Vater. »Wahrscheinlich braucht sie einfach noch ein bisschen Zeit. Das wird schon wieder.«

»Darf ich mitkuscheln?« Nelly warf ihr Tablett schwungvoll auf die Arbeitsfläche.

»Wozu habe ich zwei Arme?« Ambrogio und Moira nahmen Nelly in die Umarmung auf.

»Ist es nicht herrlich, mal wieder als Familie zusammen zu sein? Das sollten wir öfter machen.« Nelly strahlte, doch Ambrogio bekam einen Hustenanfall, und Moira murmelte etwas Unverständliches.

Plötzlich weiteten sich Ambrogios Augen. »Arianna!«

Er löste sich aus Moiras und Nellys Umklammerung, doch es war zu spät. Als Moira sich umdrehte, sah sie gerade noch Arianna Manzonis Rückenansicht durch die Tür entschwinden. Sie stöhnte auf. »Schlechtes Timing. Los, lauf ihr nach!«

Ambrogio sah sie unsicher an, doch dann bewegte er sich erstaunlich behände zwischen den Tischen hindurch zur Tür. Durchs Fenster sah Moira ihn über den Platz eilen.

»O je, ich habe wirklich ein Talent dafür, im falschen Moment das Falsche zu tun«, sagte Nelly zerknirscht.

»Da kann ich dir nicht widersprechen, Mama.«

»Trotzdem müssen wir deinen Erfolg feiern, Schatz!« Nelly hatte ihr seelisches Gleichgewicht bereits wiedergefunden. Moira holte den Champagner aus dem Kühlfach und füllte zwei Weißweingläser mit einem großzügigen Quantum. Wenn der Abend so weiterginge, würde sie Gelassenheit benötigen.

Sie nahm wieder den Platz hinter dem Tresen ein und betätigte sich als Barkeeperin. Immer wieder glitt ihr Blick unwillkürlich zu dem Tisch, an dem Luca mit seiner Familie saß. Er kümmerte sich liebevoll um Alessio, gab ihm Grissini zum Knabbern und brachte ihn mit kleinen Albereien zum Lachen, während Valentina sich mit ihrem Mobiltelefon beschäftigte.

Doch genau wie Moira sah auch Luca alle paar Minuten zu ihr herüber, und es war unvermeidlich, dass ihre Blicke sich mehrmals trafen. Beide sahen sie jedes Mal verlegen zur Seite und taten, als wäre nichts geschehen.

Moira zwang sich, sich nur auf ihre Aufgabe, die Getränke vorzubereiten, zu konzentrieren. Nach einer Weile kehrte auch Ambrogio zurück, mit gerötetem Gesicht und ein wenig außer Atem.

»Habt ihr miteinander geredet?«, fragte Moira. Doch ihr Vater schüttelte den Kopf. »Sie wollte nicht. Und als Gentleman muss ich das akzeptieren, daher habe ich mich zurückgezogen.« Er drehte am Stiel seines Weinglases und blickte trübsinnig in die dunkelrote Flüssigkeit. »Wenn sie mich wenigstens erklären ließe! Aber sie ist so stur, es ist nicht zu fassen!«

»Genau, wie kann man nur so einen Dickkopf haben«, sagte Moira lächelnd, und Ambrogios Gesicht zog sich zusammen, als wäre ihm ein Wildschwein auf den Fuß getreten. Dann grummelte er: »Ich habe getan, was ich konnte. Wenn Arianna will, dass wir wieder zueinander finden, muss sie jetzt den ersten Schritt machen.«

Moira hob die Augenbrauen. »Ich bin nicht sicher, ob dich das weiterbringt, aber du bist ja kein Teenager mehr.« Sie drückte ihrem Vater den Korkenzieher in die Hand. »Ich habe Silvana noch gar nicht begrüßt. Und dann gehe ich mal nach oben und sehe nach, ob Gabriella uns Gesellschaft leisten will.«

In der Küchentür stieß sie beinahe mit einem Akkordeon zusammen. »*Scusi*!« Erst dann erkannte sie dahinter Vittorio, Silvanas Mann. »Spielst du uns etwas vor?«

Vittorio wurde rot. »Dein Vater hat mich darum gebeten.«

»Es wird den Leuten ganz sicher gefallen.« Moira ließ Vittorio vorbei und betrat die Küche, in der Silvana und zwei Küchenhelfer, die sie nicht kannte, herumwerkelten. Mit ihren weißen Papiermützen sahen sie Kriminaltechnikern nicht unähnlich.

»Moira! Wir bereiten gerade die Desserts vor. *Tortino al cioccolato con cuore morbido*. Probier mal.« Silvana hielt ihr einen Teller mit einem Schokoladenküchlein und einem Löffel hin. Moira nahm ihn, teilte mit dem Löffel den warmen Teig, sodass das halb flüssige Innere hervorquoll, und führte ihn zum Mund. Der dichte, dennoch lockere Teig erzeugte in Kombination mit dem cremigen Kern aus Bitterschokolade eine wahre Geschmacksexplosion. Moira schloss die Augen.

»Sag nichts, dein Gesichtsausdruck genügt mir«, sagte Silvana zufrieden. Moira öffnete die Augen wieder und vertilgte den Rest des *tortino*. Erst jetzt wurde ihr bewusst, dass sie hungrig war.

»Keine Sorge, niemand will es dir wegnehmen!«

Aus dem Gastraum erklangen die ersten Töne des Akkordeons, und gleich darauf setzte eine sonore Gesangsstimme ein, die Moira eine Gänsehaut bescherte.

»Wer singt denn da?«, sagte sie verwundert.

Silvana lächelte stolz. »Erkennst du die Stimme nicht? Das ist Luca.«

Wie immer, wenn sein Name fiel, machte ihr Herz einen kleinen Hüpfer. Das musste aufhören, nur wusste Moira nicht, wie sie das bewerkstelligen sollte.

Sie kratzte den Rest Füllung vom Teller und leckte den Löffel ab, während Silvana ein weiteres Blech aus dem Ofen holte.

»Du kannst sogar noch ein Zweites haben, ich habe extra ein paar mehr gemacht.«

»Nachher unbedingt. Zuerst sehe ich mal nach Gabriella.«

Sie wollte nicht durch den Gastraum gehen, daher schlüpfte sie aus der Hintertür und ging um das Haus herum. Gabriellas Wohnung besaß einen eigenen Eingang an der Seite des Gebäudes. Moira streckte die Hand nach dem Türknauf aus, als etwas Hartes auf ihren Kopf krachte.

43

Moira kam auf der Seite liegend im Dunkeln zu sich. Das Brummen eines Motors und die Fliehkraft, die sie gelegentlich hin und her rutschen ließ, sagten ihr, dass sie in einem Kofferraum lag. Es roch nach Gummi und Benzin. Über Moiras Mund klebte etwas, das bei der kleinsten Bewegung ihrer Mundpartie Schmerzen verursachte. Ihre Arme waren hinter ihrem Rücken gefesselt, und auch ihre Knöchel waren zusammengebunden. Zusätzlich waren sie mit ihren Handgelenken zusammengeschnürt, sodass sie sich kein bisschen bewegen konnte. Ihr Hinterkopf schmerzte, aber sie hatte keine Ahnung, was passiert war.

Panik wallte in ihr auf und drohte, sie zu überschwemmen. Ihr Herz pochte so heftig, dass jeder Schlag ihren gesamten Brustkorb ausfüllte, und sie glaubte, es sogar hören zu können. Sie zwang sich, ruhig zu atmen, so gut es mit dem Klebeband über den Lippen möglich war. Jemand hatte sie entführt. Aber warum? Und wer? War sie ein Zufallsopfer oder hatte es jemand gezielt auf sie abgesehen? Wollte Patrizia Calderoni sich dafür rächen, dass sie Franco verhaftet hatten? Dass die um einiges kleinere und schwächere Frau sie in den Kofferraum gehievt hatte, erschien Moira nicht sehr wahrscheinlich. Camenzind? Aber weshalb sollte der sie entführen? Es musste jemand anderer sein. Die Ungewissheit machte Moira beinahe rasend, ebenso wie die unbequeme Haltung. Aber sie musste ruhig bleiben, ihre Optionen ausloten und sich überlegen, wie sie reagieren würde, wenn sich der Deckel des Kofferraums öffnete.

Sie rollte sich ein wenig nach hinten, um zu kontrollieren, ob ihr Mobiltelefon noch in ihrer Gesäßtasche steckte. Es war weg. Doch wahrscheinlich hätte sie es sowieso nicht benutzen können.

Sie versuchte, sich auf die Bewegungen des Wagens zu konzentrieren. Er schien relativ schnell geradeaus zu fahren, ab und zu rutschte Moira nach rechts oder links. Daraus schloss sie, dass sie sich auf der Autobahn befanden. Der Kofferraum war beengt, und auch das Motorengeräusch deutete auf einen Kleinwagen hin.

Sehen konnte sie noch immer nichts, es gab keine Öffnungen, durch die Licht eindringen konnte. Vielleicht war es inzwischen auch zu dunkel – sie hatte keine Ahnung, wie viel Zeit vergangen war, seit man sie bewusstlos geschlagen hatte.

Sollte sie versuchen, sich selbst zu befreien? Irgendwann einmal hatte sie im Internet einen Artikel darüber gelesen, doch an die Einzelheiten konnte sie sich nicht mehr erinnern. Abgesehen davon war sie bewegungsunfähig.

Erneut schwoll die Angst an, und dieses Mal konnte Moira ihr nichts entgegensetzen. Das Gefühl war so mächtig, dass sie alles, was Moira als Mensch ausmachte, überlagerte. Die Angst war in ihr und um sie, wurde immer dichter und schwerer, bis sie Moira zu zerquetschen drohte. Man konnte sich nicht wehren, sondern es blieb einem nur, sich zu fügen. Das bewusste Denken zog sich zurück und wich einer reinen Empfindung, der sie vollkommen ausgeliefert war. So mussten sich Tiere fühlen.

Doch in einem kleinen Winkel ihres Bewusstseins arbeitete immer noch ihr Verstand, fieberhaft damit beschäftigt, Möglichkeiten durchzugehen und wieder zu verwerfen.

Die Bewegungen des Autos veränderten sich. Sie fuhren eine langgezogene Kurve, wahrscheinlich eine Autobahnausfahrt. Der Wagen wurde langsamer, es folgten mehrere kleine Kurven, der Untergrund wechselte: Die Reifen knirschten auf Kies oder etwas Ähnlichem. Dann hielten sie an. Stille.

Moira hatte sich noch nie so hilflos gefühlt. Sie dachte an Luna, an ihren Vater und ihre Mutter, und daran, dass sie sich im schlimmsten Fall nicht wiedersehen würden. Ihre Angst wich Zorn. Wie konnte sich jemand herausnehmen, darüber zu entscheiden? Die Wagentür schlug zu, dann hörte sie Schritte. Moira spannte sich unwillkürlich an. Mit einem Klicken öffnete sich das Kofferraumschloss, dann schwang der Deckel auf, und eine Taschenlampe leuchtete ihr ins Gesicht. Irgendwo rauschte ein Fluss, ansonsten war es totenstill.

Geblendet blinzelte sie ins Licht und versuchte, die Gestalt dahinter zu erkennen. Eine Hand kam auf sie zu, und sie hielt ein Jagdmesser mit spitzer Klinge.

»Mach keinen Stress, sonst steche ich dich ab.« Die Stimme gehörte einer Frau. Die Frau beugte sich über ihre Beine und zerschnitt mit dem Messer die Verbindung zwischen ihren Knöcheln und ihren Handgelenken. In der Enge des Kofferraums konnte Moira sich dennoch kaum bewegen. Doch jetzt konnte sie die Frau zum ersten Mal richtig sehen. Anfang dreißig, große, braune Augen, aufgespritzte Lippen, das dunkle, gelockte Haar am Oberkopf zu einem Knoten gesteckt. Sie kam Moira bekannt vor, nur fiel ihr nicht ein, von woher. Es verhieß allerdings nichts Gutes, dass sie ihr Gesicht zeigte, wenn Moira sich korrekt an die Krimis erinnerte, die sie gelesen hatte.

Die Frau packte sie am Oberarm und zerrte sie aus dem Wagen, sodass Moira beinahe auf den Kiesweg stürzte, auf dem sie geparkt hatten. Sie konnte sich gerade noch abfangen. Ihr Arm fühlte sich an, als würde er ausgekugelt, und ihr Kopf platzte beinahe. Erst jetzt merkte sie, dass ihre Beine nicht ganz frei, sondern so mit Klebeband umwickelt waren, dass sie nur kleine Schritte machen konnte. An Weglaufen oder Treten war nicht zu denken.

Die Frau trat hinter sie, und Moira spürte die glatte Klinge in ihrem Genick.

»Gut. Geh.«

Moira setzte sich in Bewegung und bekam dadurch Zeit, ihre Aufmerksamkeit auf die Umgebung zu richten. Es war beinahe ganz dunkel, doch der Himmel war noch nicht völlig schwarz und davor erhob sich das Skelett des alten Zementwerks. Weshalb waren sie ausgerechnet an dem Ort, wo Stefano gestorben war? Und warum kam ihr die Entführerin vage bekannt vor, obwohl sie sich nicht erinnern konnte, wo sie sich schon einmal begegnet waren?

Sie liefen den Kiesweg entlang auf eine dunkle Felswand zu. Moira hielt den Kopf gesenkt und gab sich gefügig, dachte jedoch fieberhaft darüber nach, wie sie aus ihrer ungünstigen Situation herauskäme. Leider war ihr Kopf plötzlich so leer wie eine Seifenblase.

Das Rauschen der Breggia wurde immer lauter, dann wurde der Pfad zu einem Gitter, unter dem der Fluss toste. Die Metallkonstruktion vibrierte unter ihren Schritten. Auf der anderen Seite ging es noch ein Stück geradeaus, dann hielten sie an. Moiras Knie zitterten.

»Versuch wegzulaufen, und ich schneide dir die Ohren ab.« Die Frau ließ sie los und trat an ein Tor aus Maschendraht. Moira sah auf und erkannte, dass sie vor einem mehrere Meter hohen Höhleneingang standen. Das musste der Zugang zu den Minen sein.

Die Entführerin schloss es auf, packte Moira am Arm und schob sie hindurch. Der Schein ihrer Taschenlampe glitt über die gewölbten Felswände des Tunnels, der sich ungefähr fünfzehn Meter weiter vorne verzweigte.

Was hatte die Wahnsinnige mit ihr vor? Sie zerrte Moira in die Tiefe des Berges hinein. Immer wieder änderten sie die Richtung, bis Moira keine Ahnung mehr hatte, wo der Ausgang lag.

Manche Stollen waren voller Wasser, und sie mussten auf an den Seitenwänden befestigten Metallstegen laufen. Einmal stieß Moira gegen ein loses Metallgitter, und das Scheppern hallte durch die Stille.

»Lass das! Wenn du die Fledermäuse weckst, ist hier die Hölle los.«

Es ging weiter, und mit jedem Schritt wurde Moira wütender auf diese Person, die ihr nicht einmal sagen wollte, weshalb sie sie entführt hatte und was das alles sollte. Und wieso kannte sie sich so gut in diesen Tunneln aus?

Endlich blieben sie vor einer Metalltür stehen. Auch hierfür hatte die Wahnsinnige einen Schlüssel.

»Rein da.« Sie schubste Moira in eine in den Fels gehauene Kammer, anscheinend eine Art Rumpelkammer, denn es standen Metallkisten, Schaufeln und andere Gerätschaften herum.

»Setz dich.« Sie deutete auf eine der Metallkisten und piekste Moira leicht mit dem Messer in den Rücken. Moira blieb nichts anderes übrig, als dem Befehl zu gehorchen. Doch sie wartete nur auf den Moment, in dem die Aufmerksamkeit ihrer Entführerin nachlassen würde.

Die Unbekannte legte die Taschenlampe so auf ein Waschbecken, dass sie die Szene beleuchtete, trat vor sie und zog ihr langsam das Klebeband vom Mund. Moira schrie auf, weil es sich anfühlte, als würde die Haut ihrer Lippen mit abgezogen. Was zumindest zum Teil der Realität entsprach, denn sie schmeckte gleich darauf das metallische Aroma von Blut.

Moira starrte ihre Widersacherin an. Jetzt kam es darauf an, keine Angst zu zeigen. »Wer sind Sie, und was soll dieser ganze Unsinn?«

»Erkennen Sie mich nicht?«

Moira betrachtete ihr Gesicht noch einmal genau. »Wer sind Sie? Was wollen Sie von mir?«

Die Frau schnaubte. »Das weißt du doch genau, du Schlampe!«

»Ich weiß überhaupt nichts, und ich habe Ihnen nichts getan.«

Ihre Entführerin lachte auf, allerdings ohne jeden Humor. »Du küsst also rein zufällig die Freunde anderer Leute?«

Auf einmal wurde Moira klar, worum es ging. Und auch, wo sie die Frau schon einmal gesehen hatte – auf dem Parkplatz des Sushirestaurants! Das war die Frau, mit der sie zusammengestoßen war!

»Sie sind Stefanos Freundin, richtig? Woher wissen Sie das mit dem Kuss?«

»Weil ich da war! Ich habe euch beide beobachtet, erst im Restaurant und dann, als ihr aus dieser Bar gekommen seid.«

Moira leckte sich das Blut von den Lippen. Sie musste die Frau irgendwie beruhigen. »Er hat mich geküsst, ohne mich zu fragen. Und ich habe das sofort unterbunden. Das müssen Sie auch gesehen haben.«

»Du Miststück hast ihn angemacht!«

Je mehr die Fremde sich aufregte, desto mehr gewann Moira ihre Fassung zurück.

»Michelle, richtig? Haben Sie ihn getötet?« Ihr wurde sofort klar, dass diese Frage unklug war, denn das Gesicht der Frau verzerrte sich und sie kreischte:

»Das wäre ohne dich nicht passiert! Ich wollte es gar nicht.«

»Haben Sie aber getan. Und jetzt wollen Sie mich deswegen umbringen? Macht das irgendwas ungeschehen?«

Unvermittelt begann die Frau zu weinen. »Er war meine große Liebe!«

Moira versuchte es mit einer anderen Strategie: »Stefano hatte dich doch gar nicht verdient, Michelle. Er hatte noch andere Gespielinnen neben dir. Willst du dir wegen so einem einen Mord aufladen?«

Michelle schniefte. »Ich wollte dich eigentlich hier drin verhungern lassen. Die Führungen kommen nie bis hier hinten.«

»Das wäre trotzdem Mord«, behauptete Moira auf gut Glück. »Und glaub nicht, dass die Polizei dich nicht erwischen würde. Die Aufklärungsrate bei Mord beträgt 98 Prozent.« Das war geraten, aber die Zahl klang beeindruckend.

Stefanos Freundin, vielmehr Exfreundin, wischte sich über die Augen und ließ dabei ihre andere Hand, die das Messer hielt, sinken. Das war die Chance, auf die sie gewartet hatte. Moira sprang auf, warf sich gegen die andere, sodass diese nach hinten taumelte. Nur war da jetzt eine Wand. Michelles Hinterkopf krachte mit einem unschönen Geräusch dagegen.

Moira rutschte über den Boden hinüber zu dem Messer, das Michelle fallen gelassen hatte, und es gelang ihr, es zu greifen. Michelle schien das Bewusstsein verloren zu haben, denn sie rührte sich nicht, und Moira hoffte, es würde so bleiben, bis sie ihre Fesseln losgeworden war.

Glücklicherweise saß das Seil so an Moiras Arm, dass sie es nach und nach durchtrennen konnte. Dabei behielt sie stets Michelle im Blick, voller Panik, sie könnte jeden Moment aufwachen. Einige Male rutschte das Messer ab, schepperte auf den Boden, sodass Moira es neu greifen musste. Sie schnitt sich auch mehrmals, aber das war ihr unter diesen Umständen vollkommen egal. Es schien ewig zu dauern, doch dann waren ihre Hände endlich frei. Die Fußfesseln zu zerschneiden und sich die Taschenlampe zu greifen, dauerte keine halbe Minute.

Michelle bewegte sich und gab ein leises Stöhnen von sich und Moira sah zu, dass sie aus der Kammer hinauskam. Aus welcher Richtung sie gekommen waren, wusste sie noch, aber schon an der dritten Abzweigung war sie nicht mehr sicher, ob sie richtig war oder in die Irre ging.

»Mist«, murmelte sie, blieb stehen und drehte sich um sich selbst. Dann erinnerte sie sich daran, dass Stefanos Freundin etwas von Fledermäusen erzählt hatte. Sie leuchtete nach oben an die Stollendecke. Tatsächlich, in einem Teil des Tunnels klebte eine dunkle Masse, die sich bei näherem Hinsehen als eine Ansammlung Hunderter, wenn nicht Tausender kleiner, pelziger Körper entpuppte.

»Tut mir leid, Leute.« Dann kreischte Moira so schrill sie konnte. Die Fledermäuse waren ihr einziger Ausweg, das wusste sie. Sie kreischte noch einmal und leuchtete mit der Taschenlampe mitten in die Kolonie hinein, bis die entnervten Tiere begannen, herumzuflattern. Nach kurzer Zeit flohen sie vor Lärm und Licht in dieselbe Richtung. Moira folgte ihnen so schnell sie konnte, in der Hoffnung, dass die Tiere ins Freie flüchten würden. Im Stillen gelobte sie, dem Fledermausschutzverein eine ordentliche Summe zu spenden, falls sie je wieder ans Tageslicht fand.

Sie atmete auf, als das Gittertor des Eingangs endlich in Sicht kam. Glücklicherweise hatte Michelle es nur angelehnt. Die Fledermäuse flatterten einfach durch die Lücke zwischen dem oberen Rand des Tores und der Stollendecke ins Freie.

Moira schlüpfte durch das Tor, wobei ihr allerdings die Taschenlampe aus den Händen glitt, auf den felsigen Boden krachte und erlosch. Doch draußen war inzwischen der Mond aufgestiegen und spendete ausreichend Licht, sodass sie ungefähr erkennen konnte, wohin sie lief. Immer noch saß ihr die Angst im Nacken, Michelle könnte sie einholen. Möglicherweise gab es in der Rumpelkammer auch Taschenlampen. Und in Filmen tauchte der scheinbar besiegte Täter immer noch einmal unerwartet auf.

Doch sie erreichte unbehelligt das Auto und riss die Tür auf. Ihr Handy lag auf dem Beifahrersitz. Mit zitternden Fingern griff sie danach, rannte fünfzig Meter von Michelles Wagen weg und suchte sich ein Versteck. Erst als sie bebend hinter einem Gebüsch kauerte, rief sie Chiara an.

44

Zehn Minuten nach ihrem Anruf störten zwei Streifenwagen mit Blaulicht und Sirene die nächtliche Ruhe des Tals, und Moira wagte sich aus ihrem Versteck heraus. Die Polizisten kamen aus Chiasso und waren von Chiara alarmiert worden, weil ihre Station am nächsten lag.

Eine Polizistin blieb bei Moira, während drei andere sich vor der Höhle postierten. Ein weiterer Uniformierter versuchte, die Verwaltung des Naturschutzgebiets zu erreichen. Kurz darauf traf ein Krankenwagen ein, nahezu zeitgleich mit Chiara und einer weiteren Ladung Uniformierter. Moira musste sich in die Ambulanz setzen, wo eine Notärztin ihr mit einer kleinen Lampe in die Augen leuchtete und ihren Körper auf Wunden und Knochenbrüche abtastete.

»Sie haben ein paar Abschürfungen und Prellungen davongetragen«, sagte die Ärztin. »Wenn Ihnen schwindelig oder übel wird, sagen Sie Bescheid, dann haben Sie nämlich eine Gehirnerschütterung.«

»Bisher noch nicht, nur Kopfweh.«

Die Ärztin half ihr, sich auf der Liege auszustrecken, sie bekam zwei Schmerztabletten und fühlte sich kurz darauf so entspannt, als käme sie gerade von einer Wellnessbehandlung. Daher verstand sie Lucas Aufregung nicht, der auf einmal neben ihr stand, ohne dass sie mitbekommen hatte, wie er hereingekommen war. Sie musste sogar über seine sorgenvolle Miene lächeln, weil sie ihr übertrieben schien.

Er nahm ihre Hand und drückte sie. »Wie geht es dir? Bist du in Ordnung?«

»Ja, nur meine Hand tut weh.«

»Warum? Lass mal sehen.«

»Weil du sie so fest drückst.«

»Oh, entschuldige!« Er lockerte seinen Griff, hielt ihre Hand aber weiterhin.

»Ich bin okay, sagt die Notärztin.«

»Du musst nachher noch mal im Krankenhaus untersucht werden. Wir müssen die Spuren dokumentieren, das sind Beweismittel. Aber was ist eigentlich passiert? Im *Il Mulino* sind alle in heller Aufregung, weil du auf einmal verschwunden warst.«

Die Tür des Krankenwagens wurde zur Seite geschoben, und Chiara kletterte zu ihnen herein. »Das wird Moira mir berichten. Sie können aber dableiben, *dottore*.«

Zu viert war es reichlich eng, weshalb die Notärztin sich nach draußen begab. Dann erzählte Moira in allen Einzelheiten, was geschehen war.

»Das ist ja haarsträubend«, sagte die Inspektorin, als Moira fertig war, und schaltete die Aufnahmefunktion ihres Mobiltelefons aus.

»Ich bin so froh, dass dir nichts Schlimmeres passiert ist.« Luca hatte anscheinend vergessen, ihre Hand loszulassen.

»Schau nicht so besorgt, ich bin okay.«

»Weil du bis obenhin voll mit einem Opioid bist.«

»Was auch immer, es fühlt sich jedenfalls großartig an.«

»Wir bringen dich jetzt nach Mendrisio ins Krankenhaus.«

Moira lächelte. »Hauptsache, du bleibst bei mir.«

Im Krankenhaus ließ Moira die Untersuchungen über sich ergehen und war froh, als sie sich endlich hinlegen konnte. Nachdem das Adrenalin in ihrem Körper abgeklungen war, wurde sie unfassbar müde.

Luca hielt Wort, denn als sie am späten Vormittag des darauffolgenden Tages aufwachte, saß er immer noch auf dem Besucherstuhl neben ihrem Bett. Er war halb eingenickt, richtete sich aber sofort auf, als Moira sich bewegte. Bei ihrem Anblick lächelte er.

»Guten Morgen«, sagte Moira.

»Wie geht's dir?«

»Mir tut alles weh, aber ansonsten überraschend gut. Was ist mit Stefanos Freundin?«

»Wurde im Tunnelsystem verhaftet. Sie hat eine Beule am Kopf, aber ansonsten ist sie in Ordnung.«

»Das ist gut. Ich hatte schon Angst, ich hätte sie ernstlich verletzt.«

»Besser als umgekehrt.«

»Da stimme ich zu.« Moira griff nach der Fernbedienung und richtete das Kopfteil des Bettes auf.

»Hat Chiara rausgekriegt, woher sie die Schlüssel für die alte Mine hatte?«

Luca nickte. »Ihr Vater arbeitet für die Parkverwaltung, und sie hat ihm die Schlüssel einfach gestohlen. Die Eltern sind wohl ziemlich entsetzt, haben aber ausgesagt, dass sie schon früher psychische Probleme hatte.«

»Die Ärmste.«

»Wie sieht es aus? Lassen die mich gehen?«

»Wenn du dich gut genug fühlst, spricht nichts dagegen. Oder willst du vorher noch die psychologische Betreuung in Anspruch nehmen?«

Moira hörte in sich hinein und schüttelte den Kopf. »Momentan nicht. Ich muss das alles erst mal für mich verarbeiten.« Sie dachte kurz nach. »Ich bin der Frau nicht mal böse. Ich hoffe, sie kann behandelt werden.«

»Dazu wird sie in der Forensischen Psychiatrie viel Zeit haben«, sagte Luca. »Chiara hat mich vorhin angerufen. Sie hat gestanden, Stefano Calderoni getötet zu haben. Allerdings aus Versehen, wie sie behauptet. Sie hat ihm nachspioniert, weil sie dachte, er träfe sich am Zementwerk mit einer anderen. Nachdem Camenzind weg war, sind sie wohl in Streit geraten. Ob man ihr das vor Gericht glaubt, wird sich zeigen.«

»Hat Chiara auch etwas von Franco Calderoni gesagt?«

»Der hat tatsächlich auch gestanden. Er wollte Livia zwingen, das Geld herauszugeben, das sie seinem Bruder geschuldet hat. Seiner Darstellung nach ist das Ganze dann eskaliert.«

»Also zwei Mal Totschlag im Affekt. So heißt das doch, oder?«, sagte Moira. »Zwei Menschen sind tot, und zwei andere haben ihr eigenes Leben ruiniert. Das ist wirklich traurig.«

Luca nickte. »Solche Sachen passieren, wenn der dünne Lack der Zivilisation sich ablöst. Ich schätze, unter den entsprechenden Umständen könnte das jedem passieren.«

»Was keine Entschuldigung ist«, bemerkte Moira.

»Nein. Natürlich muss man die Verantwortung für das übernehmen, was man getan hat.«

»Die Einzige, die von der ganzen Sache etwas hat, ist Nicole Kretzky. Ich gönne ihr von Herzen, dass sie jetzt aus ihrer Sozialwohnung in ein großes Haus ziehen kann, wenn sie will.« Sie seufzte. »Na gut, gehen wir. Wartest du draußen, bis ich angezogen bin?«

»Natürlich. Deine Mutter war übrigens hier und hat frische Sachen vorbeigebracht.« Er deutete auf den Schrank. »Sie wollte dableiben, aber ich konnte sie überzeugen, dass du nicht schlimm verletzt bist und sie sich lieber um Luna kümmern soll.«

»Danke, hast du gut gemacht.« Moira lächelte ihn an.

Er stand auf. »Ich schaue inzwischen mal, wer deine Entlassungspapiere unterzeichnen muss.« Luca verließ das Krankenzimmer. Moira starrte nachdenklich auf die Tür und fragte sich, ob es ihnen gelingen würde, einfach nur Freunde zu sein. Dann rutschte sie aus dem Bett und tauschte das Papiernachthemd gegen die frische Kleidung: Unterwäsche, ihr apfelgrünes Wickelkleid mit dem petrolfarbenen Paisleymuster und die türkisfarbenen Flipflops. Sie war dankbar, nicht die Bluse und die Hose vom Vortag anziehen zu müssen, und stopfte sie kurzerhand in den Mülleimer.

Auf dem Flur wartete Luca auf sie, und nachdem sie die Entlassung unterschrieben hatte, durfte sie gehen. Kurz darauf waren sie mit heruntergelassenem Verdeck auf der Kantonalstraße unterwegs nach Hause. Moira lehnte sich zurück und betrachtete den See, der sich heute in intensivem Grün zeigte. Die Ereignisse von gestern erschienen ihr ganz unwirklich und weit entfernt wie die vage Erinnerung an einen schlechten Traum.

Sie folgten der kurvigen Straße, die sich immer höher hinauf schlängelte, vorbei an dem inzwischen vertrauten Anblick von St. Abbondio und der hoch aufragenden Zypressenallee. Dann passierten sie die ersten Häuser von Montagnola, brachten die Engstelle im Dorfzentrum hinter sich und bogen schließlich in die Via Valdoro ein. Vor der Casa Rusconi warteten Luna mit Luise im Arm, Ambrogio und Nelly auf sie und winkten.

Moira wurde warm ums Herz. Ihre Familie war ein komischer Haufen und alles andere als perfekt. Aber da standen drei der vier Menschen, die ihr auf der Welt am wichtigsten waren, sie am besten kannten und die sie am meisten liebte. Wie schön es wäre, wenn es immer so sein könnte. Nun gut, Nelly musste sie nicht unbedingt jeden Tag um sich haben. Aber Luna würde ihre Meinung zu einem Umzug hoffentlich ändern. Moira reckte den Arm, soweit es ihre Schmerzen zuließen, und winkte zurück.

Luca hielt in der Garageneinfahrt.

»Ich bin so froh, dass dir nichts passiert ist«, sagte er. »Ich rufe dich später an, okay? Falls etwas ist, melde dich, auch mitten in der Nacht.«

»Und du bist die Nummer vier.« Moira umarmte ihn kurz.

»Was soll das denn bedeuten?« Er lächelte verwirrt.

Moira zog die Augenbrauen hoch. »Vielleicht erkläre ich es dir irgendwann.« Dann stieg sie aus und ging ihrer Familie entgegen.